하루나기

하루나기

김석희 소설집

열림원

괄호 열고 닫기

1

누구에게나, 어떤 나름의 사연과 함께 소중히 간직하고 있는 물건이 한두 개 있게 마련이다. 가령 아주 오래전에, 지금은 얼굴도 아련하고 이름조차 가물가물한, 어느 한때의 여자한테 받은 생일카드 한 장(이 카드를 살펴보면, 카드를 보낼 당시의 그녀의 부끄러움을 말해주듯, '너'도 아니고 '그대'도 아닌 'You' 또는 'Vous'의 몇 번째 생일을 축하한다고 적혀 있다. 그리고 그녀의 이름은 문숙인지 미선인지 명순인지 알 수 없는 'M.S.'로만 남아 있다)을 책갈피에 끼워둔 채, 이따금 남몰래(특히 아내 몰래) 꺼내어 보며 추억에 잠기는 사람도 있을 것이고, 중학교나 고등학교

졸업반 시절 몇몇 친구와 함께 낙엽 지는 교정 벤치에서 찍은 사진 한 장(이런 사진은 흔히 책꽂이나 서랍이나 궤짝을 정리하다가 우연히 발견한 학창시절의 비망록 또는 '나만의 일기' 속에서 툭 떨어진다. 그리고 그 빛바랜 사진의 하단에는 '영원한 우정을 약속하며……'가 바탕을 하얗게 파먹고 있다)을 한참 동안 멍하니 바라보면서, 지금은 어디서 무엇이 되어 어떻게 지내고 있는지조차 모르는 옛 동무들의 기억을 새삼 되새기는 경우도 있을 것이다. 그뿐인가. 망가진 만년필 한 자루, 녹슨 열쇠고리 하나, 겉장이 뜯겨져 나간 젊은 날의 애독서 한 권, 또는 같은 소절만 되풀이되는 레코드판 한 장조차도, 임자에 따라서는, 거기에 얽힌 애틋한 사연과 더불어 그 무엇과도 바꿀 수 없는 소중한 보물이 될 수 있다.

누군가 나더러, 당신도 그런 게 있느냐고 묻는다면, 나는 다행히 그렇다고 대답하리라. (내가 다행히라는 말을 끼워 넣은 까닭은, 우리네 삶의 꼴이 갈수록 그렇다고 대답하기 어려운 지경으로 빠져들고 있다는 내 나름의 인식 때문이다. 우리의 삶은 마치 무엇엔가 쫓기듯 거의 해마다 그 거처를 옮기지 않으면 불안하다〔예컨대, 서울특별시 주민 가운데 절반은 평균 2년마다 이사를 간다는 통계가 있다. 그리고 이 불안감은 물론 이중적이고 상충적이다. 한쪽은 보다 나은 터전을 찾기 위해 서두르고, 다른 한쪽은 보다 싼 셋집을 구하려고 초조하다〕. 그렇게 집을 옮기고 세간을 정리할 때마다 과거의 흔적들은 조금씩 바스러지다가 하나씩 둘씩 버려지고, 그 빈자리엔 시간의 알리바이들만 쌓인다. 그러나 시간이 부재한 삶이란 그 얼마나 삭막하고 허망한 것이랴.)
그러면 그 누군가는 나더러, 그게 무엇이냐고 물을지 모른다. 또 다른 누군가는 그것을 한번 보여달라고 조를지도 모르겠다.

나더러 그런 게 있느냐고 물었을 때 그렇다고 대답한 이상, 나로서는 그 실체를 감추거나 빼돌릴 생각이 없다. 미리 서둘러 밝히자면, 내가 그토록 소중하게 간직하고 있는 것, 그것은 조그만 그림 한 장이다. 나는 이 그림을 하루에도 몇 번씩 바라보곤 한다. 바로 내 눈앞에 있기 때문이다. 그것은 내가 직접 공들여 만든 나무액자에 담긴 채, 내가 작업실(이런 방을 서재라고 부르는 사람도 있다)로 삼아 그 안에서 책도 읽고 글도 쓰고 꿈도 꾸면서 거의 모든 시간을 보내는 방, 그 한쪽 구석의 책상 앞 벽에 걸려 있다.

그러나 나는 이 그림을 바라볼 때마다 적잖은 곤혹감(어려움을 당하여 어쩔 줄 모르는 느낌이라고 사전에는 풀이되어 있다)을 느끼곤 한다. 내가 곤혹감을 느끼는 데에는 물론 그럴 만한 까닭이 있다. 나만 그런 것도 아니다. 실제로 우리 집을 찾아오는 사람마다 이 그림을 보고 나서는, 호기심인지 비아냥인지, 또는 진정인지 거짓인지 알 수 없는 한마디쯤 내뱉지 않는 경우가 드물다. 도대체 저게 뭐지? 무엇을 그린 그림이지? 그러나 안타깝게도(또한 민망하게도) 나에게는 대답할 말이 없다. 도대체 그게 무엇인지, 무엇을 그린 그림인지, 나 자신도 알 수가 없기 때문이다. (모든 사람이 다 그런 것은 아니다. 개중에는 이 그림을 보고 나서 무릎을 치며 감탄하는 사람도 없지 않다. 햐, 걸작인데! 그런 다음 덧붙이는 말이 나에게는 더욱 걸작으로 느껴진다. 내다 팔면 프라이드 한 대 값은 받겠다!)

그렇다. 그림이라고 말은 했지만, 우편엽서 열다섯 장 크기(달리 말하면 15호)의 화폭에 그려진 것이라고는 사실상 아무것도 없다. 우리가 눈앞의 어떤 대상을 두고 명사를 갖다 붙일 때는 거기에 걸맞은 본질 또는 구조의 존재를 전제하게 마련이다. 가령 그것이 책이라면 책에 걸맞은 요소들, 이를테면 종이와 거기에 인쇄된 글자와 그것들을 한 권으로 묶은 모양새가 있어야 할 것이다. 또 그것이 술이라면 술에 걸맞은 요소들, 이를테면 알맞게 익은 주정과 혓바닥을 자극하는 도수와 목구멍을 간질이는 감촉이 있어야 할 것이다. 우리가 밥을 똥(이 말이 듣기 거북하거든 당신 자신이 다른 말로 바꾸시기 바람)이라고 하지 않는 이유는, 똥을 밥이라고 하지 않는 이유와 마찬가지로, 밥에는 밥이 밥이어야 하는 요소들이 있고 똥에는 똥이 똥이어야 하는 요소들이 있기 때문이다. 내가 그림이라고 말했으면, 거기에는 그것이 그림이어야 하는 요소들이 있어야 하는 게 당연하다. 그러나 내가 그림이라고 지칭한 그것에는, 우리가 흔히 구도라든가 형상이라든가 색채라든가 하는 용어로 부르는 그림의 요소들이 전혀 담겨 있지 않은 것이다. 요소가 없기 때문에 그것은 구조를 가지고 있지 못하며, 구조가 없는 본질이란 한낱 추상일 뿐이다. 물론 우리의 사전 속에는 추상을 명사로 끌어낸 낱말들이 수두룩하다. 그러나 그것들은 철학의 산물이지 그림이 겨냥하는 세계는 아니다. 그림은 적어도 숨어 있는 구조를 드러내기 위한 노력의 결과이기 때문이다. (추상화라는 것도 있지 않으냐고 반박할지 모르나, 천만에! 그것은 구조가 해체된 또 다른 구조이며, 거기에 구조 자체가 없는 것은 아니다.) 우리는 그렇게 알고 있다. 그런데 내 눈앞에 걸려 있는 화폭에는 아무것도 없다. 아니다. 좀 더 가까이 다가가서 보면, 거기에는 하얀색 페인트가 덕지덕지 덧칠된 터치가 약간의 음영을 띠고 있기는 하다. 더욱 가까이 다가가 자세히 살펴보면, 온통 하얀색으로 덧칠되고 덧발라진 겉그림 속에는 그 하얀색 덧칠로 말미암아 지워져버린 애초의 밑그림이 아련한 기미로 남아 있다. 그러나 그것이 어떤 구도, 어떤 형상, 어떤 색채를 가졌었는지는 짐작조차 하기 힘들다. (겉그림을 긁어내면 밑그림을 알 수 있을지 모른다. 그러나 밑그림을 찾아내기 위해 겉그림을 긁어내면, 그때 이 화폭의 그림은 죽은 것인가 되살아난 것인가.) 그럼에도 불구하고 나는 이것(내 책상 앞에 걸려 있는 저것)을 그림이라고 부를 수밖에 다른 도리가 없다.

　이 그림 때문에 나는 또 다른 곤혹스러움을 겪곤 한다. 이 야릇한 그림을 보고 난 사람들이 나한테 던지는 질문 때문이다. 누가 그린 그림이냐, 어디서 구했느냐, 어떻게 구했느냐? (또, 얼마 정도면 살 수 있느냐, 나도 저런 거 하나 얻을 수 없겠느냐고 묻는 사람도 적지 않다.) 이런 질문을 받을 때마다 나는 정말이지 난감하기가 이를 데 없다. 대답하기가 쉽지 않기 때문이다. 아니, 솔직히 말하면 대답할 수가 없기 때문이다. 대답할 수 없는 까닭은 간단하다. 누가 그린 그림인지 알고 있지 못하기 때문이다. 그래서 나는 딴전을 피우기도 하고(커피잔을 엎지를 뻔한다), 얼렁뚱땅 얼버무리기도 하고("아아 그거? 글쎄, 그게, 저, 그러니까, 뭐랄까……"), 아무 대답이나 떠오르는 대로 주워섬기기도 하고(가령, "김환기라고 알아?" "그게 누군데? 유명한 화가야?" "유명한지 아닌지는 나도 잘 모르지만, 하여간 그 양반이 그림을 그리다가 마음에 안 들었는지 북북 지워서 내다버린 거래.") 그런다. 그러나 그 모든 횡설수설이 사실을 그대로 담아본 적은 한 번도 없다. (물론 사실을 부분적으로나마 알고 있는 사람이 전혀 없는 것은 아니다. 내 아내가 알고 있고, 친구 몇 명이 알고 있다. 하지만 그들은 웬일인지 이 그림이 내 소유가 된 경위를 묻지 않는다.)

내가 여기서 보탤 수 있는 말이 있다면, 이 그림이 지금은 내 소유가 되어 있지만, 그러나 내가 이 그림의 임자는 아니라는 사실이다. 잠깐! 소유했으면서 임자가 아니라니? 땅이나 집처럼 타인 명의로 신탁된 재산이라는 거냐? 천만에, 그런 것은 아니다 (내가 투기꾼이냐?). 그렇다면 그게 무슨 뜻이냐? 당신은 무척 궁금할 것이다. 그러니까 당신은, 내가 임자도 아니면서 이 그림을 소유하게 된 사연을 듣고 싶은 것이다. 당신은 나에게 설명/해명/변명할 것을 요구하고 있다(그렇지 않다면 당신은 이 글을 더 이상 읽을 이유가 없지 않을까). 이 그림을 왜 임자도 아니면서 가지고 있는지, 어떻게 해서 그런 행운을 얻게 되었는지, 당신은 궁금해 죽겠다고 아우성이다. 당신은 계엄령과 긴급조치와 국가보안법으로 나를 잡아다 가두고 고문하고 쥐도 새도 모르게 죽여 없애버릴 수도 있다. 당신은 압류와 판금과 분서갱유로 나를 추방하거나 매장하거나 화형시킬 수도 있다. 당신은 독자-권력자이므로. 아니다. 어쩌면 당신은 이미 나의 설명/해명/변명 따위에는 관심조차 없을지도 모른다. 내가 당신의 궁금증을 풀어주기 위해 이런저런 이야기를 보탠다 하더라도 그 설명/해명/변명의 담론들은 이미 당신에게 해답이 될 수 없을지도 모른다. 이미 당신에게는 당신 스스로 준비해둔 해답이 따로 있을 테니까. (죽음의 열차를 타고 아우슈비츠로 끌려간 유대인들은, 판정관이 가리키는 손가락 방향에 따라 두 줄로 나뉘어 섰다. 한쪽은 소독실로 가는 행렬이고 다른 한쪽은 샤워실로 가는 행렬이었다. 그러나 그들은 어느 쪽이 소독실로 가는 줄인지, 또 어느 쪽이 샤워실로 가는 줄인지 알지 못했다. 다만 소독실이 곧 가스실이라는 것은 소문으로 들어서 알고 있었다〔아니, 샤워실이 가스실이던가?〕. 그들은 살아남기 위해 발버둥쳤다. 이쪽 줄에 들어선 자는 저쪽 줄에 서게 된 자를 동정하면서 또는 부러워하면서. 저쪽 줄에 들어선 자는 이쪽 줄에 서게 된 자를 동정하면서 또는 부러워하면서. 그러나 그들은 모두 가스실로 끌려갔다―고 역사책에는 쓰여 있다.〕 따라서 나의 이야기는 하나의 코드〔내가 당신에게 보내는 유혹의 제스처〕에 지나지 않는다. 〔그것을 해독하는 일은 전적으로 당신의 몫이다.〕

2

그럼, 사실을 밝히겠다. 또 한 번 서둘러 말하자면, 이 그림이 내 소유가 된 것은, 부끄러운 일이지만 도둑질의 결과다. 다시 말해서 이 그림은 장물이라는 얘기다.

그게 언제였던가. 벌써 20년도 더 지난 어느 해 가을이었다. 그때 내가 다니던 학교는 서울 종로구 동숭동에 있었는데, 우중충한 붉은 벽돌 건물과 울창한 마로니에 나무들로 특징지어졌던 그 캠퍼스는 더없이 무겁게 가라앉아 있었다. 그해 봄에 있었던 소위 '민청학련사건'으로 구속되어 심지어 사형까지 받은 학우들을 석방하라고 데모가 일어나는 바람에 학교는 또다시 문을 닫았고, 이듬해부터는 학교가 서울 변두리로 옮겨가기 때문에 학생들은 더욱 안타까운 마음들이 되어, 낙엽이 쌓이는 교정을 마치 철창 너머의 애인을 바라보듯 하염없이 바라보다가 돌아서곤 했다. 지방 학생들 가운데 일부는 이번 휴교령이 겨울방학으로 곧장 이어질 거라면서 일찌감치 보따리를 싸들고 낙향하기도 했지만, 그러나 대부분의 학생들은 얼마 뒤면 헤어져야 할 교정이 못내 아쉬운 듯 매일처럼 푸석한 얼굴을 비비며 학교 앞으로 나와, 안으로 들어갈 수 없는 교문 밖에서 서성거렸다. 안으로 들어갈 수 없기 때문에 더욱 안타깝고, 그렇기 때문에 더더욱 분통 터지는 가슴들이 하나씩 둘씩 모여들어, 절벽처럼 완강하게 버티고 서 있는 철문 너머의 교정을 핏발선 눈으로 한참 동안이나 노려보다가, 입술을 깨물며, 쑥떡을 먹이며, 침을 내뱉으며, 눈물을 뿌리며, 고함을 지르며, 마치 애인한테 바람맞은 사내처럼 쓸쓸하게 돌아서서, 길을 건너고, 쿵쾅쿵쾅, 분풀이라도 하듯 일부러 발소리를 높이며 들어서는 곳. 어두컴컴한 나무층계를 삐걱거리며 밟고 올라가면 그곳에는 비슷한 쓸쓸함과 분노와 절망으로 열나고 상처난 가슴을 식히거나 달래며 여기저기 아는 얼굴들이 포진하듯 앉아 있곤 했다. 어느 자리에선 한창 논쟁이 벌어지고 있고, 어느 자리에선 벌써 해장술에 취한 친구가 피곤한 숨결을 갈아쉬며 잠들어 있고, 또 어느 자리에선 창턱에 턱을 기댄 채 길 건너를 물끄러미 바라보는 얼굴이 진흙으로 빚어놓은 듯했다. 그곳이 학림다방이었다.

그 가을의 어느 무렵, 학림다방에서는 몇몇 미대생들의 동인전이 열리고 있었다. 전시된 작품들은 학교의 이전을 앞두고 떠나는 아쉬움들을 화폭에 담아낸 것들이었다. 그러기에 전시된 그림들은 교정의 이곳저곳, 학창생활의 이모저모를 묘사한 풍경화가 대부분이었다. 내가 간직하고 있는 그림도 그때 전시된 작품들 가운데 하나였다. 지금도 기억하지만, 층계를 다 올라간 출입구부터 시작하여 사방(아니, 창가 쪽을 제외한 3면) 벽에 내걸린 크고 작은 액자들 속에서 이 그림은 화장실로 통하는 문 옆, 베토벤의 검은 데스마스크 바로 아래 걸려 있었다.

이 그림이 거기에 걸려 있지 않았다면 사정은 달라졌을지도 모른다. (그랬다면 그림의 운명도 물론 달라졌을 것이고, 또 그랬다면 이 글도 생겨나지 못했을 것이다.) 그 다방에서는 평소에도 이따금 전시회나 연주회가 열리곤 했었다. 그러니 그런 행사에 별다른 흥미나 관계가 없는 처지에서는 그냥저냥 무관심하게 지나쳐도 그만인 터였다. 그날 내가 화장실로 들어가다가 마주친 그림이 이 그림이 아니라 다른 풍경화였다면 나는 분명 그랬을 것이다. 그런데 이 그림과 스치며 힐끗 보았을 때 나는 무척 당혹스러웠다. 아니, 당혹스러움은 그보다 조금 뒤에, 그러니까 화장실 안으로 들어가 소변기 앞에 서서 바지 앞섶을 열고 오줌을 누고 있는 동안에 문득 찾아왔다. 눈앞의 회벽 위─누군가가 조그맣게 낙서(정확히 기억나지는 않지만 당시의 통치자를 저주하는 내용이었던 것 같다)를 끼적여둔 회벽 위에, 그 회벽이나 한가지인 어떤 형상이 어른거리고 있었다. 나는 현기증 때문에 그런가 보다고 생각했다. 그러나 아니었다. 그것은 어지럼증 때문에 생겨난 환상이 아니라, 내 기억의 자락 끝에 달라붙어 있는 분명한 하나의 형상이었다. 그 기억의 원형을 되살려내는 일은 그리 오래 걸리지 않았다. 나는 급히 앞섶을 여미고 화장실을 나왔다.

거기에 있었다. 하얀색 페인트만 덕지덕지 덧발라진 화폭. 그 그림을 다시 보았을 때의 내 인상이 그랬다. 나는 그것을 그림이라고 선뜻 받아들이기가 어려웠다. 뭔가를 그리다 만 것 같은, 아니 뭔가를 그리기 위해 바탕에 하얀색만 잔뜩 칠해놓은 듯한 그 화폭 앞에서 나는 잠시 고개를 갸웃거리다가 자리로 돌아와 앉았다. 마침 내가 앉은 자리는 그 그림을 별로 멀지 않은 거리에서 마주 볼 수 있는 곳이었다. 나는 그곳에서 한참 동안이나 그 그림을 바라보며 이런저런 생각에 잠겨 있었다.

전위라는 게 저런 것인가. 나는 작가가 그 그림을 통하여 기존의 틀을 경멸 또는 파괴하고 있다고 생각했다. 단일색으로 온통 뭉개버린 화폭 속에는 신화조차 없었다. 그것은 젊음의 권리였다. 그것은 분노의 표출이었다. 그것은 미래의 광장이었다. 그림에 문외한인 내가 가까스로(또는 억지로) 떠올릴 수 있는 단어의 조합들이었다.

그러나 오후에 그 다방에 다시 들렀다가 그 그림을 다시 보았을 때 나는 왠지 모를 불쾌감이 위벽을 긁으며 돋아 오르는 것을 억누를 수가 없었다. 내 기분이 오전과는 사뭇 달라져 있는 탓이기도 했다. 점심때 나는 친구들과 어울려 낮술을 몇 잔 마셨으며, 다방으로 오기 직전에는 여자 친구와 만나 별것도 아닌 일로 말다툼을 벌이고 헤어진 터였다. 도대체 무엇을 담고 있는 것인지 알 수 없는 그림 앞에서 나는 연거푸 고개를 갸웃거리고 혀를 차면서 숙취 끝의 갈증처럼 괜히 조바심을 태웠다. 그러고 보면 나만 그런 것도 아니었다. 그 그림 앞에서 관객들은 누구나 하나같이 짜증을 내고 있는 것 같았다. 이게 뭐야. 뭐, 이런 그림이 다 있어. 지금이 장난이나 하고 있을 때야. 그들이 설레설레 흔드는 고갯짓에서, 끌끌 혀 차는 소리에서, 흘기며 던지는 눈빛에서, 나는 그들의 답답한 마음과 암상궂은 야유를 읽을 수 있었다. 나는 그렇게 억지로 그들을 내 편으로 끌어들여 불편한 심사를 달래려고 애썼다. 그러나 그럴수록 내 기분은 더더욱 엉망으로 뒤틀리고만 있었다. 내 생각에 화가는 그림 뒤에 숨어서, 그 그림 앞에서 안달하며 얼쩡거리는 관객들을 비웃고 있는 것만 같았다. 어쩌면 그는 실제로 다방 안 어느 자리에 뒷짐 지고 앉아 있으면서, 그가 쳐놓은 덫에 걸려 허우적거리는 먹이들을 날름날름 즐기고 있을지도 몰랐다.

나는 복수(복수? 아니다. 그때만 해도 우리는 복수를 모르는 세대였다. 아니, 복수심은 갖고 있었을지라도 복수의 방식은 아직 몰랐다)를 결심했다. 처음에 나는 그 그림에다 먹물이나 확 뿌려 버릴까 생각했다. 그럴듯한 상황을 적당히 연출하여, 불의의 실수라도 저지른 것처럼. 아니면 아무도 모르게 은근슬쩍. 그래놓고는 태연히 앉아서 딴전을 피우며 낭패감으로 새파랗게 질린 작가의 모습을 훔쳐보는 것도 괜찮겠다고 생각했다. 그러나 나는 생각을 고쳐먹었다. 하룻밤 하룻낮을 꼬박 들이며 숙고하고 궁리한 끝에 나는 그 그림을 훔쳐내는 쪽으로 생각의 방향을 돌렸다. (그 무슨 놈의 심술이냐고 야단칠 분들이 계실지 모르겠다. 사실 나도 지금에 와서는 다소 뉘우치는 마음이 없지 않지만, 그 당시 나로서는 그 행위가 단순한 기분풀이만은 아니었다. 어쩌면 이 같은 심리 속에는, 뭔가 일을 저지름으로써 어둡고 무겁게 가라앉은 일상의 틀로부터 일탈하고픈 욕망이 뒤섞여 있었던 것 같다.)

3

다시 또 한 번(세 번째다) 서둘러 결과를 말하자면 나의 도둑질은 완벽하게 성공적이었다. 아하, 당신은 다시 요구하고 있다. 그 도둑질이 어떻게 진행되었는지를 밝히라고. 그러나 나는 망설이지 않을 수 없다. 이유는 세 가지다. 첫째, 성공을 거둔 도둑질의 수법을 함부로 공개해도 괜찮은 것인지, 그랬다가 혹시 내가 일러준 수법이 이 사회에 절도 문화를 확산시키게 되지나 않을지, 나로서는 적잖이 염려되기 때문이다. 또 그랬다가는, 어쩌면 혁명을 사주했다는 죄목으로(이 나라엔 사회가 불안하면 혁명이 일어난다고 믿는, 믿는 체하는, 믿고 싶어 하는 자들이 많다) 처형을 당하게 될지도 모르기 때문이다. 둘째, 솔직히 말해서 절도 행위의 디테일이 별로 기억나지 않는다. 세월이 그럴 만큼 흐르기도 했지만, 그 당시 나는 너무나 긴장하고 있었던 탓에 세세한 것까지 기억에 담아둘 만큼 여유를 갖지 못했던 게 사실이다. 셋째, 나는 그 절도 행위를 밝히기 위해 이 글을 쓰고 있는 게 아니다. 이 글의 구성상 그 행위의 진행과 결과가 한 대목으로 끼어드는 것은 어쩔 수 없지만, 그런 따위의 흥미를 찾기 위해서라면 당신은 굳이 이 글을 읽어야 할 이유가 없다. 그런데도 당신이 기어코 듣고 싶어 한다면 나로서는 약간의 거짓말을 보탤 수밖에 없다. (약간이라고 말했지만, 그게 어느 정도인지는 가늠하기 어렵다. 그러기에 나는 앞에서 나의 이야기가 하나의 코드에 지나지 않는다고 말했던 것이다.) 그래도 괜찮다면 약간의 거짓말을 보탠 이야기를 시작하겠다. (그러므로 내가 털어놓는 도둑질 수법은 내가 실제로 행하여 성공했던 것과는 다르다. 따라서 내가 이 글에서 밝힌 수법을 어느 잘난(또는 못난) 위인이 멋모르고 그대로 본떴다가 쇠고랑을 차게 되더라도 나를 원망하지는 마시라.)

결행 날짜는 전시회가 끝나기 바로 전날 밤으로 잡았다. 그림을 도난당하고 쩔쩔매는 작가의 꼬락서니를 적어도 하루쯤은 즐기고 싶었기 때문이다. 또 전시가 시작된 지 일주일이 지났으므로, 그때쯤이면 파장에 가까운 무렵이라 관객들이건 작가들이건 다방 종업원들이건 전시물에 그다지 신경을 쓰지 않으리라는, 이를테면 허허실실의 병법을 이용하기에 딱 알맞겠다는 판단 때문이었다.

그날 오후 나는 근처에 여관부터 잡아두었다(그때는 야간통행금지*가 있어서 자정부터 4시까지는 외출할 수 없었다. 그리고 나는 홍릉 근방에서 하숙하고 있었다). 그러고는 펜치와 드라이버, 면장갑 따위를 숨겨 들고 다방으로 들어갔다. 다방 안의 구조에 대해서는 눈 감고도 다닐 수 있을 만큼 훤했으므로 어디에 허점이 있는지는 금방 알 수 있었다. 화장실 바깥쪽 창문을 통해 침입하는 것이 가장 안전할 듯싶었다. 나는 서너 차례 화장실을 들락거리며, 골목 쪽으로 나 있는 조그만 창문의 문고리를 떼어내

---

* 이 작품은 1989년에 쓰였고, 그 시대적 배경은 1974년이고, 지금은 2015년이다. 세월이 흐른 만큼 세상도 달라졌다. 그 달라진 면모를 설명하기 위해 토를 달자면, 야간통행금지는 일제에서 해방된 직후인 1945년 9월 7일 (미군청정에 의해) 시행되기 시작했고 1982년 1월 5일 (제5공화국 군사정권에 의해) 해제되었는데, 이 기간 동안 대한민국 국민들은 자정부터 새벽 4시까지 집 밖을 나가거나 거리를 나다닐 수 없었다. 밤길을 다니다가 방범대원에게 걸리면 파출소로 끌려가서 통금이 풀릴 때까지 붙잡혀 있어야 했다.

고, 창문 바깥쪽에 따로 설치되어 있는 쇠창살의 이음새도 헐겁게 만들어놓았다. 나중에 밖에서 들어오기 쉽도록 하기 위해서였다. 내부 공작이 끝나자 다음에는 밖으로 나와, 사과궤짝 하나를 구해서 골목 안 어느 집 앞 쓰레기통 옆에 놓아두었다. 화장실 창문을 통해 안으로 들어갈 때 발판으로 쓸 거였다. 준비는 그것으로 끝난 게 아니었다. 밤중에 발소리를 죽이기 위해 운동화로 갈아 신었으며, 쉽게 눈에 띄는 것을 막기 위해 검은 옷으로 바꿔 입었다.

미리 갖출 수 있는 준비를 마련해놓은 뒤 나는 식당에 들러 저녁을 사 먹고, 그래도 남는 시간을 보내려고 영화를 구경했다. 그 무렵 나는 탑골공원 뒤편에 있는 파고다극장을 종종 애용했는데, 그곳에 가면 제법 괜찮은 영화 두 편을 연속 상영으로 감상할 수 있었다. (그날 저녁에 내가 본 영화는 「젊은이의 양지」와 「지난여름 갑자기」였다. 이렇게 분명히 밝힐 수 있는 것은 내 기억력이 뛰어나서가 아니라, 이 글을 쓰기 위해 펼쳐본 일기장의 1974년 11월 9일자에 그렇게 기록되어 있기 때문이다. 이 두 편의 영화에서는 몽고메리 클리프트와 엘리자베스 테일러가 주연을 맡았는데, 그들의 인상은 몇몇 장면과 함께 지금도 기억에 선명하게―흑백영화였기 때문에 더욱 선명하게 남아 있다.) 뿐만 아니라 영화관 앞에 늘어서 있는 서너 개의 선술집에서는 돼지껍질을 별미로 즐길 수 있어서 좋았다. 소주 한 병만 사면 공짜로 내주는 안주였는데, 푹 삶은 돼지껍질을 송송 썰어서 갖은 양념으로 버무린 다음 다시 볶아낸 음식이었다. 후덕하게 생긴 주모의 손맛이 어우러진 양념 맛도 일품이었지만, 그 쫄깃쫄깃한 육질을 씹다 보면 미처 다 뽑히지 않은 터럭들이 껄끄럽게 입안에 고이는 바람에 더러는 삼키고 뱉어내는 맛도 그럴듯했다.

영화 감상을 마치고 밖으로 나오자 비가 내리고 있었다. (그때 마침 왜 비가 내렸는지, 또는 이 글의 이 장면에서 왜 비를 내리게 하고 싶었는지 나는 알 수 없다. 이 기회에 마저 밝히면, 솔직히 말해서 나는 이런 작가의 자의성이 좋아서 소설가가 되고 싶었고, 어렵사리 되었다.) 겨울을 재촉하는 보슬비였다. 나는 오히려 다행이다 싶었다. 이런 날이면 방범대원들도 밖으로 나돌아다니기 힘들 것이므로. 나는 안개처럼 자욱이 뿌려지는 비를 맞으며 낙원동 뒷길을 빠져나와, 비원 앞과 창경원 앞을 거쳐 명륜동까지 걸어갔다. 11시 반이 가까웠다. 상점들은 거의 문을 닫았고, 통금에 쫓기는 자동차들만이 이따금씩 뿌연 빗살 속으로 기다란 빛살을 내뿜으며 급히 달려갔다. 나는 문을 막 닫으려는 가게에 들러 소주 한 병을 사 들고 여관으로 들어갔다. 썰렁한 방바닥에 벌렁 드러누운 채 나는 술을 몇 모금(취하지 않게, 두근거리는 가슴을 가라앉힐 만큼만) 홀짝거리며 밤을 뜬눈으로 지새운 뒤 (작전을 계속 밀어붙일 것인가를 놓고 망설임이나 회의를 가졌을 법도 한데, 그런 기억이 전혀 없는 것으로 보아, 아마 나는 비몽

사몽간의 졸음에 빠져 있었는지도 모르겠다), 통금이 해제되기 20분 전에 슬그머니 여관을 빠져나왔다.

그다음 어떻게 진행되었는지는 마저 다 이야기하지 않아도 충분히 짐작할 수 있을 것이다. (절도 행각의 세세한 장면을 그려낼 능력이 없으니까 괜히 연막을 피우는 거 아니냐고?) 앞에서도 미리 밝혔다시피 나의 도둑질은 성공리에 끝났다. 나는 무사히 다방 안으로 '잠입'해 들어갔으며, 흔적 하나 남기지 않고 그림을 훔쳐냈으며, 아무한테도 들키지 않고 그곳에서 '탈출'해 나왔다. ('잠입 탈출'의 죄는 국가보안법에 의해 무시무시한 벌을 받게 되어 있다. 그리고 이 글은 어느 노시인 목사가 북한을 방문하고 돌아와 '반국가단체잠입죄'로 구속된 시기에 쓰이고 있다는 점을 염두에 두어주기 바란다.) 범행에 소요된 시간은, 미리 준비해둔 발판을 창문 밑에 옮겨다 놓은 때부터 그 나무궤짝을 본래의 자리에 가져다 놓은 때까지, 정확히 28분이었다. 그중 10분은 그림을 갈아 끼우는 데 쓰인 시간이었다. (아, 그러고 보니 이 점에 관해 미리 밝히지 못했는데, 그 대목은 이렇다. 나는 그림을 액자에 들어 있는 채 훔쳐내지 않고 속에 든 그림만 꺼내야겠다고 마음먹었다. 그래서 나는 하얀색 물감을 아무렇게나 찍어 바른 마분지를 미리 준비해두었다가, 그것을 들고 가서 액자 속의 그림과 슬쩍 바꿔치기해놓았다. 그렇게 한 데에는 이유가 있다. 첫째는, 그렇게 하면 도난 사실이 좀 더 뒤늦게 발견되지 않을까 생각했기 때문이다. 그렇게 되면 나로서는 알리바이를 충분히 만들어둘 수 있을 것이고, 따라서 나의 절도는 완전범죄가 될 수 있을 터였다. 둘째, 하얀 페인트만 덕지덕지 덧발라진 그림을 하얀색 물감이 아무렇게나 덧칠된 종이로 바꿔치기했을 때 그림의 작가는 언제쯤 그 변화를 알아차릴 것인지, 아니 전시회가 끝나기 전에 그 바뀐 사실을 과연 발견이나 할 수 있을 것인지, 나로서는 그 점이 자못 궁금했기 때문이다.) (그러나 전시회는 아무 탈 없이 예정대로 끝났으며, 전시 중에 그림이 도난당했다는 사실을 들고 나와 까탈을 부리는 사람도 없었다. 그리고 나도 변함없이 그 다방에 드나들면서 커피를 마시고, 논쟁을 벌이고, 낮잠을 자고, 창밖 너머 교정을 물끄러미 바라보다가, 이윽고 겨울방학이 시작되자 과제물을 작성하는 데 필요한 책 몇 권을 싸들고 고향으로 내려갔다.)

그리하여 내 손에 들어온 이 그림은, 그 후 하숙이라도 옮길 때면 가장 먼저 챙기는 재산목록 제1호가 되었고, 내가 군에 가 있는 동안에는 여자 친구(나중에 내 아내가 된 이 여자는 앞에서 나하고 말다툼한 여자 친구와는 다른 인물이다)가 이 그림을 마치 내 분신이라도 되는 듯이 보살폈으며, 장물에는 주인이 따로 없다는 도덕률을 가진 몇몇 친구들(이따금 술자리 같은 데서 그림에 얽힌 무용담을 소설 꾸미듯 털어놓은 적이 몇 번 있었는데, 거기에 혹한 자들이 종종 있었다)의 숱한 도발과 염탐과 보쌈

미수에도 불구하고 이 그림은 오늘날까지 무사히 남아 내 곁에 머물러 있다.

그림의 한쪽 귀퉁이(정확히 말해서 오른쪽 하단)에는 이름 하나가 조그맣게 적혀 있다. 박×선(가운데 글자를 ×로 표기한 것은 실명을 감추려는 수작이 아니라, 멋을 부린 듯 휘갈긴 그 글자가 양인지 향인지 장인지 창인지 분명치 않기 때문이다). 남자 이름 같기도 하고 여자 이름 같기도 한 이 이름은 말하자면 작가의 서명인 셈이다. 지금은 눈을 가까이 들이대야 간신히 판독할 수 있을 만큼 희미하게 바래버렸지만, 그 이름 석 자마저 남아 있지 않다면 나는 화가의 이름조차 알지 못한 채, 어쩌면 그림을 훔쳐낸 나의 행위마저 망각의 깊은 늪 속에 내던져버렸을지 모른다. 그 이름이 남아 있기에 이 그림은 영원히 내 것이 될 수 없었고, 내 것이 아니기에 이 그림은 내 젊은 날의 치기 어린 추억과 함께 언제나 소중했다. 그러나 나는 그를 전혀 모른다. 오늘날까지도 나는 다만 그림 한 귀퉁이에 서명된 이름을 기억하고 있을 뿐 얼굴조차 한 번 본 적이 없고, 그 이름을 다른 데서 보거나 들은 적도 없다.

4

그런데(그렇다, 내가 무슨 말을 하려는지 당신은 벌써 눈치를 챘다!), 그토록 무심한 가운데 오랜 세월이 흐른 뒤, 어느 날 참으로 뜻밖에 그의 소식을 전해 듣게 된 것은 과연 어떤 운명의 작용(장난이나 섭리라고 읽어도 괜찮다)이었을까.

지난해 봄에 나는 수필 하나를 발표한 일이 있었다. (소설가라고 해서 소설만 쓰라는 법은 없지 않은가. 오히려 나는 번역으로 먹고산다. 게다가 나는 시를 쓰기도 한다. 아직껏 발표한 적은 없지만.) 어느 월간지에 근무하는 후배가 하도 조르는 바람에(오해가 없기를! 내가 무슨 잘난 놈이라고 위세를 떠느라 그런 것이 아니고, 그 무렵 맡아 진행 중이던 번역일 때문에 바빠서 그랬다) 어쩔 수 없이 모자란 필력이나마 휘둘러본 것이다. 종합월간지에 실리는 수필이란 게 구색 맞추기에 불과한 것이기는 하지만, 그래도 내 딴에는 현실에 대한 발언 하나쯤 글 속에 담아보려고 밤새 끙끙거렸다. 때마침 4월이었고, 어느 노시인과 소설가의 북한 방문을 기화로 소위 공안(이 낱말은 나에게 프랑스혁명 당시의 공안위원회를 연상시킨다. 단두대의 칼날에 묻은 피가 마를 새 없었던 '공포정치'와 함께!) 정국이 펼쳐지면서 민주화 도정에 찬물을 끼얹기 시작한 무렵이었다. 나는 이 같은 현실을 4·19의 좌절에 빗대어 야유하고자 했다. 그래서 화두로 삼은 것이 한 장의 사진이었는데, 그것은 내가 대학에 다니던 시절 몇몇 친구와 함께 4·19기념탑 앞에서 찍은 평범한 사진이었다. 나는 그 사진에다 박×선의 그림을 훔쳐낸 나의 범죄 사실을 살로 붙이고 '주인을 찾습니다'라는 제목을 달아 발표했다. 좀 길지만 그 글을 인용하면 다음과 같다.

─우리 문리대 학우여! 오라 그리고 보라! 그리하여 그대들 가슴에 끓는 맥동을 영원히 새기라!

이 글은 서울대 문리대 교정에 서 있던 4·19혁명기념탑에 새겨진 명문(銘文)의 첫 구절이다.

외람된 짓이지만 나는 이 글을 하루에도 몇 차례씩 읽는다. 그 기념탑이 바로 내 눈앞에 있기 때문이다. 그 탑은 사진으로 찍혀 패널 속에 담겨 있고, 그 패널은 내 책상 앞 벽에 걸려 있다. 20호쯤 되는 이 사진에는 눈부신 화강암의 기념탑이 봄의 신록 속에 서 있고, 무성한 마로니에 가지가 휘늘어져 내린 탑 한 모퉁이에는 까치 한 쌍이 먼 곳을 응시하며 앉아 있다. 사진 미학에 대해서는 잘 모르지만 거기에 담긴 의미의 함축들은 참으로 경탄할 만하다.

그런데 죄송하게도 이 사진은 훔친 물건이다.

벌써 오래전이다. 1974년 가을. 당시 문리대가 있었던 동숭동 캠퍼스, 길 건너에는 학림다방이 있었고, 삐걱거리는 나무층계를 밟고 올라간 그곳에서는, 지금은 얼굴도 이름도 잊어버린 한 서울대생(그렇게 기억하고 있지만, 아닐지도 모른다)의 사진전이 열리고 있었다. 전시된 작품들은 관악산으로 이전을 앞둔 서울대의 곳곳을 사진에 담아낸 것들이었다. 내가 가지고 있는 사진도 그 전시물들 가운데 하나였다.

전시회가 끝나던 날 또는 그 전날 저녁 늦게 나는 제법 취해 있었던 것 같고, 사진작가의 기분만큼이나 허전해 있었던 것 같고, 그 무렵 우리 또래가 비슷하게 가졌던 치기와 분노와 절망 따위의 감정에 휩쓸리면서 그 사진을 내 것으로 만들고 싶다는 엉뚱한 욕심을 품었던 것 같다. 그래서 나는 전시회 첫날부터 눈독을 들여온 그 사진을 훔쳐냈다. 그리하여 내 손에 들어온 이 사진은, 그 후 여러 차례에 걸친 유실 위기와 도난 미수에도 불구하고, 오늘날까지, 약간 누런 빛이 세월만큼 돋아오르긴 했으되 여전히 싱싱한 모습으로 내 앞에 놓여 나를 내려다보고 있다.

나는 이 사진을 볼 때마다 생각한다. 수천 년의 풍상을 견디고도 제 모습을 지키는 화강암의 기념탑. 거기에 새겨진 맥동의 진리. 그 진리의 역사를 조망하는 까치의 응시. 이 모든 것을 함축하고 있는 한 장의 사진. 그러나 도둑맞은 사진. 그리고 도둑맞은 4·19. 그 비극의 상징성 하나를 몰래 숨겨두고 있다는 사실에 나는 무척이나 죄스럽고 부끄럽다. 더구나 사진 속의 실체는 관악 캠퍼스로 이전한 학교를 따라 옮겨가서도, 관악산 기슭의 인적조차 뜸한 뒷구석에 마치 역사의 한 페이지를 구겨서 버린 휴지조각처럼 외롭게 놓여 있다.

이 사진을 보면서 나는 다시 생각한다. 도둑맞은 4·19의 비극은 과거완료형의 일과성 추억이 아니라, 현재진행형으로 되풀이되어온 현실이다. 4·19를 탈취하여 민주와 통일의 열망을 좌절시킨 '군사 문화'는 지금 우리 앞에서 '공안 정국'으로 되살아나 음험한 눈길을 번득이고 있다. 그 눈길이 내던지는 사슬에 한 시인이 포박되었다. 군사독재 치하에서 "전태일 아닌 것들아 / ……모든 거짓들아 / 당장 물러들 가"라고 서슬 푸른 신칼을 내리쳤던 문익환 목사는 억장에 사무친 통일 염원을 삭이지 못하여, "국군의 피로 뒤범벅되었던 북녘땅 한 삽 / 공산군의 살이 썩은 남녘땅 한 삽씩 떠서 / 합장 지내는 꿈"의 한 가닥을 붙잡으려고 북한에 다녀왔다. 초월과 해방의 의지를 품고 금단의 벽을 뛰어넘었던 노시인―그의 날개를 붙들어맨 오랏줄은 '북한의 정치 공작' '잠입 탈출' '동조 찬양' 등의 진부하고 흉흉한 언사들로 엮어져 있다. 이쯤 되면 꿈꿀 줄 모르는 자들의 삭막한 영혼과 역사를 읽을 줄 모르는 자들의 뒤틀린 안목에 소름마저 돋는다.

도둑맞은 사진은 주인에게 되돌아가야 한다. 이 말의 내포가 무엇인지는 자명하다. 민주주의는 힘에 의한 탈취 이전으로 되돌아가야 한다. 그럼에도 나는 여전히 도둑질한 사진을 붙잡고 있으며, 기득권을 지키기 위한 힘의 장벽은 여전히 견고하다. 이 말의 의미는 당연히 우리의 현실 속에서 그 외연을 찾는다. 6·29선언이 유월항쟁을 도둑질한 증거가 되지 않기 위해서는 4·19를 도둑질한 자들의 역사를 반복해서는 안 된다.

끝으로 덧붙이고 싶은 한마디.

누군지도 모르고 기억도 나지 않는 이 사진의 참주인은 지금 어디서 무얼 하고 있을까. 이 도둑맞은 사진을 기억이나 하고 있을까. 행여 이 글이 그를 만나는 계기가 되기를 소망해보는 것은 부질없는 짓일까.

그러므로 위의 글에 담긴 사진 이야기는, 사실은 그림에 얽힌 사연을 대신 집어넣어 엮어낸 일종의 허구에 불과했다.

글이 잡지에 실리고 나서 고료를 받으러 갔을 때 후배는 이렇게 말했다.

"글도 좋았지만, 사진에 얽힌 이야기가 재미있던데요."

"그거? 실은 지어낸 이야기야. 완전히 다는 아니지만."

그랬더니 후배는 마구 야단을 쳤다.

"형은 그래 매사를 그렇게 소설 쓰듯 합니까?"

그러면서 특히 화를 낸 것은 글의 제목과 마지막 대목에 대해서였다.

"그런 줄도 모르고 우린 말예요, 다행히 그 글 덕분에 사진 임자가 나타나게 되면, 형이랑 그 사람이랑 함께 모여 술이라도 하자고 의논을 봐두었다고요. 그런데 지어낸 이야기라니, 순전히 사기 아녜요."

하기야 현실을 있는 그대로 기록해야 하는 직업의 종사자가 현실을 얼마간 비틀어야 직성이 풀리는 직업 종사자의 심리학을 충분히 이해할 수는 없을 터였다. 그가 나더러 매사를 소설 쓰듯 하느냐고 다그쳤을 때 나는 그래서 아무 대꾸도 하지 않았다. (우리는 흔히 인식의 문제를 현상의 문제로 바꿔놓고 논쟁을 벌이는 경우가 많다. 이럴 경우 논쟁은 겉으로는 시끌벅적하고, 대개는 목소리가 큰 쪽이 이기게 되지만, 그러나 그것은 오해가 아니라 몰이해에서 비롯한 논쟁이기 때문에 결국은 피곤하고 씁쓸한 뒷맛을 남길 뿐이다.)

어쨌거나 위의 글은 일종의 허구였으므로 사진의 참주인이 있을 턱이 없는 것도 당연하다. 그런데 그게 아니었다. 아니라면? 그렇다. 사진의, 아니 그림의 임자가 나타난 것이다. 어찌 된 영문인가? (여기서 잠깐, 당신이 이 글 속에 끼어들 자리를 마련하겠다. 앞에서 읽은 문맥을 통하여 당신이 알고 있는 사실은 다음 세 가지다: ① 나는 그림을 훔쳤다; ② 나는 잡지에 발표한 글에서 그림을 사진으로 바꿔치기했다; ③ 그런데 그림의 임자가 나타났다.

이 세 가지는 그 하나하나를 따로 떼어놓고 보면 의심할 수 없는 사실들이다. 그러나 이 세 가지를 하나로 묶어서 이해할라치면 서로 엇갈리는 모순이 발견된다. 이러한 모순을 넘기 위해서는 상충하는 세 가지 사실 사이에 접착제를 바르지 않으면 안 된다. 이 접착제는 말하자면 당신에게 주어진 상상력이라고 할 수 있다. 그런데 상상력이란 그 주체의 수만큼이나 다양하다. 그리고 그것은 그것들끼리 만나 또 다른 화학반응을 일으키기도 한다. 그러므로 모순을 풀어낼 수 있는 해석은 무한하다고 할 수밖에 없다. 그래서 나는 여기에 몇 가지 해석의 틀을 제시하려고 한다. 일종의 사지선다형이다. 당신의 선택은?

① 나한테 사실을 전해 들은 후배가 마구 떠들고 다닌 덕분에 그 사실이 마침내 그림의 주인에게 알려진 것이다.

② 그림의 주인은 내가 그림을 훔쳤다는 사실을 진작부터 알고 있었다. 그러나 그는 내가 자진해서 돌려줄 때까지 기다리기로 작정했다. 왜냐하면 그는 자신의 그림을 훔친 자의 기분을 이해할 수 있었기 때문이다. 오랜 세월이 지난 뒤, 우연히 읽은 글에서 그 신호를 보았다.

③ 하얀 페인트칠이 덕지덕지 덧발라진 겉그림 속에 숨어 있는 밑그림은 사실은 내가 수필에서 묘사한 사진 속의 풍경을 담고 있었다. 그래서 그림의 주인은 내가 사진을 말한 대목에서 그림을 읽었고, 내가 사진을 훔친 상황이 그에게는 그림을 도난당한 상황으로 곧장 이해되었던 것이다.

④ (   )

위의 빈칸을 당신이 채워 넣을 수도 있다.)

5

그러나 상상력이 만들어낸 해답은 사실 정답과는 아무 관련이 없다. 오히려 상상력은 정답을 무너뜨린다. 정답을 해체시키고 무화시키는 데서 상상력은 그 자신의 몫을 거둔다. 나는 그림을 훔쳤다. 아우슈비츠에 끌려간 유대인들은 두 줄로 나뉘어 섰다. 나는 잡지에 발표한 글에서 그림을 사진으로 바꿔치기했다. 두 줄로 나뉘어 선 유대인들은 소독실로 또는 샤워실로 들어갔다. 그런데 그림의 임자가 나타났다.

며칠 전이다. 내 수필이 실렸던 잡지사의 후배한테서 전화가 걸려왔다. 나한테 전해달라는 편지가 와 있다는 것이었다.

"편지?"

"미국에서 보내왔어요. 발신인은 조명곤."

나는 후배가 들려준 이름을 입안에서 굴려보았다. 전혀 모르는 이름이었다.

"내용이 뭔데?"

"남의 편지인데 함부로 뜯어볼 수 있나요? 하여간 형한테 전해

달라고 겉봉에 적혀 있어요."

마침 출판사에 갖다줄 번역 원고도 있고 해서 시내에 나간 길에 잡지사에 들러 편지를 전해 받았다. 미국에서 온 편지인데도 우리나라 우표가 붙어 있었다. 발신인의 주소는 미리 겉봉에 인쇄되어 있었는데, 워싱턴 주(이런 이름의 주가 있다는 걸 나는 처음 알았다)의 시애틀 영사관이었고, 그 주소 아래 '외무부 경유'라는 스탬프가 찍혀 있는 것으로 보아 외교행랑에 담겨 배달된 우편물인 모양이었다. 그러니까 편지를 보낸 조명곤이라는 인물은 그 영사관에 근무하는 직원일 터였다. 그러나 나로서는 전혀 기억에 없는 이름이었다. 나보다 더 궁금해하는 후배의 호기심을 무시하고 나는 편지를 주머니에 넣은 채 잡지사에서 나왔다. 나혼자 조용히 꺼내 보고 싶다는 생각 때문이었다. 왠지 그래야 할 것 같은 느낌이었다. 여느 때 같으면 친구를 불러내거나 찾아가서 거나하게 마시고 밤늦게 귀가할 텐데, 이날은 출판사에 원고만 갖다주고는 곧장 집으로 돌아왔다.

편지는 꼼꼼하게 타이핑되어 있었다.

얼마 전에 우연히 월간 ○○ 1989년 5월호에 실린 당신의 글을 읽었습니다. 그 잡지에 실린 다른 글을 어떤 이유로 뒤적거리다가 무심코 당신의 글을 읽게 된 것입니다.

우선 재미있게 읽었다는 말씀부터 드립니다. 그 글에서 당신은 사진의 주인공을 찾고 있더군요. 그런데 그 내용을 곰곰이 들여다보는 동안 왠지 모르게 나에게는 당신이 거짓말을 하고 있다는 생각이 들었습니다. 당신과 나는 서로 안면이 없지만, 1974년 당시 나는 문리대 졸업반이었기 때문에 당신이 글에서 그리고 있는 분위기를 잘 알고 있습니다. 그러나 내 기억에는 그 무렵 학림다방에서 사진전이 열린 일이 없습니다. 다만 11월 3일부터 10일까지 미대생들의 동인전이 열렸을 뿐입니다. 그렇다면 당신이 훔친 사진은 실은 그림이 아니었는지요. 그리고 당신이 훔친 그림은 박향선의 것이 아니었는지요.

이 당돌한 질문을 던지는 내가 누구인지 당신은 자못 궁금하겠지요? 이왕 말을 꺼냈으니 마저 밝히겠습니다. 아니, 말의 흐름이 어긋난 것 같군요. 내가 누구인지를 밝히는 것은 아무 의미도 없겠기에 말입니다. 그러므로 내가 아니라 박향선이 누구인지를 밝히는 것이 순서일 것입니다. 박향선은 지금은 1남1녀의 어머니이자 한 외무공무원의 아내인 평범한 주부지만, 한때는 앞날이 촉망되던 미술학도였습니다. 대학 1학년 때 국전에서 특선으로 뽑힐 정도였으니까요. 그렇게 재능이 남달랐던 그녀가 그림을 버린 것은 학림다방에서 전시회가 있고 난 뒤였습니다.

그 동인전에 박향선은 참으로 파격적인 그림을 출품했었지요. 지금 당신이 소중하게 간직하고 있으리라 짐작되는 그 그림을 말입니다. 그 그림을 자세히 살펴보면 아시겠지만, 원래는 전혀 다른 그림이었습니다. 추상과 구상이 반반씩 뒤섞인 다소 그로테스크한 인상을 주는 그림이었는데, 무엇을 그린 거냐고 물으면 그녀는 아직 다 그리지 않았다고 대답할 뿐이었습니다. 그 무렵 우리는 연애 중이어서 나는 그녀의 작업실로 종종 놀러 가곤 했는데, 가서 볼 때마다 그림이 조금씩 변하고 있었습니다. 그러더니 마침내 작업이 끝났을 때 보니까 처음에 담겨 있던 그림은 간 곳이 없고 온통 새하얗게 덧칠된 화폭만 남아 있었습니다. 어찌 된 거냐고 물었지요. 그녀가 대답하기를, 마음속 주름 하나까지 다 표현해내느라 손질을 더하고 붓칠을 더하고 그러다 보니 마지막에는 그렇게 하얀 바탕만 남게 되더라는 얘기였습니다. 그러면서 덧붙이기를, 자기가 그린 그림을 이해할 수 있는 것은 하느님뿐이라는 거였습니다. 덧칠된 겉그림 속의 밑그림까지 꿰뚫어볼 수 있어야 한다면서. 나는 그녀의 천재성을 믿고 있었기 때문에 그녀가 허투루 그러는 게 아니라는 것을 알고 있었습니다. 그녀는 나한테 그리고 친구들한테 공언을 하기까지 했습니다. 만약에 그 그림을 이해하는 사람이 나타나면(그런 사람이라면 그림을 훔쳐가고 말 것이라는 예언까지 했습니다) 자기는 더 이상 그림을 그리지 않겠노라고 말입니다. 그랬는데, 당신도 알고 있다시피 전시회가 끝나기 전날 밤에 그 그림이 감쪽같이 사라져버린 것입니다. 처음엔 누군가가 그녀를 놀려주려고 장난이라도 친 줄 알았지요. 그런데 그게 아니었습니다. 그 그림은 영영 돌아오지 않았습니다.

아내는 지금도 이따금씩 그림을 그리고 싶은 충동에 휩싸이곤 합니다. 그러면서도 자신과의 약속 때문에 애써 들었던 붓을 내려놓고 맙니다. 그런 모습을 옆에서 바라보는 기분은 참으로 씁쓸하고 안쓰럽습니다. 마음을 고쳐먹으라고 야단도 치고 달래도 보지만, 그러면 아내는 오히려 딴전을 피우며 돌아섭니다. 그 맺힌 응어리는 아내보다도 내 가슴에 더욱 깊이 박혀 있을지 모릅니다. 내가 당신에게 이 편지를 쓰게 된 것도 다그 답답함을 풀어보려는 노력입니다. 부디 연락을 주시기 바랍니다. 어쩌면 내가 엉뚱한 오해로 당신에게 실례를 저지르고 있는지도 모르겠군요. 그러나 내 짐작이 맞거든 그렇다는 대답만이라도 보내주시면 고맙겠습니다. 이제 와서 당신을 원망하거나 그림을 돌려달라고 할 생각은 없습니다. 다만 그 그림이 이 세상에 남아 있다는 소식만이라도 듣고 싶은 것입니다. 이런 사실을 아내는 전혀 모릅니다. 그러나 당신의 편지를 받게 되면 아내한테 전해줄 작정입니다. 잃어버린 그 그림이 영영 사라진 게 아니라 누군가의 손에 소중히 보관되어 있었다는 사실을 알게 되면 아내는 어쩌면 용기를 되찾게 될지 모릅니다. 그렇게 되기를 나는 간절히 바라고 있습니다. 사람이란 때로는 허망에 휘둘리기도 하지만 때로는 그 허망에 매달려 살아가는 것 아니겠습니까.

　당신의 답장을 고대하면서 이만 글을 맺습니다.

(이 글을 끝까지 읽어준 당신에게 감사한다. 그리고 당신이 나
라면 어떻게 할 것인지, 그러니까 내가 어떻게 하면 좋을지 알려
주면 더욱 고맙겠다.)

단 층

1980년, 참 많은 사람이 세상을 떠났다. 에리히 프롬, 롤랑 바르트, 장 폴 사르트르, 앨프리드 히치콕, 티토, 김재규, 헨리 밀러, 팔레비, 스티브 매퀸, 로맹 가리. 12월 8일에는 존 레넌이 자기 집 앞에서 괴한의 총을 맞고 죽었다. 그리고 내 친구 박태섭이, 같은 날짜 소인이 찍힌 엽서 한 장을 남긴 채 자취를 감추었다. 집에서는 실종 신고를 내고 온갖 수소문으로 그를 찾았지만, 그는 영영 다시는 나타나지 않았다. 그가 보낸 엽서에 그의 행방이 암시되어 있었다는 것을 깨달은 것은 좀 더 시일이 지난 뒤였다.

밖에 잠깐 볼일이 있어 나갔다가 돌아와 자동응답기를 틀었더니, 그동안 서너 시간 사이에 전화가 세 통이나 와 있었다. 하나는 출판사에서 맡긴 번역 작업의 진행 상황을 확인하러 걸어온 것이었고, 또 하나는 아내가 약국에서 건 전화였다.

"연락도 없이 어딜 간 거야? 당신 요즘 수상해요. 걸핏하면 슬쩍슬쩍 외출하곤 하는 것이…… 엄마한테서 전화가 왔는데, 전주엔 다음 주에 오래요. 오빠가 사정이 생겨서 못 내려간대. 집에 오는 대로 전화 줘요."

장인 생신이 내주 화요일이기 때문에 이번 일요일에 처가에서 식구들이 모이기로 약속이 되어 있었다. 그런데 그 약속이 사위의 형편 따위는 고려하지도 않고 일방적으로 파기되고 연기된 것이다. 그렇다면 다음 일요일엔 내가 사정을 만들어봐? 나는 다음 전화로 넘어가는 기계음을 들으며 속으로 투덜거렸다.

세 번째로 녹음된 목소리는 잠시 머뭇거리는 기색이더니, 사뭇 조심스럽게 말을 꺼내고 있었다. 갈아 내쉬는 숨소리가 그대로 섞여 들렸다.

"저 박우섭입니다. 박태섭의 동생 박우섭요. 하도 오랜만이라 기억나실지 모르겠군요. 그러니까 팔십년엔가, 죽었는지 살았는지 모르지만, 하여간 그때 사라져버린 박태섭이 제 형입니다. 저는 그때 중학생이던 막내구요. 언젠가 형님이 우리 집에 오셨을 적에, 감나무에 올라갔다가 떨어진 저를 들쳐 업고 병원으로 갔던 기억이 나는군요…… 형님에 대해선 이름이나마 신문 광고에서 종종 보고 있습니다. 번역 많이 하시더군요…… 뭐 좀 여쭤볼 게 있어서 전화를 드렸는데…… 한번 뵙고도 싶고요. 저녁에 다시 전화 드리겠습니다."

박태섭. 이름을 듣는 순간, 나는 잠시 아득한 기분에 휩싸였다. 현기증과도 같은 어지러움. 거기에 뒤이어, 오한이라도 난 듯한 신열의 기미가 등줄기를 타고 싸하게 흘러내렸다. 박태섭. 나는 나직하게 중얼거렸다. 그 이름 끝에 매달린 기억들이 대숲에 이는 바람처럼 우우거리며 어질한 머릿속을 휘젓고 지나갔다. 나는 소파에 털썩 주저앉았다. 가슴에 치미는 저릿하고 아릿한 열기. 숨이 탁 막히는 기분이었다. 기억이란 이토록 신비스러운 것일까. 아니, 이토록 질기고 천연스러운 것일까. 그 오랜 세월의 더께에도 불구하고 고스란히 되살아나, 풀숲에 깃들여 있던 새들이 일제히 비상하듯, 형상과 소리와 색채까지도 선명하게, 바로 어제 일처럼 눈앞에 날아오르고 있었다.

꼬리에 꼬리를 물고 이어지는 새떼의 난무가 머릿속 빈 하늘을 가로질러 사라진 뒤에도 나는 한참을 더 망연히 앉아 있었다. 이윽고 복받쳐 올랐던 숨결이 가라앉고 차분한 고요가 마음에 다시 돌아왔을 때, 나는 마치 소용돌이에 휘말렸다가 빠져나온 기분이었다.

나는 담배를 피워 물고 창밖을 바라보았다. 태풍에 휘말렸던 하늘이 어느새 눈부시도록 화창했다. 그 맑은 한 귀퉁이에 얼굴 하나가 슬그머니 떠오르고 있었다. 그 얼굴은 그러나 기억의 변두리에서 가물거리기만 할 뿐, 온전한 모습으로 다가오기를 한사코 거부하고 있었다. 스물아홉 살에 멈춰버린 과거가 마흔넷의 현재로 건너오기에는 그 사이에 놓인 세월의 골짜기가 너무 깊은 것일까. 나는 담배를 재떨이에 비벼 끄고 일어섰다. 그러고는 서재로 가서 책장을 열고 사진첩을 꺼냈다. 서너 권 꽂혀 있는 앨범들 가운데 가장 오래된 것. 거기엔 내가 식솔을 거느리기 이전에 살았던 생활의 토막들이 박제되어 있었다. 그 시절의 지층을 보여주듯 갈피마다 붙어 있는 사진들은 대부분 흑백사진이었다. 사진 찍는 일이 기념행사처럼 쑥스럽고 소중하던 시절의 흔적들. 그래서 그것들은 알몸을 드러낸 백일사진부터 대학졸업식 때 부모님과 함께 찍은 사진에 이르기까지, 그 하나하나가 삶의 길목에 이정표처럼 빛나고 있다.

누렇게 바랜 사진 속에서 둘은 의자에 나란히 앉아 있고, 하나는 그들 뒤에 엉거주춤 서서 두 사람의 어깨를 가볍게 짚고 있다. 오른쪽에 앉은 박태섭은 카메라를 향해 약간 모로 돌린 눈길을 마치 쏘아보듯 던지고 있고(조명등 불빛에 눈이 부신 것일까), 그 옆의 홍문표는 굵은 안경테 때문에 반쯤 가려진 눈매에 살짝 일그러진 냉소를 머금고 있다. 그들에 비하면 내 얼굴은 거의 무표정하게 굳어 있어서 무뚝뚝해 보이기까지 한다.

우리 셋이 함께 찍은 사진은 이것 말고도 몇 장 더 있다. 그런데도 유독 이 사진에 시선이 끌린 것은 그만한 사연이 있기 때문이다. 찬찬히 들여다보고 있는 지금도 그때의 심정이 애잔한 그리움처럼 되살아난다. 이 사진은 1973년 늦가을, 박태섭의 군입대를 며칠 앞두고 모처럼 사진관에 가서 찍은 것이다. 그때 태섭은 10월 중순에 있었던 유신 반대 데모에 참가했다가 잡혀 들어간 뒤 강제로 징집을 당하게 된 처지였다. 4년 남짓 깊이 사귀어 오는 동안 떨어져 지내본 적이 별로 없는 우리 셋에게 이 갑작스러운 이별은 참으로 난감하고 안타까운 경험이었다. 더구나 강제 입영당하는 박태섭 자신은 물론이고, 그를 그렇게 떠나보내야 하는 두 친구의 마음도 착잡하고 불안하기 그지없었다. 무겁고 답답하고 우울하던 시월유신 이듬해의 한 풍경이었다.

우리가 처음 만난 것은 고등학교 때였다. 문예반에서 알게 된 세 사람은 섣부른 감상과 부질없는 조숙에 휘둘리던 고만한 나이의 또래답게 제법 죽이 잘 맞았다. 늘 함께 붙어 다녔기 때문에 다른 학우들은 우리를 두고 삼총사니 삼악당이니 하며 경원시하거나 시샘하거나 부러워하기도 했다.

몇 가지 기억이 떠오른다. 2학년 말에 담배를 처음 배웠는데, 외진 숲속이나 냇가 같은 곳에 숨어 앉아 서로 마주 보며 연기를 내뿜고 있노라면, 뭔가 은밀하고도 끈끈한, 이를테면 음모라도 함께 꾸미고 있는 듯한 느낌에 가슴이 벅차도록 저리곤 했다. 셋이서 함께 쓴 작품을 『학원』이라는 학생 잡지의 문예현상모집에 '박문경'이라는 이름으로 응모했다가 입선되는 바람에, 연락을 받은 학교에서 당사자를 찾느라 법석을 떤 적도 있었고, 대전에 사는 여고생과 펜팔할 때는 셋이서 번갈아 돌아가며 답장을 쓰기도 했다.

대학은 박태섭이 곧바로 들어갔고 홍문표와 나는 재수 끝에 들어갔다. 태섭은 사학과, 문표는 심리학과, 나는 불문과였다. 학교는 서로 달랐지만, 시골에서 올라와 서울에서 함께 어울리게 된 것은 큰 기쁨이었다. 우리는 거의 일주일에 한 번꼴로 만나 종로와 신촌을 쏘다니며 지냈고, 여름방학 때는 배낭 하나씩 달랑 둘러메고 무전여행을 다니기도 했다. 1972년 여름에는 서해안을 따라 군산에서 목포까지 내려갔고, 73년 여름에는 남해안을 따라 광주에서 순천과 마산을 거쳐 부산까지 갔다. 74년에는 동해안을 따라 강릉에서 부산까지 내려갈 계획이었는데, 박태섭이 입대하는 바람에 틀어지고 말았다.

72년에서 73년으로 이어진 겨울에는 고향에서 시화전을 열기도 했다. 10월에 유신이 선포되고 휴교령과 함께 학교가 문을 닫는 바람에 우리는 보따리를 싸들고 고향으로 내려갈 수밖에 없었다. 서울에서 목포까지 열 시간 걸리는 야간열차, 그리고 다시 제주까지 열 시간 걸리는 밤배를 타고. 그렇게 기약도 없는 긴 거울방학에 들어갔지만, 그때만 해도 시골이나 다름없던 제주 바닥에서 우리가 달리 할 수 있는 일이라곤 거의 없었다. 하루하루가 무료하고 곤궁하고 울적했다.

11월 말엔가, 우리 셋은 담배 연기 자욱한 다방 구석에 죽치고 앉아서 시간을 죽이고 있었다. 누군가 구세주처럼 나타나 술집으로 데려가주기를 기다리면서.

"뭐 좀 신나는 일 없을까?"

"신나는 일? 어떤 거?"

"이 궁상 면할 수 있도록 돈벌이도 되고 소일거리도 되는 거."

"은행이라도 털까?"

"군고구마 장사는 어때?"

말장난처럼 시작한 대화가 점차 열기를 띠게 되었고, 이런저런 궁리를 주고받은 끝에 찾아낸 결론이 시화전을 열어보자는 것이었다. 한때나마 문학병을 앓았던 우리로서는 별다른 수고 없이도 마련할 수 있는 밑천인 데다, 그 후유증이 아직도 마음속 한구석에 남아 있다면 그 상처를 달래는 데에도 도움이 될 터였다.

우리는 각자 골방에 던져진 채 먼지를 뒤집어쓰고 있던 노트부터 찾아냈다. 그것들은 일기장이기도 했고, 시 나부랭이를 끼적여둔 낙서장이기도 했다. 거기엔 재수하던 시절의 푸념과 한숨들도 사이사이에 휴지조각처럼 끼워져 있었다. 우리는 문표의 방에 틀어박혀 유치한 어휘들을 그럴듯한 표현으로 바꾸는 작업에 착수했다. 그것은 추상적인 낱말로 분장시켜 난해한(?) 문장으로 개조해내는 일이었다. 우리는 무척 신이 났다. 몇 권의 시집과 국어사전의 도움을 받으며 나흘 동안 작업한 끝에 우리는 열여덟 개의 제품을 건져낼 수 있었다.

그 일이 끝나자 우리는 고등학교 선배인 강용규 형을 찾아갔다. '그림'을 맡아줄 사람이 필요했기 때문이다. 용규 형은 중학교 때부터 책가방 대신 화구상자를 들고 다닐 만큼 그림에 열심이었는데, 미술대학에 두 차례, 국전에 세 차례 낙방한 뒤로는 예술가의 길을 포기하고, 어느 극장의 간판 그림을 맡아서 신성일도 그리고 엘리자베스 테일러도 그리고 있었다. 이 좌절한 예술가는 우리 놀음에 동참하는 것만으로도 즐거웠던 모양이다. 그는 액자를 제작하는 문제까지 맡아주었다. 그 비용은 시화전이 끝난 뒤에 안겨드린 봉투로 충분한 보답이 되었을 것이다.

장소 문제도 어렵지 않게 해결을 보았다. 우리는 도심에 자리잡은 음악 좋기로 이름난 다방을 찾아가 협조를 부탁했다. 이 다방의 이미지를 높이는 데에도 크게 도움이 될 것입니다. 다방 주인은 벗어진 머리를 몇 번 긁적이더니 즉석에서 허락해주었다. 물론 그 중년 사내는 문학이 무엇인지, 또 우리의 속셈이 무엇인지, 전혀 알 만한 위인이 아니었다. 그는 다만 장삿속이 밝은 사람이었고, 우리의 장사를 기회로 매상을 좀 더 올릴 수 있으리라는 계산이 앞섰을 것이다.

상품 제작이 마무리되고 있는 동안 '三人詩畵展'을 알리는 보라색 종이의 초대장도 인쇄를 마쳤는데, 그때 만든 팸플릿을 사진첩 한 갈피에 접어 지금껏 간수해둔 것은 또 무슨 유치한 수집벽인가. 그 속장의 '초대의 말씀'에는 이런 글이 박혀 있다.

"제주섬은 예로부터 문학적 풍토가 넘실대는 고장이었습니다. 하지만 둘러보십시오. 어디에도 문학이 없습니다. 한때는 그토록 넘쳤던 풍류도 지금은 다 퇴색하여 흔적조차 찾아보기 어렵습니다. 얼마나 안타까운 노릇입니까. 여기, 세 사람, 용기를 내어봤습니다. 와서 보십시오. 스무 해 동안 이 섬의 땅과 바다와 바람을 숨쉬며 자라온 三人의 魂을! 그것은 바로 당신들 자신의 뼈저린 아픔이자, 당신들 자신의 반짝이는 기쁨일 것입니다."

이리하여 우리는 겨울비가 추적추적 내리는 12월 23일 개업하게 되었다. 크리스마스와 세밑의 들뜬 분위기 속에서 장사는 첫날부터 성공적이었다. 다방은 평소보다 갑절이나 많은 손님들로 북적거렸고, 그 덕에 우리는 날마다 점심 한 끼와 석 잔의 커피를 공짜로 대접받는 처지가 되었다. 입구에 마련해둔 방명록은 나흘 만에 새것으로 바꿔야 했다.

지방지로는 제법 권위와 공신력을 인정받고 있는 『제주일보』가 '허무주의인가 모더니즘인가?'라는 제목의 평문을 발표한 것은 개업 사흘 뒤였다. 특히 신문에는 다음 작품의 전문이 실리기도 했다.

아아, 우리 번지 없는 주막에나 들르세.

카뮈 형님을 실컷 욕하다가

黃眞伊 누님이나 사랑ㅎ세.

─난 당신이 좋아, 당신이 좋아.

　엄마 다음으로 당신이 좋아.

　아이, 아이, 아이 참.

　黃眞伊 누나, Je t'aime.

　보내고 그리는 情은 나도 몰라ㅎ노라.

녹슨 견장, 무거운 제복은 훌훌 벗어 던지고

東海에 잠겨, 풍덩풍덩 물장구나 치세.

統一新羅의 달덩이를 건져내어

강강술래 강강수월래 춤을 추다가

處容 아비의 피리 소리가 들리거든

현실도피하세, 현실盜피하세.

심심풀이나 다름없는 수작을 진지하게 다뤄준 신문기사 덕분에 우리는 제주 문단의 앞날을 짊어질 문청이 되었고, 우리의 넋두리는 제주 문학의 내일을 여는 문제작이 되었다. (지금 다시 읽어보면, 그 당시의 짓눌린 심정과 그런 공기에서 일탈하고픈 열망의 그림자가 한 줄기 냉소처럼 언뜻 느껴지기도 한다.) 어쨌거나 그 이상의 광고가 없었다. 우리의 흥행은 날로 번창했으며, 따라서 빨간 꼬리표도 점점 늘어갔다. 해를 넘겨 정월 10일까지 계속된 장사 끝에 우리는 열다섯 개의 상품을 팔아치우게 되었다. 나머지 세 개는 우리 셋이 각각 하나씩 기념으로 간직하려고 남겨두었다. 열 곱절은 남는 장사가 끝난 이튿날 우리는 남몰래 서귀포로 넘어가서, 서울에서 관광이라도 온 부잣집 아들들처럼 행세하며 하룻밤 푸짐한 피로연을 즐겼다.

세 사람 사이에 잠시 변화가 있었다. 박태섭이 징집당한 이듬해에 나는 2학년을 마친 상태로 제주에서 방위병 근무에 들어갔고, 우리 셋은 서울과 양구와 제주에 각각 떨어져 놓인 채 이따금 편지로나 소식을 나누며 각자에게 주어진 시절을 보냈다. 태섭이나 문표가 휴가나 방학을 맞아 고향에 내려오면 나와 어울리곤 했지만, 둘만 만나는 자리는 왠지 아귀가 어긋난 것처럼 어색하고 신이 안 났다. 그것은 이를테면 삼박자에 길들여진 귀에는 이박자 리듬이 불협화음으로 들리는 거나 마찬가지였다. 대화가 툭툭 끊기기 일쑤였고, 그럴 때마다 비어 있는 옆자리를 곁눈질하며 과거를 돌이키거나, 그러고 있는 자신을 문득 깨닫고는 그 무안함을 얼버무리듯 세월아 어서 빨리 가라고 다그쳤다. 우리는 마치 시간의 늪에 빠져 허우적거리는 사람들 같았다.

내가 군복무를 마치고 복학한 것이 1976년 봄. 그때 학부를 졸업한 문표가 곧바로 군에 입대했다면, 우리 사이에 감돌고 있던 서먹한 분위기는 점차 굳어져, 필경은 풍문을 통해 안부나 전해 듣는 사이로 멀어졌을지도 모른다. (아니, 어쩌면 그게 더 나았을까?) 그런데 다행히도 문표는 대학원에 진학했고, 그해 가을에 태섭이 복학하면서 우리들 사이에는 옛날의 온기가 되살아나기 시작했다. 나이가 있고 처지가 달라진 만큼 예전처럼 자주 만나지는 못했지만, 그동안 쌓인 우정의 무게를 믿고 서로 필요하면 부르거나 찾아갈 정도는 되었다.

그러나 참으로 암울하던 시절이었다. 이른바 긴급조치 시대. 그 무렵 우리의 숨통을 터준 즐거움 하나는, 셋이 만나는 자리에 이따금 문표가 여자 친구를 데려와 함께 어울린 일이었다. 과는 다르지만 같은 학교 2년 후배였는데, 금테 안경에 아직도 소녀처럼 단발머리를 하고 다니는, 좀 작고 마른 몸매에 얼굴이 곱상하게 생긴 여자였다. 이름은 손미혜. (이름이며 용모까지 이렇게 손에 잡힐 듯 생생하게 떠오르다니!) 강릉이 고향이고, 서울에서는 결혼한 언니 집에 얹혀살고 있었다. 둘이 이미 깊은 사이라는 것은 그녀를 처음 본 날 짐작한 터였다.

손미혜를 이야기하다 보니까 문득 생각이 나는데, 그녀가 소개해준 여학생과 데이트한 적도 있었다. 서너 번 만나고 말았지만, 그래서 지금은 이름도 얼굴도 가물가물하지만. 이 만남은 왜 계속되지 못했을까. 내 쪽에서 술에 취해 뭔가 실수를 한 것 같은데, 그게 무엇이었는지는 기억나지 않는다. 같이 자고 싶다고 억지를 부렸을까. 그랬는지도 모르겠다. 단순한 욕망 때문이 아니라, 외로움을 달래고 싶었을 것이다. 문표와 손미혜가 서로 껴안듯 팔짱을 끼고 멀어져가는 모습을 볼 때마다 가슴에 묻어두었던 스산한 기분…… 기억이란 참 마술 같은 것이다. 평소에는 망각의 늪 속에 매몰된 채 그림자조차 내보이지 않다가도, 어떤 계기로 수면 위에 떠오르기 시작하면, 거기에 딸려 나오는 과거의 파편들은 마치 천년 세월을 흙 속에 묻혀 있다가 발굴된 옥구슬처럼 영롱하기까지 하다. 과거 자체가 아름다운 것이 아니라, 그 과거를 보석처럼 다듬어내는 시간의 마술이 소중한 것이리라. 이 같은 마법의 손이 없다면 우리의 시간이란 얼마나 거칠고 지겨운 것일까. 또, 거기에 붙잡힌 우리의 삶이란 얼마나 삭막하고 고단한 것이랴.

홍문표와 손미혜 두 사람은 이듬해 봄에 결혼했다. 그들이 결혼을 서두른 까닭은 여자가 아기를 가졌기 때문이다. 더구나 문표가 삼대독자인 그의 집에서는, 병환 중인 할아버지의 처지를 고려하여 이 혼사를 가능하면 앞당기고 싶어 했다. 그래서 손미혜가 대학을 졸업한 지 보름 만에 혼례가 치러졌는데, 그때 그녀는 임신 5개월째에 접어들어 있었다.

그런데 불행은 어디서 어떻게 시작된 것일까. 제삼자인 내 입장에서 그 원인을 찾아 말하기는 어렵다. 다만 그 무렵의 정황을 설명하자면 이렇다. 두 사람은 부부가 되었지만 결혼생활은 별거로 시작되었다. 문표가 아직은 학생이라는 것, 신부가 임신 5개월의 몸이라는 것, 자손이 귀한 집안이라는 것, 이런 여건들이 두루 고려된 결과, 손미혜 혼자 시집에서 지내기로 결정된 것이다. 이런 과정에 손미혜가 정신적·신체적으로 상당히 고달팠으리라는 것은 충분히 짐작할 수 있는 일이다. 그래서였을까, 결혼한 지 한 달 뒤에 그녀는 남편을 만나러 서울로 오는 비행기 안에서 하혈을 했고, 병원으로 급히 이송되었지만 결국은 유산하고 말았다.

이 일로 문표가 받은 충격은 결국 학업을 중도에 포기하는 것으로 나타났다. 모시고 있던 지도교수가 교통사고로 갑자기 사망한 것도 한 이유로 작용했을 것이다. 또한 손미혜는 어느 정도 몸을 추스르고 나자 출판사에 취직했는데, 이런 상황도 그로서는 견디기 힘들었을 것이라 짐작된다. 저 혼자 학생 신분으로 지낼 때는 부모의 도움을 받는 게 자연스러웠을지 몰라도(그의 집은 귤농사 덕에 제법 넉넉한 편이었다) 아내가 직장에 다니고 있는 형편에서는 더 이상 그럴 수 없는 노릇인 데다, 그의 성격으로 보건대 공부한네 하여 아내의 벌이에 매달릴 위인도 아니었다. 문표는 고향에 내려가 과수원 일을 거들다가 가을에 자원입대했고, 소위 '물병장' 교육을 받은 다음 원주로 배속되었다. 우리의 젊은 날 속에서 이른바 '쌍칠년'은 그렇게 지나갔다.

남은 두 친구는 이듬해 2월에 졸업한 뒤, 태섭은 고등학교 선생으로, 나는 잡지사 기자로 취직했다. 각자 바쁜 생활이었음에도 가끔씩 만날 수 있었던 것은 직장이 가까웠기 때문이다. 그가 다니는 학교는 홍제동에 있었고 내가 다니는 회사는 신문로 쪽에 있었기 때문에, 어느 쪽이든 먼저 전화를 걸어 둘 다 저녁이 빈 날은 함께 당구도 치고 술도 마시곤 했다.

때로는 손미혜(그녀의 직장은 마포에 있었다)를 불러내어 함께 만나기도 했다. 그녀가 자리를 함께하면 우리는 문표의 부재감을 다소나마 잊을 수 있어서 좋았다. 우리 셋이서 함께 보낸 지난날의 기억들을 꺼내어 그녀 앞에 내보이고 있노라면 문표가 옆자리에 앉아 있는 듯한 기분이 들었고, 그녀는 문표이기라도 한 듯 삼박자의 한 가락을 맡아 장단을 맞추곤 했다. 손미혜도 이런 자리가 싫지 않았던지, 전화로 불러내면 거의 어김없이 나타나곤 했다. 남편의 막역한 두 친구와 어울리며 이야기를 나누는 동안에는 남편을 군대에 보내고 혼자 지내는 외로움을 다소나마 달랠 수 있었을 것이다. 우리가 손미혜를 불러내는 것도 그래주었으면 해서였다. 그렇게 하는 것 또한 친구에 대한 도리였을 테니까.

한번은 셋이서 함께 문표를 면회 간 적도 있었다. 79년 봄이었다. 손미혜는 물론 거의 정기적으로 면회를 다녀오고 있었지만 나와 태섭이 그를 찾아간 것은 그때가 처음이었다. 하기야 문표는 이따금 정기휴가나 포상휴가를 얻어 서울로 나왔기 때문에 피차 얼굴이 그립거나 한 처지는 아니었다. 그런데 어느 날 만났을 때 손미혜가 그의 근황을 전했다. 문표는 지금 정선에 있는 분

견대에 파견 나가 있다는 것, 몹시 무료하고 적적해 보이더라는 것, 시간이 나면 우리가 한번 찾아와주었으면 하더라는 것. 그러고 보니 문표가 군에 간 지도 1년 반 가까운 세월이 지나고 있었다. 방위로 제대한 나와는 달리 현역병으로 근무했던 태섭은 친구의 심정을 충분히 이해하는 눈치였다. 군대생활 동안 몇 차례의 고비가 있는데, 반환점을 돌아 넘은 무렵이야말로 하루하루가 지겹게 느껴지는 때라는 것이다. 우리는 손미혜가 다음번에 면회 갈 때 함께 따라가기로 의견을 모았고, 식목일이 낀 연휴에 마치 등산객 같은 행색을 하고 정선으로 떠났다.

가는 데만도 거의 하루가 걸린 여행이었다. 우선 원주까지 고속버스로 간 다음, 거기서 시외버스로 갈아타고 골짜기와 산모롱이를 구불구불 돌아 넘으며 가는 길은 아찔하고도 신나는 여로였다. 내 경우, 강원도의 험준한 산세와 울창한 풍광을 접한 것은 이때가 처음이었다. 아침부터 서둘러 떠났는데도 문표가 근무하고 있는 부대 정문에 도착한 것은 어느덧 해가 설핏해진 무렵이었다. 미리 연락해둔 터라 문표는 얼마 기다리지 않아서 나타났다. 우리는 읍내로 나와서 술집을 세 군데나 들르며 기분 좋게 취한 다음 여관을 찾아 들어갔는데, 빈방이 없다는 것이었다. 읍내에 몇 개 있는 여관이 다 그랬다. 연휴를 맞아 우리처럼 면회 온 사람들, 인근 탄광들에서 하룻밤 즐기러 내려온 광부들, 정선 일대의 행락지에 놀러 온 남녀들 때문에 여관마다 만원이었던 것이다. 우리는 사정사정한 끝에 방 하나를 간신히 얻을 수 있었다. 손바닥만 한 방에서 네 사람은 이불 속에 발만 묻은 채 벽에 기대거나 비스듬히 쓰러진 꼴로 밤을 지샐 수밖에 없었다. 한 여자—비록 친구의 아내이긴 하지만—와 세 남자가 한방에 함께 있다는 사실이 야릇한 긴장감을 자아냈고, 게다가 그런 상황을 애써 무시하려 드는 자의식이 오히려 졸음을 몰아냈던 것이다. 은근한 술기운과 노곤한 피로감 속에서도 억지로 의식을 붙들어 세우며 주고받는 대화는 그러나 지리멸렬해지기 일쑤였고, 그런 가운데 깜박 선잠에 들었다 깨어나기를 거듭하는 사이에 어느덧 창밖이 밝아오고 있었다.

아침을 먹은 다음 우리는 세 방향으로 헤어졌다. 홍문표는 부대로, 나와 박태섭은 서울로, 손미혜는 친정이 있는 강릉으로. 서울로 오는 동안 나는 내내 깊은 잠에 빠져 있었다.

그해에도 여름은 뜨겁게, 그러나 심상치 않은 바람을 일으키며 지나갔다. 저 남쪽에서 태풍의 기미가 구름을 끌어모으고 있던 10월 초에 나는 나와 생일이 같은 여자와 결혼했고, 그로부터 열 여드레 뒤에는 대통령이 죽었다. 철권을 휘두르던 독재자가 부하의 손에 살해되자 여기저기서 오랫동안 잊고 지냈던 안부들이 들려오기 시작했다. 때이른 봄소식과 함께 해가 다시 바뀌고 2월에는 문표가 제대했다. 세상은 이제 달라지리라, 모든 것이 새롭게 시작되리라는 기대감에 휩쓸린 듯 그는 공부를 다시 계속하고 싶어 했다. 그는 아내가 임신했다는 것을 알리면서, 거기에 한껏 고무된 듯, 초발심으로 돌아가 처음부터 다시 시작하겠다고 힘주어 말했다. 그러나 세상은 이른바 안개 정국이었고, 그에게 주어진 운명은 다른 길을 준비해두고 있었다. 화창한 봄날의 땅 밑에서는 파국을 향한 불꽃이 심지를 태우고 있었던 것이다. 마침내 폭발은 한순간에 왔다. 화산처럼. 5월이 오기도 전에.

어느 날 자정 가까운 무렵에 문표가 우리 집으로 불쑥 찾아왔다. 얼굴은 벌겋게 취해 있었으나 표정은 오히려 섬뜩할 정도로 차분했다.

"넌 아닐 테고, 그럼 누구야?"

자리에 앉자마자 그가 대뜸 외쳤다. 나는 의아한 눈길을 보냈다.

"무슨 소리야, 그게? 뚱딴지같이."

"몰라? 정말 모르겠어? 짐작도 안 가?"

"도대체 왜 그래?"

"내 팔자가 왜 이런지 모르겠다." 그는 아직도 다 자라지 않은 머리칼을 쥐어뜯었다. "손미혜, 그 기집애…… 내 아이가 아니래. 배 속에 든 게 내 새끼가 아니래. 다른 놈의 씨라는 거야."

나는 쿡, 웃었다. 그의 말이 밤늦게 찾아온 실례를 얼버무리려는 장난으로 여겨진 것일까. 아니면, 그의 말을 들었을 때, 아아 내 주변에서도 통속극이 한 마당 벌어지는구나 싶은 실소가 풍선처럼 터진 것일까. 지금 생각해도 그 이유를 알 수 없지만, 어쨌든 그때 나는 쿡 하고 웃음을 토해냈다.

"그럴 리가? 농담한 거겠지. 잘못 들었거나."

"잘못 들어? 넌 그런 말을 잘못 들을 수 있겠어? 아니야. 제 입으로 직접 털어놓았으니까. 정색한 얼굴로, 또박또박. 다 끝났어."

부부싸움이 좀 크게 있었던 모양이다. 그 와중에 헤어지자는 말이 나왔고, 그 말끝에 아이 문제가 입에 올랐는데, 손미혜가 고백했다는 것이다. 당신 아이가 아니라고. 좀 더 일찍 말해야 했는데, 그러지 못해서 미안하다고.

결국 두 사람은 이혼했다. 이 소식은 문표가 직접 전화로 알려주었다. 집에 다녀간 지 달포 뒤였고, 그는 제주에 내려가 있었다. 고향에 남아 있으련다고, 마음이 내키면 소설이나 써볼까 한다고 그는 말했다. 안부를 전하는 그의 목소리는 여느 때와 다름이 없었다. 여름휴가 때 내려갈 테니까 좋은 술집이나 찾아두라는 대꾸로 나는 전화를 끊었다.

일이 여기서 끝났으면 얼마나 좋았을까. 그랬다면 우리의 젊은 시절은 비록 한 귀퉁이가 무너진 채로나마 그대로 남아 있었을 것이다. 누구나 한때는 상처를 입게 마련이고, 그런 생채기가 없다면 어디서 추억의 실마리를 찾을 것인가. 상처 없는 과거는 사막과도 같은 것. 그늘도 없고 길도 없는 사막의 여로란 얼마나 고단하고 삭막한 것이랴. 일이 거기서 끝났다면, 그때 생긴 상처는 우리의 젊은 한때를 증거하는 표석이 되어, 어느 훗날 우리에게 과거의 현재를 즐기는 술자리라도 마련해줄 수 있었을 것이다. 그러나 일은 그렇게 끝나지 않았다. 그것은 마치 태풍 뒤의 홍수처럼 밀려와 모든 것을 송두리째 휩쓸어버렸다.

　박태섭이 회사로 전화를 걸어온 것은 문표 부부가 헤어진 지 두 달쯤 뒤였다. 그 5월의 캄캄한 골짜기를 건너느라 정신이 없기도 했지만, 나는 그제야 그동안 격조가 길었다는 것을 깨달았다. 기사 마감 무렵이라 한창 바빴지만, 전화로 듣는 그의 목소리가 심상치 않게 느껴졌다. 저녁에 만났을 때 그는 몹시 괴롭고 지친 표정이었다. 술자리에 앉아 있으면서도 술은 입에도 대려 하지 않았다. 그저 줄담배만 피워댔다. 앞에 놓인 술잔을 뚫어져라 바라보기만 할 뿐 말도 없었다. 나는 그가 큰 고민에 빠져 있구나 생각하면서도, 그게 무엇인지는 묻지 않았다. 마음의 준비가 되면 그가 먼저 털어놓을 터였다. 나는 자작으로 술잔을 채우고 비우며 잠자코 기다렸다. 술 한 병을 다 비우고 났을 때 그가 이윽고 고개를 들었다. 눈에는 일부러 초점을 지운 듯 안개가 서려 있었다. 그가 입가를 실룩거리더니 떨리는 목소리로 말했다.

　"정말 모르고 있었어?"

　그때 문득 떠오른 것은 며칠 전에 발표된 지명수배자 명단이었다. 태섭은 학생 때 시위에 참가했다가 징집당한 일이 있었기 때문이다. 나는 훅 하고 가슴에 치미는 불안과 분노를 동시에 느끼며 주위를 슬쩍 곁눈질했다.

"벌써 언제 적 일인데 그걸 가지고…… 혹시 최근에 또……"

그의 눈에서 안개가 걷혔다. 그 대신 이번에는 어둠이 지나갔다. 번지를 잘못 짚었다는 생각이 퍼뜩 들었다.

"수배당한 거 아니야?"

그는 고개를 저으며 입가에 쓴웃음을 흘렸다.

"그렇다면 다행이고. 그럼, 무엇을 모르고 있냐는 거지?"

그는 어금니를 몇 번 씹었다. 양턱이 꿈틀거렸다.

"손미혜…… 내가 장본인이야."

"뭐라고?"

지금 다시 돌이켜보지만 내 인생의 굽이굽이에 이때만큼 악몽이었던 순간이 또 있을까. 그것은 너무나 큰 충격이어서, 현실이라고는 도저히 생각할 수 없는, 그야말로 악몽의 한고비였다.

"놀랐을 거야. 당연해. 나도 그러니까. 이상하게 들리겠지만 나는 지금도 알 수가 없어. 왜 그랬는지 말이야. 귀신에 씌었을까. 눈이 멀었던 것일까. 신파극 대사를 외는 것 같군. 아니야. 솔직히 말할게. 난 그 여자가 좋았어. 처음 보았을 때부터. 얼마나 간절했는지 몰라. 글쎄, 염력이 작용한 것일까."

지난해 12월 중순, 어느 토요일이었다. 저녁에 손미혜한테서 그의 하숙집으로 전화가 왔다. 만나고 싶다고. 술이 마시고 싶다고.

문표한테 면회를 가려고 원주까지 갔다가, 폭설로 길이 막히는 바람에 서울로 돌아온 길이었다. 둘은 밤늦도록 술을 마셨고, 밖으로 나오자 날이 몹시 추웠다. 자연스럽게 팔짱을 끼었고, 눈 내리는 길을 하염없이 걷다가, 또 자연스럽게 여관으로 들어갔다. 이날 밤에 그들은 만난 순간부터 이미 친구의 아내와 남편의 친구가 아니었다. 이런 식의 관계를 두 남녀에게 강요하는 것은 부질없다. 아니, 어쩌면 그들은 그런 자의식 때문에 더욱 처절했는지도 모른다. 뛰어넘고 싶었을 테니까. 그렇게 함으로써 친구이고 남편인 한 사내의 그림자로부터 벗어나고 싶었을 테니까. 그렇지 않았다면 그들의 관계는 그날 하룻밤으로 끝났을 것이다. 그러고는 잠깐의 방심이 빚어낸 실수였다고 애써 치부하면서, 그 불륜의 기억을 상황 논리가 만들어낸 합리화의 쓰레기통 속에 던져버릴 수도 있었을 것이다. 그러나 그들은 계속 만났고, 이런 만남은 문표가 제대한 뒤에도 지속되었다.

"그게 대체 무엇일까. 사랑? 아니야. 그건 너무 진부해. 사랑이니 뭐니 하는 말로는 설명할 수가 없어. 그냥 타올랐을 뿐이야. 몸도 마음도. 그렇게 타오를 수 있다니, 나도 놀랄 정도였어. 만나서 태우고 나면 다 소진된 줄 알았는데, 다시 만나면 어느새 또 가득 차 있는 거야. 어디서 그런 에너지가 생기는 것일까. 야생동물이 된 것 같았어."

"미친 자식. 그런 얘기 하자고 날 만난 거야?"

"알아, 네 기분. 보기도 싫을 거야. 따귀라도 갈기고 싶겠지. 그래, 친구를 배신한 건 잘못했어. 그 점에 대해선 할 말이 없어. 때가 되면 문표한테도 밝히겠지만, 이 사실을 알고 나서 문표가 나를 죽이고 싶어 한다면 얼마든지 감수할 수 있어. 하지만 너한테만은 고백해두고 싶어. 손미혜와 만난 게 비록 불륜이긴 했어도, 난 조금도 죄의식이 없었어. 윤리니 도덕이니 하는 것, 그게 전부는 아니야. 지고의 것도 아니고. 그 울타리 안에 있으면 편하기야 하겠지. 피차 보호받을 수 있는 벽이니까. 그래, 난 그 벽을 파괴한 거야. 그러니 이제는 보호받을 자격도 없어진 셈이지. 하지만 후회하지 않아. 후회는커녕, 내 인생에 그런 한때가 있었다는 것만으로도 행복해. 그런 순간은 두 번 다시 내 앞에 나타나지 않겠지만, 그래서 나는 빈껍데기처럼 살아가겠지만, 지난 몇 개월의 충일감은 악마한테도 팔지 않겠어. 너를 만나자고 한 건 이 얘기를 하고 싶어서야. 사실을 털어놓는 것도 중요하지만, 그 사실에 담겨진 진실을 밝히는 게 나한테는 더 중요한 문제였으니까. 이점을 이해해주었으면 좋겠어. 날 욕하든지 꾸짖든지 잊어버리든지, 그건 네 자유지만, 내가 한 짓이 장난이나 가짜는 아니었다는 것만은 이해해주기 바래."

"그래서 어떡할 거야? 그 여자하고 같이 살 거야? 아이를 가졌으니 그럴 수밖에 없겠군."

태섭은 앞에 놓인 술잔을 단숨에 비웠다. 장광설에 목이 마른 것일까, 그는 자작으로 한 잔을 더 마셨다.

"그건 나도 모르겠어. 내 입장만 가지고 결정할 수는 없는 거니까. 아직은 그래."

"미혜 씨 입장은 어떤 건데?"

"오늘 만났어. 낮에. 문표하고 그렇게 된 뒤로는 통 연락이 안 됐는데…… 잠적해버렸거든. 그동안 계속 찾아다녔지만 행방을 알 수 없었어. 집에서도 모른대고. 그저께 밤에 전화가 왔더군. 보기가 딱해서 연락했대나. 더 이상 찾지 말래. 그게 자길 도와주는 거라고. 내가 통사정했지. 그럴 수는 없다고, 한 번만이라도 좋으니까 만나달라고. 그래서 오늘 모처럼 만난 거야. 그랬는데……"

난 당신을 사랑하지 않았다. 당신은 다만 내가 외로울 때 잠시 붙들었던 나그네에 불과하다. 난 당신에게 아무런 미련이 없다. 당신은 당신이 가고픈 곳으로 가라. 그곳까지 내가 따라갈 이유는 없다. 또 내가 이렇게 된 걸 가지고 책임이나 연민 따위의 과민반응을 보일 필요도 없다. 그건 우습고 거추장스러울 뿐이다. 난 지금 아무렇지도 않으니까.

"어떻게 그럴 수 있지? 아기는 지워버렸다는 거야. 내 아이도, 문표의 아이도, 어느 누구의 아이도 아니라면서. 얼굴은 푸석했지만, 겉으로만 봐선 잘 모르겠어. 애를 지웠다는 게 정말인지 아닌지. 꿈을 꾼 걸까. 꼭 그런 기분이야."

태섭은 깊은 숨을 내쉬었다. 속내를 털어놓고 나자 헛헛했음인가, 그는 그 빈속을 술로 채우려는 듯 술잔을 연거푸 비워댔다. 30분가량 더 앉아 있었는데, 둘 사이에 오간 말은 거의 없었다. 그가 소리를 삼키며 눈물을 흘릴 때에도 나는 뭐라고 한마디 던져주지 못했다. 우리의 20대는 이렇게, 결국은 이렇게 산산이 부서져 스러지는가. 나는 답답하고 쓸쓸하고 안타까웠다. 그와 헤어지고 한 달쯤 뒤에는 내가 다니던 잡지사가 강제로 문을 닫았고, 그로부터 일주일 뒤에는 아내가 난산 끝에 딸을 낳았다. 아버지는 이 첫 손주에게 은지라는 예쁜 이름을 지어주셨다.

대통령이 바뀌고, 계절이 또 바뀌었다. 태섭한테서는 그 후 아무런 연락이 없었다. 연락이 오기를 기다린 것도 아니지만. 나는 실직의 나날을 아기한테 쏟으며 하루하루 견뎌내고 있었다. 출산 휴가를 끝내고 다시 출근하면서 아내는 독실한 불교 신자답게 말했다. 당신이 실업자가 된 게 다 부처님 뜻이라고요. 아내는 그 무렵 대학병원 약제실에 근무하고 있었다. 덕택에 나는 우울한 20대의 마지막 해를 애보개로 정신없이 넘길 수 있었고, 지금에 와서는 딸애한테 이렇게 말할 수 있게 되었다. 네 인생의 첫해는 나의 20대와 맞바꾼 거라고.

추석을 며칠 앞두고 태섭의 집에서 전화가 왔다. 그 전화를 받고서야 나는 태섭이 직장을 그만두었다는 것을 알았다. 얼마 전부터 소식이 끊겨 걱정하고 있는데, 오늘은 짐꾸러미까지 부쳐왔다는 것이다. 태섭한테 무슨 일이 생긴 거냐고 물었지만 나는 대답할 말이 없었다. 추석 때 고향에 내려갔더니 문표가 집으로 전화를 걸어왔다. 그는 태섭의 편지를 받았다면서 쿡쿡쿡 웃었다. 이젠 소설도 포기하련다. 내가 직접 소설을 살았는데, 그 이상 어떻게 스토리를 만들어내냐. 이런 말끝에 그가 덧붙였다. 너도 한통속이야, 인마. 태섭이 그 자식이 선수를 쳤다 뿐이지. 안 그래? 나는 대꾸할 말을 찾지 못했다.

가을이 가고 겨울에 들어선 어느 날 엽서 하나가 집으로 배달되었다. 태섭이 보낸 것이었다. 뜻밖에도 보길도 고산 유적지 사진이 박혀 있는 그림엽서였다. 그러나 발신지는 강릉이었다. 소인이 찍힌 날짜는 나흘 전인 12월 8일. 배달되는 과정에 훼손된 것인지, 아니면 태섭의 주머니 속에서 그렇게 된 것인지는 몰라도, 가장자리가 많이 해져 있었다. 적힌 내용은 간단했다. 당분간 보기 힘들 것이나, 인연이 있으면 다시 만나겠지. 해무 짙은 아침, 보리암 가는 길에.

녀석한테 아직도 이런 낭만이 남아 있었나. 나는 그가 여행이나 다니면서 마음을 추스르고 있나 보다고 생각했다. 그런데 이틀 뒤에 그의 집에서 전화가 왔다. 태섭의 편지를 받았는데, 왠지 심상치 않은 느낌이 든다는 것이었다. 전화로 읽어주는 편지에는 이런 구절들이 들어 있었다. 기다리지도 찾지도 말아달라. 아들 하나 없는 셈 치고 잊어달라. 언제가 될지는 모르지만, 어느 훗날 뵙게 되면 엎드려 용서를 빌겠다……

나한테 보낸 엽서의 '보리암'과 집으로 보낸 편지 내용을 종합
해보면, 태섭은 출가를 작정하고 어디 입산이라도 한 모양이었다.
외고집이 있는 친구인 만큼, 일단 마음을 먹었으면 얼마간은 그
뜻한 길을 좇겠지만, 정말로 사문(沙門)의 문턱까지야 넘어서겠는
가. 이런 정도로 여겨 애써 마음을 달랬으나, 해를 넘기고 봄이
다 가도록 종무소식인 상태가 계속되자 불안한 생각이 일기 시
작했다. 더구나 태섭은 아버지가 오래전에 돌아가신 집안의 장남
으로서, 홀어머니와 동생들에 대한 애착과 책임감이 각별한 터였
다. 그런 그가 수개월이 지나도록 연락을 끊은 데에는 불길한 예
감마저 들지 않을 수 없었다. 집에서는 실종 신고를 내고 온갖 수
소문을 했지만 그의 행적은 묘연했다. 특히 보리암 또는 그 비슷
한 이름이 붙은 암자는 그의 어머니와 누이가 직접 찾아다니며
산중 말사에 이르기까지 샅샅이 뒤졌다. 그러나 아무 소용이 없
었다. 이때의 충격과 노고와 절망감이 겹치는 바람에 그의 어머
니는 몸져누웠고, 결국은 11월에 세상을 뜨고 말았다.

내가 태섭의 행방을 짐작으로나마 헤아리게 된 것은 장례식에
다녀오고 얼마 뒤였다. 저녁에 아내와 이런저런 이야기를 나누다
가 보리암이라는 단어에 이르렀는데, 아내가 하는 말이 이랬다.

"불교에서는 보리가 열반과 같은 뜻으로도 쓰이는데, 혹
시……"

"열반? 그럼……"

나는 뒷말을 잇지 못했다. 보리암. 해탈의 집.

우섭의 전화가 걸려온 것은 저녁 7시가 좀 지나서였다. 이쪽으로 찾아오겠다고 그가 고집하는 바람에 우리는 집 근처 네거리에 있는 다방에서 만났다. 15년 전에 중학생이었던 그가 이제는 그때의 내 나이 또래가 되어 있었다. 형을 많이 닮아서, 그를 대하자 태섭의 모습을 보는 듯했다. 내가 잠깐 목이 멘 것은 그런 감회 때문만은 아니었다. 친구의 죽음과 더불어, 남은 가족들에 대한 시선마저 접어버린 나의 무심함이 회한의 물결처럼 가슴을 쳤다. 우섭의 얼굴에는 고단한 세월의 더께가 앉아 있었다.

우리는 근처에 있는 술집으로 자리를 옮겼다.

"형님도 벌써 중년티가 나네요."

술을 한 잔 들이켜고 나자 우섭이 말했다. 시간의 지층을 파헤쳐, 15년 저쪽의 내 모습과 지금 눈앞에 앉아 있는 내 모습을 비교해보았으리라.

"나라고 별수 있나? 마흔넷인데."

그가 나를 지그시 바라보았다. 제 형의 그림자를 찾고 싶은 것일까.

"그래, 어떻게 지내나? 누이들은 다 잘 있고?"

"다들 괜찮게 살아요. 정효 누난 일본서 살고요."

우섭의 바로 위가 정효였다. 태섭의 누이들 중에 가장 예쁜 아이였는데, 재일교포한테 재취로 들어갔다는 것이다. 어떤 사정이 있었는지는 모르나, 가장이 없는 집안 풍경을 보는 듯하여 쓸쓸했다. 우섭 자신은 벌써 오누이를 둔 아버지였고, 택시 기사로 살아가고 있었다.

이런저런 지난 이야기와 술잔이 오간 끝에 우섭이 들고 온 작은 가방을 뒤적이더니 편지봉투를 꺼냈다.

"얼마 전에 이사했어요. 그 참에 집 안에 있던 물건들을 정리했는데, 이런 게 나왔지 뭡니까."

그가 봉투를 건넸다. 반으로 접혔던 자국이 있었고, 하얀 바탕에는 빛바랜 얼룩이 묻어 있었다. 나는 봉투를 열고 내용물을 꺼냈다. 편지는 없고, 빈 종이에 싸인 천연색 사진 한 장뿐이었다. 사진 속에는 첫돌이나 지났음 직한 아기가 방긋 웃고 있었다. 나는 의아한 표정을 우섭에게 보냈다.

"이게 뭐지?"

"우리 형을 닮은 것 같지 않아요?"

자세히 보니 그런 것도 같았다. 나는 봉투 겉면을 보았다. 앞면에는 태섭의 집주소가 적혀 있었고 뒷면에는 'MH'라는 영문자뿐이었다. 생각보다 먼저 떠오르는 기억이 있었다. 미혜. 손미혜.

"소인 찍힌 걸 보니까 날짜가 1981년 12월이에요. 사진을 보면 아기는 우리 형이 행방불명되던 무렵에 태어난 아이 같은데……

그러니까 바꿔 말하면 이 아이가 태어나던 무렵에 형이 행적을 감췄다는 얘긴데…… 이 사진이 왜 우리 집에 배달되었는지, 둘 사이에 무슨 관련이 있지 않고는 설명될 수 없는 일 아닙니까. 누구죠, 이 아이? 우리 형의 아이인가요? 두 분은 오랜 친구였고, 또 서울에 함께 있었으니까, 그 무렵에 태섭이 형한테 무슨 일이 있었는지, 형님은 잘 아실 거 아닙니까."

우섭은 사전에 많은 생각을 했던 듯, 궁금한 대목을 조리 있게 지적했다. 그런 점도 형과 비슷하다면 비슷한 면모였다. 이제 내 앞에 놓인 것은 판단의 문제가 아니라 선택의 문제였다. 태섭은 손미혜가 아이를 지웠다고 했다. 아니, 손미혜가 그렇게 말하더라고 했다. 물론 태섭은 반신반의했지만. 그런데 손미혜는 아이를 낳고, 그 증거를 태섭에게 보냈다. 왜 그랬을까. 뒤늦게 그 사실을 알린 까닭은 무엇일까. 아이가 태어나고 나자 생각이나 처지가 바뀐 것일까. 그래서 태섭과 맺어지고 싶었던 것일까. 아니, 왜 태섭은 아기가 태어난 사실을 몰랐을까. 손미혜를 만나 거부의 말을 들은 뒤에는 아예 포기하고 말았던 것일까. 그래서 손미혜에 대해서는 관심조차 접어버린 것일까. 그렇다면 제자리로 돌아오기가 한결 쉬웠을 텐데, 무엇이 그로 하여금 자신을 포기하도록 만들었을까. 의혹은 꼬리를 물고 이어졌지만, 나는 그 어느 것 하나에도 해답을 줄 수가 없었다. 두 사람 사이에 어긋난 무엇, 아니 두 사람 사이를 어긋나게 만든 무엇, 그것은 무엇일까. 두 사람이 놓인 시간의 지층을 단층작용처럼 격리시켜버린 힘, 그것은 대체 무엇일까.

"내 솔직한 심정은 이래. 우섭이 자네가 어떻게 생각할지는 모르지만, 이 아이가 누구인지, 태섭의 아기인지 아닌지, 난 확인해줄 자격이 없어. 태섭에 관해서 내가 알고 있는 한도 내에선 그래. 태섭이가 어떤 여자와 관계했다는 건 알지만, 그건 그 관계가 끝난 뒤였어. 그것도 말로만 전해 들었을 뿐 내가 직접 확인한 건 아니야. 그러니, 이 아기에 대해서 그렇다 아니다를 어떻게 말할 수 있겠나. 물론 자네가 말한 정황으로 미루어보면 짐작은 할 수 있겠지. 하지만 짐작은 짐작일 뿐이야. 더구나 이 아이가 설령 태섭의 자식이라고 해도 이제 와서 그게 무슨 의미가 있지? 자네가 찾아가서, 내가 작은아버지다 할 텐가? 그러고 나선 또 어떡할 거야? 용돈이나 쥐여주고 올 텐가? 다 부질없는 짓이야."

우섭은 묵묵히 술잔을 기울였다.

"과거는 과거대로 그냥 묻어둬. 섣부르게 파헤치려 들지 말고. 혹시 알아? 나중에라도 그쪽에서 연락이 올지…… 조용히 기다리는 것도 소중한 일이야."

우리가 밖으로 나왔을 땐 밤이 깊어 있었다. 집에서 자고 가라고 했지만, 우섭은 여관잠이 오히려 편하다고 말했다. 나는 그의 기분을 이해했다. 이번 추석 때 제주에 내려가면 연락할 테니, 그때 술이나 함께하자고 말했다. 악수를 나눌 때 우섭이 문득 생각난 것처럼 말했다.

"참, 홍문표 씨라고, 형님도 아시죠? 지난번 선거 때 도의원에 출마했댔어요. 아깝게 떨어졌지만."

"아, 그래? 그랬군."

그와 헤어져 몇 걸음 걷다가 뒤돌아보았더니, 우섭은 횡단보도를 성큼성큼 건너고 있었다. 가로등 불빛에 드러난 뒷모습이 왠지 눈에 익었다.

유리로 지은 집

그를 못 본 지가 벌써 여러 달째였다. 소식도 듣지 못했다. 어디서 어떻게 지내고 있는지, 궁금해도 어쩔 수 없었다. 그이 쪽에서 먼저 찾아오거나 전화라도 주지 않는 한, 나로서는 그를 만날 길이 따로 없기 때문이다. 이따금 안부가 염려되면서도 시나브로 그를 잊고 있었다. 그러던 차에 집으로 배달된 엽서를 받았다. 그가 보낸 것이었다. 뜻밖에도 제주도에서 날아온 그림엽서였다. 주소는 없었다. 언제 무슨 연고로 제주에까지 흘러갔는지는 모르겠으나, 용두암 사진이 박여 있는 엽서에는, 나 잘 있네, 한마디뿐이었다.

아파트 단지를 나서면 횡단보도가 큰길을 가로지르고 있다. 그

길을 건너면 곧바로 시장이다. 시장은 좁은 골목을 사이에 두고 좌우 양쪽으로 나뉘어 있다. 왼쪽에는 4층짜리 쇼핑센터를 중심으로 근대식 상가가 이루어져 있고, 오른쪽 재래시장에는 크고 작은 가게들이 미로를 이루며 다닥다닥 맞붙어 있다. 상가 쪽에서는 공산품을 주로 팔고, 재래시장 쪽에서는 농수산물을 주로 판다. 인근 주민들은 이 이웃해 있는 두 영역을 넘나들며 입맛을 찾고 생활에 변화를 준다.

시장 골목 초입에는 갖가지 행상들이 양쪽 길바닥에 좌판을 벌여놓고 있다. 한쪽에는 허름한 입성의 아낙들이 채소나 굴·조개 따위를 함지박에 담아 들고 와서 다듬고 있고, 다른 한쪽에는 낯빛 붉은 사내들이 과일이나 옷가지, 신발 따위를 리어카에 잔뜩 싣고 와서 손님을 부른다. 길바닥에 나앉은 처지일망정, 아무도 그들을 내쫓을 수는 없다. 언제나 같은 자리를 차지하고 있는 걸 보면, 그들에게도 어떤 기득권이 있는 것 같다.

노점상들이 터 잡은 곳에서 시장 안으로 곧장 들어가는 대신 큰길을 따라 왼쪽으로 20여 미터 걸어가면, 은행과 병원 건물이 나란히 붙어 있다. 병원 건물에는 성형외과와 치과와 안과와 비뇨기과가 층층이 들어 있다. 이 두 건물이 만나는 곳에는 세모꼴로 움푹 들어간 공간이 있는데, 병원을 지을 때 멋을 내느라 모서리를 약간 깎아내는 바람에 생겨난 곳이다. 이 빈터는 넓이가 사람 하나 쪼그려 앉을 만해서, 눈치 빠른 사람이라면 쓰임새를 궁리해냈을 법도 하다.

아니나 다를까, 얼마 전까지만 해도 그곳에는 저녁마다 중늙은이 하나가 낚시 의자를 펴놓고 앉아 있었다. 그가 터를 잡은 바로 옆, 인도 한 켠에는 리어카 한 대가 서 있고, 리어카에는 책들이 쌓이거나 꽂혀 있었다.

우리 세 식구가 여기로 이사 온 것은 작년 2월. 종합병원 약제실에 근무하던 아내가 마침내 독립을 선언한 뒤 약국을 개업할 장소를 물색하던 차에 이곳 아파트 단지 상가에서 맞춤한 가게를 찾아낸 것이다. 원래 살던 곳보다 훨씬 변두리인 데다 아직도 개발이 진행 중인 곳이어서 다소 어수선한 풍경이 도처에 널려 있기는 했지만, 바로 그렇기 때문에 경제적으로도 우리 형편에 맞았고 전망도 괜찮아 보였다. 초등학교 2학년짜리 딸애는 울상으로 투덜거렸지만, 소설을 쓴답시고 벌써 3년째 집 안에 들어앉은 나로서는 불평하고 말 것도 없었다. 근처에 전철역이 있어서 시내 나들이하는 데에는 오히려 불편이 덜했다.

두어 달 지나는 동안, 새로 자리 잡은 동네에 그럭저럭 정도 붙었고 길눈도 익숙해졌다. 단지 앞쪽은 상가가 형성되었을 만큼 개발이 얼추 끝나가고 있었으나, 뒤쪽에는 아직도 농가며 비닐하우스들이 곳곳에 남아 있어, 이 일대의 본디 모습을 다소나마 보여주고 있었다. 마을을 빠져나가면 야트막한 구릉이 길을 막아서

지만, 중턱에는 약수터가 있고, 그 언저리 빈터에는 철봉이며 윗몸일으키기 따위 시설도 갖추어져 있어서, 종종 산책하러 다니기에 좋았다.

가는 봄을 아쉬워하듯 이틀째 비가 오락가락하더니, 어느새 여름인가 싶을 만큼 햇살마저 따가운 어느 날이었다. 시내에 볼일이 있어 나갔다가, 마치 퇴근하는 회사원처럼 집으로 돌아가는 길이었다. 리어카 앞을 지나다가 문득 걸음을 멈춘 것은, 그늘 모퉁이에 쪼그려 앉은 이의 행색 때문이었다.

그곳에 리어카 책방이 있는 줄은 진작 알고 있었다. 하지만 발길을 세우고 그 책방을 기웃거려본 적은 이제껏 없었다. 아니, 오히려 외면하곤 했다. 선입견 탓이다. 길거리 책방이라는 게 그 속이 뻔하지 않은가. 전철역 앞이나 변두리 시장 골목 같은 데서 가끔 볼 수 있는 이런 책방은, 저자나 역자는 물론 출판사의 정체마저 불분명한 싸구려 소설과 에로물 따위를 길바닥에 벌여놓고, 책과는 담쌓고 지내는 인생들의 저속한 취미나 호기심을 꼬드기고 있는 것이다. 게다가 나는, 책방 주인의 입장에서 보면 별로 달갑지 않은 손님이다. 이 책 저 책 집어 들고 넘기기만 하다가 두 손 툭툭 털고 나가버리는 사람들.

성마른 사람들은 벌써 여름옷으로 갈아입을 때이건만, 그는 여태 두툼한 잠바를 걸치고 있었다. 짙은 회색 바탕에 얼룩이며 땟국이 묻어 있는 게, 꽤나 오래 입은 것 같았다. 그는 무릎 위에 책을 한 권 펼쳐놓고 있었지만, 옷깃을 뒤통수까지 올리고 어깨를 잔뜩 구부린 꼴이 얼핏 졸고 있는 듯했다. 내가 막 지나치려는 순간, 그가 때마침 고개를 들었다. 그 바람에 검은 뿔테 안경 속에 박힌 그의 시선이 내 옆눈길과 마주쳤다. 우연히 마주쳤을 뿐인데, 그가 입아귀 한쪽 끝을 살짝 일그러뜨렸다. 히죽 웃은 것도 같고 빈정거린 것도 같았다. 횡단보도 앞까지 가서도 그 표정은 뇌리에 고스란히 남아 있었다. 속이 왠지 거북했다. 무언지 알 수 없는 힘이 자꾸만 나를 끌어당기는 듯한 느낌이었다. 나는 발길을 돌려 리어카 쪽으로 돌아갔다. 그는 이미 내가 좀 전에 보았을 때의 모습으로 되돌아가 있었다.

　진열대에 꽂힌 책들을 건성으로 더듬다가 나는 뜻밖의 사실을 알아차렸다. 흔히 길거리에서 파는 책들은 그 내용이야 조잡할망정 신간이 대부분인데, 그 책방에는 헌책들이 한쪽 귀퉁이를 차지하고 있었다. 독자의 손을 한두 번 거친 다음 시장에 되나온 요즘 책들이 아니라, 출판된 지 꽤 오래된 것들이었다. 1950년대에 이 나라의 지적 갈증을 달래준 것으로 유명한 신양사(新陽社)의 '교양문고' 시리즈도 몇 권 있었고, 지금은 고인이 된 불문학자 김붕구 선생의 『불문학 산고(佛文學散考)』와 이휘영 선생이 번역한 『지상의 양식』, 판권 페이지에 '우리의 맹세'가 함께 실린 『에밀』, 언젠가 우연한 자리에서 인사를 나눈 적이 있는 젊은 시절의 아나키스트 양희석 선생의 『현대문예사조론』도 보았다. 발행 연도가 단기로 표기되고 세로 조판으로 제작된 책들이 대부분이었다. 표지가 반쯤 떨어져 나간 것도 있었고, 종이가 삭아서 푸석푸석해진 것도 있었다. 책마다 손때가 잔뜩 묻어 있었다. 어떤 책은 여백에 토를 달거나 메모를 끄적여두기도 했다. 종류도 다양했다. 그리스 비극작가들이 숨쉬고 있는 옆에 사마천과 니체와 베르그송이 나란히 누워 있었다. 이름만 대면 알 만한 국내 작가들의 저서도 더러 눈에 띄었다. 몇몇은 속표지에 증정의 말이 빛바랜 글씨로 남아 있었다. 흥미로운 것은 책을 받은 이가 동일 인물이라는 점이었다. 박경호. 하지만 나로서는 처음 대하는 이름이었다. 1960년을 전후한 시기에 저서를 증정받을 정도라면, 그 시절에 꽤나 지면이 넓었던 사람일 터였다. 그러나 박경호라는 이름은 내 기억 어느 구석에도 들어 있지 않았다.

어느덧 날이 어두워지고, 길가 상점마다 불이 켜지기 시작했다. 책 구경에 정신을 파느라 시간 가는 줄도 몰랐다. 기척도 없이 앉아 있던 주인이 일어나 리어카 아랫도리를 더듬더니, 카바이드 통을 꺼내어 불을 켰다. 불꽃에서 쉿쉿 소리가 났다. 그제야 깜빡 잊고 있었던 약속이 생각났다. 누가 집에 찾아오기로 되어 있던 것이다.

그 뒤로는 그 책방에 가는 게 버릇이 되었다. 외출했다가 귀가하는 길에 잠깐 들르기도 했고, 때로는 저녁을 먹은 뒤에 산책하는 기분으로 찾아가기도 했다. 거의 온종일 집 안에 틀어박혀 지내는 나에게 저녁 산책은 무료함을 달랠 수 있는 거의 유일한 기분전환거리였다. 가서 아무 책이나 뽑아 들고 책장을 넘기노라면 30년 안팎 저쪽의 과거가 책갈피에 고인 냄새와 함께 되살아나 코끝에서 맴돌고, 그 궁핍하던 시절에 한 권의 책을 사 들고 눈을 빛내며 달라붙었던 누군가의 열띤 모습이 아른거리는 듯했다. 이런 상상만으로도 나는 그곳을 찾아가는 일이 즐거웠다.

그러나 책방 주인은 언제나 같은 모습이었다. 그 구석진 자리에 붙박인 듯 쪼그려 앉은 모습이, 어둠 속에서 보면 마치 돌부처 하나 놓여 있는 듯했다. 이따금 그가 피우는 담배 불빛이 거기에 사람이 앉아 있음을 알려줄 뿐이었다. 손님도 별로 없었다. 어쩌다 손님이 와도 그는 무덤덤했다. 이 책 저 책 뒤지거나, 그러다가 획 내던지고 가도 그는 아랑곳하지 않았다. 책값을 물으면, 얼마요, 한마디 내뱉고는 그만이었다. 책값도, 미리 매겨둔 값이 있는 게 아니라 기분 내키는 대로 부르는 것 같았다. 같은 책인데도 다른 값으로 부르는 것을 몇 번 보았기 때문이다. 손님이 책값을 깎아달라는 경우에도, 어떤 때는 관두시오, 또 어떤 때는 그럽시다, 또 어떤 때는 묵묵부답, 대중이 없었다. 그의 무관심은 책을 슬쩍 훔쳐가도 모를 정도였다. 나에 대해서도 마찬가지였다. 더구나 나는 책만 뒤적이다 가기를 거듭하는 고객이라, 고객치고는 고약한 손님일 텐데, 뭐라고 한마디 꾸짖을 만도 했다. 그러나 그는 언제 한 번 알은체하는 법이 없었다. 가면 갈 적마다 처음 들르는 거나 한가지였다.

달포쯤 지나서였다. 지난번에 왔을 때 못 보던 책이 몇 권 새로 꽂혀 있었다. 그 가운데 이름으로만 알고 있는 책 하나가 눈에 들어왔다. 『68문학』. 호기심이 갈 수밖에 없었던 것은, 그 동인지에 얽힌 사연을 좀 알고 있었기 때문이다. 말하자면 몇 해 뒤에 창간된 『문학과지성』의 모태라고나 할까. 책을 뽑아 들고 표지를 펼치자, '박경호 형께, 김×× 드림'이라는 글귀가 아직도 파란 잉크빛으로 남아 있었다. 나는 한편 놀랍고 한편 우스웠다. 김 아무개 선생은 지금도 활동 중인 중견 평론가인데, 내가 문단에 데뷔할 때 심사위원으로 관여한 적이 있어서 해마다 세밑이면 연하장이라도 보내고 있는 분이었다.

"젊은이 책 좀 읽나?"

어느새 그가 자리에서 일어나 불을 켜고 있었다. 뜻밖의 질문이라 나는 잠깐 당황했다. 게다가 그의 말뜻을 얼핏 헤아리기 힘들었다. 그는 여느 때처럼 앉았던 자리로 돌아가는 대신, 리어카 한쪽 옆구리에 붙어 섰다.

"좋은 책이 많네요."

대답할 말을 찾다가 간신히 나온 대꾸였다.

"좋은 책?"

되물음과 함께 그가 나를 바라보았다. 흔들리는 불빛 때문에 그의 눈빛이 희미했다. 내가 잠자코 있자 그는 호주머니에서 담배를 꺼내어 피워 물었다. 내뱉는 담배 연기 속에 그의 목소리가 혼 잣말처럼 묻어 나왔다.

"좋은 책이라…… 자넨 올 적마다 헌책만 뒤적이던데, 그게 좋은 책이다?"

이 말에 나는 문득 얼굴이 붉어지는 것을 느꼈다. 부끄러움은 두 갈래였다. 그 하나는 그가 나를 알고 있다는 것. 하기야 내가 그동안 이 책방에 들른 횟수로 보면 그가 내 얼굴쯤 기억하고 있다는 것이 놀랄 일은 아니다. 그런데도 막상 그의 말을 듣고 나자 왠지 뒷모습을 들켜버린 듯한 기분이었다. 더구나 헌책만 뒤적이다 떠나곤 하던 나에게 그는 어떤 심사의 눈빛을 쏘아 보냈던 것일까. 부끄러움의 다른 한 갈래는 헌책이 좋은 책이냐는 그의 반어법에서 왔다. 네 까짓게 책을 알아? 그의 어감 속에는 이런 투의 빈정거림이 섞여 있었다. 왠지 내게는 그렇게 느껴졌다.

"왜, 아닌가요? 우선 책값이 싸서 좋고……"

나는 다소 반발하는 기분으로 대답했다.

"언제 한번 책을 사간 적이 있나, 자네? 그런 적도 없으면서 책값이 싼지 아닌지는 어떻게 알아?"

내가 『68문학』을 산 것은 물론 그 책에 대한 욕심 때문이지만, 그이에 대한 반발심이 작용한 탓도 있었다. 책값은 속셈했던 것보다 세 곱절은 비쌌다. 그가 일부러 비싸게 부르는 줄을 짐작하면서도, 나는 불평 한마디 없이 책값을 치렀다.

박경호 선생과는 이렇게 해서 알고 지내게 되었다.

때로는 책방이 문 닫을 시간에 찾아가, 근처 포장마차나 선술집에서 술잔과 대화를 나누기도 했다. 그는 말수는 별로 없었지만, 술은 즐기기도 하려니와 주량도 많은 편이었다. 둘이서 2홉들이 소주를 세 병 정도는 마시곤 했는데, 그가 나보다 더 많이 마실 때가 많았다.

그와의 사귐이 깊어질수록 궁금한 점이 한둘이 아니었다. 그를 좀 더 알고 싶다는 단순한 호기심만은 아니었다. 섣부른 직업의식인지는 모르나, 그가 리어카 책방을 끌고 길거리로 나돌게 된 사연 속에는 내 소설적 상상력을 꼬드겨줄 이야깃거리가 한두 개쯤 껴묻어 있을지도 모르는 일이었다. 하지만 그는 좀처럼 자신에 관해 털어놓는 적이 없었다. 그렇다고 그에 대해 달리 알아볼 길이 없는 것은 아니었다. 짐작건대 그는 한때나마 작가들과 어울려 다닌 것 같고, 어쩌면 그 자신도 소설이나 시를 썼었는지 모른다. 무슨 사정으로 글동네와 멀어졌는지는 알 수 없지만, 내가 알고 지내는 문인들 가운데 그의 동년배도 몇 있으므로, 그분들한테 물어보면 그에 관한 이야기를 토막으로나마 귀동냥할 수도 있을 터였다. 그러나 나는 그러고 싶지 않았다. 그가 스스로 털어놓기 전에 내가 먼저 아는 체하는 것은 도리가 아닐 것이, 그의 과거 속에는 감추고 싶은 속내가 울혈처럼 박혀 있을지도 모르기 때문이다.

하루는 집으로 전화가 왔다. 장마가 며칠째 계속되는 바람에 그는 장사를 나오지 않았고, 그래서 내 쪽에서도 궁금하게 여기던 차였다.

"바쁜가, 자네?"

"별로요. 그런데 어쩐 일이세요? 전화를 다 주시고."

"바쁜 일 없거든 이쪽으로 놀러 오지그래."

나는 그의 집이 아파트 단지 뒤쪽 동네에 있다는 것만 짐작하고 있을 뿐, 어떻게 살고 있는지는 전혀 몰랐다. 물어본 적도 없거니와, 설령 물어보았댔자 대답을 듣기는 어려웠을 것이다.

그의 집은 생각보다 찾기가 쉬웠다. 약수터로 가는 길과는 다른 쪽이었다. 억수 같은 장대비였다. 우산을 받쳐 들었지만 소용이 없었다. 길바닥은 아예 진창이었고, 길섶 도랑에는 흙탕물이 콸콸 넘쳐흐르고 있었다. 굽이진 비탈길이 끝나는 어름에 외따로 떨어져 있는 허름한 가옥 하나. 전화로 안내받은 그의 집이었다. 근처에 있는 비닐하우스는 양계장인 모양이었다. 빗줄기 속에 닭똥 냄새가 자욱했다.

열린 대문을 들어서자, 그가 툇마루에 앉아 있다가 벌떡 일어섰다.

"어서 오게."

나는 바지에 묻은 흙탕물을 털어내고 마루로 올라앉았다.

"오늘이 복날 아닌가. 그래서 자네하고 술이나 한잔할까 하고 불렀네."

"고맙습니다."

"개 대신 닭을 잡았는데, 괜찮지?"

그가 웃었다. 다소 들뜬 표정이 마치 소년 같았다. 그런 그이를 보면서 나는 속으로 놀라움과 안도감을 번갈아 느끼고 있었다. 그의 사는 형편이 첫눈에도 넉넉해 보였다. 마당 한 켠에 꾸며진 화단에는 여름꽃들이 비를 맞으며 활짝 피어 있었다. 앞뒤로 툭 트인 대청에는 제법 고풍스럽게 때깔나는 세간들이 놓여 있고, 벽에는 서화도 몇 점 걸려 있었다. 그러고 보니 그의 풍모도 밖에서 보던 것과는 전혀 딴판으로 느껴졌다. 길거리에 나앉은 행색만 보고 멋대로 상상하여 그를 가엾게 여겼던 내 수작이 우습고 쑥스러웠다.

"준비 다 안 됐소?"

그가 부엌 쪽에다 대고 외쳤다. 그제야 나는 빈손으로 온 것이 미안했다. 그런 마음을 나타내자, 그가 대꾸했다.

"종종 책 팔아줬지 않은가. 오늘 닭은 그걸로 산 걸세."

술상이 차려졌다. 삶은 닭 한 마리가 자배기에 담긴 채 상 위에 올랐고, 김치며 소금 접시가 따라 나왔다.

"이 친구가 내가 말한 단골이여. 소설쟁이지."

그가 부인한테 나를 소개했다. 부인은 곱상하고 얌전한 인상이었다.

"오느라 고생이 많았겠어요. 하필이며 오늘 같은 날 손님을 부르다니, 당신도 참."

"날 좋은 날은 벌어야 거 아닌가."

이 말이 농담인 줄을 이제 와서는 나도 짚을 수 있었다. 그렇다면, 벌이가 목적도 아니면서 길거리에 나앉아 헌책이나 팔고 있는 그의 속사정은 무엇일까. 이전과는 다른 이유로 궁금해졌다. 오늘 이곳에 와서 그의 형편을 보기 전까지는 그를, 예컨대 작가를 꿈꾸다 주저앉은 인생쯤으로 여겼었다. 그러나 이제는 생각이 달랐다. 더구나 그가 팔고 있는 책들은 한때나마 그가 애지중지했을 장서임이 분명하고, 거기에 묻어 있는 과거의 흔적들을 야금야금 내다 없애고 있는 데에는 어떤 속뜻이 있을 게 아닌가.

술이 몇 순배 오가는 사이에 부인이 잠깐 자리를 비웠다. 그 틈에 내가 물었다.

"그저 술이나 한잔하자고 저를 부른 것 같지는 않은데요. 아닙니까?"

질문이 좀 당돌했을까. 그의 얼굴에 당황한 빛이 지나갔다. 술잔을 입으로 가져가다 말고 그가 되물었다.

"그게 뭔 소린가?"

"저한테 하고픈 말씀이 있으신 것 같아서요."

"그렇게 보이나?"

"이젠 궁금증을 풀어줄 때가 되지 않았나요?"

"궁금증? 뭐가 궁금한데 그래? 내가? 왜지? 내 사는 꼴이 뜻밖이어서 이해가 안 된다는 건가?"

그의 목소리에 매듭이 느껴졌다.

"사실 그렇습니다. 놀라기도 했지만, 놀림을 당한 것 같은 기분도 없지 않고요."

"와서 직접 보았으니까 됐구먼그래."

"장서를 내다 팔아야 할 만큼 형편이 어려운 것도 아닌 듯싶은데……"

"하필 리어카꾼으로 나가서 그 꼴불견이냐?"

나는 대꾸하는 대신 술잔을 비웠다. 그가 반쯤 피운 꽁초를 재떨이에 비벼 껐다.

"정리하고 싶어서 그래. 내년에는 이사도 가야 하는데, 그 귀찮은 것들을 데리고 다니기도 이젠 지쳤고."

"차라리 기증을 하시지 그러세요?"

"기증? 그럴 욕심 없네. 헌책 나부랭이가 뭐 대단한 거라고 기증까지 하나. 차라리 필요한 사람한테 넘기는 게 낫지. 그렇다고 공짜로 선심 쓰기는 싫으이. 그것 또한 허영일 테니까. 헌책 장사도 꽤 재미있다네. 자네 같은 친구도 만날 수 있고 말이지. 자네말고도 단골이 몇 있는데, 한번은 어떤 작자가 이러더군. 한꺼번에 몽땅 살 테니 책 구경 시켜달라고. 웃기지 말라고 그랬지. 그랬다가는 장사를 그만둬야 하는데, 난 그러고 싶지 않다고."

그가 말끝에 웃음을 달았다.

"얼마 동안이나 하셨습니까?"

"2, 3년 됐지, 아마. 부업으로 시작한 건데, 이젠 그야말로 본업이 돼버렸군."

"부업은 뭔데요?"

"여길 오다가 비닐하우스 있는 거 보았겠지?"

"네. 양계장인 것 같던데……"

"맞아. 벌써 10년이 넘었나 보군. 내가 처음 들어왔을 때만 해도 이곳은 그야말로 촌구석이었지."

"오래되셨군요. 그전에는요?"

"그런 건 알아서 뭐하게?"

"궁금해서요."

"궁금한 것도 많군."

"많긴요. 제가 궁금한 건 한 가지뿐입니다. 박경호라는 인물에 대해서. 대체 어떤 분입니까?"

"박경호가 누구냐고? 그럼 난 뭐지? 가짠가?"

"선생님이 박경호라는 걸 몰라서 하는 얘기가 아니잖습니까?"

"도대체 자네의 그 궁금증이 어디서 생겨난 걸까? 나에 대한 호기심? 아니면 그 잘난 소설가적 충동인가?"

"둘 다요. 불쾌하게 들리실지 모르지만요."

그가 쿡, 소리 내어 웃었다.

"미안하지만 난 어느 쪽도 그럴듯하게 채워줄 만한 푼수가 못 되는걸."

"그냥 술이나 마실까요?"

"자네 생각엔 박경호가 어떤 사람인 것 같은가? 오히려 내가 궁금하군."

나는 그동안 그를 만나오면서 받은 인상과 짐작한 바를 털어놓았다. 내 이야기를 듣고 나더니 그가 껄껄 웃었다.

"아무리 후하게 점수를 줘도 낙제를 면하기 힘든걸."

말은 웃음 속에 묻혀버렸지만, 그의 표정은 왠지 서글퍼 보였다.

잠시 자리를 떠났던 부인이 돌아왔다. 쟁반을 들고 왔는데, 죽 그릇 두 개가 놓여 있었다.

내가 그의 집을 방문한 뒤로는 그가 우리 집을 찾아오기도 했다. 나 혼자 집에 있는 낮에 찾아와서는, 한두 시간 앉아 있다 가고는 했다. 시내 쪽에 볼일이 있어 나갔다가 집으로 돌아가는 길일 때도 있었고, 오후에 집에서 리어카를 끌고 나오다가 잠시 들르는 경우도 있었다. 한번은 그가 단지 안으로 리어카를 끌고 들어왔다가 경비원이 막는 바람에 내가 연락을 받고 나가서 사정을 설명하고 양해를 구한 적도 있었다. 그런 일이 있은 뒤에는 그의 출입이 한결 편해졌다.

처음엔 그가 찾아올 적마다 차도 끓이고 말상대도 하면서 시간을 함께 보냈다. 그러나 둘이서 주고받을 이야기란 게 사실 많지 않았다. 20년 가까운 나이 차가 둘 사이에 도랑을 파놓고 있어서, 서로의 영역을 넘나들기엔 어려움이 없지 않았다. 게다가 그는 자신에 관해서라면 이야기를 꺼내는 것조차 질색하는 기색이 여전했다. 어쩌다 내가 쓰고 있는 작품이 화제에 오르기도 했지만, 그는 그저 고개만 끄덕일 뿐이어서 깊이 있는 대화가 이루어지기 힘들었다. 그러다 보니 둘 사이에 오가는 대화라는 게 고작 세상 돌아가는 이야기에 그칠 뿐이고, 그렇다고 그것이 무슨 통찰이나 주장을 필요로 할 만큼 열띤 것도 아니었다. 신문에서 읽은 기삿거리, 그 언저리에 다가가서, 실실 웃어도 보고 화도 짐짓 내보고 하는 정도에 지나지 않았다. 가을에 들어서자 대통령 선거를 앞두고 대화의 폭이 다소 넓어지긴 했지만, 누구를 찍느냐는 문제에서는 둘 다 한통속이어서 논쟁을 벌이고 자실 것도 없었다.

그의 출입에 관심이 덜해진 것은 어쩌면 자연스러운 일인지도 모른다. 귀찮거나 부담스러워서 그런 것은 아니었다. 그의 방문은 어느덧 내 일상 속에 예삿일로 바뀌어 있었던 것이다. 꼭 무슨 용무가 있어서 찾아오는 것도 아니었고, 그가 왔다고 해서 내 일상에 불편이 더해지는 것도 아니었다. 나를 찾아오는 일이 예사롭게 변한 점은 그도 마찬가지였다. 언젠가 있었던 경험이 그 점을 보다 여실히 보여준다.

커피나 한잔 끓여 마시려고 방에서 나갔더니, 그가 거실 소파에 비스듬히 앉아 있었다. 창밖을 물끄러미 내다보고 있었는데, 그의 시선이 가 닿을 만한 곳에는 텅 빈 하늘뿐이었다. 내가 눈길을 보냈지만 그는 고개도 돌리지 않았다. 주인도 모르는 사이에 집 안에 들었으므로, 사실 말하자면 그는 틈입자였다. 그러나 그의 앉아 있는 모습은 조금도 어색하지 않았다. 나는 부엌으로 가서 가스불을 켜고, 주전자를 올려놓고, 찬장에서 커피 통과 잔을 꺼냈다.

"커피 한잔 하실래요?"

내가 묻자, 그제야 그는 앉음새를 고치며 고개를 내 쪽으로 돌렸다.

"커피는 말고, 물이나 한잔 주게."

커피를 타는 동안 등 뒤에서 라이터 켜는 소리가 들렸다. 나는 냉장고에서 물통을 꺼내어 유리잔에 따랐다.

커피와 물을 양손에 하나씩 들고 탁자 맞은편에 앉자, 그가 말했다.

"문이 열려 있더군. 평소에도 그런가?"

"제가 집에 있을 땐 문을 잠그지 않아요."

"아, 그렇군."

"언제 오셨어요?"

"조금 됐어. 몰래 들어와서 미안하네. 일에 하도 열심인 것 같아서……"

"아무리 그래도 기척은 주셨어야죠."

"앞으로는 그럼세."

일종의 묵계가 이루어진 셈이었다. 그 뒤로 그는 초인종을 누르는 절차도 없이, 마치 가족처럼 들고 났다. 왔다고 해서 나 왔다하는 법이 없고, 간다고 해서 나 간다 하는 법이 없었다. 하지만그의 인기척은 우리 세 식구와는 다른 또 하나의 흔적으로 집안에 자리를 잡아가고 있었다.

그러던 어느 날이었다. 그날은 작업이 순조로운 편이어서, 번역원고가 20매, 소설 원고가 10매가량 되었다. 전체적으로 보면 아직도 더디게 진행되는 편이지만, 하루치 분량으로는 상당한 수확이었다. 그러나 이런 날일수록, 기분은 좋아도 몸은 더욱 고단했다. 눈도 침침하고, 어깨와 손가락 마디에는 아릿한 통증이 박혀있었다. 초고를 마치면 컴퓨터에 입력하여 다듬기를 계속하지만, 어쨌든 초고는 파지를 거듭 내면서 공책에 쓰기 때문이다.

컴퓨터를 끄고 거실로 나오자 밖에는 어느덧 어둠이 내리고있었다. 작업 중에는 방에 불을 켜두기 때문에 몰랐는데, 저녁이제법 이슥해져 있었다. 가을도 막바지라 집 안이 서늘했다. 양쪽관자놀이를 누르고, 어깨와 허리를 펴고, 두 팔을 휘돌리고, 앉았다 일어서기를 몇 차례 되풀이했다. 거실에 불을 켠 다음, 소파에앉아 담배를 피워 물었다. 그때 탁자에 낯선 물건이 하나 놓여 있는 게 보였다. 책이었다. 언제 왔다가 언제 갔는지는 모르지만, 그가 다녀간 것만은 기억에 남아 있었다. 책은 그가 놓고 간 것이었다. 종종 있는 일이었다. 그래서 받은 책이 벌써 열 권도 넘었다. 짐작건대 그가 나한테 선물로 주는 책들은 그로서도 무척이나 소중하게 여기는 것들일 터였다. 예컨대 에드먼드 윌슨의 『Axel's Castle(악셀의 성)』은 경성제대 도서관 관인이 찍혀 있을 만큼 오래된 책이었다. 어떤 과정을 거쳐 그의 손에 들어갔는지는 모르나, 그 책을 다시금 나한테 넘겨준 데에는 그만큼 깊은 그의 속정이 깃들어 있었다.

　나는 책을 집어 들었다. 제목은 '유리로 지은 집'. 지은이는 박지문. 장편소설이었다. 표지를 열자 속표지에 증정의 말이 적혀 있었는데, 놀랍게도 받는 사람은 나였고 주는 사람의 이름은 박경호였다. 나는 책을 이리저리 펼쳐보았다. 발행 연도는 1969년 9월. 저자 약력에는 이렇게 나와 있었다. 1939년생, A대학교 불문과 중퇴, 1964년 B일보 신춘문예 당선, 1967년에 작품집 『어제와 내일』 출간. 책날개에 실린 사진은 약간 모로 찍은 것이지만 젊은 날의 박경호를 고스란히 담고 있었다. 나는 잠시 아득한 기분에 휩싸였다. 박경호. 박지문. 나는 두 이름을 거듭 되뇌었다. 박지문은 박경호의 필명인 게 분명했다. 내 짐작이 들어맞은 셈이다. 그러나 기분은 왠지 착잡했다. 소설 제목은 물론이고, 박지문이라는 이름도 내 기억에는 없었다. 1969년이면 내가 중학교에 들어간 무렵이므로, 그를 모르는 게 당연했다. 그러나, 그가 소설을 계속 썼다면 그의 이름쯤 기억의 언저리에 남아 있었을 터였다. 그는 왜 소설을 중도에 포기한 것일까. 소설을 도중에 그만둔 사람은 많다. 사연도 제각각일 것이다. 그의 사연은 어떤 것일까. 그가 책을 두고 간 것은, 그리하여 자신의 정체를 드러낸 것은, 그 속내를 털어놓겠다는 신호가 아니겠는가.

나는 당장에 그를 찾아 나섰다. 무엇이 나를 그토록 서두르게 했는지는 알 수 없었다. 또한 무엇이 나를 그토록 간절하게 했는지도 알 수 없었다. 그의 과거 한 토막이 나에게 무슨 의미를 가질 수 있는가. 이 질문에도 나는 대답을 찾을 수 없었다. 다만, 시간이 어긋나면 다시는 그를 만날 수 없을지 모른다는 느낌이 들고, 하루, 아니 한시라도 늦추었다가는 영영 그의 대답을 듣지 못하게 되리라는 생각이 나를 떼밀었다.

아파트 단지를 나서자마자 큰길 너머로 시선을 던졌다. 저녁 인파가 많았다. 오가는 행인들 때문에 리어카 자리가 분명하게 보이지를 않았다. 왠지 불길한 예감이 들었다. 목이 탔다. 횡단보도를 건너면서도 시선은 줄곧 그쪽을 향하고 있었다. 마침내 다가갔을 때, 그는 없었다. 리어카도 보이지 않았다. 그의 집으로 전화를 걸었더니 부인이 받았는데, 여행을 떠났다는 것이다.

집으로 돌아와서 책을 다시금 펼쳐보다가, 미처 보지 못했던 쪽지를 그제야 발견했다. 이렇게 적혀 있었다.

'당분간 보기 힘들 것 같네. 열심히 쓰시게.'

그 후 어쩌다 생각이 나서 전화를 걸면, 그는 여전히 집에 없고, 부인의 대답은 그가 아직도 여행에서 돌아오지 않았다는 것이다. 이따금 행선지도 알리지 않은 채 훌쩍 떠나곤 하는데, 이번은 그 기간이 여느 때보다 훨씬 길어지는 것 같다는 설명이었다.

해가 바뀌고, 설도 지났다. 문맥출판사의 편집장으로 있는 친구한테서 전화가 걸려온 것은 1월이 끝나기 사흘 전이었다. 번역 관계로 상의할 일이 있으니 방문해달라는 전화였다. 작가라는 꼬리표를 달고 다니지만, 작품은 가물에 콩 나듯 건지는 형편이고, 번역으로 용돈이나 벌어 쓰는 나에게는 황감한 호출이었다.

겨울답지 않게 포근한 오후였다. 약속한 대로 퇴근 시간에 조금 못미처 찾아갔더니, 손님 둘이 먼저 와 있었다. 하나는 르포라이터로 더 알려진 시인이고, 다른 하나는 학교 선배이기도 한 B신문사 문화부 기자였다. 그들은 다른 볼일로 들렀다가, 내가 온다는 말을 듣고 저녁술이나 함께 나눌 생각으로 기다리는 중이었다.

내 몫의 일은 원서를 건네받는 것으로 간단히 끝났다. 전에도 몇 번 번역을 맡아 작업한 적이 있기 때문에, 그때의 경우에 맞춰 일을 진행하면 될 터였다.

우리는 밖으로 나와 근처에 있는 곱창집으로 갔다. 술청은 안주 굽는 냄새와 연기로 자욱했다. 문맥출판사를 찾아왔다가 몇 차례 들른 적이 있는데, 올 적마다 손님들이 북적거리는 걸 보면, 겉모양은 허름해도 제법 소문난 집인 모양이었다. 더구나 오늘 같은 겨울날은 화덕을 끼고 앉아 질긴 안주를 씹는 맛도 제격일 터였다.

술이 몇 순배 돌고 나자, 얼마 전에 결판난 대통령 선거가 화제에 올랐고, 그 화제는 자연스럽게 좌중을 논쟁으로 몰아넣었다. 그러나 말씨름은 말씨름으로 맥없이 끝나고 말았다. 목청을 높이는 사람도 없었고 탁자를 내리치는 사람도 없었다. 출신 성분이나 지역으로 볼 때, 가슴을 칠 만큼 억울하거나 어깨에 힘을 줄 만큼 우쭐댈 사람이 넷 중에는 아무도 없었기 때문이다. 우리는 맥 풀린 기분으로 잔을 부딪치고 단숨에 비웠다. 그러고는 화제를 다른 쪽으로 옮겼다.

"베껴쓰기가 신춘문예에까지 상륙했으니, 참 문제야."

이렇게 말머리를 돌린 것은 신문기자였다. 네 사람 다 글동네 안팎에 사는 처지인 데다, 올 신춘문예의 경우, 한 신문에서는 베껴쓰기를 소재로 삼은 소설이 당선되었고, 또 다른 신문에서는 아예 실천에 옮겼다가 당선 취소를 당했으니, 누구나 한두 마디쯤 관심을 나타낼 만한 화젯거리였다. 그러나 이 화제도, 혼성모방이니 패스티시니 포스트모던이니 하는 단어가 뒤섞이면서 몇 마디 오가더니 이내 시들해지고 말았다. 신문이나 잡지에서 읽은 것 이상으로는 이야기를 더 진전시킬 요량들이 없어서였다.

술잔이 오가고, 토막난 말들이 흩어지고, 곱창이 시커멓게 타들어가고, 손님들이 하나둘 떠나고, 그러는 사이에 시인은 앉은 채 꾸벅꾸벅 졸고 있었다. 몇 차례 인사를 나누기는 했어도 술자리를 같이하기는 처음인데, 고작 한 병 정도 마신 술에 취한 것일까. 아니면 피곤한 것일까.

벌써 10시였다. 우리는 자리를 털고 일어나 술집을 나왔다. 나를 빼고는 내일 아침 출근해야 하는 처지들이라, 제각각 집을 향해 흩어졌다. 나와 신문기자는 지하철을 타야 했으므로 전철역까지 함께 걸어갔다. 둘만 따로 있게 되자 우리는 오랜만에 만난 선후배답게 가족의 안부며, 서로 알 만한 동문들의 근황 따위를 주고받았다. 그러다가 문득 생각이 나서 물었다.

"혹시 박지문이라고 알아요?"

문학 담당으로 제법 오래 있었으므로, 귀동냥으로라도 들어서 알고 있지 않을까 해서였다.

"박지문?"

"60년대에 소설을 쓴 모양인데…… 나이는 50대 중반이고."

"글쎄."

그가 고개를 저었다.

"책도 두 권이나 냈습니다. 『어제와 내일』이라는 작품집하고 『유리로 지은 집』이라는 장편……"

"잠깐만."

그가 내 말을 가로막았다.

"기억나요?"

"혹시 우리 신문 신춘문예로 나온 양반 아냐? 60년대 초에."

"맞아요."

"아, 알겠어. 만난 적은 없지만……"

"어떤 분이에요?"

선배가 잠시 길게 숨을 들이마셨다가 천천히 내뱉었다.

"내가 들은 기억으로는 참 아까운 양반이었나 봐. 이를테면 장래가 촉망되는 작가였다는 얘기지. 그래서 주위로부터 기대도 많이 받았고…… 그런데 그게 오히려 부담스러웠던 것일까. 장편을 발표했는데…… 아까 제목이 뭐랬지?"

"유리로 지은 집요."

"그게 그건지는 확실히 모르겠지만, 어쨌든 외국 소설을 몇 대목 베꼈던 모양인데, 그게 들통이 나고 말았지. 게다가 그런 사실을 지적한 이가 아무개 평론가였는데, 대학 친구였던가 그래."

그 후 두문불출하더니, 결국은 종적을 감추고 말았다는 것이다.

그가 말끝에 덧붙였다.

"요즘 남의 글 베껴먹고는 방법론 어쩌구 하는 축들에 비하면 얼마나 고전적이야."

"고전적요?"

나는 그가 가령 양심적이라는 말을 잘못 쓴 게 아닌가 싶어서 되물었다.

"그래. 아름답다는 얘기지."

선배의 말을 들으며, 해석이 참 아름답다는 생각을 했다. 그 문맥을 곱씹으며 잠자코 있자, 부연이라도 하듯 그가 덧붙였다.

"아까 술집에서도 말했지만, 요즘 보면 문학판도 지저분해지고 있잖아. 버젓이 표절해놓고도 사과는커녕 이런저런 구실로 변명이나 해대고…… 그런데 그 양반 얘기는 왜? 느닷없이."

"그분을 우연히 알게 됐어요."

"만나기도 해?"

"가끔요."

"언제 같이 만날까?"

"왜요? 취재하려고?"

"꼭 그런 건 아니지만…… 재미있을 것 같지 않아?"

"재미요?"

"사연이 궁금하다는 얘기야. 본인도 뭔가 하고 싶은 얘기가 있지 않을까?"

우리는 어느덧 전철역 입구에 도착하여, 지하로 내려가는 계단을 밟고 있었다.

하루나기

1. 약약한 자의 슬픔

참 답답한 노릇이다. 아침마다 이렇게 변기에 걸터앉아 오만상을 잔뜩 찌푸린 채 항문을 쥐어짜고 있노라면, 이런 수고를 과연 언제까지 계속해야 할지, 생각하면 할수록 난감하고 한심하다는 생각뿐이었다.

물론 사시사철 날마다 변비에 시달리고 있는 것은 아니다. 평소에는 괜찮았다. 그런데 1년에 두 차례, 그러니까 봄에서 여름으로 넘어가는 무렵과 가을에서 겨울로 넘어가는 무렵이면 어김없이 변비 증세가 찾아와 각각 보름 정도씩 사람을 괴롭혔다. 이 습관성 환절기 증세를 치료하느라 나름대로 예방과 처방에 정성과 노력을 쏟기도 했다. 아침에 일어나자마자 냉수 한 컵과 무즙 한 컵 마시기, 호두나 땅콩을 주머니에 넣고 다니며 군것질하기, 잠자리에 들기 전에 아주까리기름 한 종지 마시기 따위의 식이요법 외에도, 매사에 느긋하고 대범한 마음을 가짐으로써 되도록이면 스트레스를 받지 않도록 애쓰고 있었다. 그런데도 봄-여름과 가을-겨울의 환절기만 되면 변비는 작년에 왔던 각설이여서, 똥구멍은 마치 염천왕과 동장군의 위세에 지레 겁먹은 듯 문을 꽁꽁 닫아걸고는, 어쩌다 한 번 쪽문을 빠끔히 열고 동냥밥 내어주듯 토끼똥 같은 덩어리를 한두 개 떨어뜨릴 뿐이었다.

김종인은 신문을 사회면으로 옮겨 펼쳤다. 병원에서 수술을 받다 숨진 사람의 유족들이 병원장을 납치하여 폭행을 가했고, 올 들어 사치성 소비재의 수입이 급격히 늘어났으며, 시내버스가 브레이크 고장을 일으켜 인도로 뛰어드는 바람에 두 명이 죽고 여섯 명이 다쳤으며, 국방부에서 만들어 북한 쪽으로 날려 보낸 대형 풍선이 엉뚱한 방향으로 날아가다 터지는 바람에 애꿎은 대한민국 백성들이 중화상을 입었으며, 마흔두 살 난 남자가 부부싸움 끝에 농약을 마시고 자살했으며, 아침에 안개 끼는 곳이 많겠고 전국이 약간 흐리겠다는 일기예보가 나와 있었다.

이런저런 기사를 훑어 내리던 그의 눈길이 맨 아래쪽에 가서 멈췄다. 이광술 씨가 교통사고로 사망했다는 기사였다. 이광술 씨라면 텔레비전 건강 프로그램에 단골로 출연해서, 대장암 말기

판정을 받고도 기사회생한 자신의 체험을 밑천으로 자연식 섭생법을 설파하여 인기를 얻고 있는 명사였다. 언젠가 텔레비전에 나온 것을 보았는데, 100살까지 사는 것은 문제없다고 큰소리치고 있었다. 그 장수학의 대가가 지방 강연을 다녀오던 길에 사고를 당하여 병원으로 옮겨졌으나, 이번에는 저승사자의 손아귀를 뿌리치지 못하고 그만 죽음의 문턱 너머로 끌려들어가고 만 것이다. 이 기사를 쓴 기자도 고인의 경력과 어록에 유념했던 듯 이광술 씨의 나이를 잊지 않고 밝혔는데, 향년 58세였다. 쯧쯧, 김종인은 혀를 찼다. 인명은 재천이라더니, 옛말 틀린 것 없다니까.

끙끙거린 지가 벌써 15분이 넘었고, 그래서 문밖에서는 그만하고 나오라는 재촉이 빗발치건만, 오늘 아침에도 동냥밥은커녕 짠지 한 토막 얻어먹기 그른 것 같았다. 이렇게 생각하자, 그렇지 않아도 가스 때문에 더부룩한 배 속이 더욱 거북살스러웠다. 변비하나 제대로 다스리지 못하는 주인에게 몸뚱이 녀석이 심술이라도 부리는 것일까.

아마 그래서였는지도 모르겠다, 그가 심술이 난 것은. 밥을 먹다가 돌을 씹었는데, 평소 같으면 그럴 수도 있으려니 하고 그냥 넘어갈 일이었다. 그런데 부아가 치민 것은 헛배 부른 불쾌감 때문에 심기가 뒤틀려 있었던 탓이리라.

"쌀도 안 일었어?"

그가 버럭 소리를 내지르자, 아내가 대뜸 받았다.

"요즘 쌀에 무슨 돌이 섞인다고 일어요? 물만 부으면 되는 쌀도 나오는 세상인데."

"어쨌든 돌을 씹었으니까 하는 소리잖아."

"어쩌다 그럴 수도 있는 거겠죠, 재수 없으면."

"재수 없으면?"

"돌 씹은 게 재수 좋은 일은 아니니까."

"아니 그럼, 내가 밥 먹다 돌 씹은 게 재수가 없어서 그랬다는 거야, 엉?"

그는 마지막 말을 기합처럼 내뱉으며, 여기엔 뭔가 행동이 뒤따라야 한다는 생각을 거의 동시에 했고, 이런 판단과 거의 동시에 숟가락을 밥상 위에 내던졌다. 그 기세에 간장 종지가 엎질러졌고, 간장 몇 방울 얼굴에 뒤집어쓴 초등학교 4학년짜리 딸애는 발딱 일어나 제 방으로 가버렸다. 그러나 올해 중학교에 들어간 아들놈은 부모야 다투든 말든 아랑곳하지 않고 묵묵히 그리고 더욱 열심히 숟가락을 입으로 날랐다. 이런 경우에는 어떻게 처신하는 게 상책인지, 그들 나름대로 터득한 경험론적 지혜의 소산이었다.

그런데 이날 아침 밥상머리에서 벌어진 소동을 한 꺼풀 벗겨좀 더 파헤쳐보면, 그 뿌리의 한 가닥에는 또 다른 속사정이 얽혀 있을 법하다. 무슨 말인고 하면, 김종인으로서는 기억조차 하기 싫지만 어젯밤에 아내한테 또 실수를 저지른 것이다. 더구나 어젯밤의 행사는 아내가 달거리 손님을 치르고 나서 모처럼 작정하고 마련한 자리였다. 신부처럼 달뜬 얼굴로 전채를 차리는 아내의 손길에는 정성과 열기가 묻어 있었다. 오랜만에 나오는 풀코스에 대비하여 그는 허리띠를 느슨하게 풀고 심호흡으로 마음을 가다듬었다. 진수성찬을 즐기려면 그에 합당한, 그러니까 라면이나 김칫국으로 한 끼 때울 때와는 다른 매너와 인내가 필요했기 때문이다. 뒤이어 메뉴가 다시 바뀌고, 그는 그 짜릿한 묘미를 찬찬히 즐기며 놀라움과 감탄을 곱씹고 있었다. 아내한테도 이런 구석이 있다니! 맛도 맛이려니와, 그 맛을 빚어내는 솜씨 또한 각별하고 그윽하기 이를 데 없었다. 이윽고 메인 코스에 들어가자 아내는 슬며시 좌정하고 그에게 바통을 넘겼다. 이제는 그의 차례였다. 흥겨운 대화와 열띤 제스처로 분위기를 한껏 드높일 차례. 아내는 눈을 지그시 감은 채 기다리고 있었다. 아니, 감내 나는 입김으로 귓전을 간질이며 은근히 재촉하고 있었다. 자, 준비됐으니 어서 시작하라고. 그런데 사실 그는 아까부터 속이 안 좋았다. 자꾸만 속이 울렁거리는 바람에 신물이 찔끔거리고 있었던 것이다. 변비 때문에 늘 헛배가 불러 있는 터에 기름진 성찬까지 오랜만에 포식했으니 배 속이 질릴 만도 했으리라. 하지만 어쩌랴. 모처럼 만에 아내가 정성을 쏟아 마련한 밥상인데, 그 앞에서 저 혼자 배부르다고 일어날 수는 없지 않은가. 그는 목구멍 끝까지 차오른 트림을 애써 누르며 숨을 깊이 들이마시고, 아랫배에 힘을 주는 동시에 괄약근을 한껏 조였다. 조심에 조심을 거듭하면서 두어 술 간신히 입안으로 밀어 넣은 것까지는 좋았는데, 그러나 더 이상은 참아내지 못하고 그만 엉겁결에 내뱉고 말았다. 남편을 서빙하느라 아내는 아직 입맛도 다시기 전이었다. 앵돌아져 돌아눕는 아내에게 그는 미안하다는 말조차 건네지 못했다.

언제부터인지 모르게 이런 실수가 잦아지고 있다는 것을 그는 깨닫고 있었고, 그래서 내심 걱정도 적지 않았다. 중년의 건강법, 특히 정력 증강법을 다룬 글만 보이면 저절로 관심이 가고, 개소주나 보신탕 같은 간판에 눈길이 자주 가는 것도 다 그런 염려와 조바심의 소치였다. 그런데도 마누라는 남편의 속마음을 헤아려주기는커녕 오히려 비아냥거리고 있는 것이다. 적어도 그는 그렇게 생각했다. 그러므로 아내가 좀 전에 재수 운운했을 때 심사가 더욱 뒤틀린 것은, 아내의 그 한마디 속에 어젯밤의 불만이 녹아 있으리라는 믿음, 바꿔 말해서 자격지심이 작용한 탓인지도 모른다.

집을 나서는 기분은 이래저래 몇 겹으로 구겨져 있었다. 기분이 이럴진대 걸음이라고 신날 턱이 없었다. 샐러리맨 하나가 출근하다 말고 소파에 털썩 주저앉으며, "나 오늘 회사 안 갈래. 왜? 피곤하니까!" 하고 울부짖는 광고도 있지만, 김종인은 정말이지 오늘 하루쯤 쉬고 싶었다. 그렇다고 뒤숭숭한 집구석에 그대로 박혀 있을 수도 없는 노릇. 어디론가 훌쩍 떠나버려? 깊은 산속이

나 외딴 섬구석에 잠적해버려? 그러나 마음은 더욱 답답하고 울적해질 뿐이었다. 훌쩍 떠난다는 게 생각처럼 쉽지 않다는 것을 그 자신이 누구보다도 잘 알고 있었기 때문이다. 그래서 김종인은, 일단 출근한 다음 형편 봐가며 사우나탕이나 영화관에 들어가 한두 시간 기분전환이라도 해야겠다고 애써 마음을 달랬다.

그의 발걸음은 어느덧 지하철역에 이르러 있었다. 이마에 꽂히는 햇살이 벌써 따갑게 느껴졌다. 그는 입구에서 우선 호흡을 가다듬었다. 잠수를 앞둔 다이버가 준비운동을 하듯. 그러고는 지하로 내려가는 인파 속에 휩쓸려 들어갔다. 가만히 서 있어도 저절로 떼밀려가는 인파는 컨베이어 벨트나 마찬가지였다. 승차권을 자동집표기에 집어넣고 개찰구를 지나면서 그는 오늘도 같은 생각을 떠올렸다. 아랫배를 가로막는 이놈의 쇠막대는 급소를 때리기 위한 주먹일까 아니면 성감대를 자극하기 위한 손바닥일까. 아래층 승강장에는 전동차를 기다리는 사람들이 이쪽과 저쪽에 가득했다.

그는 습관처럼 손목시계를 들여다보았다. 7시 40분. 거의 일정한 출근길에 비춰볼 때 오늘은 평소보다 10분 이르게 도착한 셈이다. 아침을 거른 대가로 얻은 10분이 왠지 횡재라도 한 느낌이었다. 그만큼 기분이 느긋했다. 이 시간을 가지고 무엇을 한다지? 그는 마치 이 돈을 가지고 무엇을 할까 하는 기분으로 생각했다. 하기야 시간은 돈이므로 어폐가 있는 것은 아니다. 어쨌든 이 10

분의 여유를 회사에 갖다 바칠 마음은 추호도 없었다. 그렇지 않아도 회사에는 정시보다 20분 일찍 출근하고 있었다.

전동차가 도착했지만 그는 차에 오르지 않았다. 그 대신 승강장 한쪽에 있는 플라스틱 벤치에 가서 앉았다. 물결이 빠져나갔던 승강장은 금세 다시 인파로 메워지고 있었다. 눈앞을 지나는 갖가지 생김새, 옷차림, 표정들. 참으로 다양한 사람들이었다. 그들 하나하나가 서로 다른 개성과 감정과 꿈과 속셈을 가졌다고 생각하자 세상 돌아가는 우주의 섭리가 새삼 사무치게 와 닿고, 이 평범하고도 진부한 깨달음을 새삼스럽게 반추하는 제 자신이 우습고도 기특했다.

전동차가 두 번 더 지나간 뒤에야 그는 자리에서 일어나 승차 위치에 가서 섰다. 두 줄로 늘어선 왼쪽 줄, 앞에서 두 번째였다. 앞에 선 어깨 너머로 건너편 승강장에 서 있는 얼굴들이 보였다. 승차선마다 즐비하게 늘어선 행렬이 질서와 무질서를 넘나들며 끊임없이 움직이고 있었다. 출전을 앞둔 병사들처럼. 아니, 점호 소집을 받고 불려 나온 예비군들처럼.

건너편을 무심코 두리번거리던 그의 시선에 낯익은 얼굴 하나가 잡혔다. 그 얼굴은 그가 서 있는 곳에서 왼쪽으로 비스듬한 위치의 승차선 맨 앞에 서 있었다. 상대도 때마침 이쪽으로 눈길을 보내려는 참이었다. 김종인은 고개를 약간 옆으로 내밀며 손을 번쩍 치켜들었다. 동시에 소리쳐 부르려고 했지만 이름이 생각

나지 않았다. 그래서 그는 벌리는 시늉만 하고 입을 다물었다. 그
런데도 다행히 상대는 그를 알아보고 손을 번쩍 들어 올렸다. 그
모양이 마치 나치 병사의 하일 히틀러 같았다.

2. 지하철의 청개구리

누구더라?

건너편 승강장에서 고개를 옆으로 살짝 내밀고 손을 번쩍 쳐
들어 보인 사내. 뿔테 안경과 단정하게 빗은 머리, 감색 양복, 한
쪽 겨드랑이에 낀 서류가방. 성실한 샐러리맨의 전형. 그 사내는
분명 이쪽을 보면서 알은체했다. 이쪽에서도 분명 낯익은 얼굴이
었다. 그런데 그가 누구인지, 언제 어떤 사정으로 알게 된 위인인
지, 생각에 생각을 거듭해도 기억이 나지를 않는 것이다. 고등학
교나 대학교 동창일까? 군대에서 한솥밥 먹던 동료? 퇴근길에 포
장마차에서 우연히 어울려 세상을 향해 함께 감자를 먹이던 술
꾼? 아니면 거래처 직원? 기억의 실마리를 찾기 위해 과거의 뒤안
길을 굽이굽이 뒤지고 파헤치며 탐색에 골몰하느라 혼잡한 지하
철 출근길의 고통과 비애를 잠시 잊을 수 있어서 좋았지만, 하마
터면 내릴 역을 놓칠 뻔했다.

역을 빠져나오고, 큰길과 골목을 번갈아 건너고, 모퉁이를 두

번 돌아 넘고, 어느 빌딩 앞에 다다른 다음, 회전문을 밀치며 안으로 들어가고, 엘리베이터에 오르고, 7층에서 내리고, 마침내 회사에 도착하여 출근카드를 찍고, 사무실에 들어가 자리에 앉은 뒤에도, 기억 되살리기 작업은 여전히 계속되었다. 누구지? 도대체 누구지? 어디서 만났을까? 그러나 기억은 좀처럼 떠오르지 않았다. 그에 대한 기억은 마치 마법에 걸려 천 년의 잠 속에 유폐된 공주인 양 아무리 기를 쓰고 흔들어도 일어날 기척이 없었고, 마법의 자물쇠를 풀려고 열쇠를 이리저리 짜맞추는 모습은 심각하다 못해 그야말로 넋 나간 꼴이었다. 책상 위의 전화가 한참 울리는데도 알아차리지 못할 정도였다.

이놈의 지독한 건망증!

염승섭은 머리를 쥐어뜯으며 신음을 토했다. 이토록 심한 건망증이라면 차라리 그가 누군지 기억하지 못해 안달복달하고 있다는 것마저 잊어버릴 수 있으면 좋겠는데, 이건 또 웬 놈의 변덕에 심술인지, 건망증에 대한 반발심은 오히려 더 끈질기게 달라붙어 떠날 줄을 몰랐다. 노망든 늙은이의 생떼 고집이 이만할까. 그는 다시 담배를 피워 물었다. 업무가 시작된 지 두 시간밖에 안 지났는데 담뱃갑이 벌써 반이나 비어 있었다. 그러니까 평소보다 세 배나 더 애를 끓인 셈이다. 건망증과의 전쟁을 치르는 동안 그가 누구일까 하는 애초의 궁금증은 어느덧 뒷전으로 밀려나 있었고, 이제는 그가 누구인지 기억해내지 못하면 성을 갈겠다는 투의 오기마저 발동하는 바람에 더욱 심사가 뒤틀리고 신경이 곤두서 있었다. 그런 판이니 일이라고 제대로 손에 잡힐 리 만무했다.

조울증, 성기능 장애, 스트레스, 높은 사망률…… 중년 남자의 위기를 거론하는 소리가 높아지고 있는 현실이긴 하지만, 돌이켜 보면 공교롭게도 나이 40줄에 들어서면서 건망증이 부쩍 심해진 느낌이었다. 숫자나 이름 따위를 쉬 외지 못하는 것은 물론이고, 머릿속에 이미 저장된 자료를 되살려내는 일도 점점 힘들어져, 때로는 오늘처럼 기억의 한 귀퉁이가 완전히 무너져버린 듯한 낭패감에 시달릴 때도 있었다. 그러다 보니 건망증 때문에 불편을 겪는 경우가 한두 번이 아니었다. 예컨대 담배를 입에 물고 있으면서 담배를 찾거나, 출근해서 갈아 신은 슬리퍼를 그대로 신은 채 퇴근하거나, 반대 방향으로 가는 버스를 타거나, 어딘가에 가려고 회사를 나왔는데 막상 택시를 잡아타고 보니 행선지가 생각나지 않거나 하는 따위가 그렇다. 이런 실수야 일신의 불편으로 끝난다지만, 중요한 약속을 깜박 잊거나 물건을 차에 놓고 내리거나 하여 생기는 불이익과 손실은 심각한 사태로 이어질 수도 있었다. 아직까지는 용케도 그런 난감한 처지에 빠져보지 않았지만, 주위에서는 종종 그런 사례를 목격할 수 있었고, 자신이 그런 지경에 몰린 경우를 상상하면 등골이 오싹했다. 그래서 작년부터는 수첩을 가지고 다니며 메모하는 습관을 들였는데, 처음에는 어색하고 쑥스럽고 불편하더니 이제는 오히려 수첩에 크게 의존하고 있는 형편이었다.

염승섭은 일지식 수첩을 펼쳐서, 오늘 점심때 약속은 없는지 확인했다. 있었다. 13시. 최북선 부장 딸 결혼. 희망예식장. 최 부장은 지난번 직장에서 상사로 모셨던 양반이다. 청첩장을 보낸 것 외에도 사흘 전에는 전화를 걸어서 꼭 참석해달라는 당부의 말까지 보탰다. 게다가 결혼식장이 회사에서 그리 멀지 않은 곳이어서, 피치 못할 사정이 없는 한 참석할 생각으로 메모해둔 스케줄이었다.

건망증 때문에 들끓던 머리도 어느 결에 시나브로 차분해졌고, 그는 책상 위에 펼쳐놓은 일감을 대충 정리하면서 남은 일과를 마쳤다. 오늘은 토요일. 토요일 근무는 오후 1시까지이나 그는 20분 먼저 자리에서 일어났다. 그전에 축의금의 적정 액수에 관한 고찰을 잠시 전개했다. 여느 때처럼 3만 원으로 할까, 아니면 체면치레 값으로 2만 원을 더 얹을까. 담배를 한 개비 피우는 동안, 한 달 용돈의 가용치와 체면유지비의 한계치 사이에서 균형을 잡느라 궁리와 속셈을 거듭한 끝에 후자로 낙착을 보았다. 최 부장한테 얻어먹은 술값만 해도 그 몇십 배는 될 터였다.

그는 엘리베이터를 타고, 1층에서 내리고, 회전문을 밀쳐 밖으로 나오고, 모퉁이를 돌아 넘고, 골목과 큰길을 번갈아 건넌 다음, 희망예식장에 도착했다. 식장 로비에는 화사하게 차려입은 사람들이 가득 붐비고 있었다. 그들 중에는 벌써 여름옷으로 갈아

입은 성급한 행색들도 보였다. 그는 신부의 아버지와 악수를 나누고, 신부측 접수처에 가서 축의금 봉투를 건네주고, 방명록에 이름을 적어 넣고, 하객 여러분은 안으로 들어와 착석해달라는 장내 방송을 들으며 식장 안으로 들어간 다음, 왼쪽 측면 통로를 비집고 들어가 구석 자리에 앉았다. 공교롭게도 그 일대에 지난번 직장에 다닐 때의 동료들이 포진해 있었다. 염승섭은 그들과 차례로 악수를 나누었다. 신수가 훤해지셨군. 요즘 그 회사 잘나가는 모양이데. 부장 됐다며. 그는 대꾸 없이 그냥 고개만 끄덕였다.

이렇게 수인사를 주고받으며 고개를 이리저리 돌리고 있는데, 저쪽, 그러니까 중앙 통로 건너편에 앉아 있는 한 사내의 모습이 시선 끝자락에 잡혔다. 뿔테 안경과 단정하게 빗은 머리와 감색 양복. 그러자 불현듯 출근길에 지하철역에서 보았던 샐러리맨 타입의 남자가 다시금 생각났다. 물론 지금 본 사내는 아침의 그 남자가 아니었지만.

염승섭은 속에서 불쾌한 열기가 일렁이는 것을 느꼈다. 잠시 소강상태에 들어갔던 건망증이 공격을 재개하리라는 조짐이었고, 거기에 맞서 온몸이 비상태세에 돌입하는 신호였다. 그는 숨을 한껏 들이마시고 두 눈에 심지를 켰다. 누구더라? 누구지? 도대체 어떤 새끼야? 일촉즉발의 위기는, 그러나 한순간에 맥없이 끝나고 말았다. 초전박살의 의지로 똘똘 뭉친 방어군의 기세가 등등하다는 것을 알아챈 공격군이 접전도 하기 전에 꼬리를 내리고 만 것이다. 그러자 포로로 잡혀 있던 기억의 난민들이 우르르 쏟아져 나오기 시작했다.

뿔테 안경, 약간 들린 코, 말할 때 한쪽으로 쏠리는 입술, 그리고 가운데가 훌라당 벗어진 머리. 같은 아파트의 같은 동, 같은 라인 6층에 살고 있는 사내였다. 출근길에 엘리베이터를 함께 타는 경우도 종종 있었고, 또 언젠가는 집에 찾아온 적도 있었다. 특매 기간 동안 컴퓨터를 아주 싼 값에 팔고 있는데, 한 대 들여놓지 않겠느냐고. 알고 보니 큰애와 그 집 아들이 같은 반이었다. 염승섭은 나중에 필요하게 되면 연락을 드리겠다는 말로 대꾸한 다음, 커피를 마시며, 아파트 단지 인근에 신축 중인 스포츠센터가 완공되고 나면 생활에 어떤 변화가 생길 것인가 하는 문제를 가지고 잠시 토론을 가졌었다. 그런데 그 양반, 언제부터 가발을 쓰기 시작했지? 아니, 가발을 쓰면 사람이 그렇게 달라 보이나? 그러니까 아침나절에 시달린 건망증의 배후에는 가발의 음모가 침투해 있었던 것이다. 그는 이제야 비로소 신열이 가라앉는 것을 느끼며 안도의 숨을 내쉬었다.

주례대 양쪽에 놓인 촛불 가운데 왼쪽 것이 예식 도중에 꺼졌을 뿐, 결혼식은 소정의 절차에 따라 무난히 진행되었다. 식이 끝나고, 근처 식당에 마련된 피로연장으로 가기 위해 식장을 나오다가 염승섭은 우연히 대학 동창을 만났다. 졸업하고 처음이니까

무려 17년 만에 만나는 셈이었다. 그런데도 첫눈에 알아볼 수 있었다. 몸이 좀 나긴 했어도 찢어진 눈매이며 뭉툭한 콧날이 옛 모습 그대로였다. "햐, 이거 얼마 만이냐." "그러게 말이다. 이러다가 얼굴마저 잊겠구나야." "그래, 어떻게 살고 있냐?" "큰애가 벌써 고2다. 넌?" "우리 큰애는 올해 중학교에 들어갔어. 마누라는 그 때 그 기집애냐?" "형수님보고 기집애라니, 너 말버릇 고약한 거 아직도 못 고쳤구나." 친구는 신랑 쪽 손님이었다. 그래서 두 사람은 신랑측 식당과 신부측 식당으로 갈라지는 곳에서 명함을 주고받은 다음, 나중에 연락해서 소주라도 한잔하자면서 헤어졌다. 친구의 명함에는 '도서출판 天也, 주간 현진걸'이라고 찍혀 있었다. 글 좀 쓴다고 설치고 다니더니 결국은 출판사에 다니는 모양이군.

3. 술 권하는 세상

삼진기획? 이게 뭐하는 회사지? 스리 스트라이크 아웃을 연구하는 곳인가? 그런 회사의 부장이면 봉급은 얼마나 받을까?

오랜만에 만난 대학 동창의 명함을 들여다보면서 현진걸은 괜히 속이 끓고 짜증스러웠다. 생각건대 삼진기획은 그 이름만으로도 도서출판 천야보다 나은 회사 같고, 대표전화에다 직통전화까지 따로 있는 것을 보면 대우도 괜찮은 모양이다. 어렴풋한 기억이긴 하지만 대학 다닐 때는 별볼일없는 친구였다. 그런 녀석이, 술도 잘했고 연애도 잘했고 문학적 열정도 뜨거웠던 자기보다 훨씬 출세한 것만 같아, 한편으로는 샘이 나고 또 한편으로는 괘씸한 생각이 들었다. 아니, 괘씸한 것은 친구가 아니라 이놈의 세상이었다. 외교관을 꿈꾸며 불문과에 들어간 그에게 문학병을 옮기고, 그 열병을 앓으며 졸업한 그에게 임신한 여자를 안기고, 도망치듯 입대했다가 사회로 복귀한 그에게 당장의 밥벌이 문제를 떠맡긴 것은, 그렇다, 바로 이 세상이었다. 그러나 그는 절망하거나 회피하지 않았다. 아니, 그의 젊은 시절은 오히려 복수의 칼을 가는 재미와 흥분 속에 지나갔다. 밤마다 소설을 썼고, 해마다 신춘문예에 응모했다. 작가로 데뷔하는 것, 그것은 그의 꿈이면서 복수극의 결말이 될 터였다. 왜냐하면 그는 당선 소감에서 보란 듯이 절필을 선언할 작정이었기 때문이다. 하지만 그런 기회는 좀처럼 오지 않았다. 해를 거듭하는 사이에 의욕도 재능도 어느덧 사그라졌고, 다 꺼진 불씨 한 점 가슴 한구석에 접은 채, 문학 동네와 이웃한 출판 동네에서 밥벌이를 찾아 이 집 저 집 전전하며 오늘에 이르러 있었다. 사는 것 자체가 이제는 타성이었고, 그나마도 술이 없으면 몸도 마음도 삐걱거렸다.

낮술이 흔히 그렇듯이 몇 잔 안 마셨는데도 제법 취기가 돌았다. 심기가 불편한 탓일까. 식당에서 나온 다음 근처 다방에 들어가 커피를 마시며 취기와 심기를 달랬지만, 다시 밖으로 나오자 토요일 오후에 회사로 다시 들어가야 하는 처지가 또 한 번 짜증을 불러일으켰다. 사실 따지고 보면 불평할 거리가 아니었다. 격주 휴일제여서 오늘은 평일이나 마찬가지였기 때문이다. 그러니 이런 기분으로 회사에 들어가기는 싫지만 어쩔 도리가 없었다. 편집부에 세 명, 영업부에 두 명, 경리직원 하나, 이렇게 단출한 규모의 출판사이지만, 명색이 주간이면 사장 다음 아닌가. 더구나 사장은 오전에 잠깐 얼굴을 내밀었다가 나가면서 오늘은 회사에 못 올지 모른다고 말했다. 그렇다면 2인자가 책임지고 회사를 지켜야 하지 않겠는가. 그게 법이고 도이고 예이다.

택시를 잡아타고 사무실로 돌아가보니 책상 위에 메모 쪽지가 놓여 있었다. 아니, 쪽지를 들여다보기도 전에 여직원 하나가 말을 건넸다.

"전화 왔었어요."

현진걸은 여직원의 말을 귓등으로 흘리며 메모지를 집어 들었다.

'이효식 씨 사망. 동반병원. 유진호 씨 전화.'

아니, 세상에 이런 일이 있나. 그는 눈을 의심했다. 이효식이라면, 불과 보름 전에 만나지 않았는가. 서울에 와서 살고 있는 고등학교 동창끼리 어울린 자리였다. 열 명 남짓 모였는데, 그날 밤에 2차를 산 친구가 이효식이었다. 심야의 술자리에서 그가 목청

높여 부르던 노랫소리가 아직도 귓전에 남아 있는 듯했다. 이효식은 치대를 나와 대방동 어름에서 개업하고 있는데, 재작년 가을에 교통사고로 아내와 외아들을 한꺼번에 잃은 뒤 홀어머니와 단둘이 살고 있었다. 그러나 천성이 워낙 낙천적이고 활달한 편이라 어지간해서는 어두운 구석을 보이는 법이 없었다. 그런 그가 죽었다. 왜 죽었을까. 어쩌다 죽었을까. 현진걸은 당혹스럽고 속이 자꾸만 헛헛했다.

최근 들어 가까운 친구의 부음을 들은 것이 벌써 몇 번째인가. 작년에만 해도 네 차례나 장례를 치렀다. 캐나다에 파견 근무를 나가 있던 친구가 관에 실려 귀국한 것이 세밑이었다. 순직으로 처리된 과로사였다. 가을에는 고향 친구 하나가 교통사고로 죽었고, 5월에는 대학 친구 하나가 목욕탕에서 쓰러져 혼수상태에 빠져 있다가 달포 만에 숨을 거두었다. 올봄에도 친구의 죽음이 있었다. 간암으로 몇 해째 고생하던 그 친구는 보트를 빌려 타고 서해 먼바다로 나가 자신을 실종시킨 뒤 낡은 운동화 한 켤레로 돌아왔다.

친구들의 죽음만이 아니었다. 중년의 갑작스러운 죽음을 보도하는 기사가 부쩍 늘고 있는 요즘이었다.

마흔 안팎. 한창나이인 우리 세대를 죽음으로 몰고 가는 것은 도대체 무엇인가. 중년을 넘기는 데에도 통과의례가 필요한 것일까. 그래서 제물을 바쳐야 하는 것일까. 왜? 무엇 때문에? 전쟁의 폐허 속에서 태어나 굶주린 유년을 간신히 살아남고, 조회 때마다 국민교육헌장을 암송하며 중학교를 마치고, 멋모른 채 시월유신을 찬양하며 고등학교를 다니고, 대학생활은 긴급조치의 최루탄 연기 속에서 질식당하고, 군에서 제대하자 어느 부대에 있었느냐는 의혹과 힐난의 눈총을 받고, 젊은 후배들의 죽음 앞에서 속절없이 애만 태우고, 그러다가 어느 여름날 시위 군중 속에 익명으로 끼어들어 주뼛주뼛 주위를 살피며 구호를 따라 외치고, 그러나 다시금 절망하고…… 그렇게 그렇게 휘둘리고 시달리기만 하면서 목숨을 부지해온 인생들에게, 이놈의 세상은 또 무슨 염치로 제물을 바치라는 것인가.

현진걸은 화장실에 가서 얼굴에다 찬물을 끼얹었다. 그러고는 콧물을 풀어 제쳤다. 다시 사무실로 돌아와 아내한테 전화를 걸어서 오늘 집에 못 들어가는 사정을 설명했다. 또 술판 한번 거방지게 벌이겠군. 아내가 쏘아붙이는 소리에 대꾸도 하지 않고 전화기를 내려놓았다. 내가 죽으면 마누라는 뭐라고 할까. 술지옥에나 떨어지라고 저주를 퍼붓지 않을까 몰라. 문득 담배가 피우고 싶어졌다. 끊은 지 벌써 3년째인 담배가. 저쪽에 앉은 영업부 직원한테 담배 하나 달라고 말하려는데, 출입문이 열리고 사장이 불쑥 들어왔다.

"현 주간, 나 좀 봅시다."

현진걸은 다소 멀뚱한 표정으로 일어나 사장실로 따라 들어갔다. 사장실이라고 해야 사무실 안쪽에다 칸막이를 설치하고 비품 몇 개 들여놓은 정도였다. 소파에 마주 앉자 사장은 들고 온 서류봉투를 탁자에다 던지듯 내려놓았다.

"이거 당장 시작하세요. 총력전으로!"

아르오티시 출신답게 사장의 말투엔 군대식 어휘가 많았다.

"뭔데요?"

"꺼내보시오."

현진걸은 봉투를 열고 내용물을 꺼냈다. 일본 책이었다. 34세의 릴리안.

"스웨덴 소설인데, 끝내주나 봅디다. 자, 여길 좀 봐요."

사장은 이렇게 말하면서 책에 두른 띠 광고를 가리켰다. '성해방의 문제작! 페미니즘에 대한 옹호인가? 도전인가?'

"한마디로 포르노라는 얘기지 뭐. 안 그래요, 현 주간?"

"그래도 내용은 검토해봐야……"

소설이라니까 일단 흥미는 가지만, 그래도 명색이 편집장인데 사장이 내민다고 아무 책이나 덥석 물 수는 없는 노릇 아닌가. 그래서 짐짓 해본 소리인데, 사장은 말을 엇지르며 다그쳤다.

"검토는 무슨. 다 끝난 거니까 그냥 착수만 하세요. 어때요? 지금 시작하면 언제쯤 나올 수 있겠소? 화끈한 게 여름 상품으로는 그만일 것 같은데……"

현진걸은 속으로 얼른 계산해보았다. 번역에 보름 내지 20일,

교열에 열흘, 교정에 열흘, 제작에 일주일. 그러니까 한 달 반, 넉넉잡고 두 달. 물론 이 정도 계산은 사장도 이미 끝냈을 것이다.

"사장님 말씀대로 총력전을 펴면 한 달 반쯤……"

사장은 다시 편집주간의 말을 허리에서 동강냈다.

"좀 더 당겨봐요. 한 달 안으로. 일본에서는 나오자마자 베스트셀러에 오른 모양인데, 우리 동네서 가만히들 있겠소? 아마 다른 집에서도 벌써 눈독을 들였을지 몰라요."

"저작권 문제는 어떡하고요?"

"보면 알겠지만 그건 문제없어요. 83년에 나온 책이니까."

"경쟁이 붙을지도 모르겠군요."

"그러니까 서두르자는 거 아니오. 먼저 뛰는 놈이 고지를 점령할 테니까. 잘만 하면 이번에 돌파구를 마련할 수 있을 거요."

요즘 출판계가 겪고 있는 불황은 정말이지 끔찍할 정도여서, 이런 식으로 가다가는 언제 문 닫게 될지 모르겠다는 사장의 푸념은 그저 해보는 엄살이 아니었다. 돌아가는 형편을 충분히 알고 있기에 현진걸로서도 사장의 말 속에 담긴 염원을 실감할 수 있었다. 그렇지 않았다면, 이런 책까지 내야 하느냐고 한마디 반발하는 시늉이라도 했을 것이다. 사실 몇 해 전에는 그런 문제로 사장과 옥신각신한 끝에 직장을 그만둔 적도 있었다. 그러나 지금 생각해보면 다 부질없는 짓이었다. 양서는 뭐고 악서는 뭔가. 그따위 허깨비에 이제는 더 이상 얽매이고 싶지 않았다.

책을 집어 들고 사장실에서 나온 현진걸은 자리로 가는 길에 창가로 가서 밖을 내다보았다. 신록이 무르익고 있었다. 아마 지금쯤 고속도로는 행락지를 찾아가는 차량들로 붐비고 있을 것이다. 그 길을 친구의 영구차가 달리는 모습이 환영으로 떠올랐다. 삼일장이면 월요일에 장례를 치르게 될 것이다. 그날 장지까지 따라갈 수는 없다 해도 발인에는 참석해야 할 테니, 오전에 출근하기는 힘들 것이다. 그렇다면 번역을 맡기는 문제는 오늘 중에 처리하는 게 좋을 듯싶었다.

그는 자리로 돌아와 책상 앞에 앉았다. 그러고는 역자 후기를 떠듬떠듬 읽었다. 그의 일본어 실력은 독학으로 틈틈이 익힌 것이어서 그저 뜻이나 대충 파악할 수 있는 정도였다. 역자의 말에 따르면 노라가 100년 만에 부활한 꼴인데, '인형의 집'을 뛰쳐나온 '34세의 릴리안'의 애정 행각이 다양하게 펼쳐지는 모양이다. 가정에 매여 있던 여성이 새로운 자아에 눈뜨면서 반란을 일으킨다는 이야기는 사실 진부한 주제였다. 또 그 반란이 자유분방한 섹스를 추구하는 행태로 나타나는 것도 진부하기는 마찬가지다. 그렇다면 이 책은 어떤 점에서 새로운 차별성을 보이고 있는 것일까. 그는 머리를 흔들었다. 지금은 이런 문제에 골몰할 때가 아니었다.

누가 좋을까. 그는 수첩에 적어둔 번역가 명단을 훑어보면서 생각했다. 손때 묻은 수첩에 실려 있는 이 명단은 10년 남짓한 편집쟁이 생활 동안 적어도 한두 번 접촉을 가졌던 이들로, 그들과의 관계를 계속 붙잡아두는 일이 그에게는 일종의 재산이나 마찬가지였다. 번역을 쪼개서 맡길까? 다급한 마음에 해본 생각이지만, 그랬다가는 나중에 작업이 더 복잡하고 힘들어진다는 것을 경험으로 알고 있었다. 번역자에 따라 문체가 달라지기 때문에, 서로 다른 스타일을 어느 한쪽에 맞추어 손보는 일은 쉽지도 않거니와, 그럭저럭 해낸다 해도 문맥이 어긋나거나 어색한 구석들이 생길 수밖에 없고, 그래서는 결국 좋은 결과를 얻기가 힘들었다. 설령 며칠 더 걸리더라도 아예 처음부터 한 사람에게 번역을 맡기는 것이 훨씬 효율적이고 경제적이었다.

그는 이 얼굴 저 얼굴 떠올리다가 한 이름을 골라 전화번호를 눌렀다. 그러나 상대는 지금 진행 중인 작업이 있다면서 난색을 표했다. 아마 그러기 쉬울 거라고 짐작한 터여서 현진걸은 긴말 않고 전화를 끊었다. 두 번째로 낙점한 이름은 채만석이었다. 번역 솜씨는 다소 미흡하지만, 한때 출판사에 근무한 적이 있는 친구라서 맞춤법이 정확한 편인 데다, 컴퓨터 작업으로 원고를 만들기 때문에 이번 같은 경우에는 그 점이 크게 도움이 될 터였다. 그는 전화번호를 누르고, 신호가 가는 소리를 들으며 중얼거렸다. 이 친구 요즘도 중절모 쓰고 다니나?

4. 천하태평

어제 밤늦게까지 마신 술이 아직도 덜 깬 모양이다. 눈꺼풀이 납물을 바른 듯 무겁고 관자놀이에는 가시 하나 박혀 있다. 낚시를 간다고 집을 나섰다가 붕어 대신 술로 위장을 채우고 돌아온 후유증이다.

아무리 마누라한테 얹혀사는 신세일망정, 걸핏하면 장인이 불러내어 조행길에 동행을 강요하는 데에는 채만석도 심사가 뒤틀릴 수밖에 없었다. 장인은 몇 해 전에 중학교 교감을 끝으로 명예퇴직했는데, 한동안은 처남이 운영하는 슈퍼마켓에 날마다 출근하여 매장 청소며 카운터 담당 등으로 인건비를 줄이더니, 1년쯤 지나자 그 일에도 싫증이 났는지, 당신의 유일한 취미인 낚시에 본격적으로 뛰어들기 시작했다.

짐작건대, 이때 장인은 집 안에 틀어박혀 빈둥거리는 사위를 보고, 당신이 평소에 심려해온 두 가지 문제에 해결책을 찾아낸 것이 분명하다. 하나는 사위에게 낚시 취미를 붙여줌으로써 소일거리를 제공하는 것이고, 또 하나는 사위에게 운전대를 맡김으로써 당신 자신의 편의를 도모하자는 것. 채만석으로서는 양쪽 다 달갑지 않았지만, 장인은 낚시도구 일습을 장만해줌으로써 사위를 당신의 의도 속에 가두어버린 것이다.

달포 전에도 장인의 억지에 이끌려 강화도에 있는 저수지를 다녀왔는데, 아직 추위가 다 가시지 않은 물가에서 온종일 떨다가 허탕만 치고 돌아왔었다. 그런데 볕살이 따가워지자 장인은, 이번에는 밤낚시를 가자고 보름 전부터 성화였다. 채만석이 이런저런 핑계로 머뭇거리자 어제 아침에는 전화로 점심이나 같이하자고 말했다. 장인의 속셈을 뻔히 짐작하면서도 채만석은 더 이상 어쩔 수 없었다. 아니나 다를까, 장인은 낚시가방을 들쳐 메고 집으로 와서는, "보신탕 사주랴?" 했다.

경기도 화성 근방의 저수지에 도착한 것은 오후 4시께였다. 한 사람당 2만 원씩 입장료를 내고 들어간 낚시터에서 장인과 사위는 각자 편한 대로 자리를 잡고 앉아 낚싯대를 펼쳤다. 평일이어서 낚시터는 한적했고, 비록 끌려온 처지일망정 기분은 상쾌했다.

어느덧 땅거미가 지고, 저수지를 에워싼 등성이를 타고 어둠이 한 걸음 두 걸음 넘어오고 있었다. 밤낚시로 채비를 바꾼 다음, 이제 슬슬 손맛을 보겠구나, 잔뜩 설레며 마음을 다잡고 있는데, 느닷없이 수면에 바람꽃이 피더니 급기야는 예보에도 없던 빗발이 듣기 시작하는 게 아닌가. 허겁지겁 차 안으로 피해 들어가 하늘의 낌새를 살피니, 쉬 가라앉을 날씨가 아니었다. 서쪽에서 밀려들고 있는 비바람이, 장인의 말마따나 중공군의 인해전술이라도 보는 듯했다. 두 사람은 툴툴거리며 낚싯대를 거두고 자꾸만 뒤돌아보며 서울로 돌아왔다.

장인을 모셔다 드리고 집으로 돌아온 것은 밤 9시가 지나서였다. 아니, 채만석은 집 부근에 있는 경애약국으로 가서 아내한테 차를 맡기고 근처 골목에 있는 단골 술집으로 갔다. 애초에 작정하기로는 헛걸음한 부아를 달랠 정도만 마시고 나올 생각이었다. 그런데 그곳에서 동네 친구를 만난 것이다. 이상하. 큰길 건너 쇼핑센터에서 유아용품점을 하고 있는 친구인데, 가게는 사실상 마누라가 꾸려나가고 있었다. 둘이 처음 만난 것은 채만석네가 이 동네로 이사 온 재작년 가을, 아파트 단지 안에 있는 테니스 코트에서였다. 몇 번 어울리는 사이에 의기가 투합한 것은 나이가 같은 또래인 데다 처지 또한 비슷했기 때문이다. 두 가장의 친교가 깊어지자, 그 뒤로는 식구들끼리도 터놓고 지내는 사이가 되었다.

이날 밤에 술잔과 더불어 주고받은 대화의 마지막 주제는 '중년의 꿈'이었다. 인생길 반 고비에 이르러 이제는 내리막에 들어선 나이. 지나온 날들을 돌아보면 왠지 허무하고, 뭔가 새롭게 시작하려 해도 두려움의 벽이 앞을 가로막는 바람에 머뭇거리고 망설이다 주저앉고 마는 나이. 바람 한 줄기에도 그게 태풍의 낌새인 줄 알아채고 재빨리 움츠리는 나이. 뒤에서는 떼밀리고 앞에서는 짓눌려 숨막힌 세대. 아무리 그렇더라도, 중년이라고 꿈이 없을 것인가. '파초의 꿈'도 있고 '갈매기의 꿈'도 다 있는데.

이상하는 시인이 되는 게 꿈이라고, 밤에 잠이 안 올 때는 혼자 일어나 앉아 끼적거리기도 한다고 고백하여 채만석을 놀라게

했다. '꼬까방' 사장님이 시인을 꿈꾸다니! 더욱 놀라운 것은 그가 시인이라는 말을 입에 올릴 때마다 얼굴을 숫총각처럼 붉히던 모습이었다. 그는 아직도 문청다운 순결을 간직한 채 뮤즈의 강림을 기다리고 있었던 것이다.

작품을 언제 한번 볼 수 없겠느냐고 했더니, 이상하는 고개를 저었다.

"발표할 목적으로 쓰는 게 아니야. 아니, 생전에는 아무한테도 보여주고 싶지 않아. 하지만 내가 죽은 뒤에 마누라나 아들놈이 유품을 정리하다가 노트를 발견해서 책으로 펴낼지도 모르지. 그러니까 내 시를 보고 싶거든 내 유고 시집이 나올 때까지 오래오래 살라구."

친구의 은밀한 꿈을 들으면서 채만석은 가슴이 뭉클했다. 사람이란 참으로 불가사의한 존재라는 생각이 새삼스러웠다. 시인을 꿈꾸는 친구의 열망이 한낱 허망으로 끝나면 어떤가. 인생살이라는 게 때로는 허망에 휘둘리면서, 그러나 그 허깨비 같은 원망에 매달리면서 살아가는 것일 테니까. 이제는 그가 꿈을 털어놓을 차례였다.

"난 말야, 고향에 돌아가서 식당을 차리는 것, 그게 꿈이야. 큰 식당은 말고, 테이블 다섯 개쯤 있는 아담하고 조용한 식당. 토담집에 밀창을 내고, 창을 열면 바다가 한눈에 들어오는 식당. 이 식당에서는 주방장 채 아무개가 즉석에서, 그것도 즉흥적인 레시

피로 만드는 요리밖에 맛볼 수 없어. 값은 좀 비싼 대신, 손님이 먹어보고 맛없다고 하면 돈을 안 받겠어. 내가 만든 요리는 예술이나 마찬가지니까 말야."

채만석이 술에 취한 듯 말에 취한 듯 약간 혀 꼬부라진 소리로 말하자, 이상하는 몽롱하던 눈을 빛내며 대꾸했다.

"그러니까 우린 시의 예술가와 맛의 예술가를 꿈꾸고 있는 셈이군."

"지금 생각해보면 재수까지 하면서 아등바등 대학에 들어간 것부터가 길을 잘못 든 거였어. 차라리 고향에 남아 식당을 차렸으면…… 그랬으면 나는 지금 어떻게 살고 있을까."

"아아 잠깐. 시상이 문득 떠올랐는데 말야, 제목은 시인과 주방장. 몇 마디 읊을 테니 잘 들어봐. 으흠. 시가 있는 곳에 맛이 있고, 맛이 있는 곳에 시가 있네. 시인은 맛을 노래하고 주방장은 시를 끓이네. 두 장인의 만남 속에 인생은 더욱 빛나리. 어때?"

"햐, 괜찮은걸. 그거 나한테 줄 수 없어? 액자로 만들어두었다가 나중에 식당을 차리면 벽에 걸어두고 싶어서 그래."

채만석은 이제 반쯤 눈뜬 상태로 간밤의 술자리를 되새기고 있었다. 시인과 주방장. 칼칼한 입안에 미소가 감돌았다. 꿈만 꾸지 말고 정말로 실행에 옮겨봐? 틈틈이 걸리는 번역일로 용돈벌이나 하면서 살고 있는 인생이 과연 무슨 의미가 있을까? 식당을 차리겠다고 하면 마누라는 뭐라고 할까? 애들은? 고향에 계신

부모님은? 장인어른은? 결국, 꿈은 꿈인가?

그는 침대에서 일어나 거실로 나왔다. 냉장고를 열어 물을 마시고, 화장실에 들어가 얼굴에 물을 묻히고, 변기에 걸터앉았다. 그때 전화벨이 울리기 시작했다. 미처 항문을 열기 전이어서, 그는 내렸던 속옷을 올리고 거실로 나와서 수화기를 집어 들었다.

"채형? 나 현진걸이오."

"아니, 이 시간에 웬일이슈?"

"이 시간이라니! 아아, 그쪽은 지금 아침인 모양이군. 팔자 한번 부럽소."

채만석은 얼른 고개를 틀어 벽시계를 보았다. 3시 반이었다. 시간이 벌써 이렇게 됐나? 간밤에 자정이 훨씬 지나서 귀가했으므로, 그동안 열두 시간 넘게 내리 곯아떨어진 셈이었다.

"좀 만납시다."

"언제? 오늘? 왜요?"

"번역 좀 부탁하려고. 요즘 어때요?"

"그럭저럭."

"바쁘진 않죠?"

"급한 일인가요?"

"우리 동네 일이란 게 늘 그렇지 뭐. 채형도 다 알잖우."

채만석은 만날 장소와 시간을 약속하고 전화를 끊었다. 그러고는 화장실에 다시 들어가 볼일을 보았다. 어김없이 설사였다. 술만 마시면 언제나 뒤끝이 이랬다. 그렇다고 아내한테 털어놓을 수도 없는 것이, 속이 안 좋다고 말했다가는 약 보시를 받기는커녕 잔소리만 잔뜩 뒤집어쓰게 될 것이기 때문이다.

어쨌거나 기분은 한결 좋아져 있었다. 일거리가 생겼으므로 당분간은 일상에 활기와 리듬을 줄 수 있을 것이다. 그는 볼일을 마치고 서재로 들어갔다. 며칠 전에 컴퓨터를 쓰다가 왠지 작동이 시원치 않았던 게 기억났다. 그래서 일을 시작하기 전에 고장 유무를 미리 확인해두고 싶었다. 만약 고장이 났으면, 컴퓨터를 산 집에 연락해서 손을 봐야 할 터였다.

컴퓨터를 구입한 지 벌써 두 해가 지났으므로, 이번 참에 아예 새것으로 바꿀까 하는 생각도 있었지만, 결정권을 쥐고 있는 아내가 "고작 타자기 대용으로 쓰는 건데, 펜티엄으로 바꾼다고 당신 하는 일도 펜티엄으로 바뀌겠어?" 하고 면박을 주는 바람에 그만두었다. 하기는 이 386짜리도 아내가 선심을 베푼 결과였다. 약국에 컴퓨터를 들여놓으면서 집에도 한 대 장만한 것이다. 그것도 원래는 아이들을 위한 배려였다. 더구나 이 컴퓨터는 광고에 나오는 값보다 35퍼센트나 싸게 구입했다. 경애약국에 약품을 조달하는 어느 제약회사 영업사원이 중간에 다리를 놓아준 덕이었다. 컴퓨터가 집 안에 한구석을 차지하자, 처음엔 채만석도 아이들과 마찬가지로 그저 게임이나 하는 정도였는데, 차츰 손놀림이 익숙해지는 사이에 아래아한글도 익히게 되었고, 익히고 나니 그렇게 편할 수가 없었다.

컴퓨터를 켜자, 걱정했던 대로 지난번과 마찬가지였다. 디렉토리를 검색하여 파일을 꺼내면, 화면은 제대로 떠오르는데 그다음이 문제였다. 작동키가 먹히지 않는 것이다. 이렇게 되면 저장도할 수 없고 인쇄도 할 수 없기 때문에, 아무리 글을 쳐 넣어도 그게 다 헛수고였다. 난감했다. 고장난 원인을 찾으려 해도 그로서는 방법이 없었다. 물론 컴퓨터 속에는 유틸리티니 피시툴이니하는 지원용 프로그램이 심어져 있지만 지금껏 한번도 활용해본적이 없었다. 어쩌다 문제가 생기는 경우엔 전화로 연락해서 전문가를 부르면 되었으니까.

그는 서랍을 뒤져 김 부장의 명함을 찾아냈다. 컴퓨터를 들여놓을 때 집에 와서 설치와 교육을 담당했던 사내다. 그 뒤로도컴퓨터를 쓰다가 이상이 생기면 그한테 연락하면 되었다. 그가직접 오기도 하고 다른 사람을 보내기도 했다. 올해 초에도 집에왔었는데, 가발을 쓰고 나타난 모습이 여간 낯선 게 아니었다. 하지만 그 덕택에 열 살은 젊어 보였고, 그제야 동년배인 줄 알게되었다.

토요일인데 아직도 회사에 있을까? 없으면 집으로 연락하면될 터였다. 명함에 집 전화번호를 따로 적어두었는데, 국번이 비슷한 걸로 보아 김 부장 집이 그리 멀지는 않은 것 같았다.

"컴퓨터세상입니다."

전화 속에 여자 목소리가 나오자, 채만석이 말했다.

"김 부장님 계신가요?"

"어느 김 부장님 찾으세요?"

"김종인 씨요."

"왜 그러시죠?"

"뭐 좀 부탁할 게 있어서요."

여자는 잠깐 호흡을 가다듬더니, 천천히 내뱉었다.

"그분, 돌아가셨어요."

"뭐라구요?"

"죽었다고요."

나는 말문이 막혔다. 잠깐 숨을 갈아쉬고 나서, 간신히 목구멍에 틈을 내어 소리를 내뱉었다.

"아니, 어쩌다가?"

그러나 저쪽 전화기는 이미 꺼져 있었다.

허수아비

1

더위도 한풀 꺾인 8월 말이었다. 더구나 올해는 한여름에도 초
가을 같은 날씨였다. 이상저온현상이 지구 곳곳을 덮쳤다던가. 해
수욕장마다 피서객이 주는 바람에 장사를 망쳤다고 아우성이었
고, 농촌에서는 벌써부터 냉해로 인한 수확 감소를 걱정하는 소
리가 높았다. 어쨌거나 가을 문턱에 들어서자 아침저녁으로 목덜
미에 와 닿는 바람결이 제법 서늘했다. 어디 가까운 산에라도 다
녀오기에 맞춤한 날씨였다. 한갓진 오솔길을 걷다 보면 어느 외진
길섶, 덤불숲에는 시나브로 익어가는 가을 냄새가 묻어 있을지
도 모른다. 게다가 오늘은 일요일. 볕살도 따사로운 이런 날을 집

구석에 틀어박혀 구들장이나 지고 넘기는 이가 있다면 참으로 한심하다는 소리쯤 들을 만도 하겠다. 다행히 처자식이 없다면, 하여 온종일 잠을 자든 텔레비전 앞에 쪼그려 앉아 있든 뭐라고 상관하는 잔소리꾼이 없다면 모를까, 대공원에 가요 아빠, 이발이라도 좀 하고 오세요 여보, 따위의 등쌀에 시달릴 처지라면 집 안에 들어앉아 있기도 여간 거북하고 성가신 노릇이 아닐 것이다. 그러나 더더욱 불행하고 안쓰러운 것은, 이런 날 집 안에도 있지를 못하고 회사에 출근해야 하는 어느 가엾은 샐러리맨의 신세일 것인즉, 그날 내 꼴이 바로 그 짝이었다.

요즘 회사에서는 출간을 몇 달 앞둔 문학전집의 마무리 작업으로 한창 바쁜 나날이었다. 전집물 중심의 종합출판사답게 삼민출판사 편집국은 여성부·아동부·교양부·어학부·문학부 등으로 나뉘어 있고, 문학전집은 문학부가 맡아서 내년 봄에 출간할 예정으로 진행해오고 있었다. 그런데 여름휴가가 끝나자마자 11월 말까지 제작을 끝내라는 특별 지시가 사장으로부터 떨어진 것이다. 경쟁사에서 비슷한 성격의 전집물을 준비하고 있다는 정보가 입수된 뒤 취해진 긴급조치였다. 그 바람에 마흔 명 남짓한 편집국 직원들은 자기 부서의 일감들은 서랍 속에 처박아둔 채 문학전집 진행에 총력으로 달라붙게 되었다. 내가 속해 있는 어학부도 예외는 아니어서 총 32권 중 여섯 권을 떠맡게 되었으니, 부장이 공석 중인 차장으로 데스크를 맡고 있는 나에게는 그야말로 아닌 밤중에 홍두깨인 셈이었다.

사장이 직접 나서서 마치 독전관처럼 하루에도 몇 차례씩 편집국을 들락거렸고, 오후 4시면 어김없이 부서장 회의가 열려, 전체적인 진행 속도를 맞추기 위해서라는 구실로 부서별 작업량이 보고되었고, 다소 부진한 경우에는 야근을 해서라도 그날의 예정량을 끝내지 않으면 안 되었다.

문학전집이라고는 하지만, 새로 쓴 작품을 모으는 것이 아니라, 1970년대 이후 발표된 국내 소설들 가운데 이른바 문제작으로 평가되었거나 베스트셀러가 되었던 작품들을 한 권에 한 작가별로 묶어 전집 형태로 재출간하는 것이었다. 그러니 작업은 비교적 단순하고 수월할 것으로 여겨졌다. 게다가 편집 종사자들 마음속에는 출판이란 문학을 본령으로 한다는 선입견이 암암리에 박혀 있는지라, 다들 문학전집팀에 부러운 눈길을 보내오고 있는 터였다. 그러던 차에 부스러기나마 나누어 먹게 되었으니 뜻밖의 횡재라도 얻은 듯한 분위기가 편집국을 휩쓸었다. 그런데 막상 일감을 건네받고 보니 전혀 그런 것만도 아니었다. 6개월 전에 착수한 일이건만 초교도 미처 끝나지 않은 상태로 넘어온 것이 태반이었고, 부속물로 갖춰야 할 원고들―이를테면 각 권 말미에 덧붙일 작품 해설(이 글에 따르면 32명의 작가들은 하나같이 현대 한국 소설문학의 대표 주자들이다)이며 작가 연보(우리나라 작가들은 거의가 산골에서 개떡조차 배불리 먹어보지 못한 소년

시절을 보냈으며, 한두 번 자살이나 가출을 꿈꾸지 않은 이가 드물고, 데뷔작은 대체로 죽기 아니면 살기로 배수의 진을 친 투쟁의 소산이다), 또 괜히 멋을 부리느라 착상한 '작가의 초상'(이 글은 작가와 가까이 지내는 문필가가 그 해당 작가를 소재로 해서 쓴, 수필인지 콩트인지 분간하기 힘든 신변잡기다) — 을 필자한테 채근하여 받아오는 일까지 떠넘겨져온 터였다. 뿐만 아니라, 책이 나온 다음 편집상의 실수가 얼마나 나오느냐에 따라 상벌이 주어질 거라면서 당근과 채찍이 덤으로 주어졌으니, 편집국은 부서별로 단합대회를 가진다, 아침저녁으로 전략회의를 연다, 다른 부서의 속사정을 염탐한다 등등으로 때 아닌 법석이었다.

그리고 속내를 까놓고 보자면 사정은 여기서 끝나는 게 아니었다. 사장이야 침 바른 소리로 문학전집에만 매달리라고 엄포를 놓았지만, 사실은 작업이 이중으로 덧씌워진 거나 다름없었다. 왜냐하면 각 부서가 현재 진행 중인 일들은 영업상의 여러 여건들을 고려한 끝에 계획하고 착수한 것인 만큼, 예컨대 우리 어학부가 진행 중인 10권짜리 품사별 영어 참고서만 하더라도 내년 신학기에 맞추어 제작을 완료하지 않으면 큰 야단이 날 터였다. 이런 사정은 정도의 차이만 있을 뿐 다른 부서들도 마찬가지였다. 그러므로 주객이 바뀌긴 했지만 주업무에다 부업까지 처리해 나가지 않으면 안 되었다. 그것도 눈치껏! 왜냐하면 이런 속사정을 모르는 신참이나, 알고 있더라도 그런 관행에 불만을 품고 있는 고참들로부터 행여 항의나 반발이라도 받게 되면, 부하 직원 하나 제대로 토닥이지 못하는 무능력자로 찍힐 것이므로. 그리고 일과 중에 혹시 부업거리라도 꺼내놓고 있다가 사장이나 국장한 테 들키기라도 하는 날에는 또 그것대로 불호령을 받게 될 것이 므로.

그러니 일요일이라고 해서 마음 편히 집 안에 틀어박혀 있을 수가 없었다. 물론 일요일 근무는 의무 사항이 아니었다. 그러나 대세라는 게 있는 법이어서, 간부들은 말할 것도 없거니와 일반 사원들 중에도 웬만한 배짱이나 긴급한 용무가 있는 사람이 아니고는 빠지기 힘든 노릇이었다. 하기야 개중에는 점심값이 포함 된 특근수당에 탐을 내는 축도 없지는 않을 테지만. 게다가 일요 일 근무는 오전 10시부터 오후 4시까지이므로, 가령 애인을 만 나 저녁 데이트라도 즐기고 싶은 사람에게는 오히려 효율적인 하루가 될 수도 있었다.

출근하자마자 전화로 약속한 저자 한 사람과 점심을 늦게 끝 내고 사무실로 돌아와보니, 책상 위에 메모지가 하나 놓여 있었 다. 아니, 미처 쪽지를 들여다보기도 전에 여직원 하나가 말을 건 넸다.

"전화 왔었어요."

나는 그녀의 전갈을 귓등으로 흘리며 메모지를 집어 들었다.

'이 두호씨 전화.'

메모를 보자마자 맨 먼저 눈길에 잡힌 것은, 성과 이름은 붙여 쓰고 이에 덧붙는 호칭어는 띄어 쓴다는 한글맞춤법 제48항을 어긴 여직원의 실수였다. 편집쟁이 10년 세월에 버릇이 들어버린 이 강박증은 일상생활에도 적잖이 작용하고 있었는데, 예컨대 어떤 광고를 보고는 문득 흥미를 느꼈다가도 광고 문안 중에 맞춤법에 어긋난 구절이 있으면 저절로 정나미가 떨어져 나가는 것도 그런 증상의 하나였다.

이두호. 왠지 낯선 것 같지는 않은데, 금세 떠오르는 이름은 아니었다. 누구지? 나는 일감에는 눈 돌릴 생각도 없이 담배를 피워 물었다. 누구일까? 연기를 서너 모금 내뱉고 났을 때에야 그의 얼굴이 기억났다. 나는 잠시 당혹감을 느꼈다. 이두호. 그가 전화했다는 사실이 당혹스러웠고, 그를 곧바로 기억할 수 없을 만큼 지나간 세월의 두께가 그랬다. 나는 약간 헛헛했다.

"전화, 언제 왔었지?"

나는 메모와 전갈을 전해준 여직원 쪽으로 고개를 돌리며 물었다.

"30분쯤 됐어요."

"다른 말은 없고?"

"두 시에 다시 전화하겠다고 그러던걸요."

나는 손목시계를 들여다보았다. 2시 10분 전이었다.

돌이켜보면 그를 마지막으로 본 게 벌써 몇 해 전이다. 이른바 유월항쟁이 한창이던 어느 날, 회사 일로 을지로 3가에 갈 일이 있었다. 그곳 인쇄 골목에 거래처인 제판집이 있었는데, 거기에 가서 필름 교정을 보는 게 오후 일과였다. 서울 시내 곳곳이 온통 최루가스로 자욱했다. 문을 꽁꽁 닫아걸었지만 제판집 작업실도 매캐하기는 마찬가지였다. 더구나 을지로 3가 일대는 시위의 한 거점이었다. 밖에서는 펑펑, 최루탄 터지는 소리가 요란했다. 5시 무렵이었다. 잇달아 터져 나오는 재채기 끝에 부아를 터뜨리며 동료 최가 말했다.

"서형, 우리도 그만 손 털고 나갑시다."

"그렇게들 하세요. 여기 일은 내가 남아서 대충 마무리 지을 테니."

이렇게 부추긴 것은 미스 오였다.

시위대는 을지로 2가 쪽으로 진퇴를 거듭하고 있었다. 길을 가득 메운 군중들이 함성을 지르며 몰려가면, 2가 로터리에 포진한 전투경찰은 최루탄을 쏘아대며 반격을 가했다. 그러면 시위대는 근처 골목골목으로 흩어졌다가 다시 길거리로 뛰쳐나와 대오를 갖추고 구호를 외쳐댔다. 밀물과 썰물이 엇바뀌듯 공방전이 되풀이되는 동안 군중은 점점 불어났다. 지금은 누구나 다 알고 있듯이 근처 사무실에서 근무하는 화이트칼라들이 퇴근 시간에 맞춰 합류한 것이다.

6시 무렵, 시위대와 경찰대 사이에 잠시 소강상태가 이루어졌다. 2가 네거리 쪽에 도열한 전경들이 방패를 앞세운 채 길바닥에 주저앉은 모습이 보였다. 그러자 시위대도 길거리에 주저앉아 주먹을 내지르며 구호를 외치기 시작했다. 호헌 철폐. 독재 타도. 호헌 철폐. 독재 타도. 여름 햇살은 아직도 뜨거웠다. 아스팔트의 열기가 뜨거웠고 군중들이 내뿜는 숨결도 뜨거웠다. 대학생으로 보이는 젊은이들이 차례로 일어나 일장의 열변을 토했다. 그러면 시위대는 물론, 길가에 서 있는 시민들도 요란한 박수와 함성으로 호응했다. 나도 그들 틈에 섞인 채, 한 눈으로는 시위대에 호응하면서 다른 한 눈으로는 전경들의 움직임을 예의 주시하고 있었다.

그때, 시위대 허리께에서 소매를 걷어 올린 잠바 차림의 사내가 벌떡 일어섰다. 빽빽한 어깨들 너머로 바라보고 있던 나는 놀라지 않을 수 없었다. 왠지 눈에 익은 얼굴이었기 때문이다. 사내는 전단을 움켜쥔 주먹을 높이 치켜들며 뭐라고 외치기 시작했다. 그러나 사방에서 웅성거리는 잡음에 묻혀 잘 들리지는 않았다. 그러나 어쨌든 그의 연설은 군중을 제법 사로잡고 있는지, 호응이 대단했다. 그가 주먹을 내지르며 구호를 연호하자 후렴이 시위대 끝까지 이어지며 길게 물결쳤다. 나는 길가의 군중들 틈을 이리저리 헤치며 사내의 얼굴을 좀 더 자세히 볼 수 있는 곳으로 다가갔다. 그는 분명 이두호였다.

이두호. 그를 처음 만난 것은 고등학교 때였다. 2학년 때 문예반에서 만났는데, 죽이 제법 잘 맞는 편이었다. 감상적인 시나 읊조리고 어리숙한 글 나부랭이나 끼적거리는 애들에 비하면 그는 하는 짓이 다소 엉뚱하기는 해도 조숙한 데가 있었다. 그런 점에 내 마음이 끌렸던 모양이다.

몇 가지 기억이 떠오른다. 2학년 말에 나는 그의 꼬드김을 받아 담배를 배웠는데, 다락이나 골방 같은 곳에 숨어서 서로 마주보며 연기를 내뿜고 있노라면, 뭔가 은밀하고도 끈끈한, 이를테면 무슨 공모라도 꾸미고 있는 듯한 느낌을 나눌 수 있었다. 그리고 우리는 대학입시에서 두 번 연거푸 떨어졌고, 그 이유를 서로가 잘 알고 있었다. 재수를 한다고 상경한 하숙집에서 우리는 공부보다는 술타령에 더 빠졌고, 학원보다는 여행 다니는 일에 더 바빴다. 부끄러운 고백이지만, 우리는 같은 날 같은 골목에서 합판 벽 하나를 사이에 두고 똑같은 방법으로 동정을 날렸다. 그날 밤 늦도록 술을 퍼마시면서 말없이 마주 보는 민망한 시선 속에 서로를 헤아리는 마음이 가득 차오르던 기억을 나는 아직도 잊을 수 없다.

우리는 후기 대학에 들어가는 것으로 젊은 한때의 방황을 끝냈는데, 나는 서울에 있는 사립대학의 불문과에 입학했고, 그는 고향으로 내려가 국립대학에 입학했다. 그가 택한 학과는 뜻밖에도 법학과였다. 두고 봐, 고시에 패스해서 보란 듯이 서울 입성을 이루고 말 테니. 언젠가 그가 술자리에서 내뱉은 말이었다. 안 보면 멀어진다는 속담처럼 우리는 그 후 점점 소원해졌다. 방학 때 고향에 가서 만나더라도 어느덧 둘 사이에는 격조한 만큼의 고랑이 패어 있었고, 서로의 관심 폭이 달라지면서 대화도 겉돌기 일쑤였다. 나는 점점 더 문학병에 빠져들고 있었던 데 비해, 그는 세상 현실을 한꺼번에 뜯어고칠 묘책이라도 가슴에 품고 있는 듯했다. 게다가 그는 2학년을 마치자 군대에 들어가버렸다. 그 후 나는 그를 보지 못했다. 군에서 제대한 뒤에 복학은커녕, 아예 고향을 떠나버렸다는 이야기를 소문처럼 들었을 뿐이다. 그러나 나는 그 이유를 알지 못했다. 아니, 짐작이 안 가는 것도 아니었다. 사실 제주는 그에게 고향이 아니었다. 1950년대 후반, 이 나라 어느 곳이든 궁핍과 고단한 삶으로 진저리를 치고 있을 무렵, 그의 부모는 삶의 뿌리를 내릴 곳을 찾아 마지막으로 제주섬에 들어왔던 것이다. 그때 그의 나이 네 살이었다고 한다. 우리가 만났을 무렵 그의 부친은 서문통에서 철물점을 했다. 뭍에서 흘러들어온 사람치고는 꽤 성공한 편이었다. 또 그에게는 누이가 위로 하나, 아래로 둘 있었다. 나중에 알았지만 그와 여덟 살 터울이 진 막내는 배다른 누이였다. 생모는 그가 초등학교에 들어간 직후에 돌아가셨다. 그러니만큼 그가 제주를 떠났다고 해서 고향을 등진 것처럼 여길 필요는 없을 터였다.

얼추 10년 만에 만나는 셈인데도, 이 돌연한 만남에서 나는 세월의 더께를 느낄 수가 없었다. 보자마자 당장에 그를 알아볼 수 있었기 때문일까. 머리는 짧게 깎았고, 나잇살에 비해 약간 여위어 보였지만, 그렇기 때문에 오히려 그는 예전의 모습을 그대로 간직하고 있었던 것이다. 나는 그가 연설과 구호를 끝내기를 기다렸다. 그런데 그때 전경들 쪽에서 갑자기 최루탄이 날아오기 시작했다. 시위 군중의 대오가 흐트러지면서, 그 혼란 속에 이두호의 모습도 파묻히고 말았다.

그의 전화가 걸려온 것은 4시 조금 전이었다. 이때쯤이면 평일에도 피로감이 온몸을 적시는 판인데, 억지로 출근한 일요일 근무니만큼 일손이 잡힐 리 만무했다. 더구나 퇴근 시간이 코앞에 다가와 있었다. 직원들 거의가 눈치껏 시계를 살피며 딴전을 피우고 있었다. 내 왼쪽 앞자리에 앉은 여직원, 이두호의 전화를 메모로 전해준 미스 신은 콤팩트를 꺼내놓고 화장을 살짝 고치고 있었다.

일손을 놓고 있기는 나도 마찬가지였다. 퇴근 후에 약속이 따로 있는 것도 아니어서, 이두호의 전화가 오면 그를 만나 저녁술이라도 해야겠다고 마음먹고 있었다. 그런데 그에게서는 여전히 연락이 없었다. 궁금증과 아쉬움을 마음 한구석에 접어둔 채, 오늘은 일찍 귀가해서 아내와 딸애를 데리고 외식이라도 해야겠다고 생각을 굳혔다. 그렇다면 아내가 저녁을 준비하기 전에 미리 연락해두는 게 나았다. 전화기로 손을 내뻗고 있는데, 그때 마침 벨이 울렸다. 수화기를 들자마자 전화기 속의 목소리가 대뜸 쏟아 댔다.

"한경이냐? 나 두호다. 이두호."

허스키한 음성과 짧게 끊는 말투가 여전했다.

"참 오랜만이다. 어쩐 일이냐?"

"어쩐 일이냐고? 어째, 반가운 투가 아니네?"

"아니 그럼, 반가워 죽겠다고 소리라도 질러야겠냐?"

"나 지금 지하 다방에 와 있다. 내려올 수 있지?"

그의 전화를 받고 나자 나는 오히려 느긋해진 느낌이었다. 두 시간 가까이 전화를 기다리며 조바심 났던 마음이 앵돌아진 것일까. 나는 짐짓 여유를 부리며 책상을 정리하고 퇴근하는 부원들의 인사를 받았다. 그러고 나서도 담배를 한 대 다 피운 뒤에야 천천히 의자에서 일어났다.

7층에서 승강기를 타고 내려와 1층에서 동료 직원들을 부려놓은 다음, 나는 한 층 더 내려갔다. 지하층에 볼일이 있는 사람은 나 혼자뿐이었다. 은행을 비롯한 각종 사무실들이 가득 들어찬 15층짜리 건물인 만큼, 지하층에는 지상층에 근무하는 숱한 샐러리맨들의 호주머니를 노린 가게들이 미로를 이루고 있었다. 점심때만 주로 이용하는 식당들도 다양해서, 분식집·설렁탕집·냉면집은 물론이고, 중국집·일식집·양식집까지 골고루 갖춰져 있었다. 문방구며 약국에다 실내장식이 산뜻한 맥주·양주집도 빠질 수 없었고, 다방도 둘이나 되었다. 그중에 이두호가 와 있는 다방은 하필이면 엘리베이터를 내린 곳에서 먼 쪽에 있었다. 하기야 1층 로비에서 지하로 곧장 내려가는 층계를 이용했다면 그럴 수밖에 없었을 것이다. 지하 다방은 층계를 내려간 곳과 승강기로 내려간 곳에 각각 하나씩 있는데, 이 둘은 지하층의 서로 반대쪽에 떨어져 있도록 방향 구조가 잡혀 있기 때문이다.

다방 안으로 들어서자 이두호는 입구가 빤히 바라보이는 자리에 앉아 있었다. 그가 손을 들어 보이지 않았더라도 나는 그를 당장에 알아볼 수 있었을 것이다. 공휴일의 다방이라 손님도 별반 없었지만, 그나마 몇 안 되는 손님들 중에 그의 모습은 유난스러웠다. 아니, 유난스럽다기보다, 이 도심의 지하 다방에서는 흔히 보기 어려운 행색을 하고 있었다. 아마 여름 한 철을 빡빡 깎고 지냈을 성싶은 밤송이 같은 머리가 고교 시절의 그의 모습을 당장에 내 눈앞에 데려다 놓았다. 또, 더위가 한풀 꺾였다고는 하지만 그래도 반팔 셔츠가 제격인 지금, 그는 소매를 걷어 올린 잠바를 걸치고 있었는데, 그 입성은 지난번 을지로에서 우연히 보았을 때의 기억을 되살려주었다. 그때에 비하면 살이 좀 올라 있는 느낌이었다. 어쨌거나 첫눈에 받은 인상은 그의 삶이 그다지 편한 것은 아니구나 하는 정도였다.

악수를 나누고 나자 그는 탁자 위에 벗어놓았던 안경을 집어

들었다.

"너 안경 쓰고 다니냐?"

내가 묻자 그는 겸연쩍다는 듯 입술 한끝에 웃음을 달았다.

"그래. 네가 날 못 알아볼까 싶어 잠깐 벗고 있었지."

그러나 별로 도수가 들어 있는 것 같지는 않았다. 더구나 금테 안경이었는데, 행색과는 전혀 걸맞지 않은 인상이어서 웃음이 나올 뻔했다.

"집으로 전화했더니 출근했다잖아. 무슨 놈의 회사가 그러냐? 일요일에도 일을 다 시키고."

"요즘 바빠서 그래. 우리 집 전화번호는 어떻게 알았어?"

"송민호라고 있잖아. 약국 하는 애 말이야."

송민호는 고등학교 동창이었다. 천호동 어름에서 개업했다는 소식은 알고 있었지만, 친하게 사귄 사이도 아니어서 연락이 오가는 적은 없었다. 그가 우리 집 전화번호를 어떻게 알고 있는지 궁금했다.

"걔가 재경 동창회 간사를 맡고 있더라. 듣자니까, 너 동창 모임에도 안 나온다며?"

이두호가 담배 연기를 길게 내뿜었다.

"난 그런 데 별로 관심 없어. 결국, 끼리끼리 모이는 거 아냐?"

이렇게 대꾸는 했지만, 말투에 담긴 냉소는 나 자신을 향한 것인지도 몰랐다. 1년에 두 번, 그러니까 5월과 12월에 각각 야유회

와 송년회를 알리는 엽서가 재경 동문회의 이름으로 꼬박꼬박 배달되지만, 연말 모임 때 서너 번, 그것도 벌써 여러 해 전에 참석한 뒤로는 거의 소원하게 지내오고 있는 터였다. 내 쪽에서 연락을 대고 있는 것이라고는 고작 연회비를 정해진 은행계좌에 입금시키는 정도였다. 모임을 알리는 엽서가 오는 것도 실은 회비를 납부한 데 따른 사무적인 관례에 지나지 않을 것이다. 하기야 내가 회비를 내는 것도 일종의 타성일 테지만.

타지에 나와 살고 있는 동향 출신들이, 그것도 동창끼리 오랜만에 만나 고향을 떠나 사는 고달픔을 나누고 외로움을 달래는 거야 오죽 좋은 일인가. 그러나 술자리가 길어지다 보면 나는 왠지 혼자서 겉돌고 있다는 느낌 때문에 답답하고 불편했다. 대한민국의 수도 서울에서 나름껏 자리를 잡은 사연들 속에는 무용담이 넘쳐났다. 그들은 하나같이 인간 승리의 드라마를 털어놓았고, 그들이 떠벌리는 이야기에 내가 끼어들 자리는 거의 없었다. 한번은 드잡이를 벌인 적도 있었다. 출판사 다닌다고? 밥벌이는 하겠구나. 나도 1년에 한두 권은 사서 보니까 말이다. 부친이 죽자 물려받은 귤밭을 팔아치우고 서울로 와서 식당을 제법 크게 차린 녀석이었다. 멱살 잡은 손에 먼저 맥이 풀린 것은 내 쪽이었다. 이런저런 사정이 겹쳐 모임에 빠지기 시작했는데, 그러다 보니 아예 그쪽에는 발길을 끊게 되었다.

"목소리가 아주 곱던걸."

무슨 뚱딴지같은 소리냐 싶어 내가 의아해하자, 그가 짐짓 짓
궂은 표정을 지으며 덧붙였다.

"네 마누라 말이다. 어떤 여자냐?"

이런 말머리로 그는 내 가족의 안부를 물었고, 나는 아내와 딸
애에 관해 들려주었다. 아내는 대학 2년 후배였고, 딸애는 지금
초등학교 1학년이었다. 다행히도, 아니 뜻밖에도 이두호는 "딸 하
나뿐이냐?"는 식의 질문은 하지 않았다. 귀찮을 정도로 자주 듣
게 되는 질문이었고, 그때마다 나는 대답하기가 여간 곤란하고
성가신 게 아니었다. 딸 하나만 두고 단산한 데에는 그럴 만한 사
정이 있었지만, 그렇다고 그 속사정을 함부로 털어놓을 수도 없
었기 때문이다. 그때그때 형편에 따라 둘러대든가 딴소리로 넘겨
버리지만, 어쨌든 마음속에 묻어둔 상처가 잠시나마 욱신거리는
것을 피할 수는 없었다.

아내를 처음 만난 것은 4학년 초, 인문대 교지 편집실에서였다.
편집장 자리를 1년 후배한테 넘겼기 때문에 이따금 들러 바둑을
두거나 잡담을 나눌 뿐 실무에는 거의 손을 뗀 상태였다. 어느 봄
날, 시험까지 치르며 신입한 2학년생들과 인사를 나누는 자리가
마련되었는데, 그들 가운데 그녀가 있었다. 그 뒤에도 학생회관
내 편집실이나 학교 앞 술집 같은 데서 가끔 어울리며 얼굴이나
익힌 정도였다. 그녀는 아직도 여고생처럼 단발머리를 하고 다녔
고, 키는 좀 작았지만 다소 앳된 얼굴이 그리 밉상은 아니었다.

그렇다고 마음에 접어둔 적은 없었다. 그런 그녀를 다시 만난 것은 군에서 제대한 뒤 직장을 두어 군데 들락거리다 마침내 자리 잡은 곳, 지금 다니고 있는 출판사에 들어와서였다. 출근한 첫날 누군가 내 자리로 다가와서는 "김 선배" 하고 알은체했다. 고개를 들어 보니 그녀였다. 좀 길게 다듬었을 뿐 머리 모양도 그대로였고, 앳된 인상도 그대로 남아 있었다. 그동안 5년 남짓한 세월이 흘렀다는 게 믿기지 않을 정도였다.

회사 내의 눈들을 피하며 1년 가까이 연애한 끝에 우리는 결혼했다. 벌써 10년 전의 일이다. 그때 우리가 결혼을 서둘렀던 까닭은 아내가 아이를 가졌기 때문이다. 그런데도 양쪽 집안 사이에 의견이 맞지 않아 우여곡절을 겪어야 했고, 그러다 마침내 결혼식을 올린 5월에 그녀는 어느덧 임신 4개월째에 접어들어 있었다. 제주에서 식을 올린 탓에 처가 쪽에서는 부모 형제와 가까운 친척 몇 분밖에 참석하지 못했다. 이런 과정을 겪으면서 아내는 정신적·신체적으로 상당한 고역을 치렀던 모양이다.

우리는 이튿날 오전에 김포공항에 도착한 다음, 속초행 비행기로 곧장 바꿔 탔다. 연애할 적부터 둘이서 작정해둔 행선지였다. 생각 같아서는 설악산에 올라 신록의 정취를 맘껏 들이켜고 싶었지만 아내의 몸이 불편했기 때문에 산행은 그만두고, 신흥사까지 가서 케이블카를 타고 권금성에 올라 그곳 산장에서 커피를 마시고 내려오는 것으로 만족해야 했다. 5월 중순치고는 무더운 날이었다. 이런저런 피로와 고민이 겹쳐서일까, 아내는 그날 밤 내내 신열을 앓더니, 새벽녘에 하혈을 했고, 배 속의 핏덩이는 꼴도 미처 갖춰보지 못한 채 사라지고 말았다.

그 뒤로 아내는 임신 공포증에 시달렸다. 어쩌다 관계를 가질 때면 그녀는 피임 준비가 제대로 되어 있는지부터 확인했다. 때로는 우울증이 나타나기도 했다. 퇴근해서 보면 아내는 넋을 놓은 채 창밖을 하염없이 바라보고 있었다. 내가 줄 수 있는 도움은 어디에도 없었다. 참고 기다리는 것 말고는 내가 달리 찾을 수 있는 길도 없었다. 간혹 부아가 치미는 때도 있었고, 이혼을 생각한 적도 없지 않았다. 아니, 아내가 먼저 제의하기도 했다. 그러나 우리의 불행이 아내 혼자만의 잘못은 아니지 않는가. 그 무렵 내가 나를 달랠 수 있는 수단은 술이었다. 참 많이도 마셨다. 지금도 나는 가끔 위통으로 시달리는데, 그것은 아마 그때 퍼마신 술과 겪은 갈등의 후유증인지도 모르겠다. 어쨌거나 그렇게 고비고비를 넘기며 해를 보내고, 또 한 해를 보낸 뒤에야 아내는 몸과 마음에 안정을 되찾기 시작했다. 어렵사리 아이를 다시 가졌고, 이번에는 아이가 거꾸로 앉는 바람에 난산의 고통을 겪었다. 그런 아내에게 아이를 더 갖자고 말할 수는 없는 노릇이었다.

이런 사정을 다 털어놓은 것은 물론 아니지만, 어쨌든 추릴 것은 추리고 가릴 것은 가리면서 대충 털어놓는 동안 이두호는 조용히 듣고만 있었다. 이제는 그가 자신의 이야기를 들려줄 차례였다. 신호라도 보내듯 나는 물을 한 모금 길게 들이켜고 담배를 피워 물었다. 그러나 그는 좀처럼 입을 열려고 하지 않았다. 안경 너머로 보이는 반쯤 감은 두 눈빛이 초점도 없이 허공에 머물러 있었다. 그렇다고 깊은 생각에 잠긴 것 같지는 않았다. 왠지 피곤해 보이는 표정이었다.

"그래, 어떻게 지냈냐? 부모님은 다 잘 계셔?"

내가 궁금증을 나타내자 그가 고개를 들었다.

"응, 그럭저럭. 아버지는 돌아가셨어. 오래전에."

이 말에 나는 왈칵 부끄러움을 느꼈다. 그와 연락이 끊겼다고는 하더라도, 그의 집안 사정에 대한 안부조차 챙긴 적이 없었다는 것은, 그래서 부친이 오래전에 돌아가셨다는 이야기를 그의 입을 통해 전해 듣는다는 것은, 한때 그토록 가까웠던 친구에 대한 도리가 아니었다. 나는 잠시나마 아득한 기분에 휩싸였다.

"여기 물 좀 주세요."

이두호가 옆을 지나는 여종업원에게 말했다. 나는 손목시계를 힐끗 보았다. 만난 지 한 시간가량 지나 있었다.

"좀 이른 시간이긴 하지만, 어디 가서 목 좀 축일까?"

"좋지. 아닌 게 아니라 출출한걸. 하지만 오래는 못 마셔. 가볼 데가 있거든. 이래 봬도 바쁜 몸이야."

말끝에 웃음을 달더니 그가 일어났다. 그러고는 옆자리에 놓여 있던 검정색 가방을 어깨에 둘러멨다.

우리는 밖으로 나왔다. 신호등에 맞춰 큰길을 건너고, 소위 먹자골목 안에 있는 술집으로 들어갔다. 회사 동료들과 종종 찾는 집이었다. 입구 카운터에 앉아 있던 주인 남자가 알은체했다.

"웬일이십니까?"

"회사에 일이 있어 나왔다가 들렀어요."

"그런데 어째 혼자세요?"

그러다가 나를 뒤따라 들어온 사내가 나와 동행인 것을 눈치채고는 얼른 입을 다물었다.

별로 큰 술청도 아닌데 손님이 없고 보니 왠지 횅뎅그렁한 느낌이었다. 하기야 직장인들을 주된 고객으로 삼고 있는 술집이니 오늘 같은 일요일 오후에 손님이 있을 턱이 없었다. 그런데도 문을 열고 있는 것을 보면 저녁에는 제법 술손님이 찾아드는 모양이었다.

우리는 안쪽 자리로 가서 마주 앉았다. 서쪽으로 길을 면하고 있는 집이어서 유리창을 통해 들어오는 햇살이 깊었다. 유리창에는 술집 이름이 큼지막한 고딕체로 비닐 코팅되어 있었다.

나는 주머니 사정을 속셈하면서 술과 안주를 시켰다. 모자랄 경우에는 외상으로 계산해도 괜찮지만, 오랜만에 만난 친구에게 그런 꼴을 보이고 싶지 않았던 것이다.

내가 술 마시는 버릇을 용케도 기억하고 있었는지, 주인은 내가 먼저 이르기도 전에 소주잔 대신 맥주잔을 가져왔다. 몇 해 전에 어느 술자리에 끼였다가 배운 방식인데, 소주를 마실 때면 나는 맥주잔에다 가득 부어서 마시곤 했다. 2홉들이 소주를 맥주잔에 따르면 딱 두 잔이 나온다. 그렇다고 해서 맥주를 마시듯 벌컥벌컥 들이켜는 것이 아니라, 입맛에 맞게 여러 모금으로 나누어 천천히 홀짝인다. 방정맞게 무슨 꼴이냐고 나무라는 사람도 있고, 술잔을 돌리는 재미가 없는 것도 사실이지만, 그렇게 하면 나름대로 음주량을 가늠할 수 있어서 좋았다. 특히 여름철에는 얼음물에 재워두었다가 방금 꺼낸 소주를 맥주잔에 가득 따른 다음 단숨에 비우기도 하는데, 그때 그 맛은 그것대로 각별했다. 입안을 차갑게 적신 다음 목구멍을 타고 흘러내린 액체가 위장에 이르러 뜨듯하게 차오르는 느낌은 다른 음료수에 비할 바 아니었다. 게다가 과음한 다음 날이면 뒤탈로 고생하는 나로서는 주량을 조절하는 방책이기도 했다. 술자리에 가면 나는 종종 이 음주법을 권하기도 하는데, 이날도 마찬가지였다.

우리는 소주 한 병을 두 잔에 나누어 가득 따른 다음, 잔을 서로 부딪쳤다.

"정말 반갑다."

내가 말했다. 그러자 이두호가 말을 받았다.

"첫 잔은 원샷으로!"

우리는 잔을 내리고 숨을 갈아쉬었다. 구이판에 놓인 고기 토막들이 지글거리기 시작했다. 나는 젓가락을 집어 들고 뒤적이면서 술 한 병을 더 시켰다.

그가 주머니에서 담뱃갑을 꺼냈다. 비어 있었다. 그는 빈 담뱃갑을 구겨서 버린 다음, 주인이 가져온 술병을 들고 내 잔에 따랐다. 나는 그의 빈 잔에 술을 채우고 내 담배를 건넸다.

"그동안 어떻게 지낸 거야?"

내가 물었다. 그러나 그는 나를 물끄러미 바라본 채 말이 없었다.

"몇 년이나 됐지? 우리가 이렇게 다시 만난 게 말이야. 10년? 아니, 벌써 15년이 넘었군."

그러나 을지로에서 그를 보았던 이야기는 하지 않았다.

"때로는 널 보고도 싶었어. 그런데 그게 영 마음대로 안 되더라고. 정신없이 바쁘기도 했고…… 함부로 그럴 처지도 아니고……"

그는 이렇게 말문을 열더니 그동안 살아온 이야기를 털어놓기 시작했다.

나는 모르고 있었지만 그의 아버지가 돌아가신 것은 그가 군복무하고 있을 때였다. 제대하고 보니 집안은 꼴이 아니게 변해 있었다. 계모는 딴살림을 차려 들어앉았고, 가게는 계모의 남동생이라는 작자한테 넘어가 있었다. 다투기도 많이 했다. 술에 취한 채 쳐들어가 행패를 부린 일도 한두 번이 아니었다. 그러나 소용이 없었다. 반년을 그렇게 지내다가 얼마쯤 찾아서 챙겨 들고 제주를 떠났다. 서울에 올라와 어느 사립대에 편입한 것은 제5공화국이 출범하던 해. 그러나 학생운동에 참여했다가 이듬해 봄에 제적당했다. 그 후 그는 부평과 구로동에 있는 몇몇 공장을 전전했다. 이른바 위장 취업을 통한 노동운동에 뛰어든 것이다. 그러는 한편, 재야 단체에 가입하여 때로는 전위로, 때로는 배후로 활동했다. 수배와 도피로 점철된 생활이 80년대 내내 이어졌다. 그러나 다행스럽게도 구속된 적은 한 번도 없었다.

"물론 잡힐 뻔한 적은 많았지. 한번은 이런 경우도 있었어. 일제검속이 한창 심할 때였는데, 5공 때는 말할 것도 없고 물태우 때도 걸핏하면 그랬거든. 방북 사건이니 간첩단 사건이니 사노맹 사건이니, 사건만 났다 하면 사냥개들이 날뛰는 거야. 우리라고 가만히 있나? 이제는 하도 이골이 나서, 바람만 불었다 하면 냄새부터 맡을 줄 아는걸. 노동자 시인으로 이름난 박 아무개라고, 너도 알 거야. 그 친구가 붙잡혀 들어간 무렵인데, 그때 난 양수리 근방에다 텐트를 쳐놓고는 낚시꾼으로 변장해서 숨어 지내고 있었어. 보름쯤 지났을 때인데, 동네 주민이 신고를 했나 봐. 짭새 둘이 날 찾아왔더라고. 신분증 좀 보재. 없다고 그랬지. 그런 건 사실 가지고 다니지도 않지만 말이야. 그랬더니, 같이 좀 가자는 거야. 결과야 뻔한 거 아냐? 생각하고 말 것도 없지 뭐. 앞에 서 있던 놈은 그대로 떠밀어서 물속으로 처박고, 옆에 선 놈은 턱에다 한 방 먹였지. 휘청하는 놈 불알에다 발길도 질러주고. 그리고는 잽싸게 튀기 시작한 거야. 그런 경우에 대비해서 미리 지형 정찰을 해두었기 때문에, 어디로 어떻게 가면 퇴로가 있는지, 눈에 훤했지. 결국은 양수리 철교를 지나는 화물열차에 올라타고 내뺐어. 외국 영화에 나오는 장면 그대로였다고."

신바람을 내면서도 이따금 목소리를 죽이며 무용담을 늘어놓던 그가 잠깐 주위를 살피는 표정이더니, 조심스러운 동작으로 가방에서 무언가를 살짝 꺼냈다. 그러고는 내 앞으로 내밀었다. 신문지 쪽지였다. 뭔가 하고 들여다보았더니 시국 사건과 관련한 수배자 명단이 실려 있었다. 붉은색 펜으로 둘러친 동그라미를 가리키며 그가 속삭였다.

"나, 이런 처지야."

나는 놀라지 않을 수 없었다. 거기에 적힌 이름은 다름 아닌 이두호였던 것이다. 그가 털어놓는 이야기를 들으면서도, 솔직히 말해서 나는 반신반의하는 심정이었다. 더구나 화물열차를 타고 달아났다는 대목에 이르러서는 그가 겪었을 위기에 공감하기보다, 소설 쓰고 있네 하는 기분이었던 게 사실이다. 그런데 그는 마치 내 속마음을 짐작이나 한 듯 수배자 명단이 실린 신문지를 보여주었고, 거기에는 그의 이름이 분명히 박혀 있었다. 뿐만 아니라 그의 이름은 그러께엔가 한창 시끄러웠던 이른바 사회주의노동자동맹 사건과 관련한 명단에 포함되어 있었다. 나는 잠시나마 그를 의심한 것이 부끄러우면서도 가슴이 철렁 내려앉는 기분이었다. 이번에는 내가 주위를 곁눈질로 살폈다. 다행히도 술집에는 여전히 우리 두 사람뿐이었다.

"정말 뜻밖인걸."

솔직한 심정이 그랬다. 사람의 운명이란 시대의 산물일 수 있고, 그 흐름의 방향에 따라서 가는 길이 바뀔 수도 있다. 아무리 그렇더라도 이두호의 인생이 그렇게 바뀌어 있을 줄이야! 나의 뇌리에는 유월항쟁 당시 을지로에서 그를 목격했던 기억이 겹쳐서 떠올랐다. 주먹을 높이 치켜들며 열변을 토하던 그의 모습. 그때 그는 이미 뛰어난 활동가였던 것이리라. 그렇지 않고서야 어떻게 그처럼 당당할 수 있으며, 그처럼 자연스럽게 시위 군중을 휘어잡을 수 있었겠는가. 그러고 보면 이두호에 대한 나의 이해는 우리가 함께 어울렸던 과거의 어느 한때에 묶여 있었고, 내가 느끼는 위화감은 그런 데서 나오고 있음이 사실이다. 그것은 나 자신이 그 시점에 꽁꽁 묶인 채 그 언저리에서 허우적거리며 그동안의 세월을 보내왔다는 깨달음에 다름 아니었다.

"고생이 많겠구나."

"누군가는 짊어져야 할 고난이니까."

그는 엄숙하게 말하고 술을 한 모금 들이켰다.

"시절이 바뀐 만큼 니네들 처지도 달라져야 하는 거 아냐?"

"누가 아니래. 하지만 본질적으로는 한통속인걸 뭐. 별로 기대하지 않아. 그러니까 이렇게 숨어 다니는 거고. 그렇다고 운동을 포기한 건 아니야. 소련이 무너지고 문민정부가 들어섰다고 해서 사람답게 사는 세상에 대한 꿈마저 버릴 수는 없는 것 아니겠어?"

나는 친구에 대해 문득 자랑스러운 느낌마저 들었다. 고난의 한 연대를 살아오는 동안 나는 그들의 고통에 동참은커녕 그 근처에도 가보지 못했다. 민주와 통일을 추구하는 여러 재야 단체들의 성명서와 거기에 서명한 각계 인사들의 명단이 신문에 발표되는 것을 볼 때마다 나는 부끄러움 때문에, 아니 그런 명단에조차 오를 수 없는 내 처지가 한심해서, 폭음으로 자신을 괴롭히고 술기운을 빌려 나 자신을 감추려 든 적도 있었다. 나는 비록 그렇게, 부끄럽고 한심하게 살아왔을지라도, 내 친구 중에 이두호가 있다는 것으로 조금은 위안을 삼을 수 있지 않을까. 이두호, 그야말로 나와 더불어 술과 담배를 배우고 동정을 날리며 세상에 함께 나온 사이가 아닌가.

이런 생각을 굴리며 자못 진지한 눈길을 보내자 그가 싱긋 웃으며 말했다.

"집이 아파트던데, 몇 평짜리냐?"

뜻밖의 질문에 나는 잠시 어리둥절했다. 그러나 정작 질문을 던진 이두호의 표정은 사뭇 진지해 보였다.

"국민주택이야."

"방이 몇 갠데?"

"셋. 작지만."

이두호가 잔을 들어 올리더니 내 잔에 부딪쳤다.

"하나는 놀고 있겠네. 필요할 때 신세 좀 지자. 괜찮지?"

"물론 괜찮고말고."

이렇게 대답하면서 나는 오히려 기쁜 마음이었다. 그가 나에게 보내는 신뢰의 일단을 본 듯해서였다. 수배자 처지에 아무한테나 그런 부탁을 할 수는 없는 것 아닌가. 우리가 가깝게 어울리던 시절, 어두운 골방에 숨어서 담배를 나누어 피우며 느꼈던 음습하고도 끈끈한, 공모자가 된 듯한 기분이 되살아나는 것 같아서 나는 반갑고 고마웠다.

2

이두호가 집으로 찾아온 것은 꼭 열흘 뒤였다.

9시 뉴스를 보고 있는데 초인종 소리가 났다. 현관문을 열고 보니 그가 비에 젖은 모습으로 서 있었다. 가는 비가 듣는 걸 느끼며 퇴근했는데 그사이에 빗살이 굵어진 모양이었다. 그 빗속을 그는 우산도 없이 걸어온 것이었다.

뜻밖이라는 생각이 들었다. 필요할 때 신세 좀 지자던 그의 말을 잊은 것은 아니지만, 아무리 그렇더라도 사전에 한마디 연락도 없이 이렇게 불쑥 찾아든 데에는 당황하지 않을 수 없었다. 지난번에 보았을 때와 거의 비슷한 행색이었다.

아내한테는 그를 만난 날 밤에 미리 귀띔해두었으므로 둘이서 인사를 나누는 데에는 별 어려움이 없었다. 그래도 아내는 속이 꽤나 거북한 눈치였다. 아내를 탓할 일은 아니었다. 아내는 성격이 좀 닫혀 있는 편이어서 낯선 사람이 집에 드나드는 걸 질색으로 여겼다. 게다가, 비록 남편의 옛 친구일망정 수배자 신분인 이두호가 며칠 묵을 작정으로 찾아왔으니 아내의 속이 심란할 것은 뻔한 노릇이었다.

"네가 현정이구나. 아저씨가 누군지 알아?"

평소에도 손님이 별로 없는 집에 다소 거친 인상의 이두호가 들어와 분위기를 들쑤시자 딸애는 얼떨떨한 모양이었다. 아이는 엄마 뒤에 붙어 서서 낯선 손님을 빼꼼히 바라보다가, 방으로 들어가라는 엄마의 말이 끝나기가 무섭게 제 방으로 쪼르르 들어가버렸다.

"자, 얼굴이나 좀 닦아라. 저녁은?"

수건을 건네면서 내가 물었다.

"나 같은 처지에 끼니 다 찾아 먹을 수 있냐." 그러고는 들고 온 비닐봉지를 내밀면서 아내한테 말했다. "아, 제수씨, 고기 좀 사왔는데 찌개라도 끓여주세요. 술이나 한잔하게."

좀 전에 설거지를 끝낸 싱크대 앞에서 아내가 안줏거리를 마련

하는 동안 나는 술을 사러 슈퍼마켓에 다녀왔다. 그사이에 이두
호는 욕실에 들어가 있었다. 소파에 앉아서 담배를 몇 모금 피우
고 있는데, 욕실문을 두드리는 소리가 나더니 나를 부르는 소리
가 이어졌다.

"왜?"

"속옷 남은 거 있으면 좀 빌려주라."

넉살 좋은 거야 옛날에도 익히 알고 있는 그의 성정이었다. 때
로는 곁에서 보기에 민망할 만큼 허풍스러웠고, 때로는 부럽다
싶을 만큼 거침이 없었다. 그렇다고 내가 감당하기 어려울 만큼
불편을 주거나 피해를 입힌 적은 없었다. 돌이켜보면 그는 언제
나 나보다 한 걸음 먼저 세상을 겪었고, 그런 다음 그 자리에 나
를 끌어들이곤 했다. 고등학교 때 배운 술 담배가 그랬고, 재수할
때 서울에 올라와 다소 엇나간 생활을 하면서도 그 낯선 환경에
그나마 적응할 수 있었던 것도 실은 그가 앞서서 길을 닦아준 덕
택이었는지 모른다. 그렇기는 하지만, 지금에 와서도 그의 거침없
는 언동을 다시 보는 것은 왠지 불편하고 씁쓸했다. 하기야 수배
자로 몰려 지내는 처지에 옷가지나마 제대로 챙길 수는 없을 터
였다.

서재로 쓰는 내 방에 술상이 차려지고, 그와 나는 마주 앉아
맥주잔에 소주를 채웠다.

"널 만난 뒤로는 나도 이런 식으로 마시기로 했어. 괜찮던걸.

호기도 있어 보이고 말이야. 사실 말해서 소주잔은 좀 좀스럽잖냐."

이야기는 주로 그가 했다. 고교 동창들 몇몇이 화제에 올랐고, 그들의 근황을 그는 꽤나 자세히 알고 있었다. 짐작하건대 그는 종종 그들을 찾아가 도움을 청하기도 했던 모양이고, 말투로 판단하건대 그들 중에는 섭섭하게 대한 친구도 있었던 모양이다.

"너도 실은 좀 더 일찍 만나고 싶었는데, 마지막 카드로 남겨두었지. 우리가 보통 사이였냐?"

그는 야릇한 웃음을 흘리며 거실 쪽을 힐끗 바라보았다. 아내는 소파 한쪽 구석에 앉아서 텔레비전에 눈길을 주고 있었다. 그가 무슨 뜻으로 그 말을 했는지는 짐작하고도 남았다. 우리는 한날한시에 서로 이웃한 방에서 동정을 날렸다. 그 기억도 불쾌했지만, 왠지 그에게 휘둘리고 있다는 기분이 내 속을 긁었다.

나는 그가 사나흘, 길어야 일주일쯤 머물고는 떠날 줄 알았다. 그러면 용돈이라도 얼마간 마련해서 보태줄 작정이었다. 수배자 처지에 어디라고 안전한 거처를 찾기가 쉽겠는가마는, 그렇다고 한곳에 너무 오래 머물러 있는 것도 별로 좋지 않으리라는 생각에서였다. 솔직히 말해서 그가 집에 와 있는 게 불안하고 께름칙한 것도 사실이었다. 그래서 몇 군데 알아보았더니, 요즘은 검문이나 검속이 예전 같지 않다는 것이다. 자수하면 최대한의 관용을 베풀겠다는 검찰의 발표도 나와 있었다. 사안에 따라 차이가 있기는 하지만, 끼리끼리 모여서 새 시대에 걸맞은 신분 회복을 도모하는 경우도 있는 모양이었다. 그러고 보니 달포 전에는, 6공 때 정치적 사건에 관련되어 수배를 받고 있는 대학생들이 수배 해제를 촉구하는 모임을 가졌다는 기사를 읽은 적도 있었다.

내가 이런저런 사정을 덧붙이며 아는 체하자 그는 한마디로 일축했다. 몰라서 하는 소리라는 거였다. 사노맹 조직원인 경우는 간첩이나 한가지로 다루기 때문에 잡혀 들어가면 형을 받기도 전에 고문으로 죽을지 모른다면서, 파랗게 질린 표정으로 고개를 설레설레 저었다.

어쨌거나 벌써 보름이 지났는데도 그는 떠날 생각이 조금도 없어 보였다. 그동안 줄곧 집 안에만 박혀서 지낸 것은 물론 아니었다. 때로는 어디 간다 말도 없이 훌쩍 떠나기도 했다. 그러나 며칠 만에 다시 돌아와서는 사흘이고 나흘이고 집 안에서 마냥 뒹굴었다. 처음엔 인사도 없이 떠나버린 줄 알고 야속한 놈이라고 욕도 했다. 그러다 보니 내 방은 그가 집에 있거나 없거나 상관없이 그를 위해 늘 비워둘 수밖에 없었다. 그가 내 집에서 정도껏 예의만 차렸어도 이만한 불편쯤 얼마든지 감수할 수 있었다. 그러나 그게 아니었다.

그가 집에 있는 날이면 거실 소파는 온종일 그의 차지였다. 그 바람에 아내는 오히려 안방에 갇혀 지내는 꼴이 되었다. 게다가 세끼 식사를 꼬박꼬박 챙겼으니 아내의 고역은 말이 아니었다. 식사도 때에 맞춰 우리 식구와 함께하면 좋은데, 들쭉날쭉 제멋 대로였다. 아침에는 늦잠을 잤고, 밖에 나갔다가 밤늦게 돌아와 서도 저녁을 찾는 경우가 많았다. 오늘은 밖에서 자나 보다 싶어 잠을 청하고 있는 시각에 불쑥 돌아와 초인종을 울려댔고, 한밤 중에 부엌을 들락거리며 커피나 라면을 끓였다. 비디오를 켜놓고 밤을 지새우기도 했다. 밤에 잠자리에 들어서도 여간 신경이 쓰 이는 게 아니었다. 침실을 엿듣고 있지나 않을까 하는 조바심 때 문에 부부관계도 제대로 갖기 힘들었다. 일부러 말을 골라서 그 를 탓하는 것 같지만, 그런 것은 결코 아니다.

그나저나 용돈 벌이는 어떻게 하고 있는지, 외출했다가 돌아올 때는 아이한테 줄 과자나 과일도 종종 사 들고 왔다. 무슨 돈이 있어서 이런 걸 사왔느냐고 물으면 씩 웃기만 할 뿐 말이 없었다.

하루는 아내한테서 회사로 전화가 걸려왔다. 목소리부터 울상 이었다.

"이 전화, 지금 밖에 나와서 거는 거예요. 거실에 버티고 앉아 있으니 집에서 걸 수도 없잖아요."

"무슨 일인데?"

내 목소리에는 어느새 짜증이 묻어 있었다. 이두호 때문에 뭔 가 불상사가 생긴 모양이라고 지레짐작한 탓이었다.

"무슨 일이냐고요? 은행에도 들를 겸 잠깐 나왔다가 들어갔더니, 글쎄 그 사람이 안방에서 옷장을 뒤지고 있잖아요. 갈아입을 옷 좀 찾아보는 중이라나. 무슨 그런 사람이 다 있어요. 그뿐인 줄 아세요? 침대를 보니까 이불이 마구 헝클어져 있더라고요. 거기에 누워서 무슨 상상을 했겠어요?"

"알았어. 오늘 들어가면 얘기 좀 할게."

"당신 혹시 그 사람한테 책잡힌 거 있어요?"

"그건 또 무슨 소리야?"

"그렇지 않고서야 어떻게 그럴 수가 있어요? 아무리 친구라도 최소한의 예의는 갖출 줄 알아야지, 이거야 원, 제멋대로잖아요. 수배자면 다예요? 고생 좀 한다고 그럴 수 있는 거냐고요? 그럴수록 처신도 바를 줄 알았더니, 오히려 그 반대잖아요. 그렇게 염치없고 뻔뻔한 사람이 혁명은 무슨 놈의 얼어 죽을 혁명을 한다는 건지. 그런 날이 오면 난 차라리 외국에 나가서 살 거예요. 가정파괴범이 따로 있는 게 아니라고요. 정말이지 더 이상은 참을 수 없어요. 이런 식으로 나가다간 내가 고발해버릴지도 몰라요."

아내는 생각해낼 수 있는 온갖 비난을 길게 늘어놓았다. 다소 심약한 편이어서 툭하면 신경질도 부리는 아내지만, 얼마나 놀라고 화가 났으면 저럴까 싶어, 나는 달랠 말조차 생각하기 싫었다.

이번만큼은 그냥 넘길 일이 아니었다. 그랬다가는 다음에 또 무슨 사달이 벌어질지 알 수 없는 일이었다. 그의 일방적인 태도와 엉뚱한 버릇 때문에 그동안 적잖은 불편을 겪으면서도, 그게다 정상적인 생활을 해보지 못한 데서 오는 실수려니 이해하려고 애썼다. 그런 그를 안쓰럽게 여기기도 했다. 하지만 언제까지나 참으면서 모른 체할 수는 없지 않은가. 이번 기회에 그의 불찰을 일깨워주는 것도 좋을 듯싶었다. 둘 사이에 말다툼이 생길 수도 있을 것이다. 그 끝에 그가 나를 욕하고 원망하며 집을 뛰쳐나가버릴지도 모른다. 설령 그렇더라도 따질 것은 따져서 잘잘못을 분명히 해두는 것이 친구로서의 도리라고 생각했다.

추석이 며칠 앞으로 다가와 있어서 무척이나 바쁜 날이었다. 더구나 올해 회사에서는 추석 연휴와 일요일 사이에 낀 토요일을 쉬기로 결정했으므로, 추석 휴가는 닷새로 늘어났다. 그런 만큼 야근을 해서라도 작업량을 벌충하지 않으면 안 되었다. 사정이 이러함에도 그날은 일부러 귀가를 서둘렀다. 마음을 단단히 다잡으면서.

초인종을 누르자 문을 연 것은 뜻밖에도 이두호였다. 보아하니 내가 오기를 이제나저제나 기다리고 있었던 모양이다. 안으로 들어서자 그는 내 손을 꼭 쥐었다.

"내가 오늘 큰 실수를 했어. 본의 아니게 말이야. 난 그저 옷좀 빌려 입을 생각으로 무심코 그랬던 건데, 현정이 엄마가 좀 오해를 했나 봐. 하기야 오해받을 만도 했지. 집에 아무도 없을 때 그랬으니 입이 열 개라도 할 말은 없어. 하지만 생각해봐, 한경아. 내가 뭘 훔치려고 그랬겠냐? 나 같은 처지엔 어디 가서 팔아먹지도 못해."

우리는 소파로 가서 앉았다. 딸애는 제 방에서 살짝 얼굴을 내비쳤지만 아내의 모습은 보이지 않았다. 내가 집 안을 두리번거리자 그가 말했다.

"지금 안방에 계셔. 해종일 안 나오는 통에 사과도 못했다고. 야, 한경아, 제수씨가 이해하게끔 네가 말 좀 잘해주라."

평소에 그 능청맞던 태도는 간 곳이 없고, 그의 얼굴에는 부끄럽고 죄송한 표정이 가득했다. 잠긴 목소리에 실려 나오는 말투마저 애절했다.

"나가라면 당장에라도 나갈게. 하는 수 없잖냐. 사실 나도 그런 오해를 받으면서까지 신세 지고 싶지 않아. 그래도 오해는 풀어야겠다 싶어서 널 기다린 거야. 정말이다, 한경아. 믿어주라. 딴뜻이 있어서 그랬다면 이두호가 아니지. 지금은 수배자로 몰려 있지만, 난 그래도 사회주의자야. 변혁운동에 참여한 일꾼이라고. 그런 내가 도덕적으로 타락했다면, 죽는 것만도 못해."

나를 바라보는 눈에는 눈물이 글썽했다. 그런 그에게 무슨 말을 할 수 있겠는가. 내가 오히려 민망했다. 아니, 안타까웠다. 나는 마치 철이 덜 든 아이를 대하는 듯한 기분이었다. 도피 생활에 시달리다 보면 저렇게까지 단순해지는 것일까. 나는 그에게서 사회적 성장이 멈춰버린 한 예를 보는 듯했다. 수사망을 피하느라 세상과 단절된 채 불안과 초조와 긴장으로 둘러싸인 강박증 속에 자신을 유폐시켜야 했던 생활. 그 10년의 질곡 속에서라면 어느 누군들 정상적인 삶의 태도를 건사할 수 있겠는가. 남의 시선을 아랑곳하지 않는 그의 엉뚱하고 이기적인 언행도, 비뚤어진 심성의 소산이 아니라 저 혼자 자구책을 모색하며 살아야 했던 버릇의 후유증일 터였다. 그는 오히려 피해자였다. 동정은 못할망정, 그가 실수를 좀 저질렀다고 해서 비난만 가할 수는 없지 않을까. 더구나 그에게 들이대는 잣대란 것이 실은 얼마나 편의주의적이고 일방적이고 때 묻은 관습인가. 세상물정에 눈 밝은 자, 탐욕에 눈먼 자라면 어떻게 감히 변혁운동에 뛰어들 수 있겠는가. 젊음을, 인생을 내던져 헌신할 수 있겠는가. 오늘이 어제보다 나은 시대라면, 진보의 한 걸음은 누구의 노력으로 내디뎌진 것인가.

"알았어. 괜찮아."

나는 그의 어깨를 두드렸다.

"이해해주는 거지? 제수씨한테도 잘 좀 이야기해줘."

나는 고개를 끄덕였다. 그러고는 안방으로 가서 문을 두드렸다. 아내한테 들려줄 말이 가슴에 가득했다.

설이나 추석 때만 되면 아내는 괜히 신나는 얼굴이 되었다. 아이들처럼 명절이 즐거워서 그런 것은 아니었다. 지상에서 펼쳐지는 교통지옥을 생각하면, 비행기를 타고 한 시간 만에 훌쩍 날아갈 수 있는 여행은 얼마나 신나고 행복한지 모른다는 거였다. 비상이 걸린 차량 소통 문제가 신문이나 방송에 나올라치면 아내의 얼굴에는 저절로 함박꽃이 피었다. 제주로 떠나기 전날 밤에는, 전주 친정집에다 전화를 걸어서 인사는 뒷전인 채 자랑만 실컷 늘어놓은 다음, 과천에 사는 오빠와 올케를 번갈아 바꿔가며 약을 올리곤 했다.

그러나 올해는 다소 시무룩한 표정이었다. 이두호한테 집을 맡겨두고 떠나야 하는 것이 아내로서는 적잖이 찜찜한 모양이었다. 일전에 있었던 일은 오해를 풀었고, 이두호도 그 뒤로는 언행에 조심하는 눈치였다. 그래도 아내는 언짢은 기분이 말끔하게 가신 게 아닌 듯, "괜찮을까요?" 하는 말을 몇 번이고, 비행기에 오를 때까지도 거듭거듭 되묻곤 했다. 그러면서도 아내는 우리가 떠나 있는 동안 이두호가 찾아 먹을 수 있도록 찬거리도 몇 가지 마련해두었다. "꼼짝 않고 지키고 있을 테니까 걱정 말고 잘들 다녀와요." 우리 세 식구가 엘리베이터 안으로 들어서기 직전에 이두호가 말했다.

비행기가 이륙한 것은 오전 11시 40분. 항공사에서 추석 선물로 내준 꾸러미에는 주먹만 한 크기의 커피병과 크림통이 하나씩 들어 있었다. 작년에도 그랬던가를 놓고 아내와 둘이서 언쟁을 벌였지만, 기억력에 관해서라면 내가 손을 들 수밖에 없었다.

서울 상공은 맑고 푸르렀는데 제주의 하늘은 잔뜩 흐린 날씨였다. 경계조차 흐릿한 먹구름이 한라산 허리에까지 낮게 드리워져 있었다.

명절을 쉬러 고향에 가는 일이 언제나 즐겁기만 한 것은 아니다. 해가 다르게 쇠약해져가는 부모님을 보는 것도 마음 아픈 일이고, 이곳저곳 찾아뵈어야 하는 인사치레도 때로는 부담스러웠다. 형님이 제주시에서 고등학교 선생으로 있지만 따로 나가 살고 있고, 누이 둘마저 출가해버린 지금은 노친네 둘이서 적적하게 지내고 있었다. 뿐만 아니라, 갑자를 다시 세기 시작한 지 해가 벌써 다섯 번 바뀌었는데도 여태껏 귤밭 나들이를 계속하고 있었다. 당신네 말씀으로는 그게 건강에도 좋다고 하시지만, 곁에서 자주 뵙지 못하는 나로서는 여간 안쓰러운 노릇이 아니었다.

아버지가 삼대독자여서 가까운 일가붙이가 없기 때문에 명절날은 집 안이 더욱 썰렁한 느낌이었다. 그래서일까. 증조부모와 조부모의 차례를 합사(合祀)로 모셔도 좋을 듯싶은데 아버지는 꼭 두 번에 나누어 상을 차리게 했다. 저녁에는 우리 형제 내외에다 손주들까지 앞세우고 대고모댁을 다녀왔다. 그리고 나한테는 따로 일러, 고모와 외삼촌, 촌에 살고 있는 이모네까지 찾아가 뵙도록 했다. 오랜만에 서울에서 내려왔으니 당연히 그래야 할 테지만, 찾아가는 일이 귀찮다기보다 가서 듣게 될 잔소리가 곤혹스러웠다. 우리 세 식구가 찾아가서 인사를 여쭙고 나면, 덕담처럼 건네는 말이 "아들은 언제 낳을 거냐?"였다. 조카 내외가 겪은 바를 모르지도 않을 터인 그분들이 매번 잊지 않고 되묻는 데에는 짜증이 날 정도였다. 물론 짐작이 안 가는 것도 아니었다. 그분들의 다그침 속에는 실은 아버지와 어머니의 조바심이 담겨 있는 셈이었다. 아버지가 걸핏하면 외로움을 언급하는 것도 마찬가지 이유였다.

추석 다음 날은 점심때쯤 해서 은사 한 분을 찾아뵈었다. 고등학교 때 나를 무척이나 아껴주셨던 분으로, 결혼 때는 주례도 서주셨다. 그게 계기가 되어 연세가 비슷한 아버지와도 친교를 나누고 계신데, 교감을 끝으로 재작년에 명예퇴직했다. 좀 엄한 편인 아버지와는 달리 소탈하고 유머도 있는 분이어서, 아버지께는 숨기고 싶은 속내도 선생님한테는 곧잘 털어놓곤 했다. 몇 해 전에는 아직도 시인이 될 꿈을 버리지 않았다는 말씀을 드린 적이 있는데, 선생님은 여태도 그 말을 기억하여, "네 시집을 죽기 전에는 받아볼 수 있겠지?" 하고 지나는 말처럼 꺼내곤 하신다. 그렇다고 해서 선생님의 말씀을 부담스럽게 여기거나, 그 꿈에 얽매여 내 생활을 짓누르지는 않는다. 내가 시인이 되어 선생님 생전에 시집 한 권이라도 바칠 수 있으면 그보다 좋을 게 없겠지만, 나는 나대로 시인을 꿈꾸고 당신은 당신대로 제자의 시집을 꿈꾸면서 사제지간에 주고받는 마음의 무늬만으로도 아름다운 것이 아닐까.

이번에 찾아갔을 때에는 손님들 몇이 우리 부부보다 먼저 와 있었다. 그 자리에서 동창 하나를 만났는데, 학교 다닐 적에도 제법 가깝게 지냈고 그 후에도 내가 제주에 가면 종종 어울려 술잔을 나누는 친구였다. 그는 지금 모교에서 영어를 가르치고 있었다. 다음 날 저녁에 다시 만나기로 약속하고 헤어졌다.

이튿날 저녁, 약속한 다방에 도착해서 보니 동창 친구 둘이 먼저 나와 있었다. 하나는 낮에 만난 김상조였고, 다른 하나는 도청에서 지방공무원으로 근무하는 친구로, 이름은 박문기, 나와는 대학 동창이기도 했다. 몇 해 전에 서울로 출장 왔을 때 만나고는 그 후 처음 보는 셈이었다. 악수를 나누고 그동안의 안부를 주고받고 있는데, 한 명이 더 왔다. 고병식이었다. 어릴 적부터 한동네에 살아 초등학교부터 줄곧 함께 다닌 사이인데, 그 후 우리가 다른 동네로 이사를 가는 바람에 소원해졌다. 돌이켜보니 그를 마지막으로 만난 게 내 결혼식 때였다. 피로연 자리에서 그가 나와 아내를 붙잡고 억지로 입을 맞추게 했던 기억이 아직도 생생했다. 10년 세월을 건너뛰어 만났는데도 전혀 위화감이 들지 않는 것은, 불알친구로서 나누었던 속정이 서로의 삶의 밑바닥에 깔려 있어서일까. 그는 지금 중앙통 언저리에서 오토바이 대리점을 하고 있었다.

오랜만에 만나기는 하지만 참으로 반가운 얼굴들이었다. 종종 겪는 일인데, 고향을 떠나 사는 처지에서는 오랜만에 친구를 만난다는 것이 그리 쉬운 일도 아니고 속편한 노릇도 아니다. 격조한 세월이 어느새 깊은 고랑을 파놓고 있어서, 어쩌다 만나더라도 서먹서먹해지기 십상인 데다, 그동안 살아온 바탕이 다르기 때문에 한두 마디 인사말이 오간 다음에는 더 이상 추스를 화제가 떠오르지 않아 여간 거북살스럽지 않다. 김상조도 이 자리에 불러낼 친구를 고를 때 이런 사정을 헤아렸을 것이다. 나는 그가 고마웠다.

우리 넷은 택시를 잡아타고 바닷가로 나갔다. 용두암에서 해안도로를 따라 서쪽으로 좀 더 간 곳에 포장마차 행색의 술집들이 즐비하게 서 있었다. 집집마다 안팎으로 내단 불빛들이 불야성을 이루고 있었다. 이곳에 관광객을 대상으로 한 포장마차 거리가 꾸며졌다는 이야기는 귀동냥으로 알고 있었지만 찾아가기는 오늘이 처음이었다. 술집들은 모두가 바다를 등지고 있었는데, 겉모양도 그렇고 내부 구조도 엇비슷했다. 천막 모양의 쇠파이프 골조에다 포장을 씌웠고 안주는 주로 생선회였다. 하기야 제주섬 바닷가에서 이런 것 말고 다른 무엇을 찾겠는가.

이쪽으로 가자고 말을 꺼낸 고병식이 앞장서서 한 집으로 들어갔다. 관광객도 없는 때이니 손님도 별로 없을 줄 알았는데, 그게 아니었다. 하기야 나 같은 귀향객도 적지 않을 것이고, 또 오랜만에 만나 친구들끼리 어울려 찾아오기에도 그럴듯한 장소였다. 포장이 걷혀진 뒤쪽으로는 밤바다가 넘실거리고, 기슭까지 밀려온 파도가 물보라를 술집 안에까지 튀어 보내고 있었다. 그리고 저 멀리, 하늘인지 바다인지 알 수 없는 어둠 속에는 한치잡이 배들의 집어등 불빛들이 수평선인 양 띠를 이루고 있었다.

주문한 술과 안주가 왔다. 술은 한일소주였고 안주는 모둠회였다. 접시에는 얇게 저민 우럭과 소라와 해삼 따위가 가득 담겨 있었다. 우럭은 통째로 남은 머리토막이 금세라도 퍼드득 꿈틀거릴 것만 같았다. 해삼은 하도 싱싱해서 이빨이 들지 않을 정도였고, 소라의 꼬들꼬들 씹히는 맛도 일품이었다.

술이 몇 순배 도는 동안 우리는 공통의 화제를 탐색하며 이런저런 이야기를 나누었다. 다행히도 이야깃거리는 많았다. 공직자 재산 공개, 금융실명제 실시, 한의사와 약사들이 벌이고 있는 밥그릇 싸움 등등, 작금에 벌어지고 있는 여러 사건들에 대해 소감을 나누고 견해를 밝히는 것만으로도 좌중은 말의 성찬을 이루었다. 이런 화제야말로 오늘 같은 술자리의 안주로는 제격이었다. 우리들 자신의 이해와는 상관이 없지만, 그런데도 각자 나름껏 알고는 있어서 신나게 공방을 주고받을 수 있으며, 이 같은 갑론을박을 통해 결국은 우리들 사이에 암묵적으로 상정된 적을 비난하고 야단치고 탓하고 꾸짖고 욕하고 비웃고, 그렇게 함으로써 일상의 피로와 짜증을 풀 수 있기 때문이다.

융단폭격을 가하듯 이 화제에서 저 화제로 건너뛰며 기분을 알맞게 풀고 나자, 이번에는 지난봄에 아파트 8층에서 투신자살한 동창 이야기가 탁자에 올랐다. 우리 동기들 중에는 공부를 잘한 축이어서 의대를 나온 뒤 잠실에서 개업까지 한 친구였다. 서울에서는 동창들끼리 연락하여 빈소를 지키기도 했는데, 그의 죽음은 이곳에서도 상당한 화젯거리가 되었던 모양이다. 그 친구는 부잣집 딸과 중매로 결혼했고, 처가에서는 병원을 차려주었다. 나이 든 홀어머니를 모시고 함께 살았는데 아내가 구박을 일삼았다. 냄새가 난다면서 한겨울에도 방문을 열어젖히고, 식성이 맞지 않는다는 이유로 밥상을 따로 차리고, 꼴이 남부끄럽다 하여 집 밖으로 나가지도 못하게 하는 등, 그 정도가 자심했던 모양이다. 친구는 이런 고민을 어느 누구에게도 털어놓지도 못한 채 혼자 속으로만 끙끙 앓다가, 급기야는 부아를 참지 못하고 저 자신을 베란다 난간 밖으로 내던져버린 것이다.

이 화제는 묘하게도 우리 네 사람을 논쟁으로 몰아넣었다. 잘못은 과연 누가 더 크냐는 문제였다. 공교롭게도 둘씩 나뉘어 두 편으로 갈라졌다. 한쪽은 친구를 나무랐다. 그런 여자와 돈에 눈이 멀어 결혼한 것부터가 잘못이다. 나중에라도 그런 여자인 줄 알았으면, 때려서라도 바로잡든가 아니면 이혼해야 했다. 이러지도 저러지도 못한 채 결국은 자신을 죽이다니, 그런 못난 놈이 어디 있는가. 다른 한쪽은 여자를 탓했다. 우리가 잘 알고 있다시피 그 친구가 얼마나 착하고 여린 놈인가. 그가 의대에 들어갔을 때만 해도, 그런 성격으로 어떻게 시체를 만지고 살을 헤집고 할 수 있는지 의아해하지 않았는가 말이다. 노모는 또 얼마나 좋으신 분인가. 오래전에 홀로되어 온갖 고생을 견디면서도 아들 하나 믿고 살아온, 전형적인 한국의 어머니가 아니냐. 이건 상대적으로 가릴 문제가 아니다. 본질적으로 여자가 못됐다. 천성이 악녀로 태어난 여자였으니 때려서 고칠 수도 없었을 것이다. 오죽했으면 스스로 목숨을 끊으면서 항변했겠는가.

술잔이 계속 오가고, 말이 꼬리에 꼬리를 물고, 안주 접시가 바뀌고, 한 사람씩 슬그머니 포장 밖으로 나가서 바다를 향해 오줌을 내깔기고, 지퍼를 닫고, 두 팔을 활짝 벌려 숨을 크게 들이쉬고, 자리에 돌아와서는 그사이에 바뀐 화제 속으로 급히 끼어들곤 했다. 나도 그렇게 밖으로 나갔다가 돌아오자, 탁자 위의 말안주가 어느새 바뀌어 있었다.

"아무리 계모지만, 어린 저를 맡아서 키워준 분이잖아. 그런 분이 돌아가셨는데 코빼기도 보이지 않다니, 어떻게 그럴 수가 있나?"

누구의 말꼬리를 이어받은 것인지는 모르나, 김상조가 말했다. 그 뒤를 고병식이 받았다.

"그렇게 비참하게 죽은 게 다 누구 때문인데…… 하여간 지독한 놈이야."

내가 무슨 내용인지 몰라 멀뚱한 표정으로 있자, 고병식이 내 쪽으로 고개를 돌리며 말을 이었다.

"이두호라고, 너도 알지? 학교 다닐 때 친했잖아. 서클도 같이 하고……."

"그럼 알지."

나는 뒷말을 이으려다가 멈칫하고 말았다. 왠지 뜨악한 기분이 들어서였다. 이 뜻밖의 곳에서 이두호 이야기를 듣게 되다니. 더구나 오가는 말들이 그를 아주 못된 놈으로 내몰고 있지 않은가. 이 친구들은 이두호가 지금 어떤 처지에 놓여 있는지를 전혀 모르고 있나. 아무리 그렇더라도, 이두호를 그처럼 타박하는 것은 도대체 무슨 영문인가. 이두호가 지금 우리 집에 와 있다는 말이 입안에서 계속 맴돌았다. 근질거리는 입천장에 침을 바르고 나는 결국 그 말을 삼켜버렸다. 그들의 이야기를 좀 더 들어봐야겠다는 생각이 들어서였다. 미처 모르고 있던 사실을 듣게 될지도 모르기 때문이었다.

"이두호가 왜?"

내가 되묻자, 이번에는 김상조가 받았다.

"그 애 어머니가 돌아가셨어. 6월에."

서문시장 초입 길바닥에 좌판을 벌여놓고 채소 따위를 팔아서 근근이 살아왔는데, 타이탄 트럭이 제동력을 잃고 덮치는 바람에 즉사했다는 것이다.

"안 그래도 불행한 늘그막에 웬 횡액이람."

잠자코 있던 박문기가 혀를 찼다. 나는 더욱 의아했다.

"철물점 했잖아. 그건 어쩌고?"

"철물점 같은 소리 하고 있네. 그걸 처분한 게 언젠데. 이두호 그 자식이 서울 가서 사업한다고 집이며 가게며 몽땅 말아먹어버렸잖아. 그것도 가족들 몰래. 완전히 알거지로 길거리에 나앉은 꼴이었다니까."

고병식이 대답했다. 대학도 제주에서 나왔고, 그래서 고향을 떠난 적이 없는 그가 사정을 그나마 자세히 알고 있는 모양이었다.

"언제? 언제 그랬지?"

"벌써 10년쯤 됐을걸. 그 자식이 군에서 제대하고 얼마 뒤였으니까."

나는 믿을 수가 없었다. 혼란스럽고 기가 막히는 기분이었다. 이두호가 들려준 이야기가 아직도 귀에 선했다. 딴살림을 차린 계모. 그 계모의 남동생한테 넘어간 가게. 억지를 써서 얼마쯤 챙겨 들고 제주를 떠났다고 했다. 그런데 여기서 듣는 이야기는 전혀 딴판이 아닌가.

"혹시 잘못 알고 있는 거 아냐?"

"잘못 알아? 무얼? 이두호가 한 짓을?"

아직도 내 얼굴에 남아 있는 표정을 궁금증으로 읽었는지, 고병식이 설명을 보탰다.

"그 자식 패악질이 말도 못할 정도였대. 동네서는 소문나 있더라고."

"누이들도 있잖아."

"손위 누이는 오래전에 부산으로 시집갔고, 그 밑에 둘인가 있었지 아마."

그렇다는 뜻으로 내가 고개를 끄덕였다.

"바로 아래는 서울에서 직장을 다닌다는 것 같았어. 그러니 집에는 셋만 살았지. 또 막내는 계모가 낳은 애잖아. 두호 그 자식이 집에서는 빨가벗고 지냈다는 거야. 모녀가 집 안으로 들어오지 못하게 하느라고 말이지. 세상에 그런 자식이 어디 있냐."

고병식이 말을 끊고 술잔을 집어 들었다. 이두호 이야기를 담았던 입을 씻어내고 싶다는 투였다. 그러자 이번에는 김상조가, 자기도 한마디 보태고 싶다는 투로 나섰다.

"그런 주제에 작년에는 느닷없이 나타나서는 한참 쇼를 하고 다녔지."

점입가경이라고 해야 할까. 이번에는 또 무슨 이야기가 나오나 싶어 고개를 김상조 쪽으로 돌리자, 말머리를 가로챈 것은 박문기였다. 그들은 나에게, 고향을 떠나 살고 있는 나에게 고향 소식을 알려주고 싶어서 안달이 난 사람들 같았다. 그 조바심 속에는 서울에서 살고 있는 나에 대한, 어쩌면 고향을 벗어나지 못한 그들 자신에 대한, 일종의 섭섭함이 깃들어 있을 터였다. 고향을 떠난 이들은 고향에 돌아가고 싶어 하고, 고향에 남아 있는 이들은 고향을 뜨고 싶어 하는, 이 우습고도 서글픈 이율배반. 이해 못할 바도 아니다. 고향은 꿈일 때는 그립고 애틋하지만, 현실일 때는 버겁고 답답하다. 어린 시절은 궁핍과 고난이었어도 아름답게 추억되지만, 어른이 되고 나면 아무리 배가 불러도 허기에 시달리는 거나 마찬가지다.

"가을부터 내려와서 활개 치고 다녔는데, 노는 꼴이 꼭 금의환향이라도 한 행세였다니까. 자기가 정주영의 심복이라는 거야. 우리 동창들 중에 한두 번이라도 그놈 술 안 받아먹은 애가 드물 걸. 상조, 너도 그렇지?"

이 말에 김상조가 얼른 대꾸했다.

"처음에야 그런 줄 알았나? 한번 보자고 하도 성화여서 만났더니, 술 한잔 사고는 명함을 내주는데, 보니까 이름도 거창하게 제주사회발전연구소인가 뭔가 하는 데야. 이사로 있더라고. 뭐하는 데냐고 했더니, 이름만 그렇고 실제로는 선거운동본부래. 사조직인데, 거기서 핵심으로 뛰고 있다는 거야. 영감만 당선되면 시장쯤 되는 건 문제도 아니지만, 자기는 번듯한 연구소 하나 차려서 제주도 발전에 헌신하고 싶다나. 그러니 자기를 도와주는 셈 치고 그 영감한테 표를 달라는 거야. 하여간 나긴 난 놈이야. 언제 어떤 줄을 타서 그쪽에 붙었는지는 모르지만, 제법 돈도 쓰고 다녔지. 그런 놈한테 돈 풀어서 좋은 결과가 나올 턱도 없지만 말이야. 어떤 골빈 작자가 그놈 말을 믿겠어?"

고병식이 한마디 끼어들었다.

"그 녀석 욕만 할 수도 없어. 술 얻어먹을 땐 맞장구도 쳤을 거 아냐."

이제는 더 이상 혼란스러울 것도 없었다. 속이 헛헛해서일까, 마시는 술이 꼭 맹물 같았다.

"그 자식 지금은 어디서 무얼 하고 있나 몰라."

박문기가 나를 돌아보며 말했다. 혹시 이두호한테서 연락이라도 가지 않았느냐고 묻는 듯한 눈길이었다. 나는 그의 빈 잔에 술을 따랐다.

"그 얘기는 그만하고 술이나 마시자고."

우리 세 식구는 토요일 오후에 제주를 떠났다. 원래는 일요일에 떠날 예정이었다. 항공권도 그렇게 맞추어 사두었다. 그랬는데 일정을 하루 앞당기기로 마음을 바꾼 것은, 출근에 앞서 일요일 하루는 집에서 푹 쉬고 싶다는 생각이 들었기 때문이다. 집을 이두호한테 맡긴 채 며칠씩이나 비운 것도 사실은 께름칙했다. 더구나 어제 친구들을 만나서 이야기를 들은 뒤에는 왠지 불안한 생각마저 들었던 것이다. 밤중에 전화를 했더니 그는 집에 있었다. 제주 음식이 먹고 싶다는 그에게, 이것저것 챙겨서 갈 테니 걱정 말라면서 전화를 끊었다. 이튿날 아침에 항공사에 문의했더니 다행히도 빈 좌석이 남아 있었다.

김포공항에 도착한 것은 오후 3시 40분. 성산동에 있는 집까지는 택시로 20여 분이 걸렸다. 추석 연휴가 하루 더 남아 있어서인지 길은 소통이 잘되는 편이었다.

이두호는 적이 당황한 얼굴로 우리를 맞았다.

"웬일이야? 내일 오는 줄 알았는데."

텔레비전에서는 중국 무술영화 테이프가 돌아가고 있었다. 탁자에는 먹다 남은 술병과 안주 부스러기 따위가 지저분하게 널려 있었다. 아내는 옷을 갈아입자마자 설거지통을 치우기 시작했다.

"미리 연락 좀 주지 않고."

이두호는 낭패감을 감추지 못한 채 원망하는 눈길로 나를 힐끗거렸다. 하기야 그를 탓할 일도 아니고, 그럴 생각도 없었다. 우리가 원래 예정했던 대로 내일 돌아왔다면, 그때에 맞추어 그는 집 안을 말끔히 정리해놓았을 것이다. 그러나 나는 속에서 들끓고 있는 뒤틀린 기분을 견딜 수 없었다.

"괜찮아."

내가 생각해도 이상하리만큼 목소리가 차분하게 나왔다. 그에게 터뜨려야 할 더 큰 분노가 아직은 때가 아니라고 나를 달래는 것일까. 집으로 올 때만 해도, 이두호를 보자마자 당장에 그의 정체를 추궁하리라고 마음을 다잡았다. 아니, 추궁하고 말 것도 없었다. 양심적 수배자로 위장한 사기꾼. 그 거짓 행각이 드러났을 때 그는 과연 어떤 표정으로 나올까. 그 쩔쩔매는 꼴이라니. 생각만 해도 통쾌한 모습이 눈앞에 선했다. 가족을 배반하고 우정마저 농락한 놈. 뻔뻔스러운 자식. 당장 나가. 더 이상은 너의 그 더러운 냄새로 우리 집을 더럽힐 수 없어. 밖으로 빠져나가는 궁둥이에다 발길질이라도 한 방 먹이고 싶었다. 그런데 나는 오히려 그를 안심시키고 있었다.

"별일 없었지?"

담배를 피워 물면서 내가 말했다.

"줄곧 집 안에만 박혀 있었는걸 뭐. 어디 갈 데도 없고, 괜히 나돌아다니다가 재수 없게 붙잡힐지도 모르고…… 온종일 비디오만 빌려다 봤어. 그놈의 가게는 추석날도 문을 열데. 들어오다가 경비원과 마주쳤는데, 누구냐고, 아니 너하고 어떤 사이냐고 묻는 거야 글쎄. 얼마나 뜨끔했는지 몰라. 에라, 이 기회에 다 털어놔버릴까 하다가 참았지. 너를 생각해서 말이야."

"그래?"

쿡쿡, 웃음이 나왔다. 그러자 이두호도 따라 웃었다.

"수배자를 숨겨준 죄도 보통 큰 게 아니거든."

"그런 걱정은 마라. 그런 게 겁이 났으면 애초부터 널 우리 집에 있게 하지도 않았을 테니까."

이렇게 대꾸를 하면서도 속으로는 여간 짜증스럽고 거북한 게 아니었다. 이두호야 이왕에 시작한 거짓말을 계속 붙잡고 있는 셈이지만, 그게 거짓인 줄을 뻔히 알면서도 거기에 맞장구치고 있는 나는 어찌 된 것인가. 그러는 나 자신이 싫었다. 지금 털어놔?
더 이상 개수작 떨지 말라고 말해버려?

"술이나 한잔할래?"

"좋지. 안주도 많이 가져왔겠지?"

아내는 딸애 방에 들어가 있었다. 술상을 좀 봐달라는 말에 아
내는 눈을 흘겼다.

"집에 오자마자 또 술이에요?"

"그럴 까닭이 있어서 그래."

"며칠 떨어져 있다가 만났으니 반갑기도 하겠수."

"그런 게 아니라니까. 두호가 오늘이나 내일은 떠날 거야."

"그래요? 자기가 그런데요?"

"하여간."

아내는 제주에서 가져온 전이며 적 따위 차례 음식들로 술상
을 차렸고, 나는 문어를 데치고 썰어서 안줏거리를 보탰다. 명절
때면 제주에 가는 길에 표고나 전복젓 따위를 사와서 몇몇 신세
진 이들한테 나누어주곤 하는데, 그래서 오늘도 아침에 시장에
갔다가 문어 몇 마리를 구입한 것이다.

나는 술상을 들고 내 방으로 들어갔다. 자리에 앉자, 통통하
게 살 오른 문어 토막을 초장에 찍으면서 이두호가 탄성을 질
렀다.

"햐, 이거 얼마 만이냐!"

"작살로 문어 잡던 일 기억나?"

그의 잔에 술을 따르면서 내가 물었다.

"그럼. 정말 그때는 신났어."

그가 반색을 하며 과거를 떠올렸다.

문어잡이. 여름이면 종종 즐기던 놀이였다. 한 손에 작살을 쥐고 헤엄을 치면서 물안경 너머로 바다 밑을 살펴보노라면, 두 길은 좋이 넘는 밑바닥에 달라붙은 문어를 발견할 수 있다. 여덟 개의 다리는 바닥에 달라붙어 있지만 머리통은 물결을 따라 설레설레 흔들리고 있다. 자맥질해 들어가서 그 대가리에다 작살을 쏘아 박는다. 그런 다음 물 밖으로 나와 한숨을 돌린 뒤에 다시 물속으로 들어가서 보면, 바닥에 달라붙었던 다리들이 작살대에 옮아붙어 있다. 제 머리통에 꽂힌 작살을 떼어내려고 그러는 것이다. 그 작살을 살짝 들어 올리면 문어도 따라서 올라온다. 물 밖으로 나오기 전에 먹물주머니를 까뒤집으면 문어는 꼼짝도 못하고 잡힌 꼴이 된다.

우리는 서로 익히 알고 있는 문어잡이 이야기를 한 토막씩 주고받으며 웃음과 술잔을 나누었다. 어둠이 깃들기 시작한 방에 불을 켜, 담배를 피워 물고, 그의 담배에 불을 붙여주었다. 더이상 미룰 필요가 있겠는가. 나는 마음을 다잡고 헛기침으로 목청을 가다듬었다.

"작년에 제주에 갔었나?"

비스듬히 앉았던 이두호가 허리를 세웠다.

"무슨 소리야?"

"친구들 좀 만났어."

"그래서?"

잔뜩 짓눌린 목소리였다.

"활약이 대단했다며?"

빈정거리는 소리에 그가 훅 하고 숨을 들이마셨다. 빨개진 얼굴이 술기운 때문만은 아닐 터였다. 찌푸린 눈빛이 찌를 것처럼 다가왔다.

"어머니도 돌아가셨다던데, 알고나 있어?"

"어머니? 나한테 무슨 어머니가 있냐?"

그의 얼굴이 일그러졌다. 침이라도 뱉고 싶었다.

"나쁜 자식. 나를 속인 건 그렇다 쳐. 말 못할 사정이 있을 수도 있으니까. 하지만 말이야……"

그가 내 말을 잘랐다.

"고향엘 가서 그렇게도 할 일이 없었냐? 남의 뒤나 캐고 다니게. 내가 집에 와 있는 게 꽤나 짐스러웠던 모양이지? 하긴 귀찮았을 거야. 이해해. 이해하고말고."

이두호는 야릇한 웃음을 입가에 흘리며 술을 한 모금 들이켰다.

"뒤를 캐다니, 무슨 말을 그렇게 해? 어쩌다 네 이야기가 나왔을 뿐이야. 그럴 만도 했더군그래."

"무슨 얘기를 듣고 왔는지는 모르지만, 함부로 말하지 마. 그 자식들이 뭘 알아? 촌구석에 박혀서 남의 흉이나 보는 새끼들."

그가 흥 하고 코웃음을 쳤다.

"네가 왜 이렇게 됐지?"

"너 자신이나 걱정해. 아직은 인생이 다 끝난 게 아니야. 결승점에 닿기 전에는 아무도 결과를 모른다고."

나는 대꾸할 말이 없었다. 그럴 필요도 느끼지 못했다. 다만 씁쓸하고 안쓰러울 뿐이었다.

"어쨌거나 너한텐 미안하게 됐다. 궁금해할 것 같아서 말하는데, 이두호라는 이름, 별로 흔한 이름은 아니지만 전화번호부에만도 수십 개는 나와 있을 거다. 너를 속인 것도 뭐 악의로 그런 건 아니야. 수배자. 그럴듯하잖냐. 너도 좀 긴장했을 테고 말이다. 수배자라고 하면 겁부터 먹고 외면하는 세상인데, 그러고 보면 넌 그래도 괜찮은 녀석이야. 어때, 이젠 시원해? 사실 나도 그래. 그동안 마음이 조마조마했거든. 이런 게 사는 재미 아니겠어?"

그는 앞에 놓인 술잔을 단숨에 비웠다. 그러고는 벌떡 일어섰다.

보름가량 지난 어느 날이었다. 고등학교 동창한테서 회사로 전화가 걸려왔다. 이름을 듣고도 기억이 가물가물한 친구였다. 그동안의 격조를 서로 탓하며 안부를 주고받은 뒤에 그가 말했다.

"이두호가 지금 우리 집에 와 있다. 너희 집에 며칠 있었다며?

하도 잘해줘서 미안해 혼났다더라. 그 자식 그동안 고생깨나 한 모양인데, 우리 동창들이 나서서 좀 도와줘야 하는 거 아냐? 비만 오면 지금도 고문당한 자리가……"

전화를 듣고 있는 동안 목소리는 점, 점, 점으로 사라져가고, 그 빈자리엔 쓸쓸한 풍경 하나가 떠오르고 있었다. 가을 들녘에 서 있는 허수아비……

보리암 가는 길

　김형, 이곳엔 오늘 도착했습니다. 행선지나 일정을 미리 잡아둔 바도 없이, 그야말로 불현듯 무작정 떠난 처지에 이곳이라든지 오늘이라는 표현이 무슨 소용이겠습니까마는, 어쨌거나 이곳까지 오는 데 사흘이 걸린 셈이군요. 첫날은 경포대에서 어정거렸고, 어제는 낙산에서 여관잠을 잤고, 오늘 저녁에 이곳으로 왔습니다. 그 사흘 동안 한 일이라고는 버스를 타고 비몽사몽간을 오락가락한 것, 모래밭을 거닐며 바다를 멍하니 바라본 것, 종잡을 수 없는 상념에 휩쓸리며 밤새 뒤척인 것…… 이런 것들 말고는 아무 기억도 없습니다. 하기야 무슨 약속이나 계획이 있어서 떠난 여행도 아니므로 기억에 남을 만한 사람이나 사건이 있을 턱도 없겠지만요. 어쨌든 그저께 서울을 떠났고, 오늘은 이곳에 와 있습니다.

사실은 오늘쯤 서울로 돌아갈 생각이었습니다. 그래야겠다고 다짐을 두고 있었다기보다, 그래야 할 것 같다는 생각이 막연하게나마 마음속 한구석에 스며들어 있었다고나 할까요. 그것은 어쩌면 여행에 대한 불안이나 저항감이었는지도 모릅니다. 계획된 여행이든 무작정 여행이든, 여행이라는 게 나에게는 그다지 익숙한 일이 아니니까요.

사실 말해서 나는 여행을 그다지 좋아하거나 즐기는 편이 아닙니다. 내 기질 속에는 수렵인보다 혈거인의 피가 더 강하게 흐르고 있는지, 밖을 나돌기보다는 집 안에 틀어박혀 지내는 쪽이 한결 편하게 느껴지는 것입니다. 어눌한 말투와 욱하는 성미 탓에 남과 쉽게 사귀지 못하고, 그래서 더욱 혼자 안으로만 맴돌며 지내는 쪽으로 성향이 바뀌었는지도 모릅니다.

더구나 여행이란, 아무리 훌쩍 떠나는 걸음이라 할지라도 집을 나서는 순간부터 신경이 쓰이고 수고가 드는 일입니다. 행선지를 잡아야 하고, 차를 이리저리 바꿔 타야 하고, 도착해서는 그곳의 낯선 환경에다 자신을 밀어 넣어야 하고…… 하루면 하루, 닷새면 닷새, 시간도 필요하고, 그 시간들을 이런저런 거리로 채우려면 궁리도 필요하고, 많든 적든 비용도 들고…… 여행이란 말만 나오면, 싫다 좋다의 감정적 판단도 없이, 왠지 귀찮고 두렵고 버거운 느낌부터 와락 달려드는 것입니다. 짐을 꾸리면서 남들은 마음이 설렌다고 하지만, 나는 가방을 꺼내는 순간부터 그 캄캄하고 비좁은 속에 갇혀버리는 듯한 느낌이 들어 갑갑해지고 맙니다. 차창 밖으로 내다보이는 풍경이 어쩌고 낯선 고장에서 만나는 풍물이 저쩌고 하지만, 나는 차의 흔들림이 안겨줄 피로와 낯선 잠자리의 눅눅한 체취를 생각하면 벌써부터 온몸에 벌레가 기어 다니는 것 같아 숨이 막히고 맙니다. 때로는 그 까닭을 찾아 내 과거의 이곳저곳을 뒤적여보지만, 이렇다 싶은 사연이 발견되는 것도 아닙니다.

글쎄요, 괜한 억지에 괜한 고집일까요. 언젠가 아내가 타박한 말입니다. 그런 굴레를 스스로 씌워놓고는, 그게 무슨 대단한 개성의 증표라도 되는 양 착각하고 있다는 거였습니다. 아내의 불만에도 이유가 없는 것은 아닙니다. 해외여행마저 이웃 나들이처럼 예삿일이 된 요즘이 아니던가요. 그런데도 해외여행은커녕 비행기를 타본 것이 10년 저쪽, 그것도 신혼여행 때 제주도에 다녀온 게 고작이니 말입니다. 아니, 아내는 다릅니다. 벌써 두 차례나 해외에 다녀왔으니까요. 한 번은 직장에서 연수차 보내주는 유럽여행이었고, 또 한 번은 일본에 출장을 다녀왔거든요. 이태 전에는 몇몇 친구끼리 부부 동반으로 괌인지 사이판인지에 여름휴가를 가기 위한 계를 했던 모양입니다. 그랬는데 내가 한사코 동행을 거절하는 바람에 아내는 마침내 분통을 터뜨리며 그동안 쌓인 불만과 속내를 털어놓았고, 그게 결국은 둘 사이에 금이 가기 시작한 단초가 되었던 것입니다.

아침에 일어났을 때, 잠을 토막내버린 탓에 골치는 지끈거리고 답답한 기분도 여전했습니다. 우울하고 불쾌하고 언짢고 안타깝고, 부끄럽기도 한 느낌. 뭐라고 형용하기 어려운, 정체불명의, 끈적거리면서도 선득한 감촉 같은 느낌 말입니다. 서울을 훌쩍 떠난 것도 실은 이런 느낌을 지우고 싶어서였는지 모릅니다. 그날 이후 며칠째 계속되고 있었거든요. 그 칙칙하고 끈적거리는 느낌을 씻어내려고, 어떤 날은 샤워를 서너 번이나 하기도 했습니다. 온몸에 비누를 칠하고, 수건으로 구석구석 문질러대고, 그러고도 모자란 듯싶어 쏟아지는 물줄기를 받으며 욕조 속에 한 시간이나 드러누워 있기도 했지요. 그러나 그 느낌, 장마철의 습기도 아니고 한여름의 땀기운도 아닌 그 느낌은 좀처럼 사라질 줄 모른 채 여전히 달라붙어 있었습니다. 하기야 마음속에 달라붙은 찰거머리를 몸뚱이에 비누칠한다고 쫓아낼 수는 없을 터였습니다.

그래서 떠났습니다. 그토록 귀찮게 여기는 여행에 몸을 싣고 이곳저곳 돌아다니다 보면, 그 찰거머리 같은 느낌도 다소는 떨어져 나가겠지. 기대가 아니라 발악이었는지 모릅니다. 평소에 들고 다니는 가방에다 러닝셔츠와 팬티 한 벌씩, 양말 두 켤레, 칫솔과 수건, 소설책 한 권을 집어넣고 집을 나섰습니다. 고속버스 터미널에 도착한 것이 오후 1시께. 영동선 매표창구로 걸음을 옮긴 것은 문득 바다가 보고 싶다는 생각이 떠올랐기 때문입니다.

지난여름은 얼마나 더웠습니까. 또, 동해안을 택한 것은 몇 해 전에 그쪽으로 가본 적이 있었기 때문입니다.

강릉에는 비가 내리고 있었습니다. 경포대 바닷가 술집의 트인 창가에 앉아서 가는 빗살 너머로 바라보는 바다는 하늘과의 경계를 허물며 조금씩 어둠 속으로 가라앉고 있었습니다. 먼바다에 떠 있는 고깃배들의 집어등 불빛들이 마치 수평선인 양 띠를 이루며 깜박일 때까지 술을 홀짝였습니다. 그리고 다음 날, 그러니까 어제 찾아간 낙산은 온통 잿빛이었습니다. 비는 그쳤지만, 짙은 해무가 바다와 하늘과 모래밭과 솔숲을 뿌리까지 뒤덮고 있었습니다. 회한의 색조와도 같은 빛. 그 몽롱한 잿빛 속에 빠진 채 허우적거리는 동안 하루가 지나가고 말았습니다. 때로는 무슨 생각에 골몰한 것도 같은데 상념의 줄기는 흔적도 없고, 막연한 충동에 떠밀리듯 이곳저곳으로 발걸음을 무작정 옮겼던 기억만 남아 있을 뿐입니다.

그런데 오늘 아침에 일어났을 때 그 진저리나는 느낌은 아직도 가슴속에, 머릿속에 달라붙은 채, 지난 이틀 동안의 이 굽이 저 굽이를 온통 잿빛으로 물들이고 있었습니다. 여관에서 나와 바닷가로 갔습니다. 철 지난 해수욕장은 텅 비어 있었고, 우중충한 날씨를 머금은 먹구름 때문에 바다도 온통 잿빛으로 짓눌려 있었지요. 나는 경계조차 흐릿한 수평선 쪽으로 눈길을 던진 채 한참 동안 모래톱 위에 앉아 있었습니다. 그날의 일들이 토막난 꿈처럼 언뜻언뜻 스치며 지나갔습니다. 어떤 장면은 선명하게, 어떤 장면은 흐릿하게, 또 어떤 장면은 아예 암전인 어둠으로. 그때마다 내 마음은 떨리기도 하고, 뒤틀리기도 하고, 숨 막히기도 하고, 가라앉기도 했습니다.

저만치 물러나 있던 바다가 어느덧 서너 발짝 앞까지 밀려와 있었습니다. 낮게 드리워져 있던 잿빛에도 햇살이 조금씩 묻어나고 있었습니다. 나는 자리에서 몸을 일으켰습니다. 막막하게 펼쳐져 있는 바다는 차라리 벼랑이었습니다. 그때 문득 보리암(菩提庵)이 떠오른 것입니다. 가리왕산 줄기가 내리막으로 치닫다 머뭇거리듯 꿈틀 솟은 갈매봉 한쪽 자락에 숨듯이 옹송그리고 있는 조그만 암자. 벌써 5년 저쪽, 언젠가 친구를 따라 찾아간 적이 있습니다. 세월의 더께를 말해주듯 퇴락한 기미가 역력했고, 단칸방 같은 불당과 거기에 잇댄 요사채만으로 이루어진 단출한 규모였으나, 분위기 하나만은 그만이었습니다. 주위를 에워싼 숲에서는 바람 소리가 소슬했고, 돌층계에 앉으면 저 멀리까지 겹겹으로 펼쳐진 능성이가 눈앞에 그득했습니다. 그 오롯하고 차분한 분위기는 물론 그 암자를 둘러싼 환경 덕분이지만, 동자승 하나 데리고 암자를 꾸려나가는 스님의 풍모가 한몫 거들고 있음도 분명했습니다. 몸집이 아담하고 상호(相好)마저 곱상하던 노스님. 그분은 지금도 계실까. 그 호젓한 분위기와 청아한 인상이 떠오르자, 어쩌면 나는 서울을 떠날 때부터 이곳을 염두에 두고 있었던 것은 아닐까 하는 생각마저 들었습니다. 그래서 보리암으로 가자고 마음을 정했는데, 물론 그 분위기에 대한 추억 때문만은 아닙니다.

본디 속셈해둔 바로는 속초에서 미시령을 거쳐 서울로 돌아갈 작정이었습니다. 아직은 가을이 깊지 않았지만 추색으로 물들기 시작한 산야와 계곡을 바라보며 지나는 것도 좋겠다 싶어서였지요. 그런데 행선지를 정선 쪽으로 바꾸게 되었으니 왔던 길을 되짚어갈 수밖에요. 우선 강릉으로 내려가서 버스를 갈아탄 다음, 하진부를 거쳐 오대천을 따라 가노라면 목이골이라는 작은 마을이 나옵니다. 보리암으로 가려면 이 마을 앞에서 차를 내려 제법 가파른 산길을 타고 등성이 하나를 넘어야 합니다. 하지만 오후 나절에 다녀오기란 여간 벅찬 게 아니어서, 보리암으로 가는 일은 내일로 미루기로 하고, 길을 좀 더 내려가 나전에서 하차했습니다. 생각 같아서는 정선 아라리의 고향인 아우라지 강가의 여량으로 들어가고 싶었는데, 그게 여의치 않아 그냥 삼거리 한 모퉁이에 있는 여관에 들고 말았습니다. 왜냐고요? 웃지 마시기를. 똥이 급해서였습니다. 이틀 동안이나 변을 못 본 탓입니다.

김형도 알다시피, 집만 떠나면 공중변소는 말할 것도 없고 남의 집 화장실에서조차 좀처럼 볼일을 못 보는 성미 아닙니까. 내가 여행을 쉬 떠나지 못하는 데에는 아마 이런 불편도 한몫 작용하고 있는지 모릅니다. 어제 투숙한 여관에서는 공교롭게도 변기가 고장난 방에 드는 바람에 참았던 것인데, 그만 깜박 잊고 오늘 아침에 해결 못한 채 그냥 길을 떠난 것이었습니다. 그러니 도중에 어디 들어가 일을 볼 데가 있어야지요. 참을 수밖에요. 아니, 신기하게도 버스를 타고 있는 동안에는 그럭저럭 견딜 만했습니다. 아니, 창자가 슬슬 꼬이며 아랫배에 번지는 열기는 무료한 여행의 즐거운 길동무였습니다. 그런데 원래 하차할 예정이었던 마을을 그냥 지나치고 나자, 아슬아슬하게 유지되어온 긴장은 균형을 잃고 와르르 무너지기 시작했습니다. 마음이 예정을 바꾸자 몸도 따라서 약속을 파기해버린 것입니다. 먼 산을 바라보고, 숨을 가두고, 외설적인 장면을 상상하고, 아무리 딴전을 피워도 창자 끝에 매달린 욕망은 속아주지를 않았습니다. 목이골에서 나전까지는 불과 10여 분. 일각이 여삼추라는 말을 이때만큼 절감한 적도 없을 것입니다. 마침내 차에서 내려, 여관을 찾아내고, 입구에서 203호까지 올라오는 동안, 나를 관찰한 이가 있었다면 과연 무슨 생각을 했을까요. 똥줄이 탄다는 게 어떤 것인지, 그야말로 실감에 실감을 거듭했습니다.

김형, 그날의 일은 도대체 무엇이었을까요. 사고? 난리? 법석? 소동? 추태? 몸부림? 발작? 그날 저녁에 있었던 일을 뭐라고 부르면 좋겠습니까.

돌이켜보면 그날은 아침부터 묘한 하루였습니다. 느닷없이 몽정을 했고, 그 칙칙한 기분 때문에 잠마저 설친 채 눈을 떴습니다. 마흔 고개를 넘어선 나이에 몽정이라니! 우습고 부끄럽고 불쾌하고, 신기한 생각마저 들었습니다. 집에서 나와 아내와 별거에 들어간 지도 어느덧 반년. 그사이에 성욕을 온전하게 가두어두었다고는 말하지 않겠습니다. 상대할 여자가 따로 있는 것은 아니지만, 이런 문제야 해결책이 얼마든지 있으니까요.

어쨌거나 유쾌한 기분은 아니었습니다. 그러면서도 뭔가 안타까운 듯한, 우스꽝스럽기도 하고 께름칙하기도 하고 곤혹스럽기도 한, 육신이 흐물흐물 녹아 갑자기 끈적거리는 점액질로 변해버린 듯한, 그런 느낌이었습니다. 이런 느낌을 반쯤은 역겨워하면서, 그러나 반쯤은 그 여파를 은근히 즐기면서 가만히 누워 있는데, 이번에는 또 느닷없이 전화벨이 울린 것입니다. 틈틈이 번역을 하거나 글을 쓰면서 혼자 살고 있는 나에게, 7시 반이면 사뭇 이른 시간입니다. 평소에는 9시가 지나서야 겨우 일어나는 게 보통이지만, 그날은 그놈의 몽정 때문에 일찍 눈을 뜬 것이고, 그 어색한 아침을 추스르지 못한 채 뒤척이며 멍한 머릿속으로 무의미한 상형문자들을 그려보고 있었던 것인데, 그때 누군가가 내가 잠에서 깨어난 것을 알아채기라도 한 듯 전화를 걸어온 것입니다.

사실 말해서, 그처럼 이른 시간에 전화가 걸려오는 것은, 거의 온종일 집 안에 틀어박혀 지내는 나한테는 꽤나 드문 일이고, 그런 만큼 당혹스러운 일이기도 합니다. 일가붙이나 가까운 친구의 뜻하지 않은 사고나 죽음을 떠올리게 되기 때문입니다. 그래서 전화벨이 울리자마자 덜컥 겁이 나고, 잠시 당황할 수밖에 없었습니다.

벨소리가 벌써 여러 차례 계속 울리고 있었습니다. 벽을 때리며 집 안에 울려 퍼지는 그 금속음은 마치 내 신경줄의 강도를 시험이라도 하는 것 같았습니다. 그러나 나는 잠시 머뭇거리며 망설이고 있었습니다. 전화가 내뱉을지 모르는 불행이 겁나서 그랬던 것은 아닙니다. 아랫도리에 묻어 있는 거북한 느낌부터 처리하고 싶었던 것입니다. 아무리 보는 이가 없다손 치더라도, 끈적이는 속옷을 걸친 채 어기적거리는 꼴도 그렇고, 아랫도리만 홀라당 드러낸 채 전화를 받는 꼴도 볼썽사납기는 마찬가지였을 테니까요.

그렇게 잠시 머뭇거리고 있는 동안 벨소리가 끊겼습니다. 중요한 전화라면 다시 걸려오겠지. 잠은 이미 달아나버렸고, 그런 상태로 더 이상 잠자리에 머물러 있을 수도 없어, 나는 진저리를 치며 일어났습니다. 집 안은 썰렁했습니다. 기온이 떨어진 탓도 있지만, 사내 혼자 사는 집구석에 훈기가 남아돌 까닭이 없겠지요. 더구나 이 손바닥만 한 오피스텔은 내가 한 달 뒤면 이사를 간다는 것을 알아차리고 있는가 봅니다. 그러므로 이 썰렁한 느낌은, 얼마 뒤엔 떠나갈 세입자에게 오피스텔이 내보이는 거부감이나 적개심인지도 모릅니다. 작별을 앞둔 사람한테는 더 이상 체온을 나누어줄 수 없다는 것이겠지요. 발바닥에 닿는 감촉도 어제와 다르게 차가운 느낌이었습니다.

나는 화장실을 들락거린 다음, 커피를 끓이고 아침 신문을 읽었습니다. 인도에 이어 중국에서도 페스트 환자가 발생한 것으로 알려짐에 따라 공항과 항만에 대한 검역이 강화되었으며, 산림청이 조사한 바에 따르면 전국에서 가장 나이 든 나무는 북제주군 애월읍 상가리에 있는 팽나무로 밝혀졌으며, 해뜨는 시각은 06：26이고 해지는 시각은 18：18이 되겠으며, 장교 탈영 사건이 발생한 부대의 부대원들이 수년 전부터 부대 인근의 민간업체 공장과 공사장에서 노역을 해왔다는 의혹이 국회 국방위에서 제기되었으며, 세금 착복으로 구속된 관리가 '투철한 국가관과 사명감을 가진 우수 공무원'으로 선정되어 대통령 표창을 받은 사실이 밝혀졌으며, 이탈리아의 의류업체인 베네통사가 빨간색과 녹색의 '디자이너 콘돔'을 개발하여 시판에 들어갔으며, 중국 길림성 연변 조선족 자치주의 조선족 50여 명이 지난 26일 하오 2시께 북경 중심부 천안문 옆 신화문 앞에서 침묵시위를 벌이다 공안 당국에 의해 모두 연행되었다고 홍콩의 성도일보가 북경 소식통을 인용해 보도했으며……

전화벨이 다시 울린 것은 한 시간쯤 뒤였습니다. 나는 입안에 넣은 커피를 꿀꺽 삼키고 나서 수화기를 들었습니다.

"초대장을 보냈는데, 받으셨나요?"

수화기를 귀에 대자마자, 앞뒤 연결도 없이 돌출하듯 들려온 여자의 목소리. 나는 잠시 의아했습니다. 초대장? 그러나 금세 기억이 났습니다. 사흘 전에 우편으로 배달된 편지. 나는 그렇다고 대답했습니다. 내가 뒷말을 잇기도 전에 전화 속의 목소리가 말을 이었습니다.

"축하의 말씀부터 드립니다. 이런 행운은 아무에게나 주어지지 않습니다."

수화기를 통해 들리는 목소리는 착 가라앉아 있었습니다. 방송 대본을 읽는 성우처럼 맑고 세련된 음성이었습니다.

"오늘이 바로 행사가 열리는 날입니다. 알고 계시겠죠? 꼭 참석해주시리라 믿습니다. 가벼운 마음으로 오세요. 기다리고 있겠습니다. 그럼, 좋은 하루가 되시기를……"

그러고는 전화가 끊겼습니다. 뭐라고 대꾸하거나 물어볼 겨를도 없이. 나는 전화 속의 목소리가 마지막으로 흘린 말을 글로 바꾸어 머릿속에 새기면서, 그 고리에 매달려 이명처럼 끊임없이 이어지는 말줄임표를 읽었습니다. 나는 약간 낭패감에 휩싸인 채 수화기를 내려놓았습니다. 그리고 담배를 피워 물었습니다. 그제야 나는 목소리 끝에 매달려 꼬리를 물고 늘어지던 말줄임표에 마침표를 찍을 수 있었습니다. 귀울림이 사라지고, 위층인지 아래층인지, 아니면 또 다른 어딘가에서 피아노 건반을 두드리는 소리가 아득하게 들려왔습니다.

그렇습니다. 초대장을 받은 것은 사흘 전이었습니다. 그날은 밖에 볼일이 있어서 외출했다가 저녁 늦게 귀가했는데, 출입구의 경비실에서 나를 부르더니 등기로 배달된 우편물 하나를 전해주더군요. 내용물은 편지 한 장이었는데, 글은 워드프로세서로 찍혀 있었습니다.

축하드립니다.
당신은 마침내 우리의 행사에 초대되었습니다.
이 흔치 않은 행운을 드리게 된 것을 기쁘게 생각합니다.
당신은 선택받은 분입니다.
이 소중한 기회를 놓치지 마시기 바랍니다.

그런 다음 일시와 장소가 명시되어 있었습니다. 발신자는 '우주원리연구회'라고만 적혀 있을 뿐, 무슨 단체인지에 대한 소개도 없고, 소재와 연락처에 관해서도 아무런 설명이 없었습니다. 솔직히 말하면 불쾌했습니다. 내가 알지도 못하는 곳에서 일방적으로 나를 알고 있다는 것이, 왠지 관찰당하고 있다는 기분이 들었기 때문입니다. 하기야 요즘은 개인 신상에 관한 정보가 일종의 상품으로 거래되는 때이니만큼, 그런 시대를 살아가는 데 따른 곤욕쯤으로 치부할 수도 있겠지요. 희한한 수작이군. 한마디 뱉고 나서 나는 그 편지를 구겨서 휴지통에 버렸습니다.

그랬던 것인데 사흘 지난 아침에 전화가 걸려왔고, 이 전화도 송화자의 말만 일방적으로 끝내고 끊겨버린 것입니다. 불쾌감이 되살아나는 가운데 어떤 호기심 같은 게 끼어들고 있었습니다. 나는 휴지통을 뒤져서 초대장을 도로 집어 들고 다시 읽어보았습니다. 날짜는 바로 그날 오후 5시, 장소는 종로 1가에 있는 S빌딩 705호였습니다. 준비물도 없었고, 이런 초대의 경우 흔히 따르게 마련인 참가비 명목의 부담도 없었습니다.

우주원리연구회. 내 지난날의 이곳저곳을 기웃거리며 기억의 실마리를 찾아보았지만, 본 적도 들은 적도 없는 이름이었습니다. 또, 그곳에서 마련한 행사에 내가 왜 손님으로 초대되었는지, 그 이유에 대해서도 짐작 가는 바가 전혀 없었습니다. 초대장 하단에는 이런 글귀가 적혀 있었습니다. '근원으로 돌아가는 것은 경험의 길이요, 세상으로 돌아가는 것은 창조의 길이다!' 아마 그 단체가 모토로 내세우는 명제인 듯한데, 아무리 읽어봐도 무슨 뜻인지 이해할 수가 없었습니다.

몽정으로 시작되고 괴전화로 이어지는 바람에 머리는 선잠으로 어지럽고 기분은 불쾌감으로 일그러진 그날, 다른 볼일이 없었다면 나는 그냥 집 안에 틀어박힌 채 책이나 읽으면서 빈둥거렸을 것입니다.

김형, 벌써 자정이 훨씬 지났습니다. 이곳으로 오는 동안 버스

안에서 거의 줄곧 졸았던 탓인지, 좀처럼 잠이 올 것 같지 않군요. 어쩌면 오늘 밤도 잠 한숨 못 건진 채 꼬박 지새워야 할지 모르겠습니다. 객지에서, 더구나 여관에서 자는 잠이란 원래가 거북하고 뒤숭숭한 법. 내 어쩌다 여관잠을 자게 되는 경우 술에 취해 곯아떨어지는 것도 다 그런 까닭이겠지요. 간혹 집을 떠났던 여행의 기억들은 아침마다 겪은 작취미성의 두통과 갈증으로 얼룩져 있을 뿐입니다. 그러나 오늘은 별로 마시지 않았습니다. 소주반병을 반주 삼아 마셨으니 평소 주량으로 치면 3분의 1 정도 마신 셈인데, 지금은 술기운도 말끔히 가셨고, 그래서 머릿속은 더욱 말똥해진 느낌입니다. 이렇게 될 줄 뻔히 짐작하면서도 술을 아낀 것은, 오늘만은 맑은 정신으로 그날의 일을 곰곰이 되새겨보고 싶었기 때문입니다. 그런다고 해서 그날 저녁의 불상사가 없었던 일로 되는 것은 물론 아니지만.

정말이지 나는 지금도 그날의 일이 왜 일어났는지 알 수가 없고, 한편으로 생각하면 꿈이 아닐까 하는 기분도 없지 않습니다. 술을 좀 마시기는 했으나 제정신을 잃을 정도로 취한 상태는 아니었고, 그런데도 그 일이 돌발한 앞뒤가 마치 토막난 필름의 잔해처럼 남아 있기 때문입니다. 소동이 벌어지고 난 다음의 장면은 분명히 기억하겠는데, 정작 그 순간에 나는 무슨 생각을 했으며 어떤 감정에 휘말렸는지, 또 그 생각과 감정이 표출될 때 내 언동은 어떤 꼴로 나타났는지, 여기에 대해서는 기억이 전혀 없으니 말입니다. 아니, 그 순간에 나에게 그런 행동을 하도록 만든 요인이 무엇이었는지, 그게 분명 있었을 텐데, 기억이 나지를 않는 것입니다. 궁금하다기보다 답답합니다. 찾고 또 찾으면 숨어 있던 맥이 드러나겠지요.

그날 외출한 것은 선약이 있었기 때문입니다. 출판사를 경영하고 있는 친구한테서 전화 연락이 온 것은 전날 저녁이었습니다. 번역 관계로 상의할 일이 있으니 나와달라는 것이었지요. 작가라는 꼬리표를 달고 다니지만 작품은 뒷전이고, 번역일로 용돈이나 벌어 쓰는 나에게는 황감한 호출이었습니다.

여름으로 되돌아갔나 싶을 만큼 제법 더운 날이었습니다. 약속한 대로 점심시간에 조금 못미처 찾아갔더니, 손님 둘이 먼저 와 있었습니다. 연출가로 더 알려진 작가와 지금은 카피라이터로 성공한 시인. 둘 다 술자리나 초상집 같은 데서 몇 번 어울린 적이 있는 사이인데, 그들은 다른 볼일로 들렀다가 내가 온다는 말을 듣고 점심이나 같이할 생각으로 기다리는 중이었습니다.

내 몫의 일은 의논을 나누고 자실 것도 없이 간단하게 끝났습니다. 친구는 책 두 권을 건네주었는데, 하나는 영어로 된 소설책이고, 또 하나는 일본어로 번역된 책이었습니다.

"일본말도 좀 읽을 줄 알잖냐. 번역할 때 참고하면 도움이 될 거야."

친구의 말이었습니다. 얼핏 듣기엔 칭찬 같지만, 일본 책을 참고하면 그만큼 일이 쉬워질 테니 번역료 좀 깎자는 속셈이었습니다. 요즘 출판계가 겪고 있는 불황을 대충 짐작하고 있는 터여서, 그가 제시한 액수에 맞춰 계약서를 작성했습니다. 그러고는 계약금으로 20만 원을 받았는데, 이 돈은 점심값을 내라는 암시였겠지요.

우리는 밖으로 나와서 길 건너에 있는 보신탕집으로 갔습니다. 짜장면이나 설렁탕 정도로 때우고 돈을 좀 아끼고 싶은 게 내 솔직한 심정이었지만, 시인이란 자가 날이 덥다는 구실로 멍멍이를 찾는 바람에 그리로 가게 된 것입니다. 전에도 친구의 사무실을 찾아갔다가 몇 차례 들른 적이 있는데, 그때마다 손님이 북적거리는 것을 보면 겉모습은 허름해도 꽤 소문난 집인 모양입니다. 언제 한번 김형을 안내하겠습니다. 아니, 김형은 개고기를 싫어하던가요.

보신탕 전골이 끓고 있으니 술이 따르게 마련. 몇 순배 도는 동안 우리는 공통의 화제를 탐색하며 이런저런 이야기를 나누었습니다. 아니, 찧고 까불 수 있는 화젯거리는 다행히도 풍성했습니다. 지겨운 북한 핵 문제, 세금 도둑질 사건, '지존파'의 납치 살인 사건, 무장 군인 탈영 사건 등등, 작금에 벌어지고 있는 여러 사건들에 대해 한마디씩 소감을 피력하고 견해를 밝히는 것만으로도 좌중은 말의 성찬을 이루었습니다. 더구나 이런 화제야말로 술자리의 안주로는 제격이었습니다. 우리들 자신과는 이제 상관이 없지만, 하마터면 피해자가 될 수도 있었다는 위기감과 안도감이 남아 있는 데다, 신문과 방송에서 온갖 수법을 동원하여 보도해준 탓에 사건의 전모가 각자의 머릿속에 그림처럼 새겨져 있고, 그래서 각자 나름껏 알고 있는 만큼 신나게 떠들 수 있으며, 이 같은 갑론을박을 통해 결국은 우리들 각자가 마음속에 담아둔 적을 비난하고 야단치고 꾸짖고 욕하고 비웃고, 그렇게 함으로써 일상의 피로와 짜증을 풀 수 있기 때문입니다. 가난한 출판쟁이는 재벌 언론의 선정주의를 타박하고, 농촌 출신의 시인은 세기말의 귀거래사를 읊고, 자칭 중도좌파의 진보주의자는 타락한 기득권층의 도덕적 불감증을 질타하고, 지금껏 한 번도 여당 쪽에 표를 준 적이 없는 작가는 집권 세력의 어두운 장래를 점치고……

말꼬리를 붙잡고 이어지는 말씨름은, 그러나 목청을 높이는 사람도 없고 탁자를 내리치는 사람도 없는 가운데 맥없이 끝나고 말았습니다. 그러나 안주가 좋았던 탓에 다들 낮술치고는 거나할 수 있었습니다.

자리를 털고 일어나 식당을 나선 것은 2시께. 우리는 골목 초입에서 제각각 갈 곳을 향해 헤어졌습니다. 연출가는 동숭동 대학로로, 카피라이터는 신촌으로, 친구는 길 건너 사무실로. 그러나 나는 딱히 가봐야 할 곳이 없었습니다. 집으로 돌아갈까 생각했지만, 이제 와서 생각해도 그랬어야 했다는 후회가 들지만, 그냥 집으로 돌아가기엔 뭔가 아쉽고 허전한 느낌이었습니다. 그렇다고 누군가 친구를 찾아가거나 불러내어 노닥거릴 만한 시간도 아니었습니다. 나는 이 생각 저 생각 하면서, 그러나 실은 아무 생각도 없이, 햇살 따가운 오후의 거리를 걷기 시작했습니다. 서너 잔밖에 안 마셨는데도, 낮술이라 그런지 숨이 가쁘고 얼굴이 화끈거렸습니다.

원래는 방향도 없이 걸음을 옮겼던 것인데, 눈앞에 지하철역이 보였습니다. 그때 문득 지하철을 타야겠다는 생각이 떠오른 것은, 화장실에 들러 방광을 비우고, 용돈이 생긴 김에 광화문 쪽으로 나가서 책이라도 몇 권 사고 싶었기 때문입니다.

김형, 언젠가 읽은 책 속의 장면이 생각납니다. 카리브 해에 있는 어느 섬나라 출신의 작가가 쓴 소설인데, 제목이 아마 '커피 향기'였던 것으로 기억합니다. 농촌과 항구와 경비대가 함께 있는 마을. 종려나무숲 너머로 보이는 쪽빛 바다. 구불구불 비탈진 마을 안길. 함석지붕을 얹은 판잣집. 손바닥만 한 테라스. 그 서늘한 그늘에 한 노파와 열 살배기 소년이 앉아 있습니다. 노파는 커피를 홀짝거리고, 소년은 벽돌 틈새를 기어 다니는 개미 떼를 관찰하고 있습니다.

온갖 세계가 그 앞을 지나갑니다. 곰방대를 입에 물고 장 보러

가는 아낙네들. 걸핏하면 다투고 금세 악수하는 남정네들. 노란 드레스 차림의 소녀들. 자전거를 갖는 게 꿈인 사내아이들. 다리가 셋뿐인 개. 밤이면 나타나는 하얀 유령. 이름을 잃어버린 신부(新婦). 마법의 표를 팔고 다니는 복권장수. 돔발상어한테 한쪽 팔을 빼앗긴 잠수부…… 소년은 보는 대로 이야기하고, 노파는 듣는 대로 해석합니다.

하루는 소년이 할머니한테 묻습니다. 천국이 뭐냐고. 그러자 노파는 잠자코 커피 주전자를 보여준 다음, 한 모금 마시고 나서 지그시 눈을 감습니다.

왜 하필 이 소설이 갑자기 생각난 것일까요. 애써 기억에 담아둔 바도 없는데. 커피 한잔 마시고 싶다는 갈증이 작용한 탓일까요. 아니면, 그 궁핍하고 구석진 세계에서도 자족하며 살아가는 사람들의 향기가 그립기 때문일까요. 그리고 지금, 가슴 가득히 차오르는 이 안타까움은 또 무엇일까요.

김형, 시골 여관이라 벽이며 비품이며 침구 따위가 그다지 깨끗한 편은 아니지만, 길가에 자리 잡고 있는데도 얼마나 조용한지 모릅니다. 하도 적막해서 외딴섬에 와 있는 듯한 느낌이고, 이따금 지나는 자동차 소리조차 반갑게 느껴질 지경입니다. 유리창에 어리는 밤공기도 서늘하고, 가을벌레들이 창턱을 스치며 쓰르륵쓰르륵 울고 있고, 여관 뒤꼍에 우거진 대나무숲이 바람결에 휩쓸리는 소리도 시원하군요. 지금 이 방에서는 들리지 않지만,

창문을 열고 귀를 기울이면 그리 멀지 않은 곳에 흐르는 오대천 물줄기도 도란도란 지절대고 있을 것입니다.

사무치게 와 닿는 이 적막감은 무엇일까요. 내가 외롭다는 증거일까요. 지금 여기에 누군가 동행이 있다면 물리적인 외로움이야 달랠 수 있겠지요. 하지만 그런 게 아닌 다른 무엇. 글쎄요. 때로는 일부러 나 자신을 가두어놓고 지하생활자처럼 숨어 살기도 했습니다. 집 안에 전화를 없애고, 신문 구독도 끊고, 낮과 밤을 바꾸어 살고…… 어쩌면 내가 살아온 세월은 거의가 그렇게 분식된 열망의 흔적들이 아니었나 싶군요. 뭔가 과장하지 않고는 얼굴도 목소리도 몸짓도 내세우기 힘들었던, 이를테면 광대 같은 시절. 그 시절의 사막을 건너는 데에는 외로움의 탈을 쓰는 것도 하나의 그럴듯한 방편이었으니까요. 나는 어쩌면 성장을 멈추고, 10년 또는 20년 저쪽의 키와 목소리로 머물러 있기를 원했던 것인지도 모릅니다. 그러나 돌이켜보면 그 얼마나 부질없고 빈곤한 수작이었는지. 오히려 요즘에 와서는 내가 부쩍 늙어버린 듯한 기분이 들어 우울해지곤 합니다. 몸도 마음도 시들어버렸습니다. 이제는 계단을 오르내리는 것도 쉽지 않고, 밤마다 속쓰림으로 잠을 설치기 일쑤고, 무엇에도 흥미나 열의를 느끼기가 어렵고…… 어떤 친구가 말하기를, 40대에 들어선 데 따른 증후군이라더군요. 글쎄요. 앞으로는 건강에 좀 더 신경을 써서, 정기적으로 건강진단도 받고, 술 담배도 줄이고, 낚시나 등산에 취미라도 붙여봐야 할까요.

교보문고에 들러 두 시간쯤 책 구경을 하다가 밖으로 나왔습니다. 집으로 돌아갈 생각으로 종각역 쪽으로 걸어가고 있는데, 그때 나를 부르는 소리가 등 뒤에서 들렸습니다. 돌아보니 김형이었습니다.

"혹시나 했는데, 와줬군."

김형이 대뜸 한 말이었습니다. 무슨 뚱딴지같은 소리냐는 투로 쳐다보자 김형이 말했습니다.

"행사에 참석하러 온 거 아냐?"

나는 그제야 깨달았습니다. 내가 서 있는 곳은 S빌딩 근처였고, 그곳은 나를 초대한 행사가 열리는 장소였던 것입니다. 정말이지 무언가에 홀린 듯한 기분이었습니다. 오늘 행사에 대해서는 전혀 생각지도 않는데 나도 모르게 S빌딩 쪽으로 가고 있었으니 말입니다. 아니, 예정에도 없던 광화문 쪽으로 나간 것부터가 이상하다면 이상한 일이었습니다. 더구나 내가 놀란 것은 김형이 그 행사에 참석하러 가고 있다는 사실이었습니다. 김형은 한때 리얼리즘을 신봉했던 평론가가 아닙니까. 그런데, 얼핏 느끼기에 신비주의적 냄새가 나는 '우주원리연구회'에 관심을 보이다니요.

"김형도 거길 가는 거요?"

"서형을 추천한 게 나야. 안 오면 어쩌나 하고 걱정했는데 다행이군."

내 얼굴에 떠오른 당혹감을 읽었는지 김형이 얼른 덧붙였습니다.

"그런 건 사전에 알리지 못하도록 되어 있거든. 자발적인 것이 아닌 의지가 개입하면 안 되니까. 하여간 와줘서 고마워."

이렇게 되고 보니 발을 뺄 수도 없는 노릇이었습니다. 글쎄요. 시간 여유가 좀 더 있었다면 모임이나 행사에 관해 물어볼 수도 있었을 테고, 설명을 들은 다음에 참석 여부를 결정할 수도 있었을 것입니다. 그런데 벌써 5시가 다 되어 있었습니다. 아니, 김형이 소개한 행사라면 굳이 마다할 것도 없겠다는 생각도 들고, 일말의 호기심이 발동한 것도 사실이었습니다. 또, 한두 시간 앉아 있다가 나와서 오랜만에 만난 김형과 저녁술이라도 나누면 좋겠다는 생각도 있었고요.

엘리베이터를 타고 올라가 행사장 안으로 들어가자, 열 평 남짓한 방 한복판에 장방형의 회의용 탁자가 놓여 있고, 열댓 명가량의 사람들이 둘러앉아 있었습니다. 출입문 밖에 나붙은 '우주원리연구회'라는 쪽지 말고는 아무런 부착물이나 치장도 없는 수수하고 차분한 분위기였습니다. 김형은 안쪽에 놓인 자리로 갔고, 나는 문에서 가까운 자리에 앉았습니다. 참석자들은 남녀가 대충 반반이고, 20대와 30대, 40대가 골고루 섞여 있었는데, 내가 아는 얼굴은 김형 말고는 하나도 없었습니다. 얼핏 짐작건대 김형과 나란히 앉은 대여섯은 모임 관계자들이고, 그 밖의 사람들은 나처럼 초대를 받고 참석한 이들인 것 같았습니다. 표정이나 태도를 보아도 구별은 뚜렷했습니다. 김형들이 다소 느긋하게 옆사람과 대화를 속삭이고 있는 데 반해, 나머지들은 멀뚱한 곁눈질로 분위기를 살피며 다소 긴장한 모습으로 앉아 있었으니까요.

김형도 다 알고 있는 이 장면을 여기서 되풀이하는 까닭은 그날의 기억을 다시금 찬찬히 되새겨보고 싶기 때문입니다. 그렇게 함으로써, 그날 저녁의 필름 가운데 사라진 토막을 되찾고 싶은 것입니다. 몸과 마음에 달라붙어 있는 이 찰거머리 같은 느낌은 어쩌면 거기에 뿌리를 내리고 있을 테고, 그 정체가 드러났을 때 나는 비로소 홀가분한 기분으로 떠날 수 있을 것입니다.

이윽고 시간이 되자 안쪽 구석 자리에 앉아 있던 여자가 일어나 행사가 시작됨을 알렸습니다. 둘로 접을 수도 있을 만큼 비쩍 마른 여자였습니다. 참석해주어서 고맙다는 인사와 행사에 초대받은 것만으로도 행운이라는 따위의 말을 늘어놓은 다음, 행사의 주역을 소개했습니다. 대명 선생. 그가 이날의 주인공이라는 것은 행사장에 들어선 사람이면 누구나 한눈에 알아보았을 것입니다. 자리 잡은 위치도 그렇거니와 그의 풍모 또한 저절로 그의 무게를 드러내고 있었습니다. 씨름꾼을 연상시키는 우람한 체구에, 나이는 나와 비슷해 보였지만, 통통하고 둥근 얼굴 탓인지 천진난만한 인상이었습니다. 그는 주머니에서 뭔가를 꺼내어 군것질만 할 뿐 주위에는 무심한 표정으로 잠자코 있었습니다. 여자는 그를 소개하면서 이학박사이고 한때 어느 연구소에 재직했다고 덧붙였는데, 나는 사실 그의 학력이나 경력에 흥미를 느끼기보다 그의 어린애 같은 모습에 더욱 깊은 인상을 받았습니다. 여자의 소개가 끝나자 그는 자리에 앉은 채 입을 열었습니다.

몇 해 전 어느 날 꿈속에서 부름을 받고 인도로 갔다. 갠지스강을 거쳐 히말라야를 순례하는 중에 깨달음을 얻었다. 너무나 단순하고 너무나 순수한 한순간. 히말라야와 백두 선상에 우주의 원리가 존재한다. 그 원리를 체득하는 것이 바로 깨달음을 얻는 것이다. 깨달음의 길은 (부처나 예수가 말하는 것처럼) 자신을 버리는 것이 아니라 오히려 자신을 창조하는 데 있다. 자신을 창조하기 위해서는 기존의 경험들로부터 벗어나야 한다. 그리하여 깨달음을 얻고 나면 자신의 운명뿐만 아니라 우주까지도 지배할 수 있게 된다…… 대충 이런 내용이었습니다.

그는 말수가 적은 편이었지만, 얼마 안 되는 그 말들도 신중하게 골라서 음미한 뒤에야 띄엄띄엄 꺼내는 것이었고, 반말과 존댓말이 뒤섞인 말투 또한 교묘해서, 때로는 들릴 듯 말 듯한 중얼거림이었다가 때로는 논리적인 토론에나 어울릴 듯싶은 단호한 울림으로 다가오기도 했습니다. 게다가 그는 말하는 중간중간에 참석자들에게 눈을 감으라고 이른 다음, 뜻 모를 암송을 읊조리기도 했습니다. 그런 뒤에는 누군가를 지적하여 기분이 어땠느냐고 묻기도 했습니다. 김형도 보았다시피 나도 지적을 한 번 당했는데, 단전 밑에 뜨거운 불덩이가 느껴지지 않느냐는 질문에 나는 당황할 수밖에 없었습니다. 최면에라도 걸린 듯 정말로 그런 느낌이 들었기 때문입니다.

최근 들어 참선이니 기공이니 요가니 초월명상이니 하는 갖가지 심신수련 기법들이 책과 모임과 센터 등으로 유행하고 있다는 것쯤은 알고 있었지만, 그런 데에 관심을 가지고 기웃거리거나 참가해본 적은 없었습니다. 그런 터에 그날 그곳에 가서 확인한 것은, 그 같은 흐름이 이제는 나 같은 사람한테까지 촉수를 뻗칠 만큼 확산되어 있고, 앞으로는 하나의 산업으로 성장할지 모른다는 생각이었습니다. 참석자들 중에는 잠재적 고객의 단계를 지나 세일즈맨으로 나서겠다는 결의를 표정에 드러낸 사람도 적지 않았습니다.

대명 선생의 쇼(이런 표현을 써서 미안합니다만, 달리 표현할 말이 떠오르지 않는군요)가 끝나자 진행을 맡은 여자가 다시 일어나더니 모임에 정식으로 가입하는 절차를 설명했습니다. 오늘은 오리엔테이션에 불과하다. 대명 선생의 가르침을 따르고 싶은 사람은 회원으로 등록하기 바란다. 수련 과정에 들어가게 되면, 50년씩 수도원에 들어가 있을 필요도 없이, 1만 년 윤회를 거듭하며 다시 태어날 필요도 없이, 단시일 안에 우주의 원리를 체득하여 깨달음을 얻는 기법을 전수받게 될 것이다.

가입 절차는 간단했습니다. 나누어준 양식에 맞춰 빈칸을 채우는 일이 고작이었으니까요. 수련 과정은 나중에 개별적으로 알려준다는 덧붙임이 있었습니다. 나도 물론 신청서를 작성했습니다. 나를 추천해준 김형에 대한 눈치나 배려 때문만은 아닙니다. 솔직히 말하자면 호기심도 있었고, 40대에 들어선 지금 이런 기회를 빌려서나마 인생을 한 번쯤 정리해보는 것도 괜찮겠다 싶은 생각도 있었습니다.

행사가 끝나고 밖으로 나와 삼삼오오로 흩어지는 가운데, 나는 김형이 잡아끄는 대로 따라갔습니다. 어느덧 8시가 가까웠습니다. 일행은 청진동 골목에 있는 어느 식당으로 들어갔지요. 자리를 잡고 앉은 다음에야 소개와 인사가 오갔는데, 합석한 사람은 김형과 나, 30대 중반의 사내 둘, 행사장에서 진행을 맡았던 비쩍 마른 여자, 이렇게 다섯이었습니다. 김형과 나, 김형과 여자, 여자와 두 사내가 미리 아는 사이였는데, 김형과 여자는 같은 회원이고, 여자와 두 사내는 한때 직장 동료였습니다. 두 사내는 잡지사 기자로 일하고 있고, 여자의 추천으로 오늘 행사에 참석했으며, 여자는 작년에 잡지사를 그만두고 지금은 대명 선생을 따라다니며 연구회의 사무를 맡고 있다는 사실을 알았습니다.

식사를 겸한 술잔이 오가는 동안 여자와 김형은 연구회에 관해 좀 더 자세한 설명을 들려주었습니다. 내가 놀란 것은, 회원이 현재 100여 명에 이르며, 그날 처음 참석한 이들이 나중에 수련 과정을 마치게 되면 제8기에 해당한다는 사실이었습니다. 김형이

제4기 출신이라는 것도 뜻밖이었습니다. 또, 회원들끼리는 별호로 부른다는 것, 이 별호는 본명과 기수별 항렬자를 조합하여 만든다는 것, 그래서 김형은 '상'자 돌림의 상현으로, 김형보다 한기 앞선 여자는 '원'자 돌림의 혜원으로 불린다는 것도 흥미로웠습니다. 마치 비밀결사의 조직을 보는 듯한 기분이었습니다.

사내 하나가 여자한테 넌지시 물었던 게 기억납니다. 대명 선생이 우주를 지배할 수 있다면, 요즘의 시끄러운 세상에 왜 평화를 가져다주지 못하는가. 여자가 대답했습니다. 아직은 힘이 모자라다. 대명 선생을 따라 깨달음을 얻은 이가 많아지면 언젠가는 그렇게 될 날이 올 것이다. 빛의 전사가 많아지면 그만큼 어둠의 전사들도 늘어날 텐데? 이렇게 비아냥조로 물은 것은 나였습니다. 그러자 김형이 한마디로 잘랐습니다. 대명 선생의 원리는 종교가 아니다. 선악을 판단하는 것 자체가 경험 체계라는 것이었지요. 나는 다소 혼란스러웠지만, 솔직히 말하면 바로 그 점이 흥미롭기도 했습니다.

식당을 나와 술집으로 자리를 옮긴 것은 9시가 지나서였습니다. 기자 가운데 하나가 먼저 떨어져 나갔고, 나머지 넷은 종로 2가로 걸어가서 인사동 골목 초입에 있는 어느 지하로 들어갔습니다. 안경잡이 기자가 한잔 사겠노라며 안내한 곳이었습니다. 우리가 들어간 곳은 화려함 따위와는 거리가 먼, 묘하게 어두운 술집이었습니다. 불빛이 어둡다는 뜻이 아니라, 왠지 모르게 투박하고 음침한 분위기, 한마디로 비유해서 시골 장터의 선술집을 서울 도심에 옮겨다 놓은 듯한 분위기였습니다. 그런데, 그다지 넓지는 않았지만 자리가 거의 다 차 있는 것을 보면 그게 오히려 이 술집의 개성이자 매력, 아니 술집 주인의 상술인 모양이었습니다. 우리는 화장실 옆의 구석에 겨우 자리를 잡을 수 있었습니다.

그 술집에서 특별히 빚어 판다는 약주는 달았습니다. 요즘에는 동네 슈퍼마켓에서도 구할 수 있는 국화주 맛과 비슷했습니다. 술맛이 부드럽다고 얕잡아보았다가는 큰코다친다고 안경잡이가 주의를 주던 게 기억납니다. 은근히 깊게 취한다는 경고였지요.

그 자리에서도 주로 화제가 된 것은 최근에 일어난 일련의 사건들이었습니다. 이런저런 이야기가 오갔습니다만, 한때 책읽기에 쏠렸던 시선으로 세상을 읽어낸 김형의 독후감은 참으로 인상적이었습니다. '지존파'에 대해 쏟아진 돌팔매 중에는 지난번 김일성 조문 파동이나 주사파 소동 때 벌어진 기득권층의 총궐기와 일맥상통하는 점이 없지 않다. 그들이 가장 두려워하는 게 무엇인가. 그것은 북의 남침과 없는 자들의 반란이다. 그렇기 때문에 이 두 가지 사안과 관련되는 경우 보수 언론을 앞세운 기득권 세력은 벌떼처럼 일어나, 때로는 지나칠 정도의 과민반응을 보이곤 한다. 반면에, 교통사고 현장에서 피해자가 흩뜨린 돈다발을 주워 들고 달아난 쥐떼들을 보라. 어느 쪽이 더 지독한 집단 타락이요 수심(獸心)인가. 그런데도 신문은 이 사건을 사회면 구석에 단

몇 줄로 냈을 뿐이고, 도덕성 회복을 주창한다면 뺑소니 운전사 찾기 캠페인이라도 벌여야 마땅할 터인데, 그런 노력은 어디에도 보이지 않는다. 구멍가게 앞에서 두더지 때려잡기 놀이를 하는 아이들. 얼굴이 빨개지도록 한바탕 몸을 풀고 난 다음에는 총총히 사라지고 마는 철부지들.

술잔이 오가고, 토막난 말들이 흩어지고, 화장실을 들락거리고, 주위 손님들이 하나둘 떠나고, 그러는 사이에 내 몸속에는 무력감 비슷한 피로감이 번지고 있었습니다. 아침에 잠을 설치고 나와, 낮술을 마시고, 거북한 자리에 앉아서 긴장에 짓눌리고, 또 밤늦게까지 술을 마시고……

하지만 취한 것은 아니었습니다. 머릿속은 투명했으니까요. 아니, 의식은 또렷한 가운데 생각은 정처를 알 수 없는 이곳저곳을 헤매고 있었습니다. 대화 속의 말들이 들렸다 멀어지고, 눈앞의 형상들이 보였다 사라지고…… 모든 것들이 물속에 가라앉았다 떠오르기를 되풀이하고 있었습니다.

그때 갑자기 내 심장이 쿵쿵거리기 시작했습니다. 여자의 시선이 내 얼굴에 박혀 있고, 나는 최면에라도 걸린 듯 그 시선에 사로잡혀 있었습니다. 아니, 나도 모르는 사이에 내 시선은 여자를 향해 붙박여 있고, 그 시선에 잡힌 그녀의 움직임 하나하나가, 사소한 미동까지도 나를 깊이 사로잡고 있었던 것입니다. 그런데, 이러한 것들이 내게는 무척이나 친숙하게 느껴졌습니다. 대체 이것은 나의 내면 깊숙한 곳에 어떤 감정을 일깨우고 있는 것일까. 일련의 인상들과 느낌들이 내 기억의 표면으로 올라와 스치고 지나갔습니다. 아주 희미하고 순간적이어서 기억 안에 붙잡아두지 못한 채 지나쳐버린 꿈처럼.

그렇습니다. 꿈이었습니다. 틈입자처럼 아침잠을 훼방하며 들어와 온몸을 끈적거리는 점액질로 녹여버린 꿈. 그 꿈속의 여자가 물밑에서 솟구쳐 오르듯 의식의 수면 위로 떠오르고 있었습니다. 온갖 요염한 자태로 눈부신 관능의 팔다리를 흔들며 다가와 끈끈하고 부드러운 알몸의 감촉으로 나를 휘감던 광경이 눈앞의 여자와 중첩되고 있었습니다. 숨 막힐 듯한 열기가 나를 태우고, 몽롱한 안개가 나를 둥둥 띄우고 있었습니다. 한순간에 식어버릴 저 열기. 어느 순간에 사라져버릴지 모르는 저 안개. 아아, 이제 기억이 납니다. 꿈과 현실의 경계에 서서 위태롭게 줄 타는 광대. 나를 일으켜 세운 것은 그 안타까움과 조바심이었습니다. 나는 탁자를 옆으로 돌아서 앞에 앉은 여자에게 다가갔습니다. 꿈속에 보았던 여자가 거기에 있었습니다. 떠나면 안 돼. 너를 보낼 수는 없어. 나는 꿈과 현실이 중첩된 몽타주를 붙들고 가슴에 껴안았습니다. 품 안에서 새가 퍼덕거렸습니다. 그녀의 손에 들렸던 술잔이 떨어지면서 깨지는 소리가 났습니다. 바로 그때 누군가의 주먹이 내 얼굴을 갈겼고, 내 눈에서는 불똥이 튀었습니다. 나는 뒤로 벌렁 넘어지다가 간신히 탁자 모서리를 붙잡고 키를 세웠습니다. 문득 깨닫고 보니 여자는 창백한 표정으로 떨고 있고, "뭐, 이런 새끼가 다 있어!" 하는 소리가 귓전을 때리고, 김형의 험악한 얼굴이 나를 노려보고 있었습니다. 그리고 그때 안경잡이 사내는 내 눈길 어디에도 잡혀 있지 않았습니다.

김형, 예감했던 대로 결국 밤을 지새우고 말았군요. 산골인데도 유리창에는 어느덧 희뿌연 기운이 감돌고 있습니다. 몸은 꼼짝도 하기 싫을 만큼 노곤한데도 머릿속은 밤이 이슥할수록 투명해져, 잿빛 안개로 뒤덮였던 시야가 훤히 트인 듯한 느낌입니다. 들끓었던 상념들도 많이 가라앉았습니다. 하지만 그 찰거머리 같던 느낌도 과연 떨어져 나간 것일까요. 아직은 새벽이 오지 않았습니다.

오늘 안에 보리암엘 다녀오고 서울로 가려면 서둘러야 할 것입니다. 그런데 나는 왜 그곳에 찾아가려는 것일까요.

보리암. 이곳엔 기막힌 사연이 전해지고 있습니다. 오래전에 스님 한 분이 머물면서 불도를 닦는데, 오랜 수행정진을 거듭했는데도 깨달음을 얻지 못하자 크게 절망한 나머지 끝내는 절에 불을 지르고 스스로 목숨을 끊었다고 합니다. 그 스님은 불전에 모셔져 있던 부처의 팔다리를 잘라낸 다음 가슴에 껴안고 벼랑 아래로 굴러 떨어졌는데, 그래도 목숨이 떠나지 않자 스스로 자신의 팔다리를 잘라내어 마지막 공양을 바쳤다는군요. 암자는 다행히 반쯤 소실된 채 불길을 피했고, 그 후 오랜 세월 폐허로 남아 있다가 해방 직후에 어느 스님이 우연히 발견하고 손길을 더하여 오늘에 이르고 있다는 것입니다. 그래서 보리암에 모셔진 불상은 지금도 팔다리가 잘려나간 불구의 모습으로 앉아 있습니다.

그 스님이 자신의 육신뿐만 아니라 부처의 존재까지 참혹하게 난도질함으로써 얻고자 했던 것은 무엇일까요. 구도의 궁극에 반역을 가하고 싶었던 것일까요. 아니면, 그렇게 자신을 공양함으로써 구원을 받고 싶었던 것일까요.

어디서 읽었는지 들었는지는 기억나지 않지만, 이 이야기를 처음 들었을 때 나는 다만 소름 돋는 기분으로 자해의 끔찍한 몸부림을 상상했을 뿐, 그이가 절망의 벼랑 끝에서 겪었을 그 처절한 고통에 대해서는 미처 생각도 해보지 못했습니다. 당연한 일이지요. 오늘이 어제 같고 내일이 또 오늘과 다를 게 없는 그런 일상을 살고 있는 처지에서, 그런 일상을 뛰어넘는 어떤 경지를 생각한다는 게 쉬운 일도 흔한 일도 아니니까요. 게다가 생각하는 것 자체가 하나의 발심(發心)일 텐데, 그 발심도 없이 어떻게 생각이 미칠 수 있겠습니까. 또한 발심이란 게 아무에게나, 아무 때나 생기거나 주어지는 것도 아닐 테지요. 그런데 오늘 나는 보리암에 가서 벼랑 끝에 서보고 싶은 것입니다. 어쩌면 오래전에 한 구도자가 절망을 짓씹으며 부르짖었을 목소리가 들릴지도 모릅니다. 하지만 나는 아마도 그 벼랑 끝에서, 그 너머 세상의 욕망이 다시금 그리워져 발길을 돌릴 것입니다. 그러기 위해, 그러니까 돌아서기 위해 찾아가는 것은 아닐까, 보리암을 찾아가려는 심사 속에는 그런 위안의 실가닥이 매어져 있는 것은 아닐까, 하는 생각도 해봅니다. 아니, 내가 과연 그곳에 다다를 수나 있을지 모르겠군요. 그 여자가 벌써 그리워지기 시작했으니 말입니다.

푸른 농어 낚시

오늘도 그가 다녀갔다.

(참 야릇한 일이다. 이 느닷없는 문장은 도대체 어디서 튀어나온 것일까. 아무런 맥락도 없이, 그야말로 화산섬처럼 돌연히 떠오른 이 구문은 나에게 무엇일까.)

오늘도 그가 다녀갔다.

(너는 왜 좀처럼 떠날 줄 모른 채, 오히려 점점 더 달라붙어, 나를 이토록 들볶는 것이냐. 낮도깨비처럼.)

오늘도 그가 다녀갔다.

(아직도 술이 덜 깬 모양이다. 아니면 잠이 모자란 것일까. 눈꺼

풀이 납물을 바른 듯 무겁고, 관자놀이에는 가시 하나 박혀 있다.

돌이켜보면 일의 시작은 나흘 전에 걸려온 전화였다.

"나 좀 살려다오."

수화기를 들자마자 귓전을 때린 첫마디였다. 내가 전에 다니던 잡지사의 편집장이었다. 그의 다급한 목소리를 들으면서 뭔가 또 일이 터졌구나 싶었다.

"무슨 일인데 그래요? 아침부터."

평소의 버릇대로 늦잠을 자긴 했으나, 나는 아직 세수도 못한 채였다.

"팔자 늘어졌군. 해가 벌써 중천일세, 이 사람아."

"중천이든 개천이든, 나하고 무슨 상관이랍니까. 실업자 인생인데."

"노닥거릴 시간 없으니까, 잘 들어 김형."

목소리만 듣고도 그의 표정이며 몸짓이 눈앞에 보이는 듯했다. 엄살이 다소 있는 편인 강 부장이지만, 그의 말투로 보아 화급히 처리해야 할 문제가 생긴 모양이다. 몇 해 함께 지내본 요량으로 짐작이 가는 일이었다.

강 부장이 털어놓은 사연인즉, 대충 이러했다. 권말 부록으로 진행 중이던 특집이 펑크나게 생겼다. 일본 책을 번역해서 때우기로 했는데, 시간이 촉박하다. 이쪽 사정도 잘 알고 있는 김형이 맡아주면 좋겠다. 사나흘 흠뻑 고생 좀 해달라. 번역료는 갑절로

셈해주겠다.

강 부장은 나의 동의 여부도 묻지 않고 쐐기를 박듯이 덧붙였다.

"사람을 보낼 테니 자세한 내용은 그편에 듣도록 해. 김형만 믿는다. 그럼."

한 시간도 채 못 되어 사람이 도착했는데, 내가 그만둔 뒤에 입사한 미스 최였다. 금테 안경에 단발머리가 제법 곱상하게 생긴 아가씨였다. 그녀가 들려준 일의 내용이 놀라웠다. 800매 분량의 책을 300매 정도로 요약해달라는 것이고, 게다가 기간은 나흘이었다. 아니, 정확히는 사흘하고 반나절. 기가 막힐 노릇이었다.

"나흘에 300매면 번역만 하기에도 벅찬 양인데, 책 한 권을 요약하라니요. 난 못해요."

미스 최가 보는 앞에서 전화로 항의하자, 강 부장은 도리어 호통질이었다.

"이봐 김형, 도대체 왜 그래? 자네 실력이면 충분하겠다 싶어서 부탁하는 건데. 게다가 이쪽에서 어려울 땐 좀 도와주고 그래얄 거 아냐. 맨날 누워서 떡 먹는 일만 할 수 있나. 잠잘 시간 술 먹을 시간 좀 줄여. 술은 일 끝나고 실컷 사줄 테니까."

"밤잠이야 설친다 하더라도, 번역에 들어가는 시간은 계산이 뻔히 나와 있는 거 아니냐구요."

"그건 김형이 알아서 조정해. 죽을 쑤든 된밥을 짓든 난 상관 안 할 테니까. 날짜만 맞춰주면 돼. 우리 잡지 최종 마감이 언제 인지는 알고 있지? 자네한텐 이틀을 더 얹어준 거라구. 자, 공은 이제 김형한테 넘어간 거야. 날 죽이든지 김형이 까무러치든지, 맘대로 하라구. 그럼, 수고해."

이런 억지와 함께 강 부장은 전화를 끊어버렸다. 화도 나고 어이 도 없어 맥을 놓고 있는 내 앞에다 미스 최는 슬그머니 봉투를 꺼 내놓았다. 선불 고료라면서. 아예 오금을 박아두자는 수작이었다.

평소에 오가는 정리만 없었다면 나 몰라라 하고 그냥 나자빠 지고 말았을 것이다. 아무리 속셈을 거듭해보아도 능력에 부치 는 일이었다. 그렇기는 하지만, 강 부장이 오죽 답답했으면 이렇 겠나 싶고, 더구나 나로서는 무턱대고 거절할 수도 없는 처지였 다. 일정한 벌이도 없이 번역일로 간신히 생활하고 있는 나에게 강 부장은 적잖은 도움을 주고 있었다. 종종 부탁하는 투로 일 감을 맡기곤 하지만, 실은 대학 후배에 대한 그 나름의 배려였 다. 그 속내를 알고 있는 내가 그의 청을 물리친다는 것은 언감 생심이었다.

어쨌거나 일은 기한 안에 마칠 수 있었다. 날마다 열다섯 시간 이 넘는 강행군이었고, 아침마다 미스 최가 출근길에 들러서 지 난 하루의 작업량을 챙겨가는 식으로 진행되었다. 마침내 일이 끝났을 때는 온몸에 성한 구석이 없는 것 같았다. 눈은 침침하고,

머릿속은 흐리멍덩하고, 허리며 어깨는 결리고, 팔뚝과 손목은
쑤시고, 손가락은 마디마다 퉁퉁 부어 있었다. 그동안 시달림을
받은 컴퓨터도 임자 한번 제대로 만났다고 아우성이었을 것이다.
무엇보다도 잠을 제대로 못 잔 탓에, 어제 오후에 마지막 원고를
들고 나갈 때는 다리가 휘청거릴 지경이었다. 강 부장은 수고 많
았다면서 저녁을 샀는데, 내가 재직 중일 때 가깝게 지낸 옛 동
료 둘과 미스 최가 합석하는 바람에 술자리가 길어졌다. 술은 그
야말로 진통제요 각성제였다. 결국은 자정이 넘어서야 집으로 돌
아와, 씻기는커녕 옷도 벗지 못한 채 침대에 고꾸라져 그대로 곯
아떨어지고 말았다.

눈을 떴을 때는 한낮이었다.

지독한 갈증. 입안에 버캐가 잔뜩 묻어 있는 느낌이다. 목만 마
른 게 아니다. 두통도 아릿하고 오줌도 마렵다. 눈을 뜬 것은 그래
서였다. 그러나 몸을 일으키기가 귀찮다. 창을 가린 커튼이 안개
처럼 뿌옇고, 그 틈새를 비집고 들어온 햇살이 눈부시다. 눈이 따
갑도록 부시다. 떴던 눈을 다시 감는다. 어둠이 내린 눈앞에 무형
의 얼룩들이 눈발처럼 흩날린다. 머리가 땡하다. 아니, 속이 텅 빈
느낌이다. 아무 생각도 없다. 이곳은 도대체 어디일까. 내가 지금
어디에 있지? 집인가? 다행히 집이다. 그런데도 왠지 엉뚱한 곳에
와 있는 것 같다. 어젯밤의 기억들이 언뜻언뜻 스쳐 지나간다. 토
막난 시간들. 토막난 말들. 토막난 웃음들. 토막난 걸음과 토막난

호흡들. 하룻밤이 아니라 숱한 세월을 건너뛴 듯한 기분이다. 머리는 여전히 쿡쿡 쑤시고, 메마른 목젖은 여전히 뻑뻑하고, 꽉 찬 방광은 터질 것만 같다. 사막과 홍수가 몸속을 나란히 달리고 있는 형국이다. 사하라와 나일이 나란히 달리고 있는 이집트처럼. 물을 마시고 싶다. 물을 내쏟고 싶다. 그러나 꿈쩍도 하기 싫다. 텅 빈 머릿속으로 뜨거운 바람이 흘러든다. 열사의 돌개바람인가. 문득, 눈앞이 맑아진다. 흐린 유리창을 닦아낸 것처럼. 저 투명한 공간에 어른거리는 것은 무엇일까. 감각일까 의식일까. 상상일까 사유일까.)

오늘도 그가 다녀갔다.

(아직도 떠날 줄 모르는 낮도깨비.

오늘도 그가 다녀갔다면, 오늘은 언제인가; 그는 누구인가; 무엇 때문에 다녀갔다는 것인가. 그러나 내게는 의문을 풀어나갈 기억의 실마리조차 없다. 아마 이런 것을 두고 불문에 든 이들은 화두라고 부를 것이다. 나무아미타불. 그 공안으로 들어가는 문은 어디에 있는가. 도대체 이 느닷없는 낮도깨비를 가지고 무엇을 어쩌란 말인가. 낮도깨비를 물리칠 죽비를 다오. 아니, 한 소식 얻어듣게끔 내 어깨를 매우 내리쳐다오.)

오늘도 그가 다녀갔다.

그러나, 언제 왔다가 언제 갔는지, 나는 모른다. 무엇 때문에 다녀갔는지도 알지 못한다. 그런 데에 나는 관심이 없다. 그도 마찬가지여서, 왔다고 해서 나 왔다 하는 법이 없고, 간다고 해서 나 간다 하는 법이 없다. 그는 바람처럼, 허깨비처럼 왔다 갈 뿐이다.

(변기에 걸터앉아 아침 신문을 읽는다. 24면 가운데 전면광고가 8면이면, 이놈의 종이뭉치는 신문지냐 광고지냐. 하기야 석간이 나올 시간에 읽는 조간은 신문일 것도 없다. 핵사찰이니 남북대화니, 옥신각신 드잡이할 게 뭐 있나. 지겨워. 그래. 꽝! 전쟁이라도 터져버려라. 한번 붙어보는 거야. 그러면 나는? 당장에 동원되겠지. 어느 전선으로 투입될까. 서부전선 이상 없다. 그러나 방아쇠를 당길 수 있을까. 누구를 향해? 누구를 위해? 이놈의 지독한 변비!)

그렇게 와서, 다만 흔적을 남길 뿐이다. 때로는 질겅질겅 씹힌 담배꽁초로, 때로는 방바닥에 뒹구는 머리카락으로, 때로는 구겨진 휴지조각으로, 때로는 30분 뒤로 돌아간 시곗바늘로. 유리창에 비친 그림자가 그의 뒷모습일 수도 있다. 문틈으로 빠져나간 바람이 그의 숨소리일 수도 있다. 등기로 배달된 책 한 권이 그의 곡절일 수도 있다.

(이쯤에 이르면 글에, 낮도깨비의 발자취에 어떤 방향이 보이는 것도 같다. 그러나 그 방향이란 것이 너무도 막연하다. 어느 쪽

으로 가든, 결국은 자의성의 결과에 지나지 않을 것이므로. 걸어
온 방향이 그랬던 것처럼.

막막한 상상의 바다, 캄캄한 사유의 벽, 형해도 없이 흩어진 기
억의 사막.

「취한 배」에 탄 랭보는 이 시를 쓸 때까지 바다를 본 적이 없었
다. 헤겔이 마침내 『정신현상학』 집필을 끝마친 것은 나폴레옹 군
대가 예나에 입성하기 바로 전날 밤이었다. 아프리카 대륙의 일
몰 속으로 사라진 낙타들은 신새벽에 스핑크스의 발치에 누워
있었다.)

그는 그러므로, 흔적으로 다녀갈 뿐이다.

(그러나, 그렇다면 그는 누구인가. 아니, 그는 꿈인가 생시인가.
생물인가 추상인가.

몇 해 전에 다녀온 이집트가 생각난다. 주변에서 앞다투듯 연
변으로, 러시아로 떠날 때, 나는 이집트로 갔었다. 여행의 추억은
거기서 찍은 사진만큼이나 많지만, 가장 오롯이 남아 있는 것은
이집트의 밤이다. 이집트의 밤은 동양이나 유럽의 밤과는 사뭇
달랐다. 이집트의 밤은 베일처럼 부드럽고, 오시리스의 눈빛처럼
인디고블루의 색조로 물들어 있었다. 생명력으로 박동하던 투명
그 자체. 그 밑에, 스핑크스는 고대의 유적이 아니라 아직도 살아
숨쉬는 우주였다. 스핑크스가 그인가. 스핑크스를 오늘 밤 꿈에

만나고 싶다.

갈증은 가셨다. 그러나 두통은 아직도 손길을 거두지 않았다. 방으로 들어가 컴퓨터를 켠다. 귀찮고 성가시고 지겹지만, 번역일은 나에게 생활이다. 강 부장 때문에 도중에 접어두었던 작업을 마무리해야 한다.

나일 강에 떠 있는 갤리선들이 범람하는 강물에 나뭇잎처럼 흔들린다. 카르나크와 룩소르, 두 도시로 이루어진 테베. 그 도성 밖 평원에는 파라오의 군사들이 힉소스족의 침략에 대비하여 진을 치고 있다. 그러나 그들은 하나같이 겁을 먹고 있다. 동방에서 쳐들어온 오랑캐는 말과 전차라는 새로운 무기와 전술로 무장했기 때문이다. 사막을 달리는 배라니! 말은 사람을 잡아먹는다는데.

이들 이집트인들은 중왕국 제14왕조로 망하고, 150년 뒤에 18왕조로 되살아나 역사 속에 신왕국을 세울 것이다. 멤논 왕자여, 허구의 산물인 유랑의 전사여, 그대를 여기, 3500년을 건너뛴 동방의 한구석에서 내가 만난다. 그러나 그대가 그인가.)

오늘도 그가 다녀갔다.

그러나, 언제 왔다가 언제 갔는지, 나는 모른다. 무엇 때문에 다녀갔는지도 알지 못한다. 그런 데에 나는 관심이 없다. 그도 마찬가지여서, 왔다고 나 왔다 하는 법이 없고, 간다고 해서 나 간다

하는 법이 없다. 그는 바람처럼, 허깨비처럼 왔다 갈 뿐이다.

　그렇게 와서, 다만 흔적을 남길 뿐이다. 때로는 질겅질겅 씹힌 담배꽁초로, 때로는 방바닥에 뒹구는 머리카락으로, 때로는 구겨진 휴지조각으로, 때로는 30분 뒤로 돌아간 시곗바늘로. 유리창에 비친 그림자가 그의 뒷모습일 수도 있다. 문틈으로 빠져나간 바람이 그의 숨소리일 수도 있다. 등기로 배달된 책 한 권이 그의 곡절일 수도 있다.

　그는 그러므로, 흔적으로 다녀갈 뿐이다.

　(거실에서 전화벨이 울리고 있다.

　별일 없어? 인혜의 반 옥타브 높은 목소리. 전화할 때마다 그녀는 늘 이렇게 첫마디를 던진다. 억양에 주의하지 않으면 별일이 생겼기를 바라는 투로 들린다. 아니다. 그렇게 듣는 나에게 그런 원망이 숨어 있는 것이리라. 이 따분한 일상, 오늘이 어제 같고 내일이 오늘과 다름없을 쳇바퀴에서 나를 건져줄, 신나는 또는 끔찍한 사건이라도 일어났으면. 그러나 그런 일은 좀처럼 일어나지 않는다.

　왜 나한테는 남파 간첩이 접근하지 않을까. 왜 나는 텔레비전 카메라에 한 번도 잡히지 않을까. 왜 내가 구입한 헌책 속에는 마른 단풍잎이 들어 있지 않을까.

　왜 내가 탄 비행기는 추락하지 않는 것일까.

　왜 내가 들어간 영화관에는 화재가 일어나지 않는 것일까.

왜 내가 사 먹는 사과나 빵에는 벌레가 들어 있지 않는 것일까.

나는 심지어 잠자리에 들 때마다 천장이 무너지기를, 내가 살고 있는 아파트가 와르르 무너지기를, 그리하여 이튿날 아침에 내가 콘크리트 폐허 밑에서 멀쩡한 모습으로 기어나왔을 때 요란한 박수와 눈부신 플래시가 기다리고 있기를 소망하기도 한다. 그러나 아직까지는 천장을 기어가다 실족한 바퀴벌레 한 마리 내 콧등에 떨어진 적 없다.

"어디야? 밖인 것 같은데."

"응. 일 때문에 나와 있는데, 그냥 퇴근할래."

"이리로 와. 저녁이나 같이하게."

"밥만?"

"할 얘기도 있고."

"무슨 이야기?"

"죽을 뻔했어."

"우아. 정말?"

재작년 가을까지 우리는 직장 동료였다. 나이는 그녀가 나보다 두 살 위. 그녀는 서른넷의 나이에 홀몸으로 지내고 있다. 독신주의자여서가 아니라, 첫 결혼에 실패한 후유증 때문이다. 그 결혼은 1년도 채 못 가서 파탄을 맞았는데, 공교롭게도 내가 입사한 직후였다. 그때 회사 안에 잠깐 나돈 소문으로는 남편이 옛 애인과 바람을 피우다 들켰다는 것이다. 때마침 임신 중이었기 때문에 시집에서는 아이를 낳고 나서 정식으로 갈라설 것을 권유했지만, 그녀가 단호히 거절하고 중절수술을 받았다는 말도 있었다. 그래서 회사 사람들은 그녀를 두고 잘했다느니, 독한 여자라느니, 수군수군 입방아를 찧기도 했었다. 어쨌거나 지금은 언니네 집에서 하숙을 하고 있다. 부모가 서울에 계시지만, 한 번 출가했던 처지에서 다시 집으로 들어가기는 싫고, 그렇다고 부모가 방임할 수도 없는 형편이라, 언니네 집에 들어가 사는 것으로 타협을 보았다고 한다. 그야말로 하숙생처럼 사생활을 보장받는다는 조건으로. 다시는 결혼하지 않겠다고 하지만, 글쎄, 그건 모를 일이다.

우리가 부쩍 가까워진 것은 내가 회사를 그만두고 나서였다. 군에서 제대하고 1년쯤 빈둥거리다 들어간 첫 직장이었다. 3년 남짓 다니다 그만두었는데, 고향에서 창간된 어느 신문사로부터 함께 일하자는 제의가 들어왔기 때문이다. 그때 마침 나는 서울에서의 하숙 생활에 염증을 느끼고 있던 터라, 별로 깊은 헤아림도 없이 그 제의를 받아들였다. 외아들인 탓에, 고향에서 직장 생활을 하면 고향 처녀와 결혼하여 부모님 모시고 사는 데에도 좋으리라는 요량이 없지도 않았다.

그러나 막상 내려가보니 사정이 예상했던 것과는 영 딴판이었다. 급료나 업무 등 근무 조건도 그렇지만, 환경이 말이 아니었다. 봉급은 잡지사에서 받던 것보다 오히려 30퍼센트나 줄어든 액수였다. 그러나 이 문제는 지방 신문사라는 현실을 감안하고 또 아버지가 아직은 소득세를 내는 신분이므로 그냥저냥 넘어갈 수 있었다. 주어진 업무도 그랬다. 소속은 문화부이면서 사회부 쪽 일도 얼마간 분담하는 식이었지만, 창간된 지 얼마 안 된 신문사라는 점을 고려하면 나중을 기약하는 선에서 이해할 수 있었다. 그러나 참고 견디기 힘든 것은 말 그대로 사내 분위기였다. 창간된 지 겨우 두어 달밖에 안 된 상태에서, 모두 합해야 20명도 채 안 되는 편집국 기자들이 사장파니 국장파니 하고 나뉘어 파벌 싸움이 요란했다. 사장파는 말 그대로 사장이 직접 끌어들인 인맥이고, 국장파는 그가 다른 신문사에 있다가 이쪽으로 옮겨오면서 함께 데리고 온 무리였다. 거기에 노조 결성을 둘러싼 갈등이 얽혀들기 시작했다. 그런 가운데, 나처럼 고향 밖에서 떠돌다 걸려든 축들은 완전히 아웃사이더 신세였다. 개중에는 눈치껏 어느 한쪽에 빌붙기도 했지만, 그래봤자 찬밥 신세를 면하기는 어려웠다.

나는 세 번째 월급을 받자마자 그 이튿날부터 발길을 끊어버렸다. 사직서조차 내지 않았다. 회사에서는 매일처럼 출근할 것을 재촉했다. 부장한테서 연락이 오고 나면 국장이 직접 전화를 걸어왔다. 부장은 이른바 사장파의 핵심이었다. 내가 그나마 효용 가치가 있었다면, 그것은 내가 사내에서 하나뿐인 작가였기 때문일 것이다. 더구나 중앙 일간지의 신춘문예 당선자라는 경력이 그들이 보기에는 대단한 훈장이라도 되는 모양이었다. 아니, 실제로 그랬다. 그들은 걸핏하면 이렇게 말하곤 했다. "김형, 여긴 신문사라구. 잡지사에서 배운 버릇 좀 버려." 또는 "김형은 소설가잖아. 그 솜씨 뒀다 뭐하려고 그래. 실력 좀 발휘해봐." 이 말이 때로는 비아냥일 경우도 있었다. 어쨌든 나는 귀찮았다. 더구나 고향에 와서 이런 꼴을 겪는 게 서글프기도 했다.

나는 서울로 떠나와버렸다. 직장에 다시 들어갈 마음은 없었다. 그동안 사귀어둔 출판사나 잡지사 친구들을 통해 번역이나 르포 따위의 일거리를 얻으면 생활은 대충 꾸려나갈 수 있을 터였다. 게다가 속으로는, 문단 말석에 끼어들고 나서 벌써 몇 해째 변변한 작품 하나 써내지 못하고 있는 처지가 안타까웠고, 오래전부터 머릿속에 담아 키우며 구상해온 작품에 본격적으로 매달리고 싶은 욕심도 없지 않았다.

아버지를 졸라 어렵사리 얻어낸 돈으로 열 평짜리 오피스텔을 빌려 기어든 것이 작년 5월. 어느 날 그만둔 잡지사에 인사차 들른 것은 실은 일거리를 미리 부탁해둘 속셈에서였다. 그날 저녁에 몇몇 옛 동료와 어울려 술을 마셨는데, 그중에 인혜도 끼어 있었다. 2차, 3차 술을 마시며 뿔뿔이 흩어지는 사이에 그녀와 단둘이 남게 되었다. 처음부터 그럴 의도가 있었던 것은 아니었다. 그러나 막상 단둘이 있게 되자 그녀는 아주 자연스럽게 팔짱을 끼었고, 그러는 그녀를 나는 스스럼없이 받아들였다. 우리는 내가 살고 있는 오피스텔로 갔다. 그날 이후 그녀는 종종 찾아와, 때로는 함께 자고 가기도 하고 또 때로는 섹스만 급히 끝내고 떠나기도 한다.

인혜는 올해 들면서 다른 잡지사로 옮겼다. 나와의 관계를 눈치채고 있는 직장에 그대로 눌러앉아 있기가 민망하다는 이유로. 이따가 만나면 우리는 한때 함께 몸담았던 회사 일로 내가 지난 며칠 동안 고생한 사연을 안주 삼아, 낄낄거리며 술과 사랑을 나누게 될 것이다. 나는 그녀를 사랑하고 있는 것일까.)

그는 그러므로, 흔적으로 다녀갈 뿐이다.

그러나 나는 그가 다녀갔음을 얼마든지 알 수 있다. 그가 다녀간 날이면 집 안에는 왠지 모를 열기가 충만해 있다. 그 열기는 나를 들뜨게 하고, 나는 신열에 겨워 흐느적거린다. 그때 나는 느낄 수 있다. 그의 존재를, 그의 숨결을, 그의 손길을, 그의 눈빛을 느낄 수 있다. 시간은 정지해 있다.

(어느덧 창밖에 어둠이 내리고 있다. 컴퓨터를 끈다. 지금쯤 이집트에는 해가 중천에 떠 있을 것이다. 그러나 멤논 왕자의 이집트는 한밤중을 향해 내몰리고 있다. 거실로 나온다. 손바닥만 한 베란다에 피튜니아꽃이 시들고 있다. 보름 전에 화분째 사다 둔 꽃이다. 양쪽 관자놀이를 누르고, 어깨와 허리를 펴고, 두 팔을 휘돌리고, 앉았다 일어서기를 몇 차례 되풀이한다. 열린 창문으

로 흘러드는 바람결이 소슬하다.

소파에 앉는다. 담배를 피워 문다. 작업 중에는 줄담배를 피우면서도 못 느꼈는데, 담배 연기가 사뭇 쓰다. 입안이 칼칼하고 속이 쓰리다. 문득 허기가 느껴진다. 그러고 보니 점심도 거른 상태다. 인혜는 왜 오지 않는 것일까.)

그는 지금 어디에 있을까. 어디서 무엇을 하고 있을까.

(지난 2월이었다. 나는 남해안 일대를 돌아다니고 있었다.

이 겨울 여행은 원래 인혜와 함께 떠나기로 약속이 되어 있었다. 1월 말에 사표를 내고 3월부터 새 직장에 출근할 예정이었기 때문에, 그녀로서는 2월이 아주 오랜만에 가져보는 긴 휴가였던 것이다. 이 한 달을 함께 즐기기 위해 우리는 일주일 정도의 여행을 준비해둔 터였다. 그런데 출발을 이틀 앞두고 그녀의 새 직장에서 출근을 앞당겨달라는 연락이 왔다. 들떠 있던 마음을 그대로 다잡기에는 왠지 섭섭했다. 우리는 북한산 기슭에 있는 호텔에 투숙해서 여행 못 간 아쉬움을 달랬다. 눈 덮인 겨울산의 오솔길을 걷는 재미도 괜찮았다. 그날 밤 사랑을 나눌 때 그녀가 흘린 눈물도 기억에 오래 남을 것이다. 이튿날 시내로 들어와 점심을 먹고 났을 때 인혜가 봉투를 내밀었다.

"혼자 다녀와. 꼭 이것만큼만. 여행비로 준비해두었던 돈이야."

가방 하나 달랑 챙겨 들고 나는 우선 진주로 향했다. 고속버스

터미널에 도착한 뒤에야 무심코 떠오른 행선지였다. 진주에는 모교에서 훈장질하는 친구가 살고 있었다. 종종 안부는 주고받지만 만나본 지가 어느덧 2, 3년 된 대학 동창이다. 도착해서 전화했더니, 서울 갔다는 것이다. 전화로라도 미리 연락하지 않은 게 실수였다. 하기야 실수랄 것도 없었다. 여행이란 게 꼭 누구를 만나야 할 필요도 없는 것이고, 혼자면 혼자인 대로 이리저리 기웃거리며 돌아다니면 그만이니까. 나는 진주성 유적 안으로 들어가 논개 사당도 들락거리고 의암바위며 촉석루에도 올라가보는 등, 찬바람 맞으며 오후 시간을 보냈다. 여행안내 수첩에 산채비빔밥 잘하는 집이라고 소개된 식당을 찾아가 저녁을 먹고, 이런저런 쓰잘데없는 생각으로 머리를 굴리다가 늦은 잠을 잤다.

이튿날 남해섬으로 떠난 것은 어느 시인의 시가 문득 생각나서였다. 여자 하나 돌 속에 묻혀 있다고 했던가. 남해 금산에 올라가 나도 여자 하나 낚아보리라. 이런 꿍꿍이를 가슴에 담고 시외버스를 탔다. 금산은 뜻밖에도 험한 바위산이어서, 정상까지는 오르지 못하고 중턱에 있는 보리암 사찰에 들러 약수만 한 대접 마시고는 하산했다. 오르고 내리면서 낚을 만한 여자 하나 없을까 두리번거렸지만 인연이 닿는 짝이 없어, 나는 '돌 속에 들어가'지 못한 채 금산을 떠났다. 버스를 타고 상주 해수욕장으로 가서 한갓진 모래톱을 이쪽 끝에서 저쪽 끝까지 거닐다가, 담벼락에 '민박'이라고 쓰인 집에 들어가 하룻밤 지냈다.

다음 날은 순천으로 나와서, 점심을 먹으며 어디로 갈까 궁리하다가, 완도로 향했다. 무작정 떠난 여행이지만, 이왕이면 행선지를 정하고 거기에 맞춰 일정을 잡는 것이 좋을 것 같다는 생각에서였다. 여행 수첩에 실린 지도를 보면서 궁리한 끝에 내린 결론이 이랬다. 완도에서 일박한 뒤 보길도로 들어가 이틀쯤 지낸 다음 땅끝마을을 통해 뭍으로 나오자. 완도에 도착하자 해가 기울었고, 바람이 약간 심했다. 항구 근처에 여관을 정한 다음, 시장 입구에 있는 식당에서 저녁을 먹었다. 5천 원짜리 매운탕 냄비 속에 손바닥만 한 생선이 세 마리나 들어 있었다. 밤늦게 출출해서 포장마차에 들렀는데, 여주인의 신세타령을 안주 삼아 소주를 두 병이나 마셨다. 이태 전에 남편을 바다에 묻은 30대 초반의 과부. 그녀를 나는 꿈속에서 다시 만났다.

이튿날 아침에 페리선을 타고 보길도 선착장에 도착한 것은 11시 40분께. 완도항에서 한 시간 20분쯤 걸렸다. 겨울인데도 보길도로 가는 사람은 생각보다 많았다. 학생으로 보이는 젊은이들이 대부분이었다. 선착장 부근에 지프 세 대가 나란히 서 있었다. 영업용 택시란다. 운전사에게 말했다. 괜찮은 민박집 아는 데 있으면 소개해달라. 이왕이면 바닷가에 있는 집이 좋겠다.

젊은 운전사가 안내해준 곳은 예송리였다. 그리고 그가 소개해준 집은 그의 이모댁이었다. 제법 산뜻하게 단장한 집들마다 담벼락에 민박이라는 글씨가 페인트로 적혀 있었다. 여름 한철에는 민박을 쳐서 한몫 버는 모양이었다.

조약돌로 뒤덮인 해변. 그 배후에는 수령이 오래된 상록수들이 무성하게 우거져 있었다. 바닷가에는 미역을 따서 말리는 작업이 한창이었다.

이틀쯤 머물고 떠날 작정이었는데, 그만 발이 묶이고 말았다. 때 아닌 겨울 폭풍이 불어닥친 것이다. 눈보라까지 흩날리는 궂은 날씨가 계속되었다. 바람이 조금만 불어도 폭풍주의보가 발효된다는 것이다. 뭍과 섬을 오가는 뱃길이 막힌 것은 물론이고, 주민들이 미역을 채취하러 띄우는 배도 움직일 수 없게 되었다. 온종일 방 안에 갇혀 지내는 신세가 여간 고역스러운 게 아니었다. 다행히 집주인이 바둑을 좀 두는 이여서 오후 나절을 바둑으로 소일하기도 했다. 그도 폭풍 때문에 미역 채취를 포기하고 집 안에 묶인 처지였다.

섬에 들어온 지 나흘째 되던 날 오후, 나는 해변을 어슬렁거리며 물수제비를 뜨다가 마침 예송리로 들어온 택시를 잡아타고 부용동으로 갔다. 고산 윤선도가 별장을 짓고 유유자적했던 곳. 고도(孤島)의 은거지에서조차 울력을 동원하여 연못을 만들고 기녀들을 불러들여 유흥을 일삼았던 한 세도가의 빛바랜 흔적은, 이끼 푸른 바위와 늘어진 노송들 사이에 억지로 복원시킨 세연정의 그 희멀건 통나무 빛깔만큼이나 흉물스러웠다. 거기에 비하면, 유적지 뒤편에 울창한 동백나무숲이 한결 천연스러웠다.

인공의 찌든 때를 비웃듯 내려다보며 바람과 희롱하고 있는 나무들이야말로 이곳의 살아 있는 주인이 아닐런가. 아직 철 이른 동백꽃은 망울로 여문 채 가지마다 촘촘히 달려 있고, 그런 중에도 몇몇 자발없는 녀석들은 봉오리를 살짝 열어 속살을 보일 듯 말 듯한 자태로 물기를 머금고 있었다.

나는 큰길로 나와 얼마쯤 걷다가 지나는 택시를 잡아탔다. 운전사는 공교롭게도 민박집을 소개해준 젊은 친구였다. 그를 통해 오후부터 뱃길이 트였다는 사실을 알았다. 5시였다. 지금이라도 서두르면 저녁 배를 탈 수 있을 터였다. 그러나 나는 그러고 싶지 않았다. 뭍으로 나가더라도 어두워진 다음에 도착할 것이고, 결국은 여관잠을 자야 할 것이 아닌가. 나는 선착장 쪽으로 갔다. 술이라도 한잔하고 싶어서였다. 술집 하나 없는 예송리에서는 저녁 시간을 보내기가 여간 따분한 게 아니었다.

우선 다방에 들어가 커피를 마신 다음 공중전화로 민박집에 알렸다. 늦어질지 모르니 저녁을 준비하지 말라고. 인혜한테도 연락하고 싶었지만, 옮긴 직장의 전화번호를 미처 챙겨두지 못했다. 잡지사 이름을 알고 있으므로 114를 통하면 알아낼 수도 있을 테지만, 번거롭게 느껴져서 그만두었다. 그 대신, 우체통을 앞에 내달고 있는 상점에 들어가 엽서에다 몇 자 적었다. Home sweet home을 절감하겠는데, 나한테 지금 그런 집이 있는 것일까. 이런 투의 프러포즈는 아마 내가 외로웠기 때문이리라. 주소는 내 아파트로 했다. 나중에 인혜가 와서 보면 되니까.

술집에는 손님이 별로 없었다. 얼굴을 마주 보며 앉아 있는 남녀 한 쌍과, 그들 바로 옆자리에 혼자 앉아 밥을 먹고 있는 중늙은이, 그리고 난롯가에 모로 앉아서 꾸벅꾸벅 졸고 있는 사내 하나. 어깨를 돌리고 있어서 얼굴은 보이지 않았지만, 옆에는 입성만큼이나 낡아빠진 배낭이 놓여 있었다. 앞서 출항한 배가 두 편이나 있었다니, 그동안 발이 묶여 조바심 내던 이들은 대충 섬을 떠났을 것이다.

술과 안주를 시키고 반병을 비웠을 무렵, 문이 드르륵 열리고 사내 셋이 우르르 들어왔다. 어이 추워. 이놈의 날씨. 난롯가로 다가가면서 와자지껄 떠드는 바람에 졸고 있던 사내가 고개를 들었다. 그러고는 탁자에 남아 있던 술을 병째 들이켰다. 그때 잠깐 본 얼굴이 왠지 눈에 익었다. 누구더라? 기억은 금세 돌아왔다. 섬으로 들어오는 배 안에서 지나는 말처럼 몇 마디 나누었던 젊은이였다. 겨울의 보길도는 삭막해요. 뱃전에 서서 담배를 피우고 있는데 그가 옆으로 다가와 서면서 혼잣말처럼 내뱉었다. 어쩌면 그게 보길도다운 행색인지도 모르지만요. 배낭을 한쪽 어깨에 둘러메고 있었다. 코 밑이며 턱 언저리에 수염이 거뭇하고 바람과 세월에 찌든 기색이 역력했지만, 이목구비에는 도회의 냄새가 묻어 있었다. 대학교나 다닐 나이로 보였는데, 그러나 학생 같지는 않았다. "관광하러 가는 건 아니니까요." 내가 대꾸하자, 그는 먼

바다로 눈길을 던지면서 덧붙였다. "그래도 부용동의 동백숲은 볼 만하죠." 그러고 보니 오늘 부용동을 찾은 것도 이 한마디가 기억에 남아 있었기 때문이다. 사실 내가 보길도에 관해서 알고 있는 지식이란 윤고산이 「어부사시사」를 지을 무렵에 살았던 섬이라는 정도였다. 그렇다고 그 유적을 탐방하러 이 섬에 온 것도 아니었다. 나는 남해의 외딴섬을 한번 찾아가보고 싶었고, 보길도라는 섬이 생각났을 뿐이다.

사내가 기지개를 켜듯 어깨를 펴면서 고개를 좌우로 돌렸다. 눈길이 서로 마주쳤다. 내가 알은체했다. 그러자 그도 나를 금방 알아보고는 고개를 끄덕였다.

"여기서 또 만나는군요."

"이리로 오시오. 술이나 같이하게."

그는 배낭을 어깨에 걸친 다음, 빈 술잔을 집어 들고 내 자리로 건너왔다.

"그동안 어디서 지냈습니까?"

"예송리에 있었어요."

내가 잔을 채우자 그는 한 모금 들이켰다.

"부용동엔 가보셨나요?"

"지금 거기에 다녀오는 길이오."

"어떻던가요? 아직은 별로죠? 꽃이 핀 것도 아니고."

"글쎄요. 꽃이 피었을 때를 보지 못했으니까."

그가 앞주머니에서 담뱃갑을 꺼냈다. 비어 있었다. 그는 빈 담뱃갑을 구겨서 버린 다음, 반쯤 남은 술잔을 비웠다. 나는 그의 빈 잔에 술을 따르고 내 담배를 권했다.

"사람들은 흔히 활짝 핀 동백꽃이 보기 좋다고 하지만, 전 안 그래요. 그런 모습은 왠지 되바라져 보이거든요. 헤픈 계집의 웃음처럼. 시들 무렵의 모습은 더더욱 꼴불견이고요. 단두대에 잘리듯 뎅강뎅강 떨어지고 나면 꽃송이들이 땅바닥에 흩날려 짓밟힌 꼴이란……")

그는 지금 어디에 있을까. 어디서 무엇을 하고 있을까.

그와 함께 있으면, 전혀 새로운 공기, 아름다움과 신선함으로 충만한 공기를 숨쉬게 된다. 그와 함께 있으면, 현재의 순간순간이 너무나 찬란하게 느껴진다. 그의 존재가 지니는 힘 안에서, 그의 눈빛이 담고 있는 풍부한 표현력 앞에서, 현실의 사소한 것들은 아무것도 아닌, 그야말로 하찮은 것들이 되어버린다. 그와 함께 있으면, 따사롭고 찬란한 빛살에 온몸이 감싸이는 듯한 기분을 느끼게 된다. 그 빛 안에서, 모든 사소한 것들은 영혼에서 사라져버린다. 그와 함께 있으면, 내가 미쳤다는 사실을 깨닫게 된다.

(깜빡 졸았던 것일까. 무언가 스치는 소리에 눈을 떴다. 눈을 감고 있었던 탓에 더욱 눈부신 햇살 사이로 그가 들어왔다. 처음

엔 어른거리는 흰빛이었다가, 점차 하나의 형상으로 변했다. 너는 누구지?

졸고 있는 사이에 책이 바닥에 굴러 떨어져 있었다. 인혜의 도착을 기다리는 동안 읽자고 들고 나온 책이다. À la recherche du temps perdu. 프루스트가 평생을 바쳐 이 책을 썼듯이, 나는 평생을 두고 읽을 작정으로 생각이 날 때마다 펼치곤 한다. 한 문장을 읽고 잠들 때도 있고, 어떤 때는 서너 페이지씩 나가기도 한다. 그러나 나는 아직도 제1권에 머물러 있다.

작중의 내가 르그랑댕 씨네 집 테라스에서 함께 저녁을 먹고 있다. 달 밝은 밤이다. 르그랑댕이 말한다. 참으로 아름다운 고요가 아닌가…… 어떤 소설가가 말하기를, 나처럼 상처 입은 마음에 어울리는 것은 다만 어둠과 고요뿐이라고 했지…… 어둠을 통하여 증류된 빛…… 달빛이 침묵의 피리로 부는 음악……

그날 밤, 나는 예송리로 돌아가지 못했다.)

오늘도 그가 다녀갔다.

그러나, 언제 왔다가 언제 갔는지, 나는 모른다. 무엇 때문에 다녀갔는지도 알지 못한다. 그런 데에 나는 관심이 없다. 그도 마찬가지여서, 왔다고 나 왔다 하는 법이 없고, 간다고 해서 나 간다 하는 법이 없다. 그는 바람처럼, 허깨비처럼 왔다 갈 뿐이다.

그렇게 와서, 다만 흔적을 남길 뿐이다. 때로는 질겅질겅 씹힌 담배꽁초로, 때로는 방바닥에 뒹구는 머리카락으로, 때로는 구겨진 휴지조각으로, 때로는 30분 뒤로 돌아간 시곗바늘로. 유리창에 비친 그림자가 그의 뒷모습일 수도 있다. 문틈으로 빠져나간 바람이 그의 숨소리일 수도 있다. 등기로 배달된 책 한 권이 그의 곡절일 수도 있다.

그는 그러므로, 흔적으로 다녀갈 뿐이다.

그러나 나는 그가 다녀갔음을 얼마든지 알 수 있다. 그가 다녀간 날이면 집 안에는 웬지 모를 열기가 충만해 있다. 그 열기는 나를 들뜨게 하고, 나는 신열에 겨워 흐느적거린다. 그때 나는 느낄 수 있다. 그의 존재를, 그의 숨결을, 그의 손길을, 그의 눈빛을 느낄 수 있다. 시간은 정지해 있다.

그는 지금 어디에 있을까. 어디서 무엇을 하고 있을까.

그가 보고 싶다. 그를 다시 만나고 싶다.

그러나 그는 지금 어디에 있는가. 그는 오늘, 무엇 때문에 또 다녀간 것일까.

(그날 밤, 나는 예송리로 돌아가지 못했다.

술을 많이 마신 것도 아닌데 온몸이 마비된 것 같았다. 그의 열기가 나를 취하게 했는지도 모른다. 그는 인생에 대해, 인생의 모험과 아름다움에 대해 이야기했다. 낡고 유치한 주제였지만, 키가 껑충한 그의 말 속에는 웬지 모를 호소력이 흐르고 있었다. 그의 입을 통하자, 진부하고 덧없는 말들조차 새롭고 신비로운 의미로 변하는 듯했다. 나는 당혹감을 느끼면서도 그 까닭을 이해할 수 없었다. 예컨대 그는 자기가 살인범이라고 말했다. 나는 그의 말을 조금도 의심치 않았다. 그러면서도 나는 그가 살인범이라는 사실을 전혀 믿을 수 없었다. 그러자 그는, 무섭지 않으냐고 물었다. 그래서 나는, 무서울 게 뭐 있겠느냐고 대답했다. 하지만 속으로는 좀 무서웠다. 밖으로 나왔을 때 나는 취한 것처럼 비틀거렸다. 그가 나를 부축했다. 여관을 찾아가 계단을 오를 때 나는 하마터면 발목이 접질릴 뻔했다. 그가 급히 어깨를 받쳐주지 않았다면 나는 아래층 바닥으로 굴러 떨어졌을지 모른다. 그러나 나는 고맙다는 말을 하지 않았다. 앞장선 종업원이 벽을 더듬어 스위치를 올렸다. 별안간 쏟아지는 형광등 불빛 때문에 나는 앞이 캄캄하도록 눈이 부셨다. 바다가 내다보이는 2층 방이었다.

문득, 어깨에 박히던 시린 이빨. 그 선뜩한 느낌 때문에 잠을 깬 것은 한밤중이었다. 아니, 푸른 새벽녘이었을까. 그러나 눈을 뜨려는 순간, 찬 공기가 내려앉은 맨살 가슴에 끈적한 간지럼이 돋아나고 있었다. 목덜미를 지나 코끝에 맴도는 숨결에서는 해초 냄새가 났다. 천천히, 그러나 숨 가쁘게 내 몸뚱이를 칭칭 휘감고 있는 열기. 몸속 깊은 곳에 숨죽여 있던 감각들이 꿈틀거리기 시작했다. 몸 구석구석으로 번지며 들끓는 열기가 세포들을 다그쳤다. 곤두선 털들이 바르르 떨고, 입을 연 땀구멍을 통해 스멀스멀 밖으로 기어 나오는 애벌레들을 볼 수 있었다. 손가락 끝, 발가락 끝, 머리털 끝, 그 모든 돌기 끝에서 불이 활활 타올랐다. 살이 터질 듯 부풀어 오르고, 숨이 턱 끝으로 밀려왔다. 나는 그러나 눈을 뜰 수가 없었다. 몸을 뒤척일 수도 없었다. 숨결 한 자락만 내뱉어도 그 모든 게 와르르 무너져버릴 것만 같았다. 아니, 눈을 감고 있어도 나는 볼 수 있었다. 늪처럼 깊게 자맥질하는 물고기를. 이윽고 썰물져 내려간 파도. 하얀 물거품 속에서 푸른 농어가 비늘을 번득이며 퍼덕거렸다.

아침에 눈을 떴을 때, 그는 이미 가고 없었다. 그는 안개였다. 아니, 간밤의 기억은 무엇이었을까. 꿈을 꾼 것일까.)

그는 오늘도 다녀갔다.

그는 오늘, 무엇 때문에 또 다녀간 것일까.

시간의 늪

1

작취미성. 종종 겪는 노릇이지만, 어제 밤늦게까지 마신 술이 아직도 덜 깬 모양이다. 눈꺼풀이 납물을 바른 듯 무겁고 관자놀이에는 바늘 끝이 박혀 있다. 낚시를 간다고 집을 나섰다가 붕어 대신 술로 위장을 잔뜩 채우고 돌아온 후유증이다. 하기야 그토록 마셔댔으니 뒤끝이 좋을 리 없고, 또 억지 술잔을 받은 것도 아니므로 누구를 탓할 일도 아니다.

문맥출판사의 박 사장한테서 전화가 온 것은 나흘 전. 박문길 사장은 내가 한때 몸담았던 출판사에서 영업부장으로 있다가 독립해서, 지금은 제법 성공한 축에 드는 40대 후반이었다. 그때의 인연으로 번역일도 몇 건 부탁을 받았고, 이따금 찾아가 술도 얻어먹고 하는 사이였다.

"어째 요즘은 발길이 뜸하네. 바쁜가 보지?"

"바쁘긴요. 그냥저냥 세월만 파먹고 있지요."

"몇이 어울려 밤낚시를 가기로 했는데, 많이 안 바쁘면 함께 가지그래. 날씨도 그렇고 씨알도 그렇고, 요즘이 제법 괜찮은 때거든."

지난 5월 초에도 그를 따라 안성 근방의 저수지를 다녀왔는데, 여태 추위가 다 가시지 않은 물가에서 온종일 떨다가 허탕만 치고 돌아온 것이 그로서는 못내 미안했던 모양이다.

더위도 제법 풀 죽은 9월 말이었다. 하루 이틀 나돈다고 일에 지장이 있을 것도 아니어서, 함께 가기로 했다. 그래서 약속한 날이 어제였다. 일행은 여섯. 행사를 주선한 박 사장과 그의 아우인 영업부장, 그리고 지업사 사장이라고 소개받은 40대 중반, 이렇게 세 사람은 마음 내키면 아무 때나 차를 몰고 낚시터를 찾아다니는 꾼들이고, 르포라이터로 더 알려진 시인과 얼마 전에 한 건 터뜨려 직장까지 그만둔 소설가와 거의 무명이나 다름없는 또한 사람의 소설가, 이렇게 셋은 어쩌다 틈틈이 낚시가방을 챙기는 축들이고, 그래서 솜씨도 고만고만하다.

점심때에 맞춰 박 사장 사무실에 꾸역꾸역 모여든 일행은 삼계탕에 반주를 곁들여 배를 채우고 바둑 몇 판으로 우애를 다진

다음, 두 사장의 쏘나타와 그랜저에 나누어 타고 오후 3시쯤 서울을 빠져나갔다. 김포 들녘은 어느덧 누렇게 물들어가고 있었다. 행선지는 강화도 북단에 있는 어느 저수지. 민통선 때문에 일반인은 드나들 수 없다가 최근에 출입이 허용된 곳이다. 그러나 아직은 널리 알려져 있지 않아서인지 그 넓고 그득한 저수지가 도회의 땟국도 없이 한적하고 상쾌했다. 도착하자마자 각자 편한 대로 자리를 잡고 앉았는데, 누구는 사 들고 간 소주 몇 잔에 거나해지고, 누구는 주위를 어슬렁거리며 우리 일행보다 먼저 와 자리 잡은 낚시꾼들의 살림망을 기웃거리고, 또 누구는 잔챙이나마 몇 마리 낚아 올린 기분에 콧노래가 절로 나오는 판이었다.

시나브로 땅거미가 지고, 저수지를 에워싼 등성이를 타고 어둠이 한 걸음 두 걸음 넘어오고 있었다. 밤낚시로 채비를 바꾼 다음, 이제 슬슬 손맛을 보겠구나, 잔뜩 설레며 마음을 다잡고 있는데, 이런 제길, 느닷없이 수면에 바람꽃이 피더니, 급기야는 예보에도 없던 빗발마저 쏟아지는 게 아닌가. 허겁지겁 차 안으로 피해 들어가 하늘의 낌새를 살피니, 쉬 가라앉을 날씨가 아니었다. 이런 경우를 당해서도 프로는 프로다웠다. 결단을 내린 것은 박 사장이었다. 그는 지업사 사장과 몇 마디 나누더니, 멀뚱히 눈치를 살피고 있는 아마추어들에게 선언했다. 오늘은 끝났다고. 일행은 툴툴거리며 대를 거두고 자꾸만 뒤돌아보며 서울로 돌아왔다. 시내로 들어와 광화문 근처에서 헤어졌는데, 차를 가진 쪽 셋은

각자 집으로 직행하고, 나머지 셋은 세종문화회관 뒷골목에 있는
단골 술집으로 향했다.

　애초에 마음먹기로는 헛걸음한 부아를 달랠 정도만 마시고 나
올 생각이었다. 그런데, 술자리라는 게 흔히 그렇듯, 일단 자리를
잡고 앉으면 털고 일어서기가 그리 쉬운 노릇이 아니다. 그 술집
을 단골로 삼은 작자가 우리 일행만도 아니고, 또 그 시간쯤 거기
에 찾아든 이들 중에는 서로 안면이 있는 문학 동네 이웃도 몇몇
있는 법이어서, 참 오랜만이다 어쩌구에 한 잔, 정 아무개가 새장
가 든다더라 저쩌구에 또 한 잔 하는 식으로 술잔이 오가지 않
을 수 없고, 그러는 사이에 누가 먼저랄 것도 없는 노래자랑이 곁
들여졌으며, 10시 반쯤에는 이날 처음 소개받은 여류시인이 합석
하여 그 젊은 미모에다 윤심덕을 뺨칠 정도의 미성까지 뽐내는
바람에 술자리는 마냥 무르익어갔다. 분위기가 이러할진대, 내 어
쭙잖은 궁둥이가 자리를 뜨기 싫다고 강짜를 부림은 당연한 일
이었다. 안 그래도 술에 강하고 분위기에 약한, 게다가 내일 아침
출근을 걱정하지 않아도 좋은 팔자인 나로서는, 오뉴월 엿가락처
럼 늘어지는 술자리의 한끝을 냠냠 핥으며, 주인 마담이 이제는
그만 파장해주었으면 좋겠다는 눈치를 보일 때까지 함께 어울릴
수밖에 없었다. 술값은 각자 알맞게 나누어 외상으로 긋고, 가는
비가 오락가락하는 길거리로 나온 다음, 한 손은 낚시가방을 둘
러메고 다른 한 손으로는 연신 하일 히틀러 동작을 반복하면서

이리 뛰고 저리 뛰고 한 끝에, 마침내 합승택시를 얻어 타고 집으로 돌아온 것은 자정도 훨씬 지나서였다.

그러니 지금쯤은, 여느 때 같으면 아직도 혼곤한 잠에 빠져 있을 시간이었다. 그 시간에 어렵사리 눈을 뜬 것은 거실에서 고집스레 울려대는 그 빌어먹을 전화벨 소리 때문이었다. 이놈의 마누란 벌써 나갔나? 한 눈은 간신히 뜨고 또 한 눈은 질끈 감은 채 짜증과 통증이 번갈아 관통하는 머리를 돌려 침대 옆 탁자에 놓인 시계를 보니, 벌써 9시 40분이었다. 이 시간이면 아내는 아파트 단지를 벗어나고 있을 터. 어쩌면 가게문을 열고 있을지도 모른다. 남들은 약사 아내를 둔 나를 보고 부러워 죽겠다는 눈치지만, 내가 실제로 어떤 처지에 놓여 있으며 또 어떤 불편을 감수하고 있는지를 알고 나면 설레설레 고개를 저을 것이다. 물론 가족 부양의 의무에서 벗어나 나 하고 싶은 대로 시간을 주무를 수 있는 행운은 순전히 아내 덕이지만, 그 반대급부로 치러야 하는 곤욕도 결코 만만하다고만은 할 수 없다.

우선 집 안 청소가 그렇다. 사십 고개를 눈앞에 둔 남편과 그보다 두 살 아래인 아내, 그리고 초등학교 5학년짜리 아들, 이렇게 세 식구로 이루어진 단출한 살림이라 먼지가 그다지 많이 나는 것도 아니고, 따라서 청소래야 사나흘에 한 번 하는 게 고작이기는 하지만, 명색이 가장인 처지에 소리도 요란한 청소기 수레를 끌고 다니며 이 방 저 방 들락거리는 꼬락서니라니!

5년 전, 그러니까 우리 세 식구가 과천으로 이사하고 아내가
약국을 개업한 이듬해, 나로서는 글동네에 전입 신고한 지 이태
만에 첫 작품집을 내고 한껏 어깨에 힘이 들어가 있던 가을에,
섣부른 치기로 전업작가를 선언하며(그해 여름을 뜨겁게 달구었
던 사회 분위기에 휩쓸려 나도 덩달아 들떴던 것이리라) 직장을
때려치우고 집 안에 들어앉을 때만 해도, 당분간은 용돈마저 아
내한테 얻어 써야 하는 남정네로서의 약간은 송구한 마음 때문
에, 그리고 그 미안함을 달래기 위해서는 거기에 상응한 무언가
를 짊어져야 할 것 같다는 자격지심에, 나 스스로 청해서 집 안
청소를 맡았는데, 그게 결국은 관행이 되고 의무로 지켜야 할 몫
이 되어버린 것이다.

　그러나 어느 남정네가 이런 수고를 순순히 받아들일 수 있겠는
가. 그래서 남편의 체면을 더 이상 구길 수는 없다고 판단한 내가
한번은 듣기 좋게, 일주일에 이틀만 파출부를 부르자고 했더니,
돌아온 대꾸인즉 이랬다: "내 성질 잘 알잖아요." 아내 말마따나
나도 잘 아는 그 성질이란 것이, 낯선 사람이 집 안에 들어오는
것을 딱 질색으로 여기는, 그 별난 결벽증이었다. 그게 어느 정도
로 심하냐 하면, 언젠가 있었던 사례 하나를 드는 것으로 족할
것이다. 부린 지 2년도 채 안 된 컴퓨터가 걸핏하면 딴청을 피우
곤 해서 그 방면의 전문가 한 분을 초빙하여 손을 좀 보아준 적
이 있는데, 그날 저녁에 밥상을 차리러 잠깐 귀가한 아내가 현관

을 들어서더니 대뜸 하는 소리가 "누구 왔다 갔어요?"였다. 이때 아내의 억양은, 다녀간 사람이 누구냐고 묻는 게 아니라, 어떤 족속인지는 모르되 하여간 누군가가 다녀간 게 맞지? 하고 다그치는 투였다. 그래서 내가 낮에 있었던 일을 털어놓자 아내는 다짜고짜 걸레를 집어 들더니, 현관에서 내 방에 모셔둔 컴퓨터 앞까지 낯선 방문객이 오가며 밟았음 직한 코스를 거듭거듭 닦고 훔치고 문질러댔다. 때마침 여름철이라 컴퓨터 전문가의 하드웨어 냄새가 여기저기 묻어 있었던 것이다.

이렇게 말하면 내 아내가 마치 인간혐오증 환자라도 되는 것처럼 들릴지 모르지만, 결코 그렇지는 않다. 우리 내외에 딸린 피붙이나 친구, 심지어는 아들 녀석이 우르르 몰고 데려오는 같은 반 아이들, 그러니까 아내가 독자적으로 설정한 평화선 안에 들어 있는 사람이 방문하면 얼마나 곰살궂게 대하는지(예컨대 아들놈 친구치고 박카스나 구론산 맛을 모르는 애가 없다), 내 쪽에서 괜히 샘이 절로 날 정도다. 그래서 내 아내한테 이런 못된 구석이 있는 줄 모르는 친구들은, 내가 세상 최고의 여자를 데리고 사는 줄 안다. 하지만, 천만의 말씀이다.

어쨌든 내가 청소의 의무를 거부하자 아내는 일요일마다 팔을 걷어붙이고 손수 나서기 시작했다. 처음 얼마 동안은 나도 남편으로서의 자존심을 지키느라 모른 체하고 넘겼다. 이럴 때 내 수법이란 "내 방은 관둬!" 한마디 던져놓고, 아내가 이런저런 잔소리와 퉁탕거리는 빗질로 나를 쓸어내기 전에 내가 먼저 앞서서 나 자신을 집 밖으로 내쫓는 정도가 고작이다. 놀이터 한구석에 쪼그리고 앉아서 동네 꼬마들이 뛰노는 모양을 멍하니 바라보거나, 아파트의 동과 동 사이 또는 단지와 단지 사이를 터벅터벅 걷거나, 쇼핑센터에 들러서 책방이 있는 4층부터 지하 슈퍼마켓까지 오르내리며 기웃거리거나, 근처에 있는 대공원에 가서 개미핥기의 습성을 이모저모로 관찰하다가, 지금쯤 청소가 끝났겠지 싶은 시간에 맞춰 집으로 돌아가면, 아내는 소파에 비스듬히 기댄 채 졸고 있다. 연주가 다 끝난 레코드는 직직 헛돌고 있고.

그러나, 부부란 게 어디 그런가. 좋으나 싫으나 서로 등 기대며 사는 사이 아닌가. 게다가 실업자 주제인 나로서는 마냥 뻗대기만 할 처지도 아니었다. 달포쯤 지나고 나자 청소 때에 맞춰 밖으로 슬그머니 빠져나가는 것도 너무 속보이는 짓이라 망설이게 되었고, 그래서 걸레도 빨고 소파며 탁자도 닦고 쓰레기봉투도 치우며 슬슬 거들게 되었는데, 그러던 것이 어느 결에 도로아미타불로 되돌아간 것이다. 요즘 아내는 나보고 이렇게 말한다: "어디 청소 선수권 대회 같은 거 안 열린대요? 당신 나가면 우승은 따논 당상인데."

두 번째 불편은 점심이다. 아침은 그리 문제될 게 없다. 아내가 마련한 식생활 개선을 위한 제2차 5개년 계획에 따라 우리 식구는 인절미 두 개와 저온살균 우유 한 컵, 그리고 아내가 동서고

금의 온갖 참고문헌을 뒤적이며 손수 조제한 영양제 한 봉지를 입안에 털어 넣는 것으로 끝내고 있으니까. 그 알량한 식사를 대개는 세 식구가 함께(하나뿐인 아들의 가정교육을 위하여!) 하지만, 간혹 밤일이 길어져 내가 좀 늦잠을 자는 경우에는 아내가 출근하면서 식탁을 차려둔다(거르지 말라는 메모와 함께!).

문제될 게 없기는 저녁도 마찬가지. 아내가 건강 식단에 맞추어 나름껏 상을 보기 때문이다. 그 건강 식단이란, 마저 밝히건대 다음과 같다. 압력솥으로 약간 질게 지은 현미잡곡밥, 콩나물국이나 아욱된장국, 양상추와 오이와 쑥갓 등속을 간간한 양념장에 버무린 샐러드, 고등어나 꽁치 따위 이른바 등푸른생선의 조림이나 구이…… 뭍고기가 밥상에 오르지 않는 까닭은, 아내가 물고기는 가려서라도 먹지만 뭍고기는 가릴 것도 없이 입에 대지 않기 때문이다. 동물성 단백질은 그러므로 밖에서 보충할 수밖에 없는데, 한 달에 서너 번 하는 외식 때마다 우리 세 식구는 식당 골목 입구에서 이산가족이 되었다가 30분 뒤에 책방에서 상봉한다. 아내는 비빔밥이나 냉면이나 칼국수를 먹으러 가고, 부자는 삼계탕집이나 설렁탕집으로 향하기 때문이다.

남는 것은 점심인데, 아들놈이야 도시락을 싸들고 가니까 문제될 게 없고, 아내는 약국이 들어 있는 상가 건물의 지하 식당에서 칼국수나 순두부백반으로 해결하니까 불편할 게 없다. 그러나 나는? 여기에 대한 해결책까지는 아내가 마련해두지 않기 때문이다. 그래서 때로는 점심시간에 맞춰 약국을 찾아가 아내와 함께 먹기도 하지만, 나 혼자 텅 빈 집구석에서 냉장고를 뒤지고 가스불을 피우는 날이 더 많다. 김치나 콩자반, 멸치볶음 같은 밑반찬이야 냉장고에 들어 있는 것을 찬그릇째 꺼내면 되지만, 밥을 푸고 국이나 찌개를 데우고 하는 따위는 정말 성가신 노릇이 아닐 수 없다.* 그것도 어제 저녁에 먹다 남겨둔 밥과 국을 차리고 앉아서 혼자 쩝쩝거리는 맛이라니! 더구나 아내는 인스턴트식품이라면 쳐다보지도 않는 여자라서, 내가 미리 살짝 사다 둔 게 없으면 집 안에서 찾아 먹기 어렵다. 그런데도 친구들은 이런 내 사정은 눈곱만큼도 모르고, 내 아내가 전주 출신이라는 사실만 염두에 둔 채, 내가 만날 전주식 한정식으로 포식하고 있는 줄 안다.

세 번째가 오늘 같은 경우로, 좀 늦게 일어났을 때 곁에 아무도 없다는 것은 참으로 견디기 어렵다. 그 외롭고 안타까운 심사여. 집 안은 깊은 산속처럼 호젓하고, 밤새 원기를 되찾아 팽팽해진 아랫배는 짝을 찾아 자꾸만 고개를 내뻗는데, 아무리 불러도 달려오기는커녕 대답 한마디 해줄 임자가 없다니. 더구나 바늘 끝으로 콕콕 찌르는 듯한 두통을 온몸으로 느끼며 눈을 떴을 때,

---

* 이 작품이 발표된 것은 1993년 가을이고, '햇반' 같은 즉석밥이 나온 것은 1997년이다.

꿀물은 고사하고 자리끼 한 사발 준비해둔 바 없이 나가버린 아내여, 혹시 출근길에 돌부리에 걸려 코가 깨지지는 않았는지.

전화벨 소리는 끊겼다가 다시 울리기를 벌써 여러 차례 되풀이하고 있었다. 전화를 건 작자가 끈기를 과시하고 있다기보다, 그만큼 급한 용무가 있다는 신호일 터였다. 도대체 어떤 놈이야. 투덜거리면서, 나는 침대를 빠져나와 거실로 갔다. 팬티 하나만 달랑 걸친 꼴로. 수화기를 들자, 상대는 단잠을 깨운 데 대한 사과의 말은 아예 없고, 대뜸 화부터 냈다.

"지금이 몇 신데 여태 퍼자는 거요. 정말 팔자 한번 늘어지셨군."

청각이 미처 제 기능을 발휘하기 전인 데다 전화 목소리가 짐짓 한 옥타브 높아져 있어서 상대가 누구인지 얼핏 짐작이 안 갔다.

"남이사. 근데 누구쇼?"

"나요, 형. 윤구."

조윤구. 보름에 한 번은 만나는 대학 3년 후배. 내가 이제까지 발표한 소설책 세 권 가운데 두 권을 펴낸 도서출판 눈과귀의 편집장. 시인이면서 평론 청탁도 받곤 하는 불문과 출신. 어느 지방 대학에서 훈장질하고 있는 평론가와 광고회사 카피라이터인 시인과 창작보다는 번역에 더 매달리고 있는 소설가, 이렇게 세 사람한테 눈과귀의 기획위원이라는 억지감투를 씌워놓고 용돈도 주고 술도 사주는 독신주의자. 회의는 매달 첫째와 셋째 금요일 오후에 열린다. 30분은 한 달에 한 번 받는 봉투 값을 하느라 머리를 맞대고, 30분은 이런저런 풍문과 험담과 우스개로 노닥거리며 허리를 펴고, 한두 시간은 바둑 리그전을 벌인다. 급수가 공교롭게도 한 살 터울인 나이와 역순이어서, 나—훈장—카피맨—편집장 순으로 한 점씩 접히고 둔다. 소설가와 평론가는 싸움바둑이고 두 시인은 집바둑이다. 결과에 따라, 우승자는 공짜, 준우승자는 만 원, 삼등은 2만 원, 꼴등은 3만 원을 기금으로 갹출하여 저녁을 겸한 1차 술을 마시고, 2차는 편집장이 접대비로 처리한다. 성적은 엇비슷하지만 집바둑 쪽이 다소 승률이 높은 편이다.

"웬일이냐, 이 꼭두새벽에?"

"강재효 어머니가 돌아가셨어. 어젯밤에."

강재효. 눈과귀의 기획위원 중 평론가. 카프를 전공한 국문학자. 필력도 대단하지만, 특히 리얼리즘을 주제로 한 문학 좌담에 단골로 초대받는 말꾼. 같은 과 동기끼리 결혼했는데, 남편은 대전에 있는 대학에서, 아내는 서울에 있는 여고에서 교편을 잡고 있다. 이른바 주말부부로서, 월요일 아침에 헤어졌다가 금요일 밤에 다시 만나기를 벌써 몇 해째 계속하고 있다. 대전에서는 하숙을 하고 있고, 서울에서는 처갓집 신세를 지고 있다. 눈과귀의 기획회의가 금요일 오후로 정해진 것도 그의 이런 처지를 고려한

결과다. 그의 모친은 오래전부터 지병을 앓아왔는데, 그가 재직하고 있는 대학의 부속병원에서 입원 치료를 받다가 얼마 전에 고향집으로 옮겨갔다는 말을 전해 듣고 있었다. 그의 고향은 청주. 아니, 더 정확히는 청원군 어느 작은 마을.

"그 친구, 차라리 속편해지겠군."

"사실 그래요. 별로 내색은 없었지만, 고생이 여간 아니었거든요. 마음고생이야 그렇다 치고, 경제적으로도 여간 힘들었던 게 아녜요."

"형이 있다며?"

"요즘 농사란 게 빚지면서 하는 짓 아뇨?"

그러께엔가 강재효가 어느 문학지에 발표한 글이 생각났다. 이기영의 『땅』을 논한 평론. 그 글을 읽으면서 나는 필자의 주안점이 작품 자체보다 작품의 배경이 되었던 토지 분배에 더 쏠려 있다는 느낌을 받았었다. 그의 출신 성분을 짐작게 하는 거라고는 기껏 이 정도. 행동거지는 물론 말투에서조차 그가 촌놈이라는 사실을 알아채기는 어렵다. 몸만이 아니라 마음까지도 우울한 과거, 궁핍한 고향으로부터 떠나고 싶었던 것일까. 어쨌거나 형이 있음에도 그 혼자 도회로 나와 공부를 하고 대학 선생으로까지 출세했다면, 집안에서는 사실상 가장이나 한가지인 기대와 짐을 양어깨에 짊어지고 있을 것이다.

"가봐야 하는 거 아냐?"

"당연하죠. 근데 말이오, 형."

간살스럽게 덧붙인 끝 억양이 새삼스러웠다. 아니나 다를까 그의 다음 말이 이랬다.

"우리 셋 중에 형 말고는 가기가 힘들어."

"그건 왜?"

"하필이면 오늘이 우리 할아버지 제사야. 그리고 창하는 지금 강릉에 가 있어. 광고 찍는 데 따라간 모양인데, 연락이 닿더라도 아마 가기가 힘들 거야."

변창하. 나이는 나보다 두 살 아래지만, 문단에 얼굴 내밀기는 두 해 먼저. 어느 조간신문의 신춘문예에 당선하고, 이듬해 봄에 어느 계간 문예지의 오늘의 시인상을 수상. 그때 상 받은 시집이 『며느리밑씻개를 위하여』. 두 번째 시집은 『방귀여, 방귀여』. 작년 가을에 나온 세 번째 시집은 『향기를 찾아서』. 평소의 말투만큼이나 장난기 심한 그의 시가 좋은지 어떤지는 알 수 없으되, 광고계에서는 알아주는 카피라이터. 예컨대 재작년에 유행어로까지 번질 만큼 히트했던 화장품 광고 '여인 시리즈'는 그의 작품이다. '봄의 여인 — 사랑하고 싶다!'에서 출발한 광고가 '겨울 여인 — 떠나고 싶다!'로 끝날 무렵 그는 아내와 헤어짐으로써 자신이 만든 광고 효과를 몸소 체험한 바 있다. 바람도 종종 피울 줄 알고, 굿판이라면 방방곡곡 안 찾아가본 데가 없을 만큼 여행을 좋아한다. 때로는 생각이 기발하여 실소와 홍소를 동시에 자아내게 만드는 재주꾼이기도 하다.

"그럼, 나 혼자 가라고?"

"이럴 때 아니면 언제 업자 체면 세우겠수."

"나도 바빠, 인마."

"그래도 강재효하곤 형이 제일 친한 편이잖우."

눈과귀에서 만나는 넷 중에는 그럴지도 모른다. 강재효의 처가
가 봉천동 낙성대 근처이고 내 집이 과천이기 때문에, 모임이 있
는 날 눈과귀가 있는 역삼동에서 술을 마시고 나면 귀갓길이 동
행이기 십상이고, 그래서 함께 합승택시를 타고 오다가 사당동
어름에서 내려 밤늦은 포장마차에 들르는 경우가 많았다. 호칭은
서로 강형, 김형 하지만, 말을 놓기로 합의한 것도, 서로의 지난날
을 술기운 빌려 털어놓은 것도 둘만이 있는 자리에서였다. 그는
유복자로 태어났고, 상고를 졸업한 뒤 2년쯤 은행원으로 재직했
으며, 방위로 군복무를 마친 뒤 대학입시 공부에 매달린 끝에 국
립사범대학 국어교육과에 들어갔다. 고등학교 선생으로 재직하
면서 석사과정을 마쳤고, 곧바로 대학에 자리를 얻을 수 있었던
것은, 그의 말로는 그 무렵 대학 정원이 갑자기 늘어난 행운 덕이
었다(짐작건대 그의 억척스러움도 한몫했을 것이다). 물론 이런
이야기만 들은 것은 아니다. 예컨대 그가 은행에 다닐 때 사귄 연
상의 첫사랑을 최근에 다시 만나고 있다는 이야기, 그들 부부가
서로 강 선생, 윤 선생 하고 부른다는 이야기, 둘 사이에 자식이

없는 게 바로 그 때문이 아닐까 싶어 요즘은 내외간의 호칭을 바꿔볼까 궁리 중이라는 이야기 등을 들었으며, 나는 총각 딱지를 뗀 이야기며 군대에서 탈영했던 이야기, 아내하고는 여성상위로 한다는 이야기 등을 들려주었다. 이처럼 둘만 따로 만나 속살까지 내보인 사이지만, 아무리 그렇더라도 나 혼자 찾아가기는 왠지 버겁게 느껴졌다. 더구나 오늘 가면 밤샘이라도 해야 할지 모르는데, 그 낯선 시골 초상집에서 그야말로 꾸어다놓은 보릿자루처럼 앉아 있을 꼴을 생각하면 여간 난감한 게 아니었다.

"어디 연락해서 함께 갈 만한 친구 없냐?"

"나도 몇 군데 연락해볼게요. 따로 연락받고 가는 친구가 있을지도 모르니까, 밤에 고스톱판은 벌일 수 있을 거요."

"내가 언제 화투 치는 거 봤어?"

"그럼 이번에 가서 배워두쇼. 배워서 남 주는 거 아니니까. 어쨌든 지금 곧장 이리로 오세요. 점심이나 같이하게. 봉투 준비해둘 테니까 그것도 가져가고. 그럼, 이따 봅시다."

그러고는 내가 뭐라고 대꾸도 하기 전에 전화가 끊겼다.

화장실을 들락거리며 배설과 샤워를 마치고 나자 10시 반이었다. 두통도 가셨고 기분도 상쾌했다. 식탁에는 아내가 보아둔 건강식이 기다리고 있었지만, 별로 생각이 없었다. 나는 커피를 끓이고 담배를 피워 문 다음 소파에 앉아 조간을 펼쳐 들었다. 나는 신문을 읽을 때 맨 뒷장부터 읽기 시작하는데, 전면광고인 24면을 넘기자 사회면에는 다섯 구의 시체가 한구석에 몰린 채 나란히 누워 있었다: 대구의 한 아무개(50, 회사원) 씨는 손 아무개(45, 건축업) 씨와 맥주 네 병 내기 바둑을 두던 중 한 수 물려줄 것을 요구하다 거절당하자 사무실 책상 위에 있던 길이 10센티미터가량의 과도로 손씨의 왼쪽 가슴을 찔러 그 자리에서 숨지게 했다; 경기도 안성에서는 이 아무개(37, 농업) 씨가 술을 마시고 밤늦게 들어와 "장가도 못 가고 속만 썩여드려서 죄송하다"고 울부짖은 뒤 제초제 한 병을 마시고 자살했다; 전북 정주에서는 황 아무개(53, 이발사) 씨가 아내 강 아무개(50) 씨를 심한 말다툼 끝에 목 졸라 죽이고 달아났다; 서울 반포 H아파트 ○○동 ××호 김 아무개(45, 무직) 씨가 집 안방에서 깨진 유리병으로 머리를 찔린 뒤 숨져 있는 것을 부인 박 아무개(44) 씨가 발견했다; 부산 동래 아리랑여관 302호실에 투숙 중이던 권 아무개(48, 여) 씨가 흉기로 가슴이 찔린 채 숨져 있는 것을 여관 종업원이 발견했다. 강재효 모친의 죽음은 부고란에도 실려 있지 않았다.

이제 내 방으로 들어가 컴퓨터를 켜면, 여느 날과 다름없는 일상이 시작될 터였다. 그것은 이를테면 직장에 출근하여 타임카드를 찍는 거나 한가지였다. 그러나 오늘은 조윤구한테서 걸려온 전화가 그 일상을 시작도 하기 전에 비틀어버렸다. 더구나 그 전화는 나를 일방통행으로 내몬 셈이었다. 억지로 떼밀린 듯한 기분이 들어 불쾌했다. 하지만 어쩌겠는가. 그의 부탁이 아니더라도 나로서는 문상을 가봐야 할 처지인 데다, 요즘은 그다지 바쁜 일도 없었다. 물론 급히 처리해야 할 일거리가 없다 뿐이지 할 일이 없는 것은 아니다. 아직 독촉을 받을 단계는 아니지만, 진행 중인 원고가 둘이었다. 하나는 올해 말까지 넘겨주기로 약속한 번역이고, 다른 하나는 다음 달까지 써주기로 한 소설.

번역 중인 작품은 미국의 여류작가가 쓴 대중소설. 출세한 남편에게 버림받은 세 명의 조강지처가 작당하여, 젊고 늘씬한 금발 미녀한테 새장가를 든 전남편들을 한 사람씩 파멸시키는 내용이다. 지난달부터 시작한 번역이 지금 아내들이 복수의 칼날을 갈기 시작한 대목까지 진행되었다. 분량으로 보면 절반 가까이 진척된 셈이므로, 약속한 날짜까지는 충분히 끝낼 수 있을 터였다.

소설은 150매가량 썼는데, 앞으로 100매쯤 더 쓰고 마무리 지을 작정이다. 한때 지식욕에 불탔던 한 사내가 결국은 리어카를 끌고 다니며 젊어서 읽었던 헌책들을 팔아 연명하는 처지로 몰리게 된 사연을 약간 희화적으로 묘사한 내용이다. 원래는 100매 정도의 단편으로 만들 생각이었는데, 써나가는 동안 자꾸만 욕심이 끼어드는 바람에 글에 헛배가 들어버렸다. 이는 바꿔 말하면 자제력이 약해지고, 그래서 점점 식탐과 소화불량에 빠져들고 있다는 증거이다. 요즘 들면서 소설이 무턱대고 길어지는 경향인데, 그게 그리 좋은 현상은 아니지 하는 생각을 하면서도 나 자신이 그런 흐름에 휩쓸리고 있다는 건 우습고 씁쓸하고 답답한 노릇이다.

아무래도 하룻밤은 지내고 와야 할 것 같아, 간단하게나마 가방을 꾸렸다. 평소에도 외출할 적엔 조그만 가방을 어깨에 둘러메고 다녔으므로, 양말 한 켤레와 수건, 칫솔을 따로 더 넣는 것으로 충분했다. 넥타이는 매지 않았지만 콤비 정도 걸치면 크게 실례가 되지는 않을 터였다. 조의금은 얼마로 하는 게 좋을까. 평소에 문상을 갈 때처럼 3만 원으로 할까, 조금 더 써서 5만 원으로 할까, 아니면 먼길 행차에 어울리게 10만 원으로 할까. 담배를 서너 모금 내뱉는 동안 궁리하다가, 낯선 시골까지 찾아가는 것만도 금액으로 따질 수 없는 정성이겠다 싶고, 과공비례요 과유불급이라 했으니 중용을 따르는 게 좋겠구나 생각하여, 5만 원으로 낙찰을 보았다. 나는 거실 장식장 왼쪽 서랍을 열고 가계부를 꺼냈다. 표지에 십장생 무늬가 금박으로 찍힌 이 가계부는 어느 여성지의 연말 부록으로 나온 것인데, 숫자보다는 암호 비슷한 기호나 상형문자가 더 많기 때문에, 누가 보아도 가계부가 아니라 비망록으로 쓰이고 있음을 알 수 있다. 그 속에는 아내가 경조금 따위로 쓰기 위해 준비해둔 만 원짜리 빳빳한 지폐가 들어 있기도 하다. 네 장뿐이었다. 한 장은 내 지갑에서 꺼낼 수밖에 없었다. 백지에다 단자를 쓰고 접어서 조의금과 함께 봉투에 넣었다.

이로써 떠날 준비는 끝난 셈이다.

나는 전화기 앞으로 가서, 송수화기를 들고 아내의 약국 전화
번호를 눌렀다.

"나야."

"술은 깼어요?"

"그럭저럭."

"아침은 먹었어요?"

"아니."

"그러니 맨날 속 쓰리다고 타령이죠."

"나 오늘 청주에 가야 돼."

"청주? 왜요?"

"강재효 어머니가 돌아가셨대."

"강재효가 누군데요?"

"눈과귀에서 만나는 친구 있잖아. 평론쟁이 말야."

"아, 이산가족요."

"이산가족이라니?"

"당신이 언젠가 그랬잖아요. 누구랑 가는데요?"

"나 혼자."

"그런데 왜 당신이 가야 해요? 더구나 혼자."

"윤구한테서 전화가 왔는데, 나 말고는 갈 사람이 없나 봐. 그
런 사정 아니어도 가봐야 할 처지이지만."

"그렇게 친한 사이예요? 난 몰랐네. 언제 올 건데요?"

"내일."

"떠날 준비는 다 된 거예요?"

"준비할 거나 뭐 있나?"

"나가는 길에 여기 들러요. 점심이나 같이하게."

"윤구랑 하기로 했어. 내 가는 편에 부조금 보낸다니까 그것도 받고…… 참, 돈 다 떨어졌네."

"돈이 떨어져요? 당신 통장에 입금시킨 게 언젠데 벌써 떨어져요?"

"그게 아니고, 경조금으로 쓰는 돈 말야. 네 장뿐이더라고."

"그거면 충분하겠네요 뭐."

"내려가는 김에 전주에 들러서 올까?"

"뭣하게요?"

"그냥. 가본 지도 오래됐잖아."

"부러 그러실 필요 없어요."

"그럼 그러지 뭐."

"가는 데가 청주라면서요?"

"그래. 왜?"

"최진우 씨나 연락해서 만나보지그래요."

"최진우? 아하, 그렇구나. 내가 왜 그 생각을 못했지?"

"맨날 그렇지 뭐. 그놈의 술 때문이라고요."

최진우. 학교는 다르지만, 대학 시절에 만나 깊이 사귄 친구.

2학년 때 같은 과 친구를 통해 한 여학생을 소개받았다. 어느 가을날 그녀와 데이트하다가 들어간 다방에서 우연히 그녀의 여고 동창 친구를 만났다. 그 친구도 우리처럼 데이트하다가 다방에 들어온 참이었다. 그래서 술집으로 자리를 옮겨 합석했는데, 그녀 동창의 남자 친구가 최진우였다. 그는 A대 국문과에, 나는 Z대 불문과에 다녔다. 그가 나보다 한 살 위인데도 같은 학년이었던 것은 재수를 했기 때문. 두 사람은 학문보다는 창작에 더 관심이 많았고, 그런 점에서는 의기가 투합했지만, 무엇을 또 어떻게 쓸 것이냐 하는 문제에서는 의견이 달랐다. 다소 억지를 부린 이분법이지만, 그는 이미 사실주의자였고 나는 아직도 낭만주의자였다. 그는 루카치니 하우저니를 들먹여 나를 기죽였고, 나는 기껏 누보로망 정도 아는 체함으로써 대들었다. 긴급조치가 펑펑 쏟아지던 시절이었다. 그런 만큼 공세는 그의 몫이었다. 게다가 그는 나보다 훨씬 말에 조리가 있었다. 그렇다고 나로서도 맥없이 물러설 수만은 없는 것이, 여자가 동석한 자리인 데다 내 나름의 문청다운 치기가 작용한 탓도 있었다. 무슨 말끝이었는지는 기억나지 않지만 그가 나더러 문예반 학생 같다고 비아냥거리던 게 아직도 생생하다.

어쨌든 처음 만난 자리인데도 꽤나 심각한 말씨름이 벌어졌다. 논쟁은 술집을 나오고 다시 광교 근처의 포장마차로 자리를 옮겨서까지 이어졌지만, 그때는 통행금지가 있던 시절이라 미진한 채로 헤어질 수밖에 없었다. 그러나 우리는 다시 만나자는 약속을 할 수 있었다. 처음 얼마 동안은 더블데이트로 만나다가 나중에는 둘만의 우정으로 변했고, 둘 다 비슷한 시기에 각각 여자 친구와 헤어진 뒤에도 그 우정은 계속 이어졌다. 그는 청주 출신이고 나는 제주 출신이어서 각자 다니는 학교 근처에 하숙을 하고 있었는데, 서로 오가며 밤을 같이 지내는 경우도 많았고, 방학 때면 청주와 제주를 번갈아 찾아가기도 했다. 우리 관계는 어쩌면 처남 매부로까지 이어졌을지도 모른다. 우리는 그런 말을 농반진반으로 주고받기도 했고, 사실 나로서는 한때나마 그의 누이한테 마음을 둔 적이 있었기 때문이다.

둘 사이에 잠시 변화가 있었다. 4학년 가을에 그가 학내 시위에 참여했다가 붙잡혀 강제로 징집당한 것이다. 날씨가 맑은 날이면 금강산이 한눈에 들어온다는 동해안에서 그는 보름에 한번꼴로 편지를 보내왔다. 그 이듬해, 그가 첫 휴가를 나오기 한 달 전쯤에 나도 논산으로 입영했다. 그런 뒤에는 편지 왕래조차 뜸해지더니, 나중에는 소식조차 모르고 지내는 형편이 되었다. 제대하고 나서도 나는 그를 찾지 않았다. 이른바 서울의 봄이 한창이던 무렵이었다. 세상 돌아가는 분위기도 그랬거니와 개인적으로도 경황이 없었다. 어떻게든 서울에 빌붙어 있으려면 밥벌이 자리를 마련해야 했다. 그래서 들어간 곳이 어느 출판사였고, 그곳에서 최진우의 대학 후배를 만났다. 금테 안경에 아직도 소녀처럼 단발머리를 하고 다니는 여자였다. 그녀한테서 전해 듣기로는, 최진우가 지난해 여름에 제대했고, 가을에 복학해서 남은 한 학기를 마친 뒤 고향에 내려가 지내고 있을 거라는 이야기였다. 전화를 걸었더니 그가 받고는 대뜸 한다는 소리가, 공부나 하지 직장은 무슨 직장이냐?─였다. 몇 마디 더 오간 뒤에 그가 말했다. 며칠 뒤에 올라갈 테니 술값이나 두둑이 준비해두라고. 그러나 그는 찾아오지도 않았고 연락도 없었다.

그한테서 연락이 온 것은 이듬해 1월 초였다. 신정 연휴가 끝나고 사흘째 되던 날 아침에 전화가 왔고, 점심때 만났다. 그가 신문지 한 장을 내밀었다. 신춘문예 당선자를 발표한 어느 석간이었다. 내가 평소에 구독하는 신문은 아니었다. 그와 헤어지고 사무실로 돌아와 신문에 실린 그의 소설을 읽었다. 그의 신춘문예 당선이 한편으로는 놀랍고 부러우면서도, 다른 한편으로는 적잖이 실망한 기분이었다. 소설은 어느 시골 마을을 배경으로 3대에 걸쳐 반목하던 두 집안이 산사태를 계기로 화해한다는 내용인데, 그로서는 그 당시 갈등의 골이 깊었던 사회적 분위기를 빗대고 싶었는지 모르나, 줄거리가 진부하고 접근방식이 너무 단순해서, 혹평하자면 관변 작가나 씀 직한 글이라는 게 그의 첫 소설을 읽고 난 인상이었다. 그렇기는 해도 탄탄한 문장력과 섬세한 묘사는 그의 문학적 감수성을 여실히 보여주고 있었다.

그는 다시 서울로 왔고, 고향에 머물고 있는 동안 결혼까지 한 처지였다. 게다가 우리는 서로 약속이나 했던 듯이 각각 대학원에 들어갔고, 이를 계기로 우리는 다시 가까워졌다. 예전처럼 자주 만나지는 못했지만, 둘 사이에 쌓인 우정의 무게를 믿고 서로 필요할 때마다 부르거나 찾아갈 정도는 되었다. 이따금 만나면 그는 어디에 소설이 실렸는데 읽어보았느냐는 둥, 또 어디에 글이 실릴 거라는 둥, 지나는 말처럼 운을 떼고는 했다. 그때마다 내 반응은 다소 시큰둥할 수밖에 없었는데, 내 딴에는 찾아 읽는 편이면서도 그다지 좋은 독후감이 아니었기 때문이다.

그렇기는 해도 내가 새삼스럽게 소설을 다시 쓰기 시작한 것은 그가 신춘문예에 당선함으로써 자극을 준 덕택이었다. 학부 시절에는 나도 한때 소설을 쓰느라 열심인 적이 있었고, 교내 문학상을 타서 그 상금을 친구들과 하룻밤 술값으로 날린 일도 있었다. 그러니, 그동안 세월이 얼마간 흘렀다 하더라도 마음속 한구석에는 작가가 되고픈 열망이 한 점 불씨로나마 남아 있었던 게 사실이다. 그래서 다시 시작한 소설 쓰기가 나를 오늘의 모습으로 바꾸는 데 한몫 거든 것이지만, 어쨌거나 등단한 것은 몇 년 뒤의 일이고, 대학원을 나는 두 학기만 다니고 그만두었다. 애당초 대학원에 진학한 것도 학문에 대한 열의에서가 아니었다. 직장 생활을 계속하기는 싫고, 그렇다고 하는 일 없이 빈둥대는 것도 눈치 보이는 짓이라, 임시방편으로 핑계를 삼은 게 대학원 진학이었다. 게다가 아버지의 귤농사면 2, 3년 더 신세 질 수 있으리라는 속셈도 있었다. 그랬는데 사정이 여의치 않았다. 군에서 제대하던 해에 잠시 출판사 다니며 용돈 벌이를 할 때 후배 소개로 만나 사귀던 약대 출신의 여자가, 중이 제 머리 못 깎는다는 조상들의 가르침을 몸소 증명이나 하듯 덜컥 임신한 것이다. 결혼을 서두를 수밖에 없었다. 그 무렵 아내는 대학병원 약제실에 근무했는데, 나로서는 더 이상 공부합네 하여 아내가 벌어오는 수입에 매달릴 기분도 처지도 아니었다.

그러나 최진우는 사정이 달랐다. 그는 우선 아버지가 교장 선생님을 지낸 집안에서 자란 덕분에 학문에 대한 의욕이 남달랐다. 또한 그가 삼대독자일 만큼 손이 귀한 집안인 데다 할아버지가 몸져눕자 집에서는 일찍 장가들라고 성화가 대단했던 모양이다. 그래서 그는 결혼할 테니 서울에 집 하나 장만해달라고 요구했다. 그래서 받은 돈을 가지고 그는 집을 사는 대신, 일부는 셋방을 얻는 데 쓰고 나머지로는 아내한테 유아용품 가게를 차려주었다. 뿐만 아니라 그는 입시 학원에도 출강하여 가용을 보탤 만큼 독한 데가 있었다.

박사과정에 들어간 뒤 시간강사로 이 대학 저 대학을 떠돌 무렵만 해도 그는 소설에 제법 매달리는 눈치였다. 이제는 청탁이 들어오지 않아 발표하는 작품도 없었고, 만나더라도 소설 이야기는 별로 꺼내지 않았지만, 이따금 지방을 오가는 열차 안에서 써서 보낸 편지에는 소설에 대한 열정이 아직도 남아 있음을 엿볼 수 있었다.

그러던 어느 초겨울(내가 어느 문학지 추천으로 문단 말석에 끼어든 직후였다), 진눈깨비가 추적추적 흩날리던 날이었다. 원주에 있는 대학에서 강의를 마치고 서울로 돌아오는 길에 그가 나를 직장으로 찾아왔다. 저녁을 겸해 소주를 마시고 다시 어느 호프집으로 자리를 옮겼는데, 어느덧 30대 중반에 접어든 우리 처지를 놓고 이런저런 이야기를 나누던 끝에, 그가 문득 눈물을 글썽이더니 푸념조로 말했다.

"글쓰기가 점점 어려워져. 아니, 요즘은 통 안 쓰여. 그렇다고 공부에만 매달리는 것도 아닌데…… 소설과 학문, 양립시키기가 어려운 걸까. 두 길을 좇는 게 과욕일까. 아니지. 재주도 없으면서 매달리는 게 과욕일 거야. 소설은 그만두겠어. 너나 열심히 써라."

나는 그의 기분을 충분히 이해할 수 있을 것 같았다. 그의 고민은 단순히 소설이 안 쓰인다는 데 있는 것이 아니었다. 학창 때 시위에 참가했다가 징집을 당했던 이력 때문에 전임 자리 하나 얻기가 불투명한 상태였고, 그런 데서 오는 불만과 불안이 그의 글쓰기를 어렵게 만들고 있었다. 그런 시절이었다. 적어도 그에게는 그게 현실이었으리라. 이제 와서 돌이켜보면, 그가 데뷔작부터 보여준 소설 유형은 실은 반성의 제스처였다는 사실을 짐작할 수 있다. 반면에 그의 시위 전력을 기억하는 다른 한쪽에서는 그에게 다른 삶, 또는 다른 소설을 요구했다. 나도 그중의 하나였는지 모른다. 하지만 이 요구를 따르기에는 그는 이미 지쳐 있었거나 너무 멀리 벗어나버린 상태였다. 그 결과는 평단의 무관심으로 나타났다. 이것 또한 현실이었다. 그의 푸념 속에는 이 같은 고민과 갈등이 들끓고 있었다.

그 이듬해까지 시간강사로 떠돈 뒤, 그는 간신히 고향에 있는 대학에 전임 자리를 얻어 서울을 떠났다. 그게 벌써 6년 전이다. 그가 서울을 떠난 뒤에도 얼마 동안은 연락이 오가고 이따금 술자리도 함께하곤 했는데, 그 연락마저 끊긴 지가 어느덧 3, 4년 되었다.

빛바랜 수첩에서 그의 전화번호를 찾아내어 전화했을 때, 그는 마침 자리에 있었다.

"햐, 니가 전화를 다 주고. 웬 바람이 불었디야?"

그동안의 격조에 대해 서로 탓하는 투의 안부가 몇 마디 오간 뒤, 나는 오늘 청주로 내려간다는 것, 강 아무개라는 친구 어머니가 돌아가셔서 문상차 간다는 것, 가는 김에 너를 만나 술잔이라도 나누고 싶다는 것 등을 말했다.

"강재효라면 나도 알지. 잘은 모르지만. 동업자 아니냐."

"그거 잘됐네. 괜찮으면 같이 가자."

"글쎄. 어쨌든 와라. 만난 다음에 사정 봐가면서 가든지 말든지 하게."

청주에 도착해서 다시 연락한다는 약속을 하고 전화를 끊었다.

2

청주 고속버스 터미널에 도착한 것이 오후 3시 40분. 서울에서 두 시간쯤 걸린 셈이다. 인터체인지를 거쳐 시내로 들어가면서 얼핏 본 바로는, 청주도 사뭇 달라져가고 있는 풍경이었다. 교육도시 청주. 흔히들 이렇게 부르지만, 버스는 공단지역을 관통해 지나갔다.

돌이켜보면 청주를 마지막으로 찾았던 게 최진우가 낙향하고 얼마 뒤, 내가 직장을 그만둔 이듬해였으니까, 벌써 5년 안팎 저쪽의 일이다. 세미나 관계로 서울에 온 그를 만나 술을 마시고 여관잠을 함께 잤는데, 이튿날 그가 꼬드긴 몇 마디에 이끌려 집에도 들르지 않고 그냥 청주로 내려왔던 것이다. 때마침 여름방학 중이라 우리는 대청호의 어느 굽이 — 고은 시인이 오래전 겨울에 찾아가 절창을 불렀던 문의마을 언저리였다 — 에 텐트를 쳐놓고 낚시를 즐기며 사나흘 지냈다.

그때 둘이서 들렀던 술집은 아직도 그대로 있을까? 최진우가 주말이면 이따금 찾아가곤 한다는 집이었다. 큰길에서 갈라진 고갯길을 넘어서면 야트막한 구릉이 호수와 맞닿은 기슭에 그 집은 호젓이 자리 잡고 있었다. 원래는 이름만 대면 알 만한 명사의 별장이었다고 한다. 농사를 작파하고 떠나버린 인근 농가들에서 문짝이며 기둥이며 주춧돌 따위를 얻어다가 지은 집인데, 언젠가 장마로 호수가 범람하는 바람에 많이 상했다는 것이다. 그런 집이 어쩌다 술집으로 전락했는지는 모르나, 최진우가 귀띔해준 바로는 술집 여주인이 이제는 고인이 된 명사의 첩이었다는 것. 세월의 때를 말해주듯 퇴락한 기미가 역력했고, 별로 넓지 않은 공간에 꾸밈새도 보잘것없었지만, 분위기 하나만은 그만이었다. 주위를 에워싼 숲에서는 매미의 울음소리가 그치지 않았고, 물가로 내려가는 돌층계에 앉으면 저 멀리까지 펼쳐진 호수가 눈앞에 그득했다. 그 조용하고 차분한 분위기는 물론 그 집을 둘러싼 풍경 덕분이지만, 노파 하나를 데리고 술집을 꾸려가는 여주인의 풍모가 한몫 거들고 있음도 분명했다. 아담한 체구에 얼굴이 곱상하던 여주인. 그녀는 지금쯤 어떤 표정, 어떤 심성으로 변했을까? 그 집에서는 술만 파는 게 아니라, 마당에 내놓은 평상 두 개는 간혹 밤늦게 찾아와 여름밤을 지새우고픈 이들에게 쉼터가 되었고, 여주인은 그들에게 모기향과 홑이불을 제공하기도 했다. 또 술을 내오기 전에 산나물죽을 한 그릇씩 서비스로 내놓았는데, 빈속부터 먼저 다스리라는 여주인의 배려였다. 지금도 있을까. 있다면 한번 찾아가보고 싶었다.

나는 공중전화를 찾아 들어가 두 곳에다 전화를 걸었다.

우선 강재효네 집. 전화를 받은 사람은 목소리로 짐작건대 중년쯤 되는 아낙이었다. 상주를 바꿔달라고 하려다 그만두고, 그 아낙한테 직접 물었다. 여기 청주인데, 어떻게 가면 찾아갈 수 있느냐고. 아낙은 길안내에 자신이 없는지, 잠깐 기다리라고 대답했다. 이번에는 남자 목소리였다.

"뉘신감유?"

강재효의 친구 되는 사람이라고 대답했다.

"그라시믄 잠깐만 기둘리시유. 본인을 직접 바꿔줄 티닝께."

수화기를 통해 강재효를 부르는 소리가 들렸다. 말투로 보아 아저씨나 형뻘쯤 되는 듯했다. 느이 친구란다, 하는 소리가 들리고, 강재효 목소리가 나왔다.

"여보세요?"

"강형, 나요. 한경이."

"거기 어디야?"

"청주. 지금 막 도착했어."

"좀 전에 윤구한테서 전화가 왔더군. 김형이 내려올 거라고."

"다들 바쁜 처지라 나 혼자 왔어."

"김형도 그냥 있지. 예까지 뭐하러 와?"

"어째 반가운 투가 아니네. 그냥 돌아가?"

"심술은. 미안해서 그러지. 어서 와."

"여기 터미널인데, 어떻게 가면 되지?"

"바로 옆에 시외버스 터미널이 있을 거야. 거기 가서……"

"시외버스 말고."

"택시로 오려고?"

"택시로 가든가 아니면 자가용으로 가게 될지 몰라."

"자가용이라니. 김형은 운전 못하잖아. 누구 같이 왔어?"

"약속한 건 아니지만, 누구랑 같이 가게 될지도 몰라서 그래."

"누군데?"

"최진우라고 알아? 여기 청주서 선생질하는 친군데. 강형을 안다데."

"그럼 알지. 동업잔걸."

"우습군. 그 친구도 같은 말을 썼거든. 동업자라고. 대학 선생들이 마치 마피아 같잖아."

"최진우 선생을 김형은 어떻게 알아?"

"대학 다닐 때부터 사귄 오랜 친구야."

"요즘은 소설 안 쓰는갑데."

"사정이 있겠지. 하여간 얘기는 이따 만나서 하고, 길안내나 해줘."

강재효와 통화를 끝내고 최진우에게 전화했다.

우리는 터미널 건너편에 있는 지하 다방에서 만났다. 책가방을 들고 넥타이까지 맨 차림이 그럭저럭 이력이 붙은 모습이었다. 내가 그 점을 지적하자 그는 껄껄 웃고 나서 말했다. 강사 딱지 떼고 문학박사에다 조교수 직함 단 게 벌써 3년 반이라고. 그러니까 우리는 그만한 세월을 격조한 것이다. 그는 그동안 첫째 아이를 교통사고로 잃고 넷째 아이를 보았다는 얘기도 했다. 둘째는 딸인데 초등학교 2학년이었다. 그러고 보면 그는 자식 농사에서 반타작밖에 못 거둔 셈이었다. 그는 2학년짜리 뒤에 2년 터울의 셋째를 보았다가 돌도 지나기 전에 잃었으니까. 나는 잠시 아득한 기분을 맛보았다. 그는 아픈 기억을 털어버리듯 나를 꾸짖는 말로 화제를 바꾸었다.

"넌 어떻게 된 게, 책이 나와도 보내주질 않냐?"

"친구 간에는 사서 읽는 게 도와주는 거라더라."

"정가가 4200원이던데, 그게 아까운 게 아니라, 인세 420원 벌자고 안 보냈다?"

"이따 술로 갚아줄게."

"내가 선전해준 값은?"

"원흥이 여기 있었군. 하도 안 팔려서 웬일인가 했더니, 그게 다 네 악선전 탓이었잖아."

"내가 보니까 아예 작정하고 썼더구먼. 요즘 같은 시절에 누가 그런 소설 읽냐? 안 그래도 골치 아픈 세상인데."

"부모님은 다 안녕하시냐?"

"여전하시지 뭐."

"제수씨는?"

"요즘 바빠. 어머니 쫓아 절간에 다니느라 열심이거든. 치성 드리러."

"집에 고3짜리 있나?"

"그게 아니고 인마, 아들 하나 더 볼까 해서 그런다."

말끝에 그가 피식 웃었고, 그 뒤에다 나는 소리 나게 웃음을 더했다. 그가 한 말은 사실일 것이고, 충분히 짐작이 가는 이야기였다. 그의 어머니보다도 실은 아내가 더 원하고 있을 터였다. 그런 아내를 가진 친구가 부럽게 느껴지는 것은, 문득 내 아내가 생각났기 때문이다. 아들놈 하나 낳고는 그만이었다. 아이가 거꾸로 앉는 바람에 지독한 난산이었고, 그때 겪은 고통을 내가 모르는 바도 아니었다. 아무리 그렇더라도 하나쯤 더 있어야 하지 않겠느냐고, 나뿐 아니라 시부모에 친정부모까지 다그치고 설득해도, 아내는 끝내 마음을 돌리지 않았다. 하나뿐이지만 아들이니 대가 끊길 염려는 없지 않으냐. 외동아들이라 외로울 거라고 하지만, 형 같은 아빠에 누나 같은 엄마가 있는데 외로울 게 뭐 있겠느냐. 나야 형 같은 아빠가 못 되지만, 사실 아내와 아들 녀석이 나누는 수작을 보고 있으면 오누이처럼 느껴질 때가 많았다. 아내가 입버릇처럼 하는 말이 이랬다. 당신 샘이 나서 그러는 모양인데, 딸애 하나 갖고 싶거든 밖에서 만들어와요. 내 얼마든지 맡아서 키워줄 테니까.

"참, 선숙이 지금 집에 와 있다."

그의 누이 이름이 최선숙이었다. 한때 데이트 상대였고, 친구와의 농담 반 진담 반 속에서 내 신부가 되었던 여자. 그녀가 결혼했다는 말을 최진우한테 전해 들은 게 벌써 오래전이다.

"아줌마 다 됐겠네."

"애가 벌써 셋이다. 몸도 갑절은 더 났고."

"지금도 부산에 사나?"

"엘에이로 간 게 언젠데 그래."

"엘에이? 언제 갔는데?"

"벌써 3년쯤 됐어. 시집 식구들이 오래전에 이민을 갔는데, 선숙이 신랑이 처음엔 자기네만이라도 한국에 남아 있겠다더니 결국은 떠나더군. 저들만 떨어져 있기가 힘들었나 봐. 내 매부가 3형제 중에 막내거든. 형 둘이 먼저 가서 자리를 잡고는 아우를 불러낸 거지."

"지난번 난리* 때 혼 좀 났겠군."

"말도 말아. 살아난 것만도 다행이라더라."

"뭘 했는데?"

"슈퍼마켓. 제법 크게 했나 봐. 그런데 이젠 말짱 황이지 뭐."

---

* 1992년 4월 29일부터 5월 4일까지 미국 로스앤젤레스에서 인종차별에 격분한 흑인들이 일으킨 유혈 사태를 말한다.

"보험 같은 건 안 들었대? 보험에 든 축은 그래도 괜찮은 모양이던데."

"그런 선견지명을 가졌으면 아예 가지를 않았게."

"박통 때부터 유비무환 교육을 그렇게 받았으면 실천할 만도 한데 말야."

"그게 교육이 아니라 선전이어서 그래. 귀에 못이 박이도록 들었으니 나중에는 그게 뭔 소린가 하잖아."

"바쁠 텐데 한국엔 뭐하러 왔대?"

"소설가 김한경이 보고 싶어서."

"실없기는. 남편도 같이 왔냐?"

"아니. 막내만 데리고 왔어. 이번 참에 다 정리해서 귀국하고 싶은 모양인데, 그게 어디 생각처럼 쉬운가. 어쩔래? 집에 가서 만나볼 텨?"

"글쎄. 온 김에 부모님께도 인사드리고 싶은데, 시간이 어떨지."

"참, 그렇군. 날 만나러 온 게 아니지."

"그렇게 타박 좀 하지 마라. 역지사지라고, 너도 마찬가지야. 아니지. 넌 더 못됐어. 서울에 한두 번 다녀간 것도 아닐 테니 말이다. 그러면서도 나한테 전화한 적 있어?"

"이럴 때 적반하장이라 그러냐? 아니, 똥 뀐 놈이 어쩐다던가?"

"국문학 교수라는 사람의 어휘력이 어찌 그 모양이냐? 이럴 땐 똥 묻은 개가 겨 묻은 개 나무란다고 그런다."

그가 담배를 피워 물었고, 나는 꽁초를 비벼 껐다. 우리 옆자리에 앉았던 남녀 한 쌍이 일어났다. 가방을 들고 있는 품으로 보아, 차가 출발하는 시간에 맞춰 일어선 것이리라.

"강 선생 집은 어디고?"

"은곡리라면 알 거라데."

"알지. 근처에 법흥사라고 제법 오랜 절이 있는데, 몇 번 가본 적이 있어."

"같이 갈 수 있겠냐?"

"그리 멀지 않으니까, 갔다가 봐서 나만 먼저 오지 뭐."

"나도 좀 앉아 있다가 그냥 올래. 나 혼자 있으면 뭐하냐."

"그래도 좋지. 아예 그러자고. 오랜만에 만났는데 그냥 헤어질 수도 없잖아. 그렇다고 내일 저녁에 다시 만나기도 그렇고."

우리는 다방을 나왔다. 터미널 옆 유료주차장에서 차를 빼내어, 도심을 따라 북쪽으로 잠깐 달린 다음 오른쪽으로 방향을 바꿨다. 얼마 안 가서 우리는 시내를 벗어났다. 탁 트인 국도에 접어들자, 들녘에는 가을걷이를 준비하러 나온 복색들이 드문드문 보이고, 양쪽 길섶에는 코스모스가 색색으로 만발했다. 볼 적마다 가장 꽃답게 느껴지는 꽃. 누구의 보살핌도 없이 저 스스로 키를 세운 뒤, 한 올 바람에도 부러질 듯 가녀린 줄기 위에 화사한 꽃부리를 달고, 하늘을 향한 발돋움인 양, 길손에게 던지는 눈웃음인 양, 때로는 천연덕스럽게 또 때로는 자발스럽게, 온몸으로 한들거리며 무리져 있는 자태. 눈 밝은 시인이라면 그 맵시며 빛깔을 놓칠 리 없고, 그래서 많은 이들이 코스모스를 시로 노래했을 것이건마는, 그때 문득 떠오른 것은 어느 젊은 시인의 몇 구절이었다.

……먼 소풍 나갔다 / 저승 풍광에 넋이 팔려서 / 이승 막차 영영 놓쳐버린 / 스무 살 누이 / 그간 잘 지냈느냐고 / 빙긋, 코스모스로 피어 / 웃고 있었다(이재무의 「한가위」에서)

왜 하필 이 시가 생각난 것일까. 애써 기억에 담아둔 바도 없는데. 상가를 찾아가고 있다는 심리가 작용한 탓일까. 그리고 지금, 가슴 답답히 차오르는 이 안타까움은 또 무엇일까. 한때나마 시를 쓰고 싶었던, 그러나 아무리 끼적여도 마음에 차지 않던, 그래서 결국은 포기하고 말았던 지난날의 열기가 되살아나 입안을 말렸다. 나에겐 절박한 그리움이 없었다. '님'도 없었고 '푯대'도 없었다. '한'이 없었던 것이다. 언젠가 한 편의 시를 읽고 불현듯 집을 떠나 남해 금산을 찾아갔던 일도, 실은 그 빛바랜 안타까움을 달래려는 괜한 몸짓에 지나지 않았으리라.

시내를 벗어난 지 10분쯤 지났을 때 최진우의 목소리가 나를 흔들었다. 눈길은 앞을 향한 채.

"황준기 형 기억나나?"

"황준기? 그림 그리던 양반?"

"그래."

"느닷없이 준기 형은 왜?"

"문득 생각이 났는데, 그 형이 은곡리 쪽에 살아. 거기도 은곡리인지 아닌지는 모르겠지만, 하여간 법흥사에서 얼마 못 간 데야."

"뜻밖이군. 통 소식을 몰라 이따금 궁금도 했는데."

"저번 봄에 청주 시내서 우연히 만났어."

"어떻게 산대? 그림은 때려치운 모양이던데."

"길거리에서 잠깐 보고 헤어지는 바람에 긴 얘기는 못 나눴어. 행색으로 봐선 내려온 지 제법 됐나 봐. 촌사람이 다 됐던걸."

"그 뒤론 연락 없었고?"

"학교로 전화가 한 번 왔었어. 저녁에 대포라도 한잔하자고 하던데, 마침 다른 선약이 있어서 못 만났지 뭐야. 언제 한번 놀러 오랬는데 깜빡 잊고 있었군."

"주소는 알아?"

"전화번호는 수첩에 적어놨을 거야. 왜, 찾아가보려고?"

"모처럼 그쪽으로 가는 길인데, 연락이나 해보자고."

최진우는 속도를 늦추면서 가방을 뒤지더니 수첩을 꺼냈다.

"여기 있네."

"집에 있을까?"

"그거야 알 수 없지. 상가에 들른 다음 전화나 한번 넣어보자고."

나는 담배를 빼어 물었고, 최진우는 가속기를 밟았다.

황준기. 이름을 듣는 순간, 나는 잠시 아득한 기분에 휩싸였다. 몇 년 만에 듣는 이름인가. 그 이름 끝에 매달린 기억들이 한꺼번에 뇌리를 스치고 지나갔다. 장면과 풍경과 형상들…… 기억이란 이토록 신비스러운 것인가. 그 오랜 세월의 더께에도 불구하고, 과거로부터 되살아난 기억들은 바로 어제의 일처럼 선명했다. 남몰래 감춘다는 것이 나중엔 어디에 두었는지조차 깜빡 잊은 채 어른이 된 뒤, 어느 날 골방을 치우다 먼지더미 속에서 우연히 발견한 구슬 주머니 같았다. 어떤 것은 깨지고 어떤 것은 금이 가고 어떤 것은 마모되고 또 어떤 것은 귀퉁이가 떨어져 나갔을지라도, 그것들 하나하나에는 나름의 때깔과 무게가 담겨 있다. 처음엔 마구 뒤섞여 있어서 미처 몰라도, 하나씩 집어 들고 찬찬히 보노라면 조금도 다치지 않고 옛 모양 그대로 남아 있는 게 한둘은 있게 마련이다. 그처럼 한순간 들끓고 난 뒤 평정을 되찾은 내 마음속에는 얼굴 하나 오롯이 남아 있었다. 아아. 나는 침을 삼키듯 복받친 숨결을 가라앉혔다.

대학 3학년, 가을이었다. 어느 날 내가 신촌으로 간 것은 최진우를 만나기 위해서였다. 나무층계를 올라간 2층 다방에서는 전시회가 열리고 있었다. 입구부터 시작하여, 큰길 쪽 창가를 제외한 벽마다 크고 작은 액자들이 걸려 있었다. 대학 부근에 있는 다방에서 전시회나 연주회가 열리는 것은 종종 있는 일이었다.

대개는 미대생들의 그룹전이거나 음대생들의 간이 콘서트였다. 그러니 그런 행사에 각별한 흥미가 있거나 관계를 가진 사람이라면 몰라도, 나처럼 학교도 다르고 동네도 다른 처지에서는 그냥 저냥 무관심해도 그만인 터였다.

그날도 마찬가지였다. 더구나 그날 최진우를 만난 것은 책 한 권을 전해 받기 위해서였는데, 그 책이 루카치의 『Realism in our time』 복사판이었다. 당시만 해도 금지 도서라, 이 책을 주고받는 것만으로도 신경이 제법 쓰이는 일이었다. 그런 형편이었던 만큼, 전시된 그림들에 눈길을 돌릴 여유가 없었던 것은 물론이고, 어쩌면 전시회가 열리고 있다는 사실조차 이미 잊고 있었는지 모른다.

그런데 화장실을 다녀오다가 우연히 그림 한 점과 마주친 것이다. 그 그림은 화장실로 통하는 문 옆, 베토벤의 데스마스크 바로 아래 걸려 있었다. 실내조명조차 제대로 미치지 않는 구석이었다. 처음부터 그 그림에 주목한 것은 아니었다. 화장실 안으로 들어가 소변기 앞에 서서 바지 앞섶을 열고 오줌을 누는 동안, 눈앞의 회벽 위에, 당시의 독재자를 비난하는 낙서가 조그맣게 휘갈겨진 회벽 위에 어떤 영상 하나가 어른거리고 있었다. 나는 눈을 몇 번이고 깜빡이며 그 이미지를 확인했다. 여자의 얼굴이었다. 낯설면서도 왠지 눈에 익었다. 어디서 본 얼굴일까. 나는 앞섶도 여미지 않은 채 기억을 더듬었다. 그것은 좀 전에 화장실로 들어

오다 마주친 초상화였다. 어느 결에 내 심상에 박혔는지는 모르지만, 세부는 희미한 채 약간 모로 쏘아보는 듯한 눈빛만이 강렬하게 남아 있었다. 나는 순간 숨이 탁 막혔다. 현기증 같은 열기가 온몸을 스치고 지나갔다. 눈앞에 안개가 내리고 얼굴이 확 달아오르는 느낌. 그것은 느닷없는 욕정이었다.

그 초상화를 훔치고 싶다는 생각을 하게 된 것은 무엇 때문이었을까. 단순한 치기였을까. 아니면 무료한 일상을 깨뜨리고 싶다는 도발심리였을까. 그것도 아니면, 그 때 아닌 충동을 그렇게라도 해서 끝내 마무리하고 싶었던 것일까. 다방을 나와 술집으로 자리를 옮긴 뒤, 나는 내 생각을 털어놓았고, 최진우는 첫마디에 맞장구로 나왔다.

계획을 실천에 옮긴 것은 이틀 뒤였다. 그 다방은 종종 이용한 터여서, 어디에 허점이 있는지를 찾아내는 것은 그리 어려운 일이 아니었다. 밖에서 다방 안으로 몰래 들어가려면 옆골목과 면해 있는 화장실 환기창을 통할 수밖에 없었다. 우리는 낮에 다방에 가서 화장실을 들락거리며, 환기창의 문고리를 떼어놓고 바깥 쇠창살의 이음새를 헐겁게 해놓는 등, 사전 준비를 해두었다. 그리고 범행 시간은 통행금지가 해제된 직후로 잡았다. 절도 행위의 세부를 여기서 시시콜콜 다 털어놓을 필요는 없지만, 어쨌든 결과는 성공이었다. 20호 크기의 액자를 미리 준비해간 보자기에 싸들고 상도동 하숙집으로 돌아오던 새벽. 그 기나긴 순간순간의 조바심과 설렘을 나는 아직도 잊을 수가 없다.

그런데 며칠 뒤에 최진우한테서 전화가 왔다. 아무래도 그림을 돌려주어야 할 것 같다는 얘기였다. 다방 안팎은 물론 학교 게시판에도 광고가 나붙었는데, 다른 그림을 대신 줄 테니 그 초상화만은 제발 돌려달라는 부탁이 적혀 있다는 것이다. 우리는 연락을 취하고 화가를 만났다. 그가 황준기였다.

황준기는 군복무를 마치고 복학한 4학년이었고, 뜻밖에도 미대가 아니라 경영대에 적을 두고 있었다. 경영대에 들어간 것은 아버지의 억지 때문이라고 했다. 그의 아버지는 중소기업을 경영했고, 그 업체를 아들이 물려받기를 원했던 것이다. 그러나 황준기는 그림에 대한 꿈과 열정을 버리지 못하고 겉돌았다. 그 열정과 재능은 그가 중학생일 때 세상을 떠난 어머니한테서 물려받은 것이었다. 2학년을 마치자 그는 군대에 들어갔고, 제대한 뒤에는 집을 나와버렸다.

거북해지기 쉬운 자리였음에도, 만나자마자 우리는 당장에 친해졌다. 이처럼 친화력에 끌릴 수 있었던 것은 비슷한 열정이 세 사람 모두에게 깃들어 있었기 때문이었는지도 모른다. 내가 절도 행각의 자초지종을 털어놓은 것도 사과나 변명을 하기 위해서라기보다 서로 마음을 트고 싶다는 생각에서였다. 내 말을 듣고 나더니 황준기가 말했다.

"나하고 같이 갑시다. 그 모델을 소개시켜줄 테니."

만리동 고갯길 언저리, 허름한 3층 빌딩 옥상에 있는 가건물. 그 옥탑방이 황준기가 살림집을 겸하고 있는 작업실이었다. 같은 학교 불문과에 다니는 여자와 동거하고 있었는데, 그녀가 초상화의 주인공이었다. 그림에서 느낀 인상과는 달리 어딘지 모르게 어둡고 지친 모습이었다.

나와 최진우는 그 뒤로도 종종 찾아가곤 했다. 청소라고는 한 번도 해본 것 같지 않은 작업실. 예닐곱 평 넓이지만, 세간이며 책이며 화구들이 아무렇게나 어질러져 있어서 발 디딜 틈도 없을 만큼 비좁았다. 그 한쪽 모퉁이에는 매트리스가 받침틀도 없이 놓여 있었고, 그 위에는 빛바랜 담요가 간밤의 흔적을 과시하듯 구겨져 있었다.

집을 나온 뒤에는 연락마저 일절 끊고 지내는 상태라, 생활은 여자의 고향집에서 다달이 보내오는 하숙비로 꾸려가고 있었고, 황준기는 근처 극장의 간판 그림을 그려서 용돈을 보탰다. 3단 책꽂이를 찬장으로 대신 쓰는 곤궁한 살림이었지만, 그 형편이 마치 소꿉장난 같아서 오히려 천연스러운 느낌을 주기도 했다.

우리가 찾아가면 여자는 라면이나 찌개를 끓였고, 네 사람은 밥이 냄비째 놓인 밥상에 둘러앉아서 소주를 마셨다. 노래를 부르기도 했고 열띤 대화를 나누기도 했다. 그 무렵 우리 또래가 비슷하게 가졌던 치기와 절망과 분노에 휩쓸리면서. 하숙집으로 돌아갈 막차를 놓치는 바람에 그곳에서 잠을 잔 적도 더러 있었다. 하룻밤 신세를 질 때면 중고 소파가 내 차지였다. 그곳에 웅크린 채 나는 그들 남녀가 내 존재쯤 아랑곳하지 않고 벌이는 정사를 엿듣기도 했다. 나는 조금도 불쾌하거나 부끄럽지 않았다. 때로는 그들이 보여주는 솔직함이 부럽게 느껴질 때도 있었다. 그들은 그야말로 거침이 없었다. 비단 사랑을 나누는 일뿐만 아니라, 감정이나 생각을 드러내는 경우에도 마찬가지였다. 크게 웃었고, 터놓고 말했고, 신음하는 대신 비명을 질렀다. 그들과 함께 있으면 음모 서클에라도 가담한 듯한 기분이 들곤 했다. 그곳은 세상을 비웃고 반역을 꿈꾸기 위한 동굴이었다. 동굴이나마 그런 숨통이 필요한 시절이었다.

여자는 우리와 같은 학년이어서 말을 트고 지냈는데, 특히 나와는 학과가 같았기 때문에 오가는 말수가 비교적 많은 편이었다. 그녀에게 불문학은 학문으로서보다 샹송 몇 곡을 부르기 위한 방편에 불과했다. 그녀는 전공에도 그렇고 학교생활에도 그다지 관심이 없는 듯했다. 아니, 산다는 것 자체에 염증이 나 있는 표정이곤 했다. 이따금 창밖을 내다보는 표정은 나른했고, 시선에는 초점이 없었다. 얼굴은 언제나 푸석푸석했다. 줄담배였고, 술도 사내들 못지않았다. 술에 취하면 그녀는 에디트 피아프나 쥘리에트 그레코를 불렀다. 젓가락으로 장단을 맞추면서. 약간 허스키한 목소리로, 한 옥타브 낮게. 그 파격이 우리를 즐겁게, 때로는 슬프게 했다.

겨울방학이 끝나고 다시 만났을 때 그녀는 쇼트 머리를 하고 있었다. 방학 때 고향에 갔다가, 소문을 전해 들은 아버지한테 머리카락을 온통 잘렸다는 것이다. 황준기는 학점이 모자라 졸업을 못했고, 그녀는 등록금이 없어서 휴학계를 냈다. 황준기가 자제력을 잃기 시작한 것은 이 무렵부터였다. 그는 걸핏하면 화를 냈고, 소리를 마구 내질렀으며, 때로는 폭력을 휘두르기도 했다. 병증에 가까웠다. 아니, 그것은 발작이었다. 생라면을 빻아서 미숫가루처럼 물에 타서 마셨다. 비가 쏟아지는 옥상 빈터에 밤새도록 앉아 있다가 감기에 걸리기도 했다. 벽에다 물감을 던지거나 문대놓고는, 저 그림 어때? 하고 진지하게 묻기도 했다. 거울을 주먹으로 내리치는 바람에 바닥이 온통 유리조각과 핏물로 낭자한 적도 있었다. 그의 어머니가 자살로 죽었다는 이야기를 들은 것도 그 무렵이었다. 가서 볼 적마다 그의 작업실에는 팽팽한 위기감이 감돌고 있었다. 깨진 채 그대로 내버려둔 거울, 찌그러진 냄비, 뒤틀린 의자, 부서진 삼각대, 칼로 북북 그어댄 매트리스…… 집 안에 있는 집기들치고 성한 것이 드물었다. 여자의 얼굴이 퍼렇게 멍들어 있기도 했다.

　어느 날 나 혼자 찾아갔을 때였다. 작업실은 간밤의 흔적 그대로 마구 어질러져 있고, 황준기는 소파에 비스듬히 기댄 채 반쯤 취해 있었다.

　"어젯밤에 또 한바탕했지. 저 쌍년이 나보고 뭐랬는지 알아. 평생 간판쟁이나 하면서 살라는 거야. 걸레 주제에."

마지막 말만 아니었으면 그냥 넘어갈 일이었다. 그러나 나는 한마디 하지 않을 수 없었다.

"말이 너무 심한 거 아뇨?"

"뭐가? 걸레라는 말이? 이봐 김한경, 모르면 잠자코나 있어. 아니지, 너도 혹시 저년하고 붙어먹은 거 아냐?"

이 말에는 더 이상 참지 못하고, 나는 벌떡 일어나 그에게 주먹을 날렸다. 그가 뒤로 벌렁 넘어졌다. 그러나 그는 곧장 일어났다. 코피가 흐르고 있었다. 그는 손등으로 코끝을 훔치더니 나를 지그시 쏘아보다 말고 피식 웃었다.

"주먹 한번 센데. 야 김한경, 농담도 못하냐?"

나는 한 방 더 쥐어박고 싶었지만, 온몸에서 맥이 빠지는 바람에 털썩 주저앉고 말았다.

나와 황준기 사이에 이런 수작이 오가는 동안에도 그녀는 아랑곳없이 창가에 웅크린 채 밖을 물끄러미 내다보고 있을 뿐이었다. 퉁퉁 부은 얼굴에는 표정 하나 없었다. 그 답답하고 거북한 분위기 속에서 나는 그동안 쌓아온 공모의 울타리가 와르르 무너지는 것을 느꼈다. 황준기에 대한 분노와 그녀에 대한 연민. 아니, 그 반대. 나는 어느 틈엔가 그녀를 사랑하고 있었던 것은 아닐까. 그렇다면 서클에 대한 배반은 내가 먼저 키우고 있었던 것인지도 모른다.

그날 이후 나는 황준기의 작업실을 찾아가지 않았다.

6월 말, 비가 며칠째 오락가락하던 어느 날 저녁이었다. 하숙집으로 들어가는 골목 입구, 구멍가게 차일 밑에 그녀가 쪼그려 앉아 있었다. 옆에는 보자기로 싼 액자 하나가 그녀보다 높게 세워져 있었다. 나는 그 보자기를 한눈에 알아볼 수 있었다. 그것은 언젠가 내가 그림을 훔쳤을 때, 그리고 돌려줄 때, 그 그림을 쌌던 보자기였다. 나는 그녀를 데리고 근처 술집으로 갔다. 술국을 몇 술 뜨고 난 다음 그녀가 액자를 내게 건넸다.

"자, 가져. 마음에 들지 모르지만……"

그녀의 눈가에 희미한 미소가 떨리는 것을 보았다.

액자를 넘겨받아 보자기를 풀자 나타난 그림은 내가 훔쳤던 바로 그 초상화였다. 그러나 초상화는 온통 망가져 있었다. 나이프로 북북 그어댄 자국이 흉측하고 섬뜩했다. 그 칼날이 얼굴만은 간신히 피해서 지나갔다는 게 다행이라면 다행이었다. 아마, 일부러 그랬겠지. 이 정도가 황준기의 마지막 양심이었을까. 나는 고개를 저었다.

"나쁜 자식."

"그 사람이 한 게 아니야."

그녀가 자작한 술잔을 비우고 말했다.

"그럼?"

"내가 했어. 이 손으로."

두 손을 내밀어 보이면서 그녀가 말했다. 손에도 상처 자국이 얼룩져 있었다.

"왜? 왜 그랬지?"

내가 다소 흥분한 것과는 달리 그녀의 목소리는 여전히 차분했다.

"이렇게 망가져야 나답잖아. 이건 벌써 1년 전에 그린 거야. 1년 전의 나는 없어. 이미. 그런데 그림만 그대로 남아 있으면 뭘 해? 이게 나야. 지금의 나. 이렇게 상한 채 줘서 미안하지만, 그런데도 갖고 싶다면 가져. 마음에 안 들면 찢어서 버리든가 불태워 없애든가……"

우리는 밤늦도록 술을 마셨고 함께 여관으로 갔다. 온종일 추적추적 내리던 비가 자정이 지나면서 폭우로 변했다. 바람도 심해서 유리창이 밤새 덜컹거렸다.

이튿날 눈을 떴을 때, 그녀는 이미 가고 없었다. 메모도 남기지 않았다. 출입문 손잡이에 초상화가 걸려 있지 않았다면 나는 꿈이라도 꾼 줄 알았을 것이다.

그림은 나중에 표구점에 부탁해서 찢긴 흔적들을 한지로 배접해 붙였지만, 칼자국은 선연히 남을 수밖에 없었다. 이 그림은 지금도 내 방 한쪽 벽에 걸려 있다.

2차선 도로를 따라 30분쯤 달리자, 강재효가 전화로 일러준 초등학교가 눈에 들어왔다. 학교 앞을 지나 좀 더 달린 다음 왼쪽으로 나 있는 샛길로 들어섰다. 야트막한 구릉 하나를 넘자 아래쪽에 서른 가구쯤 되는 마을이 보였다. 마을로 들어가는 안길은 시멘트로 포장되어 있었는데, 울퉁불퉁 파인 곳이 많았다. 초입에 몰풍스럽게 서 있는 슬래브 건물은 새마을회관이었다.

최진우가 참지 못하고 한마디 했다.

"어딜 가봐도 저게 흉물이지. 박통이 동상은 세우지 않았지만, 저게 바로 기념물이나 한가지 아니겠어. 저런 게 없어지기 전까진 계속해서 박통을 들먹이게 될 거야."

나는 웃는 것으로 대꾸했다.

상가는 찾기가 쉬웠다. 마을 사람한테 물어볼 것도 없었다. 차일 지붕이 울타리 너머로 보였고, 소란스러운 느낌이 흘러넘치고 있었다. 길가에는 승용차도 몇 대 서 있었다.

안으로 들어가자 꽤 너른 마당 한쪽에서 동네 사람인 듯싶은 사내 몇이 멍석을 펴놓고 윷을 놀고 있었다. 마침 강재효는 툇마루에 쪼그리고 앉아서 중늙은이와 이야기를 나누고 있었다. 굴건 제복을 갖춘 모습이 제법 상제다워 보였다. 내가 한 손을 살짝 들어 보이자 그는 고개를 끄덕이더니 말없이 안으로 들어갔다. 빈소는 안방과 대청을 터서 마련되어 있었다. 제상은 방에 차려져 있고 절은 마루에서 했다. 향을 피우며 가까이서 본 영정은 50대 아낙의 얼굴을 담고 있었다. 오래전에 찍은 사진 중에 쓸

만한 것으로 골라 확대했을 것이다. 얼핏 보기에도 강재효가 외탁했음을 알 수 있었다. 그러나 맞절하면서 본 강재효의 형은 입주위가 약간 닮은 것 말고는 사뭇 다른 인상이었다. 생활에 지치고 술에 찌든 기색이 얼굴에 가득했다.

조문을 마치고 나오자 뒤따라 나온 강재효가 나와 최진우를 차일 안으로 안내했다. 멍석 깔린 바닥에 음식상들이 간격을 두고 놓여 있고, 그중 몇 자리에는 먼저 온 손님들이 둘러앉아 있었다.

"바쁠 텐데 뭐하러 왔어."

자리에 앉자 그가 나한테 말했다. 그러고는 최진우와 악수를 나누었다. 서로 면대하는 수작이 사뭇 데면데면해 보였다.

"동업자라면서, 오늘 처음 보는 거야?"

내가 끼어들자, 최진우가 윗옷 단추를 풀면서 대꾸했다.

"그런 건 아니지만, 정식으로 인사하기는 처음이지."

이 말끝에 강재효가 나섰다.

"인사 나눌 기회가 없지도 않았을 텐데 말입니다."

"우리가 서로 잘 아는 사이일 거라고 다들 지레짐작해서 그래요. 동년배에 동업자, 거기다 글동네에도 나들이하고 있으니 누구나 다 그렇게 생각할 거 아닙니까. 그러니 새삼 우리를 서로 소개시켜주려고 할 까닭이 없지요. 어쩌다 학회 일로 모이는 경우에도 먼저 나서서 나 누구요 하기도 민망한 노릇이고."

"자존심 때문에?"

내가 두 사람을 번갈아 쳐다보았다.

"자존심은 무슨. 어쩌다 보니 그렇게 된 거지. 어쨌든 오늘 이렇게 만났으니 됐잖아. 더구나 김형 덕분에 인사를 했으니, 김형도 좋은 일 한 셈이고."

강재효가 말했다. 그 말끝에 최진우가 덧붙였다.

"솔직히 말하면, 난 강 선생한테 유감이 있거든."

"유감요?"

"기억 안 나시나?"

"글쎄요, 내가 언제 최 선생한테 잘못한 일이 있던가요?"

"잘못이라고야 할 수 없지만."

"무슨 일인데 그래?"

내가 한마디 참견했다. 그러자 최진우가 내 쪽을 돌아보며 말했다.

"벌써 오래전 일인데, 소설세계인가 하는 잡지 있었잖아."

"아하, 그 글요?"

강재효가 놀란 소리를 냈다.

"무슨 일이 있긴 있었나 보군."

내가 호기심을 나타내자 강재효가 얼굴에 잠깐 곤혹스러운 표정을 짓더니 입을 열었다.

"그 잡지에 월평을 쓴 적이 있었어."

"여기 최가를 혹평이라도 했던 모양이지?"

"혹평? 혹평이면 좋게. 그건 숫제 훈계였다고. 뭐랬는지 알아? 차라리 연속극이나 쓰는 게 낫겠다고 했던가. 그때 기분이, 뭐랄까, 작문 숙제를 잘못해서 선생님한테 꾸지람 듣는 것 같았다고나 할까. 하여간 쥐구멍이라도 찾고 싶었어. 누가 그 글을 읽고 나한테 뭐라고 한마디 하지나 않을까, 괜히 전전긍긍하던 기억이 새롭군."

이렇게 말은 하면서도 최진우는 그다지 불쾌한 기색은 아니었다. 오래전에 있었던 일이라 그동안 많이 사그라들어서일까.

"그랬군요. 난 그래도 다소간 호감을 가지고 읽은 작품이어서, 내 딴에 언급하느라 그랬던 건데. 그걸 지금껏 가슴에 담아두고 있다니, 이거 원……"

"그럴 수밖에요. 부끄러운 얘기지만, 그런 평이나마 나를 다루어준 게 강 선생이 처음이었거든."

세 사람은 동시에 웃음을 터뜨렸다.

우리 자리에 음식이 차려지고 술이 한 순배씩 돌았다. 그러고 나자 최진우가 말했다.

"상제를 오래 잡아두는 것도 예의가 아닐 테니, 강 선생은 들어가보세요."

"그건 그래. 우리 걱정 말고 들어가봐."

내가 말을 보태자 강재효는 나와 최진우의 잔에 술을 따르면서 나에게 물었다.

"오늘 갈 건 아니지?"

"글쎄. 형편 봐가면서 알아서 할게. 하지만 금방 가지는 않을 테니까, 틈틈이 목이 마르거든 나와."

"그래. 상갓집이 아니라 그냥 친구집에 놀러 왔다 생각하고 편히 있어. 모자란 거 있으면 갖다 달래고. 참, 조금 있으면 대전서 몇이 올 텐데, 합석해도 괜찮은 친구들이니까 함께 어울려도 좋을 거야. (최진우 쪽으로 고개를 돌리며) 바쁜 일 없으면 최 선생도 그러세요."

강재효가 안으로 들어가고, 둘만 남은 나와 최진우는 잠시 말없이 앉아 있었다. 뒤꼍으로 돌아드는 마당 한 켠에 대추나무가 한 그루 서 있고, 그 밑동에 매인 누렁이 한 마리가 땅바닥에 배를 붙인 채 엎드려 있었다. 졸고 있는 것은 아니어서, 사람이 옆을 지날 때마다 고개를 들었다가 다시 무겁게 떨구곤 했다. 그 표정이며 동작이 사뭇 무심해 보였다. 상갓집 개라더니, 누구 하나 그놈한테 손짓은커녕 부스러기 고기 한 점 던져주는 이가 없었다. 내가 그나마 눈길 한 자락이라도 보낼 수 있던 것은, 앉은 위치가 마침 녀석을 바라보는 방향이어서였다. 그런다고 심한 근시인 그 짐승이 내 시선을 알아볼 리 만무하지만. 저 녀석은 고인의 보살핌을 꽤나 받았을 텐데, 때로는 야단도 치고 때로는 쓰다듬어주기도 하던 손길이 영영 사라져버린 줄을 짐작이나 하고 있을까. 고인은 어떤 분이었을까. 강재효가 유복자라고 했으니, 청상으로 살아온 40년 세월이 오죽했으랴. 두 어린 자식이 딸리지만 않았어도 재가하여 다른 인생을 살았을지 모른다. 만약에 그랬다면 그 인생은 어떤 꼴이었을까. 실제로 살아온 것보다 행복한 것이었을까. 신이 있다면, 그이나 알 수 있는 일이다. 어쨌거나 인생은 고해라고 했으니, 이승을 떠난 것만으로도 고인에게는 축복할 일인지도 모르겠다.

빈소 쪽에서 곡소리가 들려오기 시작했다. 석전(夕奠)을 올리는 모양이었다. 나는 마침 그쪽을 등지고 앉아 있었기 때문에 어떤 모양이 펼쳐지고 있는지는 알 수 없었다. 그렇다고 고개를 돌릴 기분도 아니었다. 앞에 앉은 최진우도 같은 기분이었는지, 앞쪽으로는 부러 시선을 피한 채 뭔가 골똘한 표정으로 고개를 숙이고 있었다. 누구일까, 울음소리가 유난히 높은 여자는? 강재효한테는 누이가 없으므로 고인의 딸은 아닐 것이고. 친정집 동생? 아니면 두 며느리 가운데 어느 하나? 울음은 설움이 클수록 크다던데, 저토록 서럽게 우는 며느리는 큰 쪽일까 작은 쪽일까. 어느 쪽인지는 모르나, 곡소리가 약간 짜증스럽게 느껴졌다.

"너도 철 많이 들었더구나."

내가 말하자, 최진우가 고개를 들며 궁금한 눈빛을 보내왔다.

"뚱딴지같이 뭔 소리야?"

"전에 같았으면 싫은 소리 한마디쯤 했을 너 아니냐."

"아까 그 얘기?"

"나도 그 글 읽은 기억이 나. 그땐 저 친구를 알기 전이었는데, 내가 생각해도 좀 지나치다 싶었거든. 잘했어."

"모처럼 이런 데 와서 어쩌겠어. 상제 붙잡고 드잡이를 할까? 그럴 생각이었다면 아예 오지를 않았지."

"하기야 오래전 일인데 지금 와서 까탈 부리는 것도 우습긴 하지. 그런 일 가지고 까탈 부린다는 것도 우습고."

"그래도 언제 한번은 속엣말을 꺼내고 싶었어. 결국은 아까가 고작이었지만."

"그래서 철들었다고 한 거야."

"철이 들어? 그만큼 변한 거겠지. 깎이고 금 가고 부서지고 약해지고…… 사는 일이 다 그런데, 나라고 별수 있겠어. 자, 술이나 드셔."

그가 내 잔에 술을 따랐다.

"운전해야 할 텐데, 괜찮겠냐?"

그의 잔에 술을 따르면서 내가 물었다.

"니 마누라 과부 만들지는 않을 테니까 걱정 마라."

우리는 한 모금에 잔을 비웠다. 나는 편육 한 점을 입안에 넣었고 최진우는 김치를 한 조각 씹었다.

"소설을 그만둔 게 혹시 그 글 때문은 아냐?"

평론가들의 독단이나 오독 때문에 당황하거나 상심했던 경험은 작가라면 누구나 겪는 일이었다. 개중에는 분을 참지 못하고 반론을 잡지나 신문에 발표하여 맞대응하는 경우도 종종 보아온 터였다.

최진우는 담배를 피워 물더니 한 모금 길게 내뿜었다. 담배 연기 너머로 나를 바라보는 그의 눈길이 뜻밖에도 담담했다.

"글쎄. 전혀 무관하다고는 할 수 없겠지. 하지만 홧김에 어쩐다는 식으로 그만둔 건 아니야. 언젠가도 말했잖아. 글이 안 써진다고. 실은 애초부터 능력이 없었던 거지만. 그걸 깨닫고 있으면서도 짐짓 무시하고 억지를 부렸던 건데, 강 선생 덕분에 확인할 수 있었다고나 할까. 아, 남들도 그렇게 보고 있구나 하고 말야."

"남들이 어떻게 보든 그게 무슨 상관이야?"

"남들이 어떻다는 게 아니라, 나 자신을 더 이상 속이고 싶지 않았다는 얘기야. 너한텐 내가 애써 진보적인 체했지만, 아니야. 사실 말해서 우리 또래 중에 나만큼 구닥다리도 없을걸. 너도 알잖아, 우리 집. 우리 아버지. 집안이 그래. 그런 환경에서 자란 나야. 서울 가서 대학물 좀 먹었다고 바뀌진 않아. 구제불능이지. 딴에는 애썼는데도 안 돼. 한 가지 털어놓을까? 4학년 때 데모에 가담한 것도 실은 그런 나를 벗어나고 싶어서였어. 주동자도 아닌 내가 왜 잡혀 들어갔는지 알아? 연좌농성 하고 있을 때 괜히 일어나서 구호를 외쳤기 때문이야. 그렇게 함으로써 내 의식, 내 삶을 지배하는 구닥다리를 혼 좀 내주고 싶었어. 속으로는 벌벌 떨면서. 그게 나야. 그런 내가 글재주 좀 있다고 소설을 쓸 수는 없는 거잖아. 더구나 80년대라는 현실 속에서. 내 소설 따위는 필요 없는 시대였어. 그래서 그만둔 것이고."

"후회 안 해?"

최진우는 나를 물끄러미 바라보더니, 쿨룩 하고 마른기침처럼 웃음을 뱉어냈다.

"후회? 그런 거 없어. 오히려 그때 그만둔 게 다행이었다는 생각인걸."

"다시 시작할 수도 있잖아. 지금은 80년대가 아니야. 소설에 대한 생각도 변하고 있고."

"포스트 뭔가 하는 거? 난 그런 데 관심없어. 내가 비록 무시는 당했지만, 지금에 비하면 그때가 오히려 건강했던 것 같아. 요즘 나오는 소설들을 봐. 그게 소설이야? 야담인지 만담인지, 실록인지 열전인지, 도무지 분간이 안 가. 남의 글을 베껴놓고는, 그걸 방법론이라고 선전까지 하데. 신문쟁이 평론쟁이 들도 한통속으로 짝짜꿍이고. 물론 다 그런 건 아니겠지만 말이야. 우리 과 학생들 중에도 소설을 쓴다고 깝죽대는 녀석이 몇 있는데, 가끔 나한테 가지고 오는 걸 보면 못된 것만 배우고 있더라고. 내가 한두 마디 타이르지. 진정성이 모자란다고. 엄숙주의에 휘둘리는 건 좋지 않지만, 그렇다고 그걸 내동댕이칠 것까지는 없지 않느냐고. 그러면 녀석들 반응이 어떤지 알아? 요즘 세상에 어떤 골빈 놈이

도스토 영감을 읽느냐는 거야. 교양 과정 마치고 전공에 들어오면 내가 맡은 필수 시간에 과제물 하나를 반드시 제출하도록 하고 있거든. 도스토옙스키의 소설을 하나 읽고 독후감을 써낼 것. 제대로 읽어내는 애들이 없어. 아니, 읽는 것조차 부담스럽게 여긴다니까. 그러니까 녀석들 얘기는 나에 대한 반발인 셈이지. 내가 고리타분해서 그럴까. 글쎄, 난 적어도 소설을 장난으로 여기진 않았어. 재주가 메주라서 잘 쓰지는 못했지만."

"영영 그만둘 거야?"

"미련이야 아직도 남아 있지. 책상 앞에만 앉으면 온갖 스토리가 떠오르고, 뭔가를 끼적이고 싶어서 좀이 쑤시는 거야. 금연한 사람이 담배를 끊고 나서도 한동안은 담뱃가게를 기웃거리는 것처럼. 몸에 쌓인 니코틴이 다 없어질 때까진 그런다더군. 모르지. 장난삼아 담배 한 대 피워보듯 나도 언젠가는 그런 기분으로 소설을 한 편 쓰게 될지도. 이왕 쓴다면 연애소설을 쓰고 싶어. 그것도 아주 끈적끈적한 사랑을."

마당 여기저기, 배선을 끌어다 매단 전구에 불이 들어왔다. 아직 날이 어두워진 것은 아니지만 저녁이 되면서 조문객들의 발길도 잦아졌다. 손님이 한꺼번에 몰려들 때는 마땅하게 앉을 곳이 없어서 자리가 날 때까지 마당 언저리를 서성이는 사람도 있었다. 이런 분위기에서 자리를 차지하고 앉아 마냥 노닥거리고 있기는 낯 뜨거운 노릇이었다. 눈치도 보이는 것 같았고 상제한테도 괜히 부담스러운 일이었다. 마음 같아서는 이왕 내려왔으니 밤샘도 하고 내일 아침 발인이라도 보고 싶었지만, 그럴 여건도 아닌 듯했고 굳이 그럴 필요도 없을 것 같았다.

강재효도 처음엔 붙잡더니, 사정 이야기를 듣고는 더 이상 고집하지 않았다.

"아주 갈 게 아니라, 어디 근처에 가서 구경이나 좀 하다가 오면 좋잖아. 그때쯤이면 좀 한가해질 테고, 대전에서도 사람들이 와 있을 거야. 최 선생이 안내 좀 해요. 법흥사 쪽도 괜찮을 테고."

그쪽에 가면 산채나물이나 도토리묵 같은 안주를 별미로 파는 주막이 몇 집 있을 거라는 설명이었다.

"가능하면 다시 올게."

이 말을 던지고 우리는 상가를 나왔다. 그 한마디나마 남길 수밖에 없었던 것은 강재효의 속마음을 짐작했기 때문이다. 그의 쓸쓸함. 밤이 이슥해지고 상가 마당마저 허전해지고 나면 그도 누군가 마주 앉아 술잔을 나눌 상대가 그리울 터였다. 진지할 것까지는 없더라도 서로 튀지 않는 대화를 주고받을 수 있다면 그것만으로도 그에게는 위안이 될 터였다. 나는 그래서 어쩌면 나중에라도 혼자 다시 찾아오게 될지 모른다는 생각을 마음 한구석에 슬며시 접어두었다.

우리는 마을로 들어온 길을 되짚어 나갔다. 새마을회관 앞에서 르망 한 대와 엇갈렸다. 세 사람이 타고 있었다. 최진우가 헤드라이트를 켜서 길바닥에 내려앉은 땅거미를 쓸어냈다. 한길로 나서는 길목에 이르자, 마침 샛길로 들어서던 남녀 노인네가 길섶으로 물러서서 우리가 지나갈 수 있도록 길을 비켜주었다. 행색으로 보건대 밭일을 마치고 돌아가는 부부 같았다. 최진우는 왔던 길 쪽으로 방향을 잡더니, 초등학교 앞에 이르러 차를 세웠다. 맞은편 길가 상점 모퉁이에 공중전화가 보였기 때문이다.

"어쩌? 전화해봐?"

최진우가 물었다.

"너무 늦은 거 아닐까?"

"늦긴. 아직 저녁도 전일 텐데."

"그래도."

"왜 그래? 아까는 당장이라도 갈 것 같더니."

"준기 형 말야, 이런 곳까지 와서 틀어박혔다면 뭔가 사연이 있어서 그랬을 거 아냐. 속사정도 모른 채 불쑥 찾아가는 게 왠지……"

"사연? 사연이야 있겠지. 그렇다고 숨어든 것이기야 하겠어. 그랬다면 나보고 찾아오라는 소리도 안 했을 테니까. 어쨌든 전화나 해보고, 와도 괜찮다면 가서 잠깐 얼굴이나 보고 오지 뭐."

"안 멀어?"

"좀 들어간 곳이긴 하지만, 차가 있으니까 많이 걸리진 않을 거야."

"그래. 이왕 예까지 온 길인데, 잠깐 들르자고."

"이따 청주에 가서 우리끼리 한잔해야잖아."

최진우가 수첩을 뒤적여 전화번호를 다시 확인하고는 혼자 밖으로 나갔다. 나는 그가 전화통에 다가가는 것을 차창 밖으로 내다보면서 담배를 피워 물었다. 계기판에 달린 디지털시계가 7 : 05를 나타내고 있었다. 소형 트럭 한 대가 요란한 소리를 내며 지나갔다. 앞유리창에 가을벌레 한 마리가 달라붙어 있었다. 무슨 얘기를 나누고 있는 것일까. 최진우가 웃고 있는 게 보였다. 소리는 들리지 않지만, 주고받는 대화가 떠들썩하게 느껴졌다. 황준기의 빠른 말투가 기억났다. 그는 무엇 때문에 이런 궁벽한 곳까지 들어와 살고 있을까. 세상을 피해 들어온 것일까. 왜? 죄라도 지었나? 아니면 요양하러? 혼자일까. 식솔과 함께일까. 부인은 누구일까. 그때 그 여자? 설마.

문자반의 분을 나타내는 숫자가 막 09를 시작했을 때 최진우가 돌아왔다.

3

꽤나 깊은 산골이었다.

법흥사 입구를 지나서 좀 더 달리자 갈림길이 나왔다. 우리는 포장도 안 된 산길 쪽으로 들어섰다. 양쪽 길가에 늘어서 있는 나무들이 헤드라이트 불빛에 마치 장승의 행렬처럼 지나갔다. 때로는 무성한 나뭇가지들 때문에 터널을 지나는 기분이었다. 산모롱이를 끼고 돌아 넘자 그다음부터는 아예 골짜기였다. 왼쪽으로는 야트막한 등성이가 벼랑을 이루며 이어졌고, 그 기슭에는 작은 시내가 흐르고 있었다. 길은 골짜기의 오른쪽 언저리를 따라 나 있었다. 온통 자갈밭이었음에도, 자동차나 달구지 바퀴에 다져진 길자국이 두 줄기로 남아 있었다. 장마라도 지면 개울물이 넘쳐 이 길마저 지나다니기 힘들 터였다. 길섶 덤불 속에는 가을 들꽃들이 드문드문 섞여 있었고, 거기에 둥지를 튼 산새들이 자갈을 굴리며 지나는 차소리 또는 어둠을 가르는 불빛에 놀라 후드득 날아오르기도 했다.

길굽이를 몇 차례 지나는 사이에 벼랑은 점점 낮아졌고, 그 높이가 마침내 골짜기 바닥과 만나는 지점에 이르렀을 때, 저 앞에 다리가 보였다. 전화로 안내받은 이정표였다. 자동차 하나 겨우 지나다닐 정도였지만, 교각까지 받친 콘크리트 다리였다. 세운 지 얼마 안 되는 것 같았다. 골짜기에 들어섰을 때만 해도 폭이 5, 6 미터밖에 안 되었던 개울이 지금은 세 곱절 너비로 늘어나 있었다. 그러나 별로 깊어 보이지는 않았다. 다리가 새로 놓이기 전에는 그 자리에 징검다리가 있었으리라.

황준기는 밖에 나와서 우리를 기다리고 있었다. 다리를 건너자 구멍가게 앞에 쪼그리고 앉았던 사람 그림자 하나가 헤드라이트 속으로 들어와 손을 흔들었다. 그가 황준기였다. 최진우가 그를 알아보고 차를 세웠다. 그는 등산용 모자를 약간 비뚜름히 쓰고 있었다. 우리가 차에서 내리자 그는 피우던 담배를 내던지더니, 와락 달려들어 내 어깨를 얼싸안았다. 땀내가 물씬 풍겼다.

"햐, 이게 얼마 만이야."

"그러게 말요. 안 죽고 살아 있으니까 이렇게 만나는군요."

"하 글쎄, 오늘은 아침부터 기분이 묘하더라고. 까치가 운 것도 아닌데 왠지 좋은 일이 있을 것만 같았거든. 사실 말이지 서울에 볼일이 있는데도 안 가고 그만두었다니까."

나와 황준기가 나누는 수작을 곁에서 빙긋이 바라보고 있던 최진우가 한마디 했다.

"그렇게들 그리운 사이였나? 나야말로 꼭 견우 직녀 만난 자리에 잘못 끼어든 까마귀 같잖아."

황준기가 최진우한테 손을 내밀었다.

"참 오랜만이다. 아니 그래, 한번 찾아오기가 그리 힘들데?"

"미안허우. 저번 날도 미안했고."

"좀 섭섭하더라. 바쁜 줄은 알지만 모처럼 전화한 건데."

"아까 전화로도 말했지만, 그래서 오늘은 덤까지 얹어서 온 거 아니우."

악수를 풀더니 황준기가 말했다.

"차는 이 근처 어디 적당한 곳에 세워두지그래."

"가까워요, 집이?"

최진우가 묻자 황준기는 고개를 돌리며 대답했다.

"바로 저기야."

그가 고갯짓으로 가리킨 곳에는, 길에서 약간 올라간 비탈 기슭에 시커먼 덩어리 몇 개가 불빛을 내달고 있었다. 주위를 둘러보았지만, 마을은 거기에 옹기종기 모여 앉은 집들이 전부인 것 같았다. 얼추 보아 열 채 남짓했다. 아마 화전이라도 일구러 들어왔다가 주저앉은 사람들일 터였다. 이 궁벽한 곳까지 찾아든 사연들이 오죽할까마는, 그런데도 넉넉한 느낌으로 다가오는 것은 분위기 탓일까. 마을은 어둠 속에 조용히 가라앉아 있었다. 그 뒤편에는 제법 높은 고개가 숲을 이루고 있고, 능선 너머 밤하늘에는 어느덧 별이 총총했다. 산골 특유의 서늘한 공기며 길옆을 따라 흐르는 개울물 소리가 사뭇 상쾌했다.

최진우가 차를 옮겨 세우는 동안 황준기가 말했다.

"상가에 다니러 왔다며? 일은 다 본 거야?"

"보고 말고 할 거나 있나요. 문상 온 것뿐인데."

"다시 갈 건 아니지?"

"그냥 청주로 나갈 거예요. 진우하고 술이나 한잔할까 하는데, 형도 같이 갑시다."

"술은 우리 집에도 많아. 내가 직접 담근 술이지. 모과주, 머루

주, 더덕술, 솔잎술…… 괜찮으면 오늘 밤 여기서 자고 가지그래."

"글쎄요."

나는 애매하게 대답했다. 사실 그러고 싶은 마음이 없는 것도 아니었다. 교통편만 괜찮다면 여기서 하룻밤 지내고 내일 아침에 강재효네 집에 들러 발인이라도 보면 좋을 터였다. 또, 오랜만에 만난 황준기와 더불어 옛날을 뒤적이며 그 을씨년스럽던 시절의 추억도 나누고 싶었다. 섣부른 직업의식인지 모르나, 이런 촌구석까지 들어와 살게 된 그의 사연 속에는 내 소설적 상상력을 꼬드겨줄 거리가 한두 개쯤 껴묻어 있을지도 모르는 일이었다. 그러나이 소망은 반대로 내가 망설인 까닭이기도 했다. 과거를 뒤적이다 보면 어느 한구석에 여태 꺼지지 않은 불씨가 남아 있을지도 모르고, 그게 되살아나 두 사람 사이를 거북하게 만들 수도 있었다. 그와 마지막 만난 날의 기억도 되돌아보기엔 그다지 즐거운 게 아니지 않은가. 기분이 착잡했다. 그렇다고 그 기분을 그대로 내색할 수도 없는 노릇. 나는 딴전을 피우듯 담배를 피워 물었다.

최진우가 따라붙었고, 우리는 굽이진 비탈길을 올라갔다. 그 길을 따라 양쪽에 허름한 집들이 띄엄띄엄 옹송그리고 앉아 있었다. 출입문은 고사하고 삽짝울타리도 없었다. 손바닥만 한 텃밭이나 뒤꼍들 사이에 심어진 철쭉이나 싸리나무 몇 그루가 집과 집을 나누는 경계였다. 한두 집을 빼고는 모양이며 크기도 고만고만했다. 이엉으로 이은 지붕, 토담벽에 눈알처럼 박아 넣은 유리창, 처마 높이도 안 되는 굴뚝…… 문명의 촉수는커녕 시간마저 비켜가버린 듯한 이곳에도 전기는 들어와 있었다. 비탈을 오르는 입구에 서 있는 전신주, 그 이마에 매달린 전등이 밤길을 뿌옇게 비춰주고 있었다. 그 불빛이 희미해지다가 어둠에 거의 먹혀든 어름에 황준기의 집은 있었다. 한 뼘도 안 되는 도랑이 집 앞을 지나고 있었다. 우리는 곧장 마당으로 들어가, 집 안으로 들어가는 대신 뜨락 한쪽에 놓인 평상에 올라앉았다. 처마 끝에 매달아놓은 전등 불빛이 마당을 가득 비추고 있었다. 저 아래쪽, 훤히 내려다보이는 눈앞에 달빛을 머금은 물줄기 하나가 손에 잡힐 듯했다.

겉으로는 이렇듯 주위를 둘러보며 어둠에 뒤덮인 산골 풍경을 감상하고 있었지만, 속에서는 사실 다른 생각으로 조바심 치고 있었다. 그 조바심은 지금 이 순간에 불현듯 생겨난 것이 아니라, 이곳까지 오는 동안에도 줄곧 마음 한구석에 달라붙어 있었다. 눈꺼풀이 떨리고, 가슴이 두근거리고, 입안이 계속 말랐다. 누구일까? 그 여자는 아닐까? 그럴 리야 없겠지 하는 생각을 거듭하면서도, 황준기의 아내에 대한 궁금증은 조금도 물러설 줄 몰랐다. 어쩌면 나는 그 여자이기를 은근히 바라고 있었는지도 모른다. 하룻밤 같이 지낸 뒤 작별의 말 대신 그림 한 점 남기고 사라져버린, 그러고 나서 여태껏 소식을 알 수 없는 여자. 이렇게밖에 나타낼 수 없는 그녀를, 그 표현만큼이나 통속적인 충동이지만,

다시 만나고 싶었던 것이다. 의식 속에서건 무의식 속에서건 나는 종종 그녀가 그리웠다. 그 감정이 매번 복받칠 정도로 간절했던 것은 아니지만, 그날 밤의 기억이 내 몸을 구석구석 어루만지던 그녀의 손길과 더불어 다가오면, 나는, 때로는 느닷없는 욕정에 휩싸이기도 했고, 또 때로는 아득한 안타까움으로 몽롱해진 채 온밤을 꿈꾸듯 지새우기도 했다. 돌이켜보면, 내가 문단에 데뷔하고 싶었던 열망 속에는 그녀에 대한 그리움이 작은 갈래로나마 깃들어 있었음을 부인하기 어렵다. 내 작품에 관한 비평이나 기사, 또는 작품집 광고가 신문에 몇 줄 실릴 적마다 그녀가 이것을 보고 몇 구절의 엽서, 아니면 전화 한마디라도 보내주기를 내심으로 기다렸음도 사실이다. 그녀가 황준기의 아내가 되었을 리는 없다는 믿음과, 어쩌면 여기서 그의 아내가 된 그녀를 만나게 될지도 모른다는 기대감—이 이율배반의 감정은 두 개의 가닥으로 비비 꼬이면서 나를 거듭거듭 옥죄었다. 부인은 누구요? 또는, 형수는 어떤 여자요? 지나가는 말처럼 황준기한테 물어볼 수도 있었다. 그런데도 그 간단한 한마디를 끝내 꺼내지 않은 것은, 실은 그 궁금증을, 거기서 비롯한 조바심을 막바지까지 즐기고 싶다는, 어처구니없는 심사 때문이었는지도 모른다. 부엌 쪽에서 인기척이 났을 때에도, 그 기척의 주인공이 밖으로 나오는 순간에도, 나는 짐짓 고개를 딴 데로 돌린 채, 만약에 그 여자라면 나는 어떤 표정과 말로써 그녀를 대해야 할까, 이런저런 궁리로

속을 태우고 있었다.

그 여자는 아니었다. 촌사람이 다 된 황준기와는 달리 그의 아내는 아직도 도회의 모습을 그대로 간직한 채였다. 단정한 용모도 그렇고 옷차림도 말쑥했다.

인사를 나누고 났을 때 나는 남들 몰래 깊은 한숨을 내쉬었다. 그게 안도감이었는지 아니면 맥 풀린 기분이었는지는 나 자신도 알 수가 없었다.

"저런, 형도 이젠 맛이 다 갔군."

최진우가 짐짓 외쳤다. 모자를 벗은 황준기의 모습이 뜻밖이었던 것이다.

"그야말로 훤한데요."

내가 주책없이 거들자 황준기는 이마를 손바닥으로 쓸면서 입술 한끝에 민망한 웃음을 머금었다.

"유전이지 뭐. 어쩔 도리 없더라고. 약도 발라보고 신경도 제법 쓰느라 했는데도, 몇 년 전부터 갑자기 심해지는 거야."

"차라리 주변머리까지 확 밀어버리지그래요. 그게 더 형한테 어울릴 것 같은데?"

세 사람은 동시에 웃었다.

술상이 차려졌다. 우리가 오는 사이에 미리 준비해둔 모양이었다. 전화를 하고 나서 도착할 때까지, 기껏 30분 남짓한 동안에 마련한 상차림으로는 사뭇 성찬이었다. 더구나 이 깊은 산골 형편으로는. 평소의 저녁상에 몇 가지 더 얹은 것일 테지만, 산나물이며 호박전 따위가 정갈한 외에 제법 도톰한 굴비도 두 마리나 올라 있었다. 술은 솔잎술과 더덕술이 나왔다.

"니네 온다니까 나보다도 마누라가 더 좋아하더라. 하기야 그럴 만도 하지. 이런 데 박혀 있다 보면 말벗 찾아오는 게 제일 반갑거든."

황준기가 옆에 앉은 아내를 곁눈질하면서 말했다.

"차린 것도 없어요."

그녀가 살짝 얼굴을 붉혔다.

"저녁 안 먹고 오길 잘했네요."

최진우의 말에 황준기가 받았다.

"낮에 미리 연락했으면 매운탕이라도 끓여두는 건데. 저 앞 개울에서 메기나 버들치 같은 게 잡히거든. 잔챙이지만 맛이 그만이야."

내가 한마디 끼어들었다.

"오호, 버들치도 잡혀요? 어두워서 잘 몰랐는데, 물이 보통 맑은 게 아닌 모양이군요."

"그냥 떠다 먹는걸. 내가 아침마다 하는 일이 뭔지 알아? 물지게 지는 일이야. 물지게, 알지?"

그가 물지게 지는 시늉을 해 보였다. 그 몸짓이 다시금 웃음을 자아냈다.

최진우는 술 대신 밥을 먹었고, 나와 황준기는 술잔을 주고받았다. 솔잎술부터 시작했는데, 노란빛 그윽한 술맛이 그만이었다. 내가 무릎을 치며 찬탄하는 바람에 최진우도 한 잔 받기는 했지만, 더 이상은 마시지 않았다.

"이 좋은 술을 구경만 해야 하다니. 밤길 운전만 아니면……"

"나중에 다시 와. 차 끌지 말고."

"다음에 올 땐 아예 작정하고 올 테니, 남겨두슈."

술잔이 오가는 사이에 각자의 지난 이야기가 탁구공처럼 서로를 오갔다. 황준기는 나와 최진우의 소식을 토막으로나마 알고 있었다. 내 첫 작품집도 읽었노라고 말했다.

"연락이라도 하지그랬어요?"

"한번 만나고도 싶었어. 그런데 그게 영 마음대로 안 되더라고. 변한 내 꼴을 보이기가 싫었던 걸까. 정신없이 바쁘기도 했고……"

그동안의 변모, 그리고 바쁘게 살아온 내력을 그가 털어놓기 시작했다. 남편에 대한 배려였을까, 아니면 그녀 자신이 거북해서였을까, 황준기의 아내가 슬쩍 자리를 떴다.

그는 가출 생활을 몇 달 더 버티다가 결국은 집으로 들어갔다. 동시에 화가의 꿈도 접었다. 졸업하자 대기업에 입사해서 2년쯤 다니다가 아버지의 회사에 들어갔다. 봉제인형을 만들어 수출하는 중소 규모의 회사였다. 열심히 일했다. 해외 출장이 잦았고, 외국 여행 중에 아이디어를 얻어 팬시 산업에 뛰어든 뒤에는 디자이너들과 거의 날마다 합숙할 정도였다. 우리나라에서는 '팬시'라는 말조차 생소하던 무렵이었다. 그런 만큼 고생도 많았고 몇 차례 시행착오도 겪었지만, 다행히 사업은 착실하게 번창해서 지금은 전국 각지의 웬만한 도시마다 대리점이 들어설 정도가 되었다. 아시안 게임이 열리던 해에 아버지가 고혈압으로 쓰러졌다. 몸져누운 아버지의 간청을 더는 물리치기 힘들어 그해 11월에 늦은 결혼을 했다. 초혼에 실패한 여자와. 아내는 한때 그의 회사에 종업원으로 있었고, 지금 살고 있는 이 집은 그녀의 고향집이다. 서울 올림픽이 열리기 직전에 아버지가 돌아가셨다. 잠복해 있던 문제가 터졌다. 회사 경영을 놓고 계모와의 갈등이 심해진 것. 그리고 삶의 꼴에 대한 회의가 일기 시작했다. 어느덧 40대였다. 포기했던 그림도 다시 시작하고 싶어졌다. 미술과 관련이 많은 사업이라, 거기에 몰두하는 동안은 잊고 지낼 수 있었는데, 그 열망이 끝내 되살아난 것이다. 차라리 잘됐다 싶었다. 경영권을 계모한테 (실은 계모의 남동생한테) 넘기고 지분을 정리했다. 오래전에 홀몸이 된 장모를 서울로 부르는 대신 그들 부부가 시골로 내려왔다. 그게 벌써 3년 전이다. 자식은 둘. 아내가 데려온 딸애와 그들 사이에 태어난 아들. 초등학교 3학년인 딸애는 서울 집에서 장모가 맡아서 키우고 있고, 아버지가 세상을 뜨기 석 달 전에 태어난 아들은 그들 부부와 함께 살고 있는데, 지금은 서울에 잠깐

가 있었다.

기대한 것은 물론 아니지만, 한때 동거했던 여자 이야기는 끝내 나오지 않았다. 어쩌면 내가 기대한 것은 비단 그녀에 대한 것만이 아니라, 젊은 날의 한때, 그 숨 막히던 시절 우리가 그나마 숨통을 열고 웃으며 떠들 수 있었던 그 동굴에 대한 그리움이 아니었을까. 내 기분이야 그렇다 해도, 실은 그런 대화가 나올 자리도 아니었다. 황준기로서는 결혼까지 한 처지에서 그때를 새삼 돌아볼 이유가 없는 것이고(하지만 늦게, 그것도 아이 딸린 이혼녀와 결혼한 심사 속에 그의 속내 한 가닥이 담겨 있는 것은 아닐까, 억지로나마 나는 그렇게 여기고 싶었다), 그렇다고 나나 최진우 쪽에서 먼저 그녀의 안부를 물어볼 수도 없는 노릇이었다. 글쎄, 최진우는 그 여자를 기억이나 하고 있을까? 슬쩍 일별한 그의 얼굴엔 전혀 그런 기색이 없었다.

"형도 대단허시우. 그런 결정 내리기가 어디 쉬운가."

황준기의 빈 잔에 술을 따르면서 최진우가 말했다.

"실은 아직도 힘들어. 딴에는 애쓰고 있지만 적응하기가 그리 만만한 게 아니야. 처음엔 따돌림을 받는 바람에 어려웠고…… 마누라하고 함께 왔으니까 망정이지, 나 혼자였다면 벌써 쫓겨났을 거야."

"뜻밖이군요. 외진 곳이라 오히려 그 반대일 것 같은데. 이유가 뭐예요?"

황준기가 따라준 잔을 비우고 나서 내가 말했다.

"그런 거 있잖아. 피해의식이랄까 적대감이랄까…… 배부른 수작이라는 거지. 이해가 안 가는 것도 아니야. 워낙 어렵게 사는 사람들이거든. 게다가 낳고 자란 고향도 아니고. 한몫 챙기면 떠날 생각들만 하고 있으니 이웃 간에도 도타운 정이 별로 없어. 그런데 나 같은 백수에 얼굴 희멀건 놈이 들어왔으니, 반가울 까닭이 없었겠지. 하기야 나도 처음 여기 올 때 '전원일기' 같은 곳을 기대한 건 아니지만……"

"요즘 농촌이 아무리 각박해졌다기로, 그렇게까지 심할 줄이야."

내가 중얼거리자 최진우가 대꾸했다.

"인정이니 상부상조니 하는 것도 배부른 다음에나 하는 소리지."

"옛날엔 안 그랬잖아."

"그땐 다들 못살았으니까. 피차 고만고만한 살림들이었으니, 욕심낼 것도 시샘부릴 것도 없었겠지."

"그렇다면 세상이 도대체 좋아진 거야 나빠진 거야?"

대답을 요구한 질문도 아니었지만 대꾸하는 이도 없었다. 잠시 침묵이 자리를 채웠다. 그 침묵을 밀어내며 최진우가 입을 열었다.

"이곳 이름이 혹시 월정부락 아니우? 송이가 난다는 동네."

"맞아. 달 월에 우물 정. 그래서 더 심한 건지도 모르지. 저기 산줄기를 뒤지며 송이를 따는 게 주된 수입원이거든. 철 따라 산나물이나 약초를 캐기도 하지만. 소득이 제법 쏠쏠한가 봐."

"그렇다고 형이 그 벌이를 나누어 먹겠다고 여기 온 건 아니잖우."

"그야 그렇지. 들어올 때부터 미리 사정을 밝혔고. 그런데도 경계심을 보이는 건 일종의 타성이랄까…… 얼마 전에 수확이 다 끝난 모양이지만, 장마가 지고 나서 송이가 한창 자라는 철에는 마을 사람들이 조를 짜서 순찰까지 도는걸. 애 엄마한테 들은 얘긴데, 언젠가는 낯선 사람이 얼쩡거리다가 몰매를 맞고 생매장까지 당할 뻔했대. 이곳 사람들도 혼자서는 산에 못 올라. 상호 감시와 공동 생산, 공동 분배……"

"그렇담 공산주의잖아."

최진우의 농담에 세 사람이 동시에 웃음을 터뜨렸다. 황준기의 아내가 안주 접시를 들고 자리로 돌아왔다. 남편의 이야기가 끝나기를 부엌에서 기다리고 있다가, 웃음소리를 듣고 화제가 바뀐 것을 짐작했을 것이다.

"그래, 형은 뭐하고 지내요?"

황준기의 잔에 술을 따르면서 내가 물었다.

"농부지 뭐야. 채소도 심고 산나물도 캐고. 장모가 짓던 밭뙈기가 있거든. 여기 사람들도 그 정도는 봐줘."

"그림을 다시 시작하고 싶었다면서요?"

내가 다시 물었고, 그 끝에 최진우가 덧붙였다.

"3년이나 지났으면 작업도 많이 했겠수."

"그렇지도 못해. 다시 시작할 때만 해도 그 열정에 나 자신이 취할 것 같더니, 지금은 안 그래. 솜씨도 많이 삭았고. 옛날하고도 달라. 그땐 마음만 먹으면 먹는 대로 그릴 수 있을 것 같았는데, 이젠 그게 쉽지가 않아. 쉽지 않은 게 아니라, 그런 그림을 보면 그게 그림이냐 싶어."

"지금에 와서야 그걸 깨달았단 말요? 난 진작에 그랬는데. 옛날 형 작업실에 걸려 있던 그림들. 그걸 볼 때마다 저게 도대체 뭔가 했거든."

최진우의 말끝에 웃음꽃이 다시 피었다.

"다시 시작한다는 게 여간 어려운 게 아니더라고."

황준기가 앞에 놓인 잔을 비우고 내게 돌렸다.

"진우하고 아까 나눈 얘기도 그거였어요."

"무슨?"

"다시 시작하는 문제."

"준기 형하고 내 경우는 달라."

"뭐가?"

"우선 그림과 소설이 다르고, 또……"

"또?"

"준기 형은 외부 조건 때문에 잠시 그만두었다가 다시 시작하는 거지만, 난 내 스스로 능력의 한계를 깨닫고 아예 포기한 거잖아."

둘 사이에 오가는 대화를 잠자코 듣고 있던 황준기가 한마디 했다.

"포기할 수 있을 때 포기할 수 있는 것도 행복이야."

"그럼 형은 행복하지 않다?"

"허망에 사로잡힌 삶이 행복할 순 없잖겠어?"

"그게 세상살이 아닌가요? 때로는 허망에 휘둘리기도 하지만, 때로는 그 허망에 매달려 살아가는 거. 그러다 보면 시간은 매듭을 남기고⋯⋯."

"때로는 시간의 늪에 빠져 허우적거리기도 할 테고 말이지⋯⋯."

취한 것도 아닌데 맥이 풀리는 느낌이었다. 말의 공방은 그럴듯하지만 점점 공허해지는 느낌이었다. 이런 기분을 알아챘는지, 최진우가 시계와 나를 번갈아 보면서 말했다.

"슬슬 일어서야 할 것 같은데."

"벌써 가게? 열 시도 안 됐는데 뭘 그래."

"형이야 솔직히 말해서 업자 아니우. 그러니 강태공처럼 세월아 네월아 해도 좋겠지만, 나야 어디 형 같을 수 있수? 한경이도 마냥 앉아서 술타령만 하고 있을 수는 없는 처지고."

"한경이 넌 여기서 자고 가라. 진우야 학교 때문에 어렵겠지만, 넌 괜찮잖아. 아침에 버스가 다리 앞까지 들어오니까, 차편도 불편하지 않아."

아무래도 일어서는 게 나을 듯싶었다. 불쑥 찾아온 처지로 더이상 폐를 끼치기는 싫었다. 최진우 혼자 밤길을 돌아가게 하는것도 예의가 아닐 터였다.

"다음에 또 올게요. 그땐 매운탕이나 실컷 먹읍시다. 형도 서울에 오면 연락 주고요."

황준기도 더는 말리지 않았다. 우리는 전화번호를 주고받았다.

"우리도 가끔 만납시다. 저번처럼 약속 핑계 대지 않을 테니까, 청주에 오면 꼭 전화 주쇼. 형수도 가끔 데리고 나와요. 우리 마누라도 불러내서 저녁이라도 함께하게."

"청주서만 그럴 게 아니라, 서울서도 쌍쌍파티 엽시다. 형수, 안 그래요?"

이 말에 황준기의 아내가 약간 소리 나게 웃었다.

우리는 밖으로 나왔다. 황준기의 아내와는 집 앞 도랑을 사이에 두고 인사를 나누었고, 황준기는 차가 있는 곳까지 따라 나왔다. 비탈을 내려가는 도중에 최진우가 길가에 오줌을 갈기느라잠시 뒤처졌다. 둘만 먼저 개울가로 내려왔을 때, 황준기가 머뭇거리는 기색이더니 조심스레 입을 열었다.

"명혜 소식 들었어?"

"누구요?"

되묻고 나서야 기억이 났다. 명혜. 그 여자였다. 나는 순간 아찔한 기분이었다. 명혜 소식. 내가 묻고 싶은 안부였다. 그러면서도 끝내 꺼내지 못한 그 질문을 황준기가 던지고 있었다.

"명혜. 윤명혜."

나는 그제야 얼핏 기억이 난다는 듯 과장되게 고개를 끄덕였다. 속에서는 심장이 쿵쿵거리는 소리가 들렸다.

"모르고 있었던 모양이군."

나는 잠자코 그를 바라보았다. 어둠 때문에 표정은 읽을 수 없었으나, 그가 훅 하고 숨을 깊이 들이마시는 소리가 들렸다. 나는 얼굴에 열기가 솟구치는 것을 느낄 수 있었다. 밤중이라 다행이었지, 낮이었다면 발갛게 달아오른 얼굴을 금세 들키고 말았을 것이다.

"죽었어. 몇 년 됐지."

"죽어요? 아니, 어떻게요?"

"그건 나도 몰라. 편지가 왔었어. 편지에 이렇게 썼더군. 죽음을 앞두고, 생전에 사랑했던 사람들 모두에게 마지막 편지를 쓴다고. 그래서 너한테도 편지가 간 줄 알았지. 그럼, 지금도 갖고 있나?"

최진우가 다가오는 바람에 나는 미처 대답을 하지 못했다.

요란한 전화벨 소리에 잠을 깼다. 무슨 꿈을 꾸다 깬 것 같은데, 눈을 뜨자마자 꼬리마저 사라져버렸다.

"몸은 좀 괜찮냐?"

최진우였다.

창문을 가린 커튼에 햇살이 온통 물들어 있었다. 두통은 없었으나 입안이 칼칼했다. 나는 수화기를 든 채, 전화기 옆에 놓인 물주전자를 들어 주둥이째 들이켰다. 벌컥벌컥 물 넘어가는 소리가 전화 저편에서도 들렸는지, 최진우는 내가 물을 다 마실 때까지 기다려주었다.

"무슨 놈의 술을 그렇게 마시냐? 대단하데. 술실력이 아직도 팔팔하던걸."

"실수나 안 했는지 모르겠다."

"실수는 무슨. 떼쓰는 바람에 혼 좀 나긴 했다만. 꼭 어린애 같더라."

"떼를 써?"

"기억 안 나?"

머릿속에 아직도 안개가 자욱했다. 그 틈새로 언뜻 보이기 시작한 기억이 미처 다 드러나기도 전에 최진우가 덧붙였다.

"혼자 못 자겠다고 억지를 부리더니, 나중엔 싫다고 변덕이었잖아. 그게 김한경의 마지막 양심이었나?"

"그랬던가?"

비로소 간밤의 장면들이 되살아나고 있었다.

청주로 돌아와서 1차로 간 곳이 일식집. 최진우가 단골로 다닌다는 횟집에서 거나해진 상태로 나와 2차로 찾아간 곳은 어느 건물 지하에 있는 룸살롱. 거기서 양주 한 병을 비운 뒤 내 짝을 데리고 나와, 길모퉁이의 포장마차에서 3차 술. 소주를 마시는 사이에 욕망도 시들어버리고, 그래서 내가 마음을 바꾸는 바람에 최진우는 토라진 여자를 달래서 보내느라 수고깨나 했을 것이다. 돈도 얼마쯤 쥐여주었을 테고. 그러고는 여관에 들었는데, 그 뒤로 기억이 끊긴 걸 보면 자리에 쓰러지자마자 곯아떨어진 모양이다. 겉옷이 벗겨진 것은 최진우가 여관까지 따라와 잠자리까지 보살펴준 덕분일 터. 그런데도 친구는 싫은 소리 한마디 없이, 이런 말을 뒤에 잇고 있었다.

"벌써 열 시 반인데, 근처 사우나탕에 가서 술독이나 빼고 나와. 점심때 해장이나 같이하게."

"괜찮아. 입맛도 없고."

"그래도 속은 풀어야 할 거 아니냐. 속 쓰린 채 그냥 서울 가면 제수씨가 뭐라겠어."

"괜찮대두. 나, 그냥 올라갈래. 고맙다, 여러 가지로."

최진우가 잠깐 머뭇거리는 투더니, 다잡은 목소리로 물었다.

"혹시나 해서 묻는 건데 말야, 어제 준기 형 만나서 무슨 언짢은 얘기라도 있었냐?"

"아니. 그런 거 없어."

"그렇다면 다행이고."

"왜? 그렇게 묻는 이유가 뭐야?"

나도 모르게 언성이 높아져 있었다.

"어젯밤에 술 마시는 모양이 왠지 심상치 않게 느껴졌거든."

"별걱정 다 한다."

술기운은 가셔 있었다.

"정말 괜찮겠어?"

"걱정 마. 정말 괜찮으니까."

"할수없지. 그럼 잘 가라."

"고맙다, 정말."

"친구 사이에 무슨 정말이 그리 많으냐?"

"고마운 건 고마운 거고, 정말은 정말이니까."

"겨울방학 때 올라가면 연락할게."

"꼭 해. 이번에 못한 얘기 그때 다 해줄 테니."

"오호, 그런 게 남아 있냐?"

"어쨌든."

"소설도 열심히 쓰고."

"부모님이랑 제수씨한테도 안부 전해주라."

"선숙이한테는?"

"나 대신 책 한 권 사서 전해주면 고맙겠다."

"분부대로."

통화를 끝내고 나는 침대에 벌렁 드러누운 채 담배를 피워 물었다. 옆방에서 늦은 아침의 정사를 벌이고 있는지, 여자의 갈라진 신음소리가 벽을 타고 들려왔다. 그 소리에 잠깐 귀를 기울이다가, 웃음이 쿡, 터져 나왔다. 그 바람에 사레가 들리고, 목을 비틀며 한바탕 기침을 하고 나자 두 눈에 눈물이 흥건했다.

어떤 위인전

김정동 하면 여러분은 언뜻 『병 속에 든 새』로 문명을 떨친 바 있는 소설가를 떠올릴지도 모르겠다. 그러나 여기서 소개하려는 김정동 씨는 물론 다른 사람이다. 연배가 다르고, 용모가 다르고, 취향이 다르고, 인품이 다르고, 처지가 다르다. 한마디로 살아온 길이 다르다. 게다가 이름도 한글로는 같지만, 호적에 박히는 한자로는 가운데 글자가 다르다. 그러니 구태여 동명이인이랄 것까지도 없겠다. 그러나 새삼 흥미를 가지고 그들의 인생을 들여다보면 둘 사이에 비슷한 구석이 없는 것도 아니다. 아니, 굳이 따지고 들자면 꽤 닮았다는 생각도 든다. 인연이라고 말하면 어불성설이 될 테지만, 세상 이치가 다 그렇고 그런 게 아니냐는 소회쯤 나올 법도 하다.

저쪽 김씨는 절〔寺〕집·돌〔碁〕집·글〔文〕집 등 삼가(三家)를 들랑거리며 육십갑자를 살아온 것으로 알려져 있는데, 이쪽 김씨는 이른바 삼방(三房)을 어릴 적부터 뒷간 드나들듯 출입하며 마침내 대가의 반열에 오른 위인이다. 그 삼방이란 곧 노름방·낚싯방·계집방이니, 평생을 다 바쳐 한 구멍을 파도 문턱에 겨우 이를까 말까 싶은 장삼이사들로서는 기가 타악 막히고 맥이 절로 풀릴 노릇이 아닐 수 없다. 더구나 천지간 만물이 다 나름대로 쓰임새가 있어 생겨났다는 선현의 말씀을 곧이듣고 그 미혹된 위안에 기대어 불우한 처지를 그런대로 견디며 살아온 이들 중에는, 김씨 같은 걸물이 이 세상에 더불어 존재한다는 사실 앞에서 왠지 속아 살아온 듯한 기분에 들끓는 부아를 더 이상 참아내지 못하고 텅 빈 하늘에다 감자를 먹이며 고래고래 악을 쓰는 축도 더러는 있을 터. 하지만 그래봤자 무슨 소용이겠는가. 하늘에서는 위로의 한마디는커녕 눈물 한 방울 내려주지 않는 것을. 아니, 더럽게 재수 좋은 이라면 날벼락은 아니더라도 거품을 문 입에 떨어지는 새똥 한 점쯤 천상의 선물로 받을지도 모르겠다.

범속한 무리들은 한 가지만 챙겨도 남부러울 게 없는 터에, 김씨가 그 찬란한 세 분야에서 각각 일가를 이루어 절대 무비(無比)의 독보적 경지에 도달했음을 생각하면, 본인의 신상에 대해서는 물론이고 거기에 얽힌 사연에 대해서도 자못 호기심이 일지 않을 수 없다. 그러나 안타깝게도 아직까지는 그에 관한 이야기가 별로 알려져 있지 않거니와, 어쨌든 그 기량과 기예가 얼마나 높고 깊은 수준인지, 항간에 떠도는 토막말이나마 듣는 사람치고 찬탄과 경악으로 숨넘어가지 않는 이가 드물다.

우선 노름에 관해서 말하자면 그는 장소 불문·종류 불문·상대 불문의 3대 불문율을 신조로 삼고 있는데, 그러니까 앉았다 하면 그곳이 판이고, 쥐었다 하면 그것이 패고, 만났다 하면 그가 짝이다. 판을 벌임에 있어 높은 데 낮은 데 진 데 마른 데 가림이 없고, 패를 만짐에 있어 모나고 둥글고 부드럽고 딱딱함의 구분이 없으며, 짝을 이룸에 있어 남녀노소는 물론 빈부귀천의 차별이 없다. 말하자면 그는 꿈속에서 황진이를 만나 하룻밤 수작에 목숨을 걸고 한판 벌일 수 있는 위인이다.

언젠가 잠깐 얻어들은 바에 따르면 그는 부친의 씨주머니 속에 들어앉아 있을 때부터 패를 만지작거리기 시작했다고 한다. 그때 벌써 2억에 달하는 경쟁자들과 판을 벌여, 제비뽑기로 예선을 통과하고, 뻉뻉이돌리기로 32강전, 고스톱으로 16강전, 섰다로 8강전, 도리짓고땡으로 준결승전을 돌파한 다음, 단판 승부의 포커로 결승전을 장식함으로써, 마침내 지존무상의 지위와 함께 대망의 생존권을 쟁취했다는 것이다.

이 세상에 현신한 뒤에도 동에 번쩍 서에 번쩍, 가는 곳마다 판쓸기를 거듭하니 어느 누가 그와 대적할 마음이 나겠는가. 그가 나타나기만 하면 다들 고개를 틀거나 자리를 털고 일어나버리는 바람에 상대할 짝이 없어져, 그야말로 천상천하 유아독존의 처지가 되어버린 지금에 와서는 변두리 시장 바닥에서 박보 장기판을 기웃거리거나 뒷골목 빈터에서 동네 조무래기들과 쌈치기를 하면서 노름꾼의 본능을 달래고 있다.

낚시 솜씨로 말할 것 같으면, 두 가지 사례를 드는 것으로 족하지 싶다. 한번은 동네 앞 개골창에서 팔뚝만 한 갈치를 주렁주렁 낚아 올렸고, 또 한번은 인천 앞바다에 놀러 갔다가 갓난애 몸뚱이만 한 가물치를 쌍낚바늘에 각각 한 마리씩 걸어 올렸다고 한다. 이 이야기는 아직도 전설처럼 항간에 떠돌고 있거니와, 민물에서 바닷고기를 잡고 바다에서 민물고기를 잡아냈으니, 이를 옆에서 지켜본 사람들 중에는 벌어진 입을 끝내 다물지 못하고 그 어긋난 턱뼈를 교정하기 위해 정형외과로 달려간 숫자가 반, 꿈인지 생시인지 분간 못하고 어리둥절한 채 넋을 놓고 있다가 물에 빠지거나 뚝방 아래로 굴러 떨어진 숫자가 반이었다.

낚시에 있어서도 그는 예의 3대 불문율을 신조로 삼고 있으니, 바늘을 쓰기는 하되 미늘 없는 바늘을 쓴다는 것이 그 하나요, 동물성이건 식물성이건 광물성이건 미끼는 전혀 사용하지 않는다는 것이 그 둘이요, 물고기를 잡은 뒤에는 반드시 상처 하나 없이 되돌려보낸다는 것이 그 셋이다. 그의 손에 걸렸다가 살아서 돌아간 숫자가 적어도 시 단위 인구는 될 터인데, 그가 털어놓은 바에 따르면 그 절반은 두 번 이상 잡힌 것들이고, 때로는 1호 바늘 하나에 메기 3대가 줄줄이 걸려 올라온 적도 있었다고 한다. 수면 위로 올라와 눈알을 껌벅이는 모양만 보아도 그 녀석이 언제 어디서 잡혔던 놈인지 한눈에 알아볼 수 있다는 것이다.

그가 노름방에 나타나면 사람들이 슬슬 달아나버리는 것과는 반대로, 그가 낚싯방에만 나타나면 꾼들이 구름처럼 몰려드는 것은, 물론 그의 절륜한 기술을 한마디나마 귀동냥하기 위함이다. 온갖 질문과 함께 펼쳐진 성찬 앞에서 그는 마치 오랜 고행을 마치고 저잣거리에 나타난 수도승처럼 지긋한 눈길로 주위를 일별하고 나서 마침내 일갈하니, 그 말씀이 이러했다: "태초에 물고기가 있었고, 물고기가 있고 나자 사람이 생겨났다!" 그러나 이 말에 담긴 진리를 헤아릴 줄 아는 자 없으매, 그가 가슴을 치며 탄식하기를 "주 용왕님, 저 어리석은 백성들을 불쌍히 여기소서!" 하고 부르짖은 다음, 물고기보다 더욱 멀뚱한 눈으로 앉아 있는 이들을 향하여 벼락같이 화를 내며 다시 가로되, "용궁에나 다녀들 오셔!" 하였다. 그러자 그를 에워싸고 앉았던 이들은 우르르 자리를 털고 일어나 아랫골목에 새로 들어선 술집으로 몰려갔는데, 그 집 이름이 용궁주막인가 그랬다.

끝으로 그의 계집방 출입에 대해서는, 다른 사설 늘어놓을 것 없이 그의 왼쪽 콧방울 위에 팥알만 한 점 하나 도도록이 앉아 있다는 말로 대신할 수 있으리라. 이 사마귀에는 메기수염만 한 터럭까지 한 올 달려 있어서, 이 모양을 보는 사람마다 자못 궁금해하는 것이 있으니, 누구는 곁눈질하고 누구는 흘겨보고 또 누구는 빤히 쏘아볼지라도, 그들이 하나같이 던지는 질문은 거기에도 그런 게 달려 있느냐는 것인바, 그와 하룻밤 자고 난 여인네치고 만리장성을 쌓다가 끝내는 까무러치지 않은 이가 드물었다는 사실이 그 성능에 대한 설명이 될 터이고, 그 크기에 대해서는 그가 직접 대꾸한 말을 소개하면 족할 것인즉, "임자 녀석의 기분에 따라 커졌다 작아졌다 한다"가 그 대답이었다. 능소능대하다는 암시인데, 그러나 그의 연장을 직접 목격한 남정네가 없으니, 사람들은 저마다 반신반의의 답답함을 애써 삼키며 소문난 잔치에 먹을 것 없다더라는 콧방귀와 함께 앵돌아져 떠나기 일쑤였다.

하나 더 덧붙일 것은, 그가 한때 세 여자를 동시에 거느리고 살았는데, 그 셋이 아옹다옹 다투기는커녕 친자매 이상으로 사이좋게 지내면서 형님 먼저 아우 먼저로 서방님을 지극정성으로 모시다가, 마침내 기진하여 한날한시에 코피와 하혈을 쏟고 세상을 하직했다고 한다. 그 뒤로 그는 생판 딴사람이 되어 여자 보기를 돌 보듯 하였다.

그 연유를 두고 사람들은 이렇게 풀이했다. 세 여자가 임종의 자리에서 남편에게 간청하기를, "애고애고, 우리가 죽고 나면 어느 누가 서방님을 보살필꼬. 마음 같아서는 저승까지 함께 가서 영원토록 모시고 싶소만, 그럴 수도 없는 노릇. 그래서 부탁인데, 죽기 전에 마지막 시중을 드리고 싶으니 우리의 간절한 청을 뿌리치지 말아주오." 그리하여 세 아내의 애틋한 수작을 받으며 사흘을 밤낮없이 보낸 다음, 손톱 끝까지 밀려온 피로를 이기지 못해 잠깐 잠들었다가 깨어나 보니 세 여자는 그사이에 세상을 떠났는데, 그의 그곳에다 손바닥을 하나씩 포개놓고 있었다. 그 후로 그는 계집방 출입을 영영 그만두었다는 것이다.

이 미담은 아직도 누항 도처에 떠돌고 있으니, 이를 전하는 사람이나 듣는 사람이나 다 같이 전설 따라 삼천리를 대하듯 하는 것은 그 이야기가 사실이 아니라 허구이기를 바라는 심사의 반영이 아니겠는가.

이상의 날개

0

1937년 4월 17일 새벽 4시경, 일본 동경제대 부속병원 00호실.

서쪽으로 트인 유리창엔, 아직은 스산하게 느껴지는 봄밤의 달이 노오랗게 걸려 있었다.

—아아, 레몬 향기가 맡고 싶소.

오랫동안 견뎌온 궁핍과 고독, 사식 한 그릇 넣어주는 이 없는 이역의 감방 안에서 보낸 29일간의 구류 생활, 그리고 폐의 형체조차 거의 남아 있지 않을 만큼 앓아온 폐결핵, 그리하여 이제는 피골이 상접한 몰골에다 얼굴마저 흙빛이 다 된 환자는, 자신의 죽음을 손안에서 만지작거리는 듯한 기분으로 말을 뱉었다. 어쩌

면 그의 눈에는 유리창에 어리는 노오란 달이 레몬처럼 보이고
있는지도 몰랐다. 뿐만 아니라, 창을 넘어온 달빛은 환자를 덮고
있는 하얀 시트 위에 레몬빛 이국의 향기를 흩뿌려놓고 있었다.
환자는 잠깐 동안, '흐느적거리는 육신 속에서' 마치 달빛에 빛나
는 '은화처럼 정신이 맑아지는' 듯한 느낌을 받았다. 이 순간을 틈
타서 그는 자신을 둘러서 있는 얼굴들을 일별했다.

— '굿빠이. 이제 테이프가 끊어지면…… 생채기도 머지않아
완치될 줄 믿소. 굿빠이.'*

문득 유리창을 흔들며 바람 한 줄기가 지나갔다. 창유리에 어리
던 레몬빛 달빛이 흐트러졌다. 멀지 않은 숲에서 밤새의 울음소리
가 새벽의 다가옴을 알렸다. 그리고 환자는 조용히, 혈흔처럼 말
라붙은 마지막 숨을 안으로 삼키고, 남들보다 한두 걸음 앞서서,
아직도 희붐하게 남아 있는 새벽 속으로 깊이 자맥질해 들어갔다.

임종했던 몇몇 친지들의 손으로 '박제가 되어버린 천재'의 주검
은 화장되었고, 같은 해 6월, 한 줌의 재로 남은 그의 유해는 서
울로 옮겨져 미아리 공동묘지의 한구석에 안장되었다. 그리고 세
월의 덧없음보다 변덕스러운 세상인심의 무정함 속에서, 지금은
뼈 하나 추스를 봉분은커녕 흔적조차 남아 있지 않다.

---

* 위의 인용 부분은 이상의 소설 「날개」에서 발췌하여 약간의 변형을 가한 것임.

1

서울특별시 도봉구 미아리 33번지 18호.

마당은 제법 너른 편이어서, 한쪽 모퉁이에서는 오이나 상추 따위의 채소라도 철 따라 키워서 가용을 줄일 정도였다. 그러나 원래 적산가옥이었던 이 집은 워낙에 오랜 세월의 비바람을 겪은 데다, 6·25난리 땐 반 토막이나 거덜이 났던 것을 다시 이어 붙였고, 그 뒤로 여러 차례 개수를 가했음에도 불구하고 이제는 더 이상 손써볼 구석이 없을 지경으로 허물어져 있었다. 마루는 발가락만 닿아도 삐걱거렸고, 문이란 문은 아귀가 맞지 않아 덜컹거렸고, 천장은 빗물을 먹어 내려앉았고, 벽은 원래의 두께만큼 땜질을 더했음에도 사방팔방으로 죽죽 금이 가 있었고, 지붕엔 깨진 기와 틈새로 잡풀들이 목을 늘이고 있었다.

더욱이 이 18호 집을 포함한 33번지 일대는 재작년에 재개발 지역으로 고지되면서 급격한 탈바꿈을 겪고 있었다. 벌써 수완 좋고 눈치 빠른 축들은, 옛날 공동묘지였던 이 자리가 이제 와서야 혼백들의 은덕을 입는가 보다면서 서둘러 땅을 팔아치우고는, 이왕이면 먼 곳, 귀신조차 따라오지 못할 한강 너머로 줄행랑치기에 바빴다. 그리하여 오죽하면 묘지터에 뿌리를 내리고 살겠느냐는 한을 곱씹던 사람들이 떠나버린 이곳에는, 새벽부터 밤늦게까지 땅을 파헤치고 철근을 박고 시멘트를 쏟아붓는 소리가 그칠 새 없었다. 더군다나 18호 집의 왼쪽 담장을 면하고 있는 2차선 도로를 건너면. 그곳엔 종합상가 건물이 벌써부터 우람한 자태를 드러내고 있었는데, 마치 18호 집을 발아래 깔아뭉개기라도 할 듯 도도하게 어깨를 펴고 있었다. 아마 저 건물이 5층 높이의 키를 세우는 날이면 이 18호 집에서는 1년 내내 햇살 한 줌 만져보기 어려울 터였다.

그런데도 이 집에서는 새로운 변화에 맞춰 제 몸 하나 운신할 길을 찾기는커녕, 주저앉은 자리에 굳은살이 박이고, 그 살이 헐어서 퀴퀴한 고름 냄새를 풍기는데도 아랑곳하지 않았다. 하루에도 몇 차례씩 부동산업자를 앞세운 구매자가 들락거렸지만, 집주인은 한사코 고개를 저었다. 그 까닭인즉, 내 비록 먹고살기가 수월치 못한 처지이고, 이 집 또한 더 갈데없을 지경으로 퇴락하긴 했으되, 내가 이 집에 들어와 살을 붙인 지 어언 30년, 무너지면 다시 쌓고 깨지면 다시 아물리면서 동고동락해왔으니, 내 몸 혼자 편히 건사하겠다고 이 집을 허물 수는 없는 노릇, 내 죽어 육신이나마 이 집을 뜬 다음이면 모를까 이 두 눈 뜨고 시퍼렇게 살아 있는 동안은 어림없소―였다.

서울특별시 도봉구 미아리 33번지 18호. 여기에 이상은 살고 있었다. 그는 물론 이 집의 주인은 아니고, 보증금 100만 원에 월세 3만 원짜리 방 한 칸에 세들어 사는 신세였다.

페인트가 다 벗겨져 버짐 자국처럼 쇳녹이 덕지덕지 드러나 있는 대문을 밀치고 들어서면 ㄷ자 모양의 집채가 한눈에 들어온다. ㄷ자의 기둥에 해당하는 곳이 마루이고, 양쪽 날개에 방이 하나씩 들어서 있으며, 마루와 양날개 사이, 그러니까 양쪽 날갯죽지는 각각 안방과 부엌인데, 안방에는 주인 내외가, 안방과 이어진 날개(대문 쪽에서 보면 우익이다)에는 주인집 아들이, 그리고 그 맞은편, 부엌과 이어진 날개(대문 쪽에서 보면 좌익이다)에는 이상이 — 아내(서로의 형편을 보아가며, 사랑하기도 하고 토닥거리기도 하고 무관심하기도 하면서, 어느새 반년이 넘도록 함께 살아오고 있지만, 그러나 정식으로 결혼한 사이는 아니다)와 더불어 — 각각 둥지를 틀고 있었다. (그리고 마루엔 십자매 한 쌍이 조롱에서, 또 마당엔 잡종 스피츠 한 마리가 개집에서 살고 있었다.)

이 18호 집을 소개해준 복덕방 영감에 따르면, 주인 남자는 초등학교 선생님을 하다가 건강 때문에 그만두었다는데, 5년 남짓 앓아온 심장병으로 그의 얼굴은 누렇게 부어 있었고, 이따금 온몸을 뒤틀며 내뱉는 기침 소리를 듣노라면 북망산 정상을 넘어서는 듯한 느낌이었다. 부인은 네거리 시장에서 순대며 머릿고기 따위를 벌여놓고 술과 함께 팔고 있었고, 아들은 고등학교 2학년인데, 여드름 꽃이 피기 시작한 얼굴은 학력고사 220점 수준에 어울리게 생겼다.

이상과 주인 남자는 거의 온종일 집 안에 틀어박혀 지내는 신세이기 때문에, 이따금 수돗가나 마당 한 켠에서, 혹은 변소 안팎에서 마주치는 경우가 없지 않았다. 그럴 때마다 주인 남자는 이상에게 먼저 말을 건네곤 했다. 병원에서 선고받은 것보다는 오래 살고 있지만 올해를 넘기기가 어려울 것 같다느니, 한창나이인 아내가 장사를 핑계로 이놈 저놈과 손도 잡고 눈길도 나누는 모양이지만 얼마든지 이해할 수 있다느니, 자기가 죽으면 이 집도 헐리고 말 테니 다른 일 제쳐두고 방부터 구하러 다니라느니, 하는 따위의 사설을 밑도 끝도 없이, 긁힌 레코드판처럼 되뇌곤 했다. 그러면서 언젠가는 이상더러 무슨 일을 하느냐고 물었을 때, 이상은 별로 주저함도 없이, 간단명료하게, 소설가라고 대답해주었다.

이상이 자신의 직업을 소설가라고 말했을 때, 그것은 사실이기도 했고 사실이 아니기도 했다. 그는 누구 못지않게 열심히 소설을 쓰고는 있었지만, 그 소설이 발표된 적은 지금껏 한번도 없었다. 아니, 그는 발표를 목적으로 소설을 쓰는 사람이 아니었다. 더 정확하게 털어놓자면, 그는 오직 한 사람의 독자를 위해서, 그의 생활을 도맡아 보살피고 있는 아내의 원망(怨望)을 풀어주기 위해서 밤을 뜬눈으로 지새우고 있었다.

그의 아내는 연홍이라고 불렸다. 이 고운 이름은 물론 본명이 아니었다. 이상 내외가 미아리 방면으로 이사 온 것은 순전히 아내의 직장 때문이었는데, 그녀는 주간다실-야간싸롱-19세기에 나가는 여자였고, 연홍이란 이름은 그곳 마담 언니가 붙여준 별명이었다.

미아삼거리에서 삼선교 방향으로 빠지다가 길음시장 다음 버스정류장에서 내려 길 맞은편을 향하면, 1층에 약국과 제과점, 2층에 당구장, 3층에 하나님말씀교회가 들어서 있는 3층 건물이 보이는데, 그 건물의 지하가 바로 그녀의 근무처였다. 혹시 그곳에 가본 적이 있는 사람이라면 그녀를 기억할지도 모르겠다. 그의 아내는 19세기에서 제법 인기 있는 아가씨였다. 비록 눈이 부실 만큼 미인은 아니지만, 또 굽 높은 구두를 골라 신어도 머리끝이 평균치 한국인의 어깨 아래 놓일 만큼 작은 몸매지만, 매운듯 요염한 눈매에다 나올 곳과 들어갈 곳이 선명하게 굴곡져 내린 선이 오히려 풍만함을 돋보이고 있어서 그녀를 한층 더 매력적으로 만들고 있었다. 가슴을 반쯤이나 드러낸 V라인의 스웨터를 입고, 금방이라도 옷 밖으로 터져 나올 듯 부푼 엉덩이를 설레설레 흔들며 걸어갈 때면, 사내들은 그녀를 안아보고 싶은 충동으로 침을 삼키지 않을 수 없었다. (두 사람의 관계도 실은 그의 침 삼키는 소리에서 시작되었다.

"어머, 엉큼도 하셔라. 아니, 댁에서도 그런 생각을 할 줄 아세요?"

널 한 번만 안아보고 싶다고 이상이 목울대를 울렸을 때, 그녀는 한바탕 깔깔거리고 나서 이렇게 대꾸했었다.

이상이 아직 직장에 다니고 있을 무렵이었다. 도서출판 天也. 그는 그곳에서 원고 정리하는 일을 보고 있었다. 일이래야, 뜻이나 대충 이어질 정도로 일본어에서 옮긴 값싼 원고를 받아다가 우리말로 기름지게 다듬어내는 작업이었다. 소설을 쓴답시고 한때 닦아둔 글솜씨가 그나마 밑천인 이상으로서는 별 어려움 없이 지낼 만한 일터였는데, 한 달이면 하숙비를 내고도 몇 차례 술이라도 마실 만큼의 돈이 손에 쥐어졌다. 그리고 그녀는 신림동 네거리 근방에 있는 스탠드바-아마존에 나가고 있었다. 그래서 하숙집이 그 근처였던 이상은 가끔 퇴근길에 들러 맥주라도 한두 병 사 마시곤 했다. 언제나, 혼자서, 우두커니.

"그래, 한 번만."

"좋아요."

그 뒤로 몇 차례 더 만나면서 두 사람은 자신의 삶을 가장 뛰어난 실패작으로 여기고 있는 상대방을 보았고, 서로에 대한 동정으로써 자신의 위안을 삼을 수 있으리라는 데서 비교적 손쉬운 타협의 실마리를 발견했다.

그녀는 이상의 작업을 위하여 그녀의 모든 것을 쏟아붓고 있었다. 원고지, 플러스펜, 담배, 커피, 땅콩, 입맞춤까지. 그녀는 이런 것들을 밤마다 한 아름씩 안아 들고 왔다. 심지어 이상은 아내가 넣어준 용돈으로 사창가에 다녀오기까지 했다.

그녀의 꿈은, 그가 쓰는 소설의 어느 구석에선가 자신의 삶이

축복받은 모습으로 그려지는 것이었다. 그를 만나기 전에 두 번 연애에 실패했고, 두 번의 낙태수술 끝에 이제는 잉태조차 할 수 없게 된 그녀는, 허구의 세계 속에서나마 2남3녀를 거느린 사장 사모님으로 출세하고 싶은 것이었다.)

2

이상.

현명한 당신은 벌써 눈치를 챘겠지만, 이상은 사실 자신의 이름 덕분에 곧잘 엉뚱한 대접을 '겪곤' 했다. 가령 누구를 처음 만나 소개되는 경우에, "아니, 그 위대한 천재, 그러나 박제가 되어 버린 천재 이상 말인가요?" 하는 인사는 예사로 받는 터이고, "한번 만나고 싶었는데, 이렇게 뵙게 되니 정말 영광입니다. 그래, 요즘도 그 알쏭달쏭한 글을 쓰고 계신가요?" 하고 치받아올 때면 그 말이 진정인지 거짓인지 분별은커녕 뭐라고 대답해야 좋을지 몰라, 이상은 그만 오줌부터 마려워지는 것이었다.

그러나 이상은 마음이 너그러운 사람이다. 그는 언제나 왼쪽 눈 아래 근육 한 가닥을 당겨 히죽 웃어 보이거나, 아니면 빗질도 필요 없는 머리카락을 손가락으로 쓸어 올리고는, "우리말로는 같은데 한자로는 다릅니다. 내 이름의 상짜는 상서로울 상이거든요" 또는 "그 이상은 별명이지만 내 이상은 본명입니다" 하고, 자상한 설명을 잊지 않았다. 사실 그의 너그러움으로 말하자면, 사흘을 연이어 외박한 아내가 나흘째 되는 날 새벽에야 그의 것이 아닌 체취를 온몸에 바르고 돌아왔을 때에도, "바쁜 모양이지, 요새?" 하는 한마디를 입술 사이에서 지그시 깨무는 것으로 넘겼을 정도다.

그는 언제나 혼자였다. 어쩌다 아내가 요구해올 때 말고는 자는 것도 혼자였고, 식사도 저 혼자 챙겨 먹었으며, 말을 나누는 일조차 저 혼자 중얼거리는 것밖에 없었다. 이따금 마당에서 주인 남자를 만나는 경우가 있었지만, 둘 사이에 긴 대화가 오갈 까닭이 없었다. 주인은 늘 했던 이야기를 되풀이하는 게 고작이었고, 이상으로선 스스로 꺼내 보일 화젯거리가 없었으므로. (가령 그들 사이에 오가는 대화를 녹취했다면 다음과 같은 내용을 들을 수 있었을 것이다.

"오늘 며칠이오?"

"글쎄요."

"아무 날이면 어떻겠소."

"그럼요."

"몇 시쯤이나 됐소?"

"글쎄요."

"좀 전에 점심 먹었으니까 두 시쯤 됐겠군."

"그렇겠군요."

"점심은 했소?"

"점심요? 아, 점심요. 네, 했습니다. 저한텐 아침입니다만."

"난 라면 하나 끓여 먹었소만, 거긴 뭘 드셨소?"

"라면에 계란 하나 풀어서 먹었습니다."

"세든 사람이 주인보다 식사가 더 좋구려."

"그런가요? 미안합니다."

"미안하긴. 나야 이리 먹으나 저리 먹으나 금방 갈 몸. 댁처럼 오래 살 사람이나 열심히 먹어두슈. 그래야 덜 후회하니까."

"명심하겠습니다."

"많이 쓰셨소?"

"별루요."

"힘드시겠어."

"별루요."

"하여간 언제 한번 보여주슈.")

그의 생활은 방 한쪽 모서리를 커튼으로 가린 반 평 크기의 공간에서 거의 이루어지고 있었다. 그곳에서 그는 글을 썼고, 꿈을 꾸었고, 무료했고, 그 무료함을 달래려고 손톱을 씹었고, 커튼 밖에서 잠자는 아내의 숨소리를 엿들었다. 그렇게 밤을 지새운 뒤, 새벽이 문풍지를 흔들며 내려설 무렵이면 이상은 앉은 자리에서 아무렇게나 몸을 누이고 잠을 잤다. 잠은 언제나 자연스럽게, 어김없이 찾아왔다. 그리하여 중천에 떠오른 해가 눈시울을 간지럽힐 때면 부스스 일어나, 아내가 출근하면서 보아둔 밥상머리에 앉아, 아내가 메모해둔 쪽지를 읽는 것이다.

'요즘 당신 피곤한가 봐요. 코를 많이 골았거든요. 장어 한 마리 구워놨으니 뼈까지 꼭꼭 씹어서 드세요. 당신의 아내.'

또는,

'아영이가 너무 불쌍해요. 자꾸만 눈물이 나오는 바람에 눈썹을 달 수가 없었어요. 이젠 그만 괴롭히면 안 돼요? 당신의 애독자.'

또는,

'어쩜 당신은 그렇게 잘 알아요? 나하고도 그렇게 느끼세요? 난 전혀 몰랐는데. 오늘 밤 나를 그렇게 해줄래요? 뽀뽀.'

……등등.

이상은 마치 신문연재소설을 쓰듯, 그것도 두 편의 소설을 날마다 200자 원고지로 각각 일곱 매씩 써서 아내의 읽을거리로 바치고 있었다. 아내의 보살핌이 아무리 극진하다손 치더라도 하루 열다섯 매의 작업량은 중노동이 아닐 수 없었다. 그러나 사실을 말하자면 그는 소설을 쓰고 있는 게 아니라, 다만 남의 소설을 원고지에 옮겨 적는 일을 하고 있을 뿐이었다. 하나는 몇 년 전에 번역되어 나온 일본소설이었고, 다른 하나는 저녁마다 배달되는 일간지의 연재소설이었다. 인명과 지명들, 그리고 몇몇 상황

들이 이상의 손끝에서 다른 이름과 다른 꼴로 바뀌어 원고지 위에 새롭게 태어나고 있었다. 그러나 들킬 염려는 없었다. 그의 아내는 신문은커녕 길거리에 다닥다닥 늘어서 있는 간판에조차 눈길을 주는 일이 없는 여자이므로. 그의 아내는 남편 되는 사람의 소설 쓰는 능력을 믿고 있으므로. 아니면, 하루 열 시간 근무 중 절반 이상을 서 있어야 하는 자신의 노동에 비해 소설 쓰는 일이란 얼마나 손쉬운 일인가, 마음만 먹으면 그 정도는 나도 써낼 수 있다는 투의 생각을 가지고 있어서, 그의 손끝에서 나오는 글자의 생산량에 대해 조금도 의혹을 품고 있지 않으므로.

아내는 정오께에 출근하여 자정이 지나서야 퇴근하므로, 이상은 하루에 열두 시간 이상을 자유롭게 보낼 수 있었다. 그러나 일정한 일과가 마련되어 있지 않기 때문에 그 시간들을 자유롭게 느껴본 적이 별로 없었다. 간혹 얼굴에 물기를 바르고 외출하는 경우가 있었지만, 마음에 둔 행선지가 따로 있는 것도 아니었고, 찾아가 만날 사람이 약속된 것도 아니었다.

비록 서울이 객지이긴 하나, 이 서울에서 대학물을 먹었고, 또 한동안은 직장이란 곳에 들락거려본 일도 있고 해서, 아는 얼굴이 전혀 없는 것도 아니었다. 그러나 지금의 아내를 만나 책꽂이를 찬장으로 대신한 살림을 트고 방 한 모퉁이에 몸뚱이를 들여앉힌 뒤로는, 사람 만나는 일조차 어색하고 버겁게만 느껴지던 것이었다. 어쩌다 대학 동창이라도 만나면 10년 가까운 세월이 어느새 둘 사이에 깊은 고랑을 파놓고 있어서, 한두 마디 인사말이 오간 다음엔 더불어 추스를 이야기가 떠오르지 않는 것이고, 멀뚱한 눈으로 상대방의 실룩거리는 콧방울이나 바라보고 있노라면 간밤에 먹은 라면 가닥이 목구멍을 타고 넘어올 것만 같았다. 그래서 그의 외출은 달팽이처럼 집 부근을 벗어나지 못한 채, 시장 언저리에 있는 선술집에 들어가 술이나 몇 잔 빨다가 나오든가, 변두리 극장에 들어가 연속 상영되는 영화 두 편이 직직 빗줄기를 뿌리며 돌아갈 때까지 줄곧 하품만 하다가 어둠에 그림자를 적시며 귀가하는 정도였고, 마음을 크게 먹고 멀리 행차한다는 게 무작정 아무 버스에나 몸을 싣고 온종일 서울 바닥을 빙빙 헤매 돌다가, 끝내는 출발했던 정류장에 내려, 직장에라도 나갔다가 곧장 퇴근하는 충실한 가장처럼 터덕터덕 집으로 들어서는 게 고작이었다. 게다가 식사조차 잊은 채 온종일 잠자는 즐거움도, 길 건너에 상가 건물이 세워지면서부터는, 거기서 날아오는 소음 때문에 여간해서는 누리기 힘들어지고 말았다.

그런데 요즘 들어 그에게 신나는 소일거리를 마련해준 것은, 기이하게도, 그의 낮잠을 빼앗아가버린 공사장이었다.

처음엔 무심코 향한 발걸음이었다. 늦여름의 햇살이 아직도 뜨겁게 감돌던 한낮에, 그는 공사가 한창인 건물 옆, 손바닥만 한 그늘 속에 웅크리고 앉아 있는 자신을 발견했다. 무엇이 그를 그곳으로 데려갔는지는 알 수도 없고, 알 필요도 없었다.

이름조차 알 수 없는 중장비들이 들락거리고, 철근을 토막내는 산솟불이 파란 혓바닥을 날름거리고, 골조를 떠받쳤던 쇠파이프들이 와르르 허물어지고, 구릿빛 어깨를 번득이는 인부들이 혹은 분주하게 혹은 한가롭게 지나다니는 광경을, 대기를 뒤덮은 흙먼지 사이로 바라보면서 이상은 왠지 신선한 기쁨을 느꼈다. 그는 매일처럼 길 건너 공사장으로 찾아가, 하루의 작업량만큼 모습을 바꾸는 건축물의 이모저모를 관찰했다. 처음엔 세우는 것인지 허무는 것인지조차 분간하기 어려웠던 건물이, 날이 갈수록 계획된 형태를 드러내기 시작했다. 5층 높이의 골조가 완성되자, 휑한 눈처럼 뚫려 있던 곳마다 창틀이 만들어지고 거기에 유리창이 박혔다. 그리고 벽마다 사람들이 줄을 타고 오르내리며 타일을 붙이고 페인트를 칠했다.

건설은 위대했다. 더불어 여름은 끝나고 있었다. 이상은 깊은 서글픔이 온몸으로 번져나가는 것을 느꼈다. 여름이 지나고 공사마저 끝나고 나면 그는 또다시 무의미한 중노동이 기다리고 있는 생활 속으로 되돌아가야 할 터였다. 그 속에서 그는 덧없는 기다림과 함께 자신의 삶을 한 겹씩 깎아내며 밤을 지새우고, 그의 일상식이 되다시피 한 라면 가닥처럼 가공된 시간들을 주체하지 못한 채, 짓눌린 숨결로 헉헉거릴 것이었다.

그는 잠시 짧고 선명한 두려움을 느꼈다. 그는 어디론가 훌쩍 떠나고 싶다는 생각을 했다. 그러나 그에겐 갈 곳이 없었다.

3

이상이 제 몸에 이상이 생긴 것을 알아차린 것은 그들 내외가 미아리 33번지 18호로 이사 온 지 어언 5개월이 지난 어느 날이었다. 그동안 계절이 바뀌어 초가을 날씨가 드높아진 하늘에 가득했고, 길 건너 상가 건물도 마무리 단계에 접어들고 있어서 분양 안내를 알리는 현수막이 벌써 바람에 펄럭이며 내걸렸다.

그날 밤에도 이상은 할 일 없는 시간을 죽이느라 집 근처를 여기저기 서성이다가 집으로 돌아가는 길이었다. 그가 문득 새로 지은 상가 건물의 옥상으로 올라가보고 싶다는 생각을 한 것은, 요 며칠 전 그 건물 옥상에서 인부 하나가 실족사한 일이 불현듯 떠오른 다음이었다. 우연히 집을 나서다 목격한 현장이었다. 한 마리 새처럼 비상하듯 추락하는 모습과, 땅바닥에 피를 튀기며 처참하게 너부러진 시체의 모습은, 이상의 뇌리 속에 전혀 맞닿을 수 없는 거리를 두고 따로 새겨져 있었다.

아직 문을 열지 않은 상가 건물은 컴컴한 어둠 속에 또 하나의 어둠 덩어리로 서 있었다. 그는 경비원의 눈을 피해, 밖에서 흘러드는 희미한 불빛을 밟으며 옥상으로 향하는 비상계단을 올라갔다. 옥상엔 공사의 잔해들이 아직도 정리되지 않은 채 널려 있었다.

옥상에서 내려다보는 풍경은 고요했다. 컴컴한 밤하늘, 그 아래, 깊은 잠을 준비하는 도시가 몸을 길게 누이고 있었다. 이따금 가을이 깊어감을 알리는 바람결이 선뜩하게 목 언저리를 훑으며 지나갔다. 먼 곳에 어둠을 가르는 자동차의 불빛들이 희미하게 보였고, 여태 귀가하지 못한 밤늦은 술꾼들의 발소리가 들려오기도 했다. 발바닥에 닿는 옥상의 감촉만 아니라면 마치 허공에 떠 있는 듯한 기분이었다.

날개가 있다면 날아오르고 싶구나. 이상은 가장 초보적인 가정법 문장을 중얼거리며, 문득 자기와 같은 이름을 가졌던 반세기 전의 한 인물을 생각했다. 폐렴과 아스피린과 정오의 사이렌 소리와 날개. 날개야 돋아라, 한번 날자꾸나. 그때였다. 그는 자신의 몸이 무척 가벼워진 것을 느꼈다. 그리고 그 까닭을 확인했을 때 그는 하마터면 기절할 뻔했다. 몸이, 마치 풍선처럼, 허공에 둥실 떠올라 있었던 것이다.

처음엔 아예 놀랍지도 않았다. 꿈이려니 했다. 이런 일이 어떻게 현실 속에서 일어날 수 있겠는가. 그는 양팔을 날개처럼 허우적거려보았다. 몸이 더욱 높이 솟아오르는 것을 느낄 수 있었다. 밤하늘의 대기가 상쾌했다. 어둠으로 뒤덮인 풍경이 발아래 아득했다. 이게 꿈이라면 영원히 계속되어도 좋겠다는 생각을 했다. 그러나 아니었다. 잠시 날갯짓을 멈추고 팔을 내리자 그의 몸은 건물 옥상 위에 사뿐히 내려와 닿았다. 그때 발바닥에 와 닿는 감촉은 꿈이 아니었다. 순간 등줄기에 뜨거운 전율이 흐르는 것을 느낄 수 있었다. 꿈속인 듯 겪은 체험은 현실이었다. 그는 좀 전에 중얼거린 말이 주문이 되어 실제로 비행 능력을 갖게 되었다는 것을 깨달았다. 그는 혹시나 하고 겨드랑이에 손을 가져가 보았다. 전에 없던 돌기가 손끝에 만져졌다. 엄지손가락만 했다. 그것은 날개였다. 퇴화의 흔적이 아니라 재생의 기미였다.

그날 이후 이상의 밤은 항상 허공에 떠올라 있었다. 모두가 잠든 시간이면 그는 살며시 방을 빠져나와 마당 한복판에 서서 주문을 외웠다. 날개야 돋아라, 한번 날자꾸나. 그러면 그의 몸은 깃털처럼 가볍게 허공으로 떠올랐다. 그는 양팔을 휘적거려, 어둠과 깊은 잠에 잠겨 있는 도시의 하늘을 날아다녔다. 그는 몸놀림을 조절하여 방향과 높낮이와 속도에 변화를 줄 줄도 알게 되었다. 그는 공중에 멈춘 채 노래를 흥얼거리기도 했고, 어떤 때는 바지 앞섶을 열고 오줌을 내깔기기도 했다. 그러면 지상에서는 술이 거나하게 오른 한 낭만주의자가 깊은 밤길을 걷다가, 온갖 소음이 가라앉은 도시의 밤하늘에서 은은하게 울리는 노랫가락을 듣고는, 아아 가을바람이 비올롱을 켜는구나 하고 시심을 일으키거나, 맑은 하늘에서 느닷없이 쏟아지는 빗줄기에, 때늦은 장마가 오려나 보다 하고 화들짝 놀라 걸음을 재촉했으리라.

사람이 어떤 비상한 능력을 가지게 되면, 처음엔 그 능력을 시험해보고 싶다는 단순한 호기심에서 출발하지만, 그런 일이 여러 차례 반복되면서 호기심 채우는 일마저 어느 정도 시들해지고 나면 거기에 어떤 목적을 부여하게 되고, 그래서 그 능력은 일종의 수단으로 변질되어버리고 만다.

이상의 경우도 그랬다. 말하자면 그는 자신의 유별난 능력을 확인하고 나자, 그 능력을 유별나게 이용하고 싶어진 것이다.

그의 첫 시도는 가까운 곳에서 벌어졌다. 가을이 깊어가던 아침, 미아리 33번지 일대에 살고 있는 주민들은 출근하거나 등교하거나 산책하러 나왔다가, 막 준공을 본 보람상가 건물에 내걸린 현수막이 왠지 이상하다는 느낌을 받았다. 물론 모든 사람이 다 그런 것은 아니고, 그들 중 그나마 눈치 빠르고 두리번거리기 좋아하는 사람들부터 알아차리고는, 그 소문이 한 입 두 입 건너면서 급기야는 건물 관리인에게 알려진 다음 한 차례 법석이 벌어졌는데, 그 내용인즉, '축 준공! 분양개시!'라고 적힌 현수막이 밤사이에 거꾸로 매달려 있던 것이다. '¡ᴉ⅄ᴚᴚᴎ곱 ¡운운 곻' 사람들은 고개를 위아래로 꺾고 좌우로 비틀며 한참 목운동을 거친 다음에야 암호문을 풀어 읽을 수 있었다. 누군가 밤늦게 장난이라도 친 모양이라고, 야간 경비원만 애꿎게 야단을 맞는 것으로 일은 끝났는데, 사실은 끝이 아니라 시작이었다. 이튿날 아침엔 '분양개시'의 시자(字)가 씨자로 덧칠되어 있었던 것이다. 어느 못된 놈의 짓이냐고 인원을 늘리면서까지 야간 경비를 강화했건만, 다음 날 아침엔 씨자 밑에 ㅂ자가 불알을 단 것을 보고서, 미아리 33번지 일대의 주민들은 오랜만에 놀라움과 함께 배꼽이 빠져나올 만큼 웃음을 만끽했다.

보다 놀랍고 흥미로운 사건은 미아리에서 서울의 반대편 끝에 있는 봉천동 너머의 S대학교에서 일어났다.

학생들은 집에서 쉬도록 선처하고 몇몇 교직원과 명사급 동문들만 모여서 개교 기념행사를 치른 다음 날이었다. 아침에 등교하여 학생회관 앞을 지나던 학생들은 그 건물의 이마를 띠로 두른 듯 내걸린 현수막이 어제와는 아무래도 달리 읽힌다는 데 주목했다. '大學은 大學人에게 맡겨라!' 그뿐만이 아니었다. 도서관 출입구 위에 내걸린 현수막은 '책 속에 칼이 있다'로 가필되어 있었고, 본관 건물 옥상에서 나부끼는 교기에는 교훈이 '진리는 나의 빛'이라고 정정되어 있었다.

일은 여기서 끝나지 않았다. 밤이 지나면 지금까지 볼 수 없었던 포스터와 대자보들이 이곳저곳에 나붙기 시작했는데, 전지 한 장 크기의 종이 위에는 공중변소에서나 볼 수 있는 낙서가 그려져 있기도 했고, 항간에 나도는 민주주의 밀반출 사건의 진상을 밝힌다는 제목의 대자보에는 정부의 발표와는 정반대의 상상력이 동원되어 있기도 했다. 특히 학생들의 뜨거운 박수갈채를 받은 걸작은 도서관 입구 벽면에 나붙은, 물음표 하나만 달랑 그려진 포스터였는데, 교직원들이 사다리를 놓고 올라가 떼어내 본즉, 그 물음표는 잔글씨로 쓰인 오럴섹스에 관한 상세한 가이드였다. 이런 포스터들은 사람의 능력으로는 쉽게 접근할 수 없는 위치에 나붙어 있었기 때문에, 교직원들은 날마다 소방서에 전화를 걸어 고가사다리를 긴급 요청하기에 바빴다.

날이 갈수록 일은 더욱 흥미진진하게 전개되었다. 호기심으로 불타오른 젊은 학생들은 물론, 곁눈질 한 번 하는 일 없이 평생을 외길로 살아오신 교수님들조차 밤사이에 새롭게 등장한 포스터를 쫓아다니며 구경하느라 체면이 말이 아니었는데, 어느 노교수 한 분은 뒤로 젖혀진 목뼈를 교정하기 위해 정형외과에 입원하지 않으면 안 되었다.

이런 사실이 각종 매체를 통해 보도되자 시민들은 귀신이 곡할 현상을 직접 눈으로 확인하려고 꾸역꾸역 몰려들었다. S대학교 앞 광장은, 서울 시민은 물론 제주도에서까지 비행기를 타고 온 단체 관광객으로 큰 혼잡을 이루었고, 관할 경찰서에서는 2개 중대 병력을 파견하여 일반 민중의 교내 출입을 통제함으로써 대학의 학문과 자유와 존엄을 보호하는 데 진력하였다.

그러나 S대학교에서 도깨비장난 같은 사건이 잇따라 발생한 지 열흘도 지나지 않아, 시민들은 애써 S대학교까지 쳐들어가지 않아도 좋게 되었다. 그들은 바로 자기 집, 혹은 이웃 동네에서 그 가공할 현상을 직접 체험할 수 있게 된 것이다. 오래전부터 일상적으로 내걸려 있던 펼침막이나 현수막 따위가 전혀 다른 내용으로 바뀌었고, 어젯밤까지만 해도 볼 수 없었던 포스터들이 병원 건물 벽에, 교회 십자가에, 목욕탕 굴뚝에, 국기 게양대에,

전깃줄에, 나뭇가지에, 전신주에 나붙었다.

예를 들면 서울 도심의 한 백화점에는 '칼을맞아다죽자'라는 현수막이 밤사이에 나붙는 바람에 손님들이 벌벌 떨었는데, 그것은 원래 '가을맞이대축제'였다. 또 을지로 입구에 위치한, 온통 유리벽으로 지어진 18층짜리 건물에는 전지 한 장마다 한 자씩 적힌 종이가 일곱 장 나란히 나붙었는데, 그 내용은 '天天地地人不人'이었다. 그날 사람들은 그 말의 뜻을 새기기 위해 골몰하느라 업무를 내팽개친 것은 물론이고, 점심식사를 마다한 샐러리맨도 부지기수였다.

시민들은 자기 집 현관에 나붙은 포스터를 고이 접어, 자손 대대로 물려줄 가보라도 챙기듯 장롱 깊숙이 간직했다. 이런 포스터들은 매우 고가로 암거래된다는 소문까지 나돌았으며, 그 바람에 높다란 굴뚝, 위험천만한 전봇대에까지 기어 올라가려고 암벽등반용 장비를 짊어지고 다니는 사람까지 생겨났다.

뿐만 아니라 시민들은 그들이 늘 걸어 다니는 길가 건물의 간판들이 마구잡이로 뒤바뀐 것을 보았다. 행복장의사 간판이 장수산부인과 간판과 맞바뀌어 있었고, 세탁소 간판이 복덕방 앞으로 옮겨져 있었으며, 목욕탕 앞에는 영화관의 누드 간판이 내걸려 있었다. 그래서 시민들 중에 좀 모자라거나 방향감각이 무딘 축들은 길을 잘못 가거나 가던 길을 되돌아오는 경우도 적지 않았다.

자연스러운 후속 현상이지만, 사회 곳곳에는 각종 유언비어가 유포되어, 사람들은 사건의 진상을 다각도로 유추 해석하고, 그 장본인의 정체를 추적하는 데 열을 올렸다. 길거리에서, 사무실에서, 전철 안에서, 엘리베이터 속에서, 육교 위에서, 술집에서, 시장바닥에서, 사람들은 끊임없이 상상하고, 설명하고, 반박하고, 토론하고, 결론짓고, 박수쳤다.

　종교인들은 말세를 알리는 하느님의 경고라 하여 회개와 구원을 간청하는 철야기도회를 열었고, 과학자들은 외계인의 침략을 알리는 징후라고 주장하면서 공상과학소설의 판매량 증가에 일조했으며, 또 정부 당국에서는 국가의 변란을 노리는 적국 첩자들의 소행이라는 추정하에 비상사태 선포를 검토하기 시작했다.

　그러나 진실을 아는 사람은 아무도 없었다. 그리고 이상으로서도 겉으로는 조금도 달라진 게 없었다. 전보다 낮잠 자는 시간이 많아졌고, 평소보다 말수가 적어졌지만, 워낙에 과묵한 그인지라 아내조차도 그의 변화를 눈치챌 까닭이 없었다.

　"슈퍼맨이 나타난 거 아닐까요?"

　아내는, 슈퍼맨이 정말로 나타나 자기를 품에 안아 들고 저 광활한 우주 공간으로 훨훨 날아주기를 바라는 목소리로, 꿈에 취한 듯 눈을 슬며시 감으며 말했다. 덕분에 예전 같지 않은 그의 작업에 대해서도 그녀는 별로 신경 쓰지 않았다. 어쩌면 이상이 쓰는 소설쯤은 이제 그녀의 관심에서 멀어져 있는지도 몰랐다.

주인 남자는 요즘 들면서 삶에 대한 의욕이 새롭게 돋아 오르는 모양이었다.

"오래 살고 볼 일이오, 이상 선생. 내 벌써 죽었더라면 어찌 이 같은 기적을 볼 수가 있겠소? 안 그래요?"

건강 때문에 바깥나들이가 불편한 전직 초등학교 선생님은 신문이란 신문은 죄다 구독 신청하여, 슈퍼맨인지 외계인인지 하느님인지 알 수 없는 괴이한 존재의 출현과 활약상에 관한 보도 기사를 스크랩하는 데 여념이 없었다. 그 바람에 피해를 입는 것은 십자매와 잡종개였다. 먹이를 주는 일이 담당인 전직 교사의 근무 태만 때문에, 십자매는 퍼덕거렸고 잡종개는 낑낑거렸다. 이상은 그 동물들에게 미안했다.

4

소설의 막판에는 새로운 인물을 등장시키지 말라는 것이, 소설의 역사가 증명하고 있고 또 우리가 통념적으로 받아들이고 있는 소설 미학상의 한 원칙이다. 그럼에도 불구하고 우리는 여기서 이 원칙을 잠시 포기하지 않으면 안 된다. 바꿔 말하면, 이 소설을 마무리 짓는 데에는 새로운 인물의 등장이 필요하다는 얘기다. 나 개인적으로는 그 인물을 여기에 끌어들일 생각이 없었다. 하지만 자의식이 남다르게 강하고, 원칙이나 규범 따위의 인습적 통념을 쉽사리 받아들이려 하지 않는 그의 성격을 잘 알고 있는 나로서는, 게다가 이 소설이 만들어지는 데 하나의 동기를 제공해준 바 있는 그에게 다소의 부채감을 느끼고 있는 나로서는, 이 소설의 막판에서나마 잠시 얼굴을 내비치고 싶다는 그의 요청을 거절할 도리가 없었다.

그는 이 소설이 시작되었을 때부터 호시탐탐 그런 기회를 노려왔던 게 분명하다. 어쩌면 이 소설은 그를 새롭게 등장시키기 위한 음모였는지도 모른다. 아니, 그는 전혀 새로운 인물이 아닐지도 모르겠다. 현명한 독자라면 벌써 눈치를 챘겠지만, 그는 이미 이 소설 곳곳에서 자신의 모습을 내보였는지 모른다. 이상이 미아리 시장바닥에서 마주쳤던 사람들 중에, 혹은 그가 내다 붙인 포스터를 구경하려고 몰려든 군중 속에 섞여 있었는지도 모르며, 이상이 날개를 달고 올라간 밤하늘에서 앞섶을 열고 오줌을 내깔겼을 때, 아 가을비가 오는군, 하고 콧노래를 흥얼거리며 지나간 지상의 낭만주의자가 바로 그였을지도 모르기 때문이다.

풍작을 이룬 무와 배추가 도리어 농민들의 이마를 짓누르는 바람에 김장 열 포기 더 담그기 운동이라는 기상천외한 발상이 현실적으로 강요되고 있을 무렵, 이상은 김장을 준비하는 소금기와 고춧가루 냄새가 물씬한 서울의 하늘을 밤새 날아다니다가, 새벽

이슬이 목덜미를 적실 때쯤 미아리 33번지 18호 집 마당에 사뿐히 내려섰다.

그곳에 한 사내가 그를 기다리고 있었다. 새벽의 어스름 속에서 사내는 짧은 미소를 보냈다.

"기다리고 있었소."

"날? 이 밤중에?"

"그렇소. 당신을 밤새 기다렸소."

"뭣 때문에? 아니, 당신 누구요?"

"나요. 날 모르겠소?"

이상은 상대방을 유심히 살펴보았다. 다 낡아빠진 코르덴 양복 차림에 깡마른 체구, 부스스 일어선 까치머리, 며칠째 다듬지 않은 수염이 창대같이 꺼칠했다. 나이는 20대 후반으로 보이지만 정확하게는 알 수 없었다.

"그동안 활약이 대단하던데, 그래 많이 즐겼소?"

이상은 자신의 몸이 발가벗겨지는 듯한 느낌을 받았다. 부끄러움보다 두려움이 먼저 떠올랐다. 누구일까? 어떻게 알았을까? 한달 남짓 지나온 삶의 자취가 몇몇 정지 화면을 남기며 스쳐갔다.

"이젠 그 날개를 돌려줄 때가 된 것 같소."

"도대체 당신은 누구요?"

"나요. 날 모르겠소?"

이상은 사내의 얼굴을 기억의 화판 위에 몽타주시켰다. 생판

낯설지는 않았으나 단번에 붙잡히는 얼굴은 아니었다. 잠시 망설이는 동안 사내가 껄껄 웃었다.

"나요, 이상."

순간 기억의 실타래가 풀리고 한 얼굴이 또렷하게 떠올랐다. 그것은 반세기 전에 죽은 한 인물의 얼굴이었고, 동시에 이제는 언제였는지조차 모를 만큼 오래전 거울 속에 파묻어버렸던 이상 자신의 얼굴이었다.

"아, 알겠소. 이제 기억이 나는군요. 그런데 어떻게 여길?"

"당신을 만나러."

"하지만 나는 당신이 50년 전에 죽은 걸로 아는데……"

"그렇소. 당신이 살고 있는 곳, 미아리 33번지 18호, 당신이 밤마다 눈을 밝히고 있는 곳, 이곳이 바로 내가 50년 전에 한 줌의 유골로 묻힌 곳이오."

개집에 박혀 있던 잡종개가 인기척을 느꼈는지, 어슬렁 기어 나와, 보랏빛 어스름 속에 마주 서 있는 두 그림자를 올려다보며 짖는 시늉을 해 보였다.

"그런데 당신이 밤마다 날개를 불러내어 하늘을 날아다니는 통에 난 잠조차 잘 수가 없다오. 더는 견딜 수 없어서 이렇게 찾아온 거요. 이젠 그만 날개를 돌려주시오."

사내는 한 발짝 앞으로 다가섰다.

"날개? 난 날개가 없어요. 주문을 욀 뿐이지."

"그렇소. 그 주문이 바로 날개요. 말이 상상을 끌어내듯 주문이 날개를 불러낸 거요. 그 주문을 돌려주시오. 그건 내 거니까."

"내가 지금 꿈을 꾸고 있는 건 아니오?"

"그렇지는 않소. 당신의 삶은 현실이오. 당신이 숨쉬고 있는 새벽 공기, 당신이 하고 있는 말, 당신이 서 있는 마당, 이 모두가 현실이오. 그러나 날개는 현실이 아니오. 아니, 현실이 되어선 안 되오. 내가 현실이 되어선 안 되듯이."

이상은 뒷골에 박혀 있던 혼란스러움이 걷히는 것을 느꼈다. 첫 운행을 배차받은 시내버스의 엔진 소리가 멀리서 들려왔다.

"해가 뜨기 전에 돌아가야 하오. 자, 날개를 돌려주시오."

"차라리 지금 꿈을 꾸고 있다면 좋겠소."

"그렇게 생각해도 무방하지 않겠소? 어느 누구도 지금 당신이 겪고 있는 일을 현실이라고 믿어주지는 않을 테니까."

"하지만 날개가 다시 그리워지면……?"

"앞으론 그런 일이 일어나지 않을 거요. 두 번 다시 날개가 현실 속에 나타나도록 하지는 않을 테니까."

어디선가 새벽 출근을 서두르는 세숫물 소리가 들려왔다. 길가의 가로등 불빛에 비친 사내의 얼굴이 창백하게 보였다. 이상은 문득 사내의 등을 보고 싶다는 생각을 했다. 아니, 자신의 등 뒤가 몹시 허전하게 느껴졌다.

"알겠소. 그럼, 방법을 알려주시오."

"고맙소. 어려운 일은 아니오. 우선, 내가 여길 떠나거든 당신이 처음으로 날개를 불러냈던 곳, 저기 상가 건물 옥상으로 가시오. 그런 다음, 그곳에서 날개가 달렸을 때처럼 허공으로 뛰어오르시오. 그러나 주문을 외서는 안 되오. 그냥 맨몸으로 뛰어내려야 하오. 용기가 필요할 거요. 하지만 두려워할 건 없어요. 그때 당신은 꿈과 현실이 하나가 되는 순간을 만날 수 있을 테니까. 인연이 닿으면, 당신이 내려선 곳에서 우린 다시 만날지도 모르오."

말을 끝낸 사내가 손을 내밀었다. 이상은 사내의 손을 마주 잡았다. 손바닥에 감기는 느낌이 서늘했다.

"고맙소. 덕분에 여길 다시 올 수 있었소. 잊지 않겠소."

"잘 가시오."

이상은 뒷말을 잇고 싶었지만 아무 말도 떠오르는 게 없었다.

"자 그럼, 굿빠이!"

사내는 이 작별의 목소리와 함께 시야에서 사라졌다.

이상은 어스름이 걷히고 있는 하늘을 올려다보았다. 희붐하게 번지는 햇살을 배경으로 서 있는 상가 건물이 아득한 높이로 눈앞에 다가왔다.

다시 시작하면서

돌아봅니다. 지나온 세월을 돌아보고, 그 세월의 굽이굽이에 서 있는 나를, 또는 내 그림자를 돌아봅니다.

고향 제주에 돌아온 지도 어느덧 6년 반 세월이 지났습니다. 인천항에서 이삿짐과 함께 배를 타고 서해 밤바다를 열여섯 시간 항해한 끝에 다음 날 아침 제주항에 도착한 것이 2009년 4월 초였지요. 타향살이 40년 만의 귀향이었습니다.

고향을 떠날 때도 배를 탔습니다. 대학입시에 떨어지고 재수를 하러 상경하는 길. 500톤급 연락선을 타고 목포항에 도착하여 그곳 이모댁에서 하룻밤 지낸 뒤 이튿날 오전에 기차를 타고 서울로 향했는데, 그게 1970년 2월 말이었습니다.

고등학교 시절, 그때 제주도는 바닷길과 하늘길로 사방이 열린 관광지가 아니라 바다로 닫힌 섬이었고, 바닷가에 서면 그 갑갑한 섬을 벗어나고 싶다는 열망에 숨이 막히곤 했습니다. 길은 두 가지. 하나는 가출, 또 하나는 대학 진학. 그러나 가출할 용기는 없었고, 그래서 공부를 선택했지만, 1학년 때 맛들이기 시작한 문학이 어느새 나를 사로잡아, 걸핏하면 딴 길로 엇나가게 했습니다. 몇몇 글 쓰는 선후배와 어울려 문예서클을 만들어 동인지도 펴내고, 2학년 때는 서울 남산에서 열린 동국대학교 문예백일장에 참가하여 산문부 장원을 차지하기도 했으니, 나름대로 '문학소년'의 면모를 과시한 셈이었지요.

그러니 책도 학습용 참고서보다는 소설 같은 문학서를 더 많이 읽었는데, 지금처럼 과외가 없었던 덕분에 방과 후에는 도서관에서 보내는 시간이 많았습니다. 도립도서관이 집에서 학교를 오가는 도중에 있었고, 때마침 고모부가 도서관장을 맡고 있어서, 서고를 마음대로 드나들며 책을 꺼내 읽는 일은 나에게 일종의 특권 같은 즐거움마저 안겨주었지요.

그 무렵 내가 읽고 감동 또는 충격을 받은 책이 도스토옙스키의 『죄와 벌』과 카뮈의 『이방인』이었습니다. 공교롭게도 나는 이두 책을 한두 달 사이에 연이어 읽었는데, (그랬기 때문에 더욱)두 살인자/살인범에 대한 이해가 요령부득이었습니다. 라스콜니코프와 뫼르소―너무나도 판이하고 대조적인 두 주인공 때문에 나는 종종 꿈속에서 두 인물을 서로 뒤바뀐 모습으로 만나기도 했습니다. 나의 독서 이력에서 서너 번 되풀이 읽은 책도 이 두 책뿐인데, 처음에는 주인공을 어떻게 이해할 것인가에 매달렸으나, 나중에는 그 상이한 자의성이야말로 작가의 재능이자 세계관이라는 것을 이해하는 쪽으로 나의 인식도 성장하게 되었지요. 더불어 소설가가 어떤 존재인지를 (어렴풋이나마) 깨달았고, 나도 소설가가 되고 싶다는 꿈을 (막연하게나마) 갖게 되었습니다.

그렇게 소설가의 길을 꿈꾸었을 때, 나는 특히 '마도로스 작가'가 되고 싶었습니다. 섬을 떠나고 싶은 열망 속에는, 이왕이면 망망대해를 누비며 세상을 겪어보고 싶다는 소망도 깃들어 있었던 것이지요. 그래서 해양대학교에 진학할 마음도 먹었는데, 6·25 때 영등포에서 납북된 숙부 때문에 이른바 연좌제에 저촉되어 입학할 수 없다는 사실을 알고 꿈을 접어야 했습니다. 게다가 문학만으로 인생을 짊어질 용기나 배짱이 아직은 없었습니다. 다시 공부에 매달렸지만 역부족이어서, 대학에는 삼수 끝에 겨우 들어갔습니다.

1970년대를 흔히 '긴조(긴급조치) 시대'라고 부르지만, 1972년에 대학에 들어간 우리 동기들은 그해 10월에 일어난 '시월유신'을 빗대어 '유신 학번'이라고 자조했습니다.

그 자조의 이면에는, 한쪽에는 분노가 있었고 다른 한쪽에는 절망이 있었습니다. 이런 현실을 재빨리 직시한 친구들은, 유신 타도에 '목숨 걸고' 나서거나 아니면 캠퍼스 잔디밭에서 통기타를 쳤습니다.

나는 어느 쪽에도 끼지 못했습니다. 통기타를 칠 줄 몰랐기 때문이고, 목숨을 걸 만한 깃발을 찾지 못했기 때문이지요. 아니, 좀 더 솔직하게 말하면 나는 제주도 촌놈이어서, 서울 중심의 놀이판에는 별로 이해도 없었고 관심도 없었습니다. 걸핏하면 휴교령으로 학교가 문을 닫는 바람에 보따리를 싸들고 고향으로 내려가는 일이 귀찮기만 했습니다. 서울에서 목포까지 열 시간 걸리는 야간열차, 그리고 다시 제주까지 열 시간 걸리는 고된 뱃길이었으므로.

쓸쓸하고 척박한 섬에서 탈출하고 싶은 열망과 어떻게든 서울에 한 자리 붙들고 있어야 한다는 강박증. 그 심란한 갈등을 겪다가 문득문득 바다가 보고 싶고 갯내가 그리워지면 경인전철을 타곤 했던 기억이 새삼 아리게 떠오릅니다. (이 기회에 밝히자면, 아무 연고도 없는 인천에 터를 잡고 20년 남짓 살았던 심리적 배경에는 그때의 추억이 간절하게 도사리고 있었던 것이지요.)

겉도는 자신을 추스르기 위해 내가 할 수 있는 일은 글 쓰는 것뿐이었습니다. 고교 시절 문예서클을 만들어 동인지도 펴냈고 백일장에 나가서 상도 타보았으니, 글쓰기만은 그래도 낯선 분야가 아니었습니다. 그것은 또한 초장부터 뒤틀려버린 대학생활을 견디는 방편이자, 문리대라는 밀림 속에서 내 길을 모색하기 위한 안간힘이기도 했습니다.

제대로 강의를 받거나 공부해본 기억이 별로 없습니다. 글도 일기만 썼습니다. 아니, 일기를 쓰듯 글만 썼습니다. 그게 시가 되기도 하고 소설이 되기도 했지요. 2학년과 3학년 때 대학문학상*에 소설과 시로 연이어 상을 받자 주위에서는 내가 대단한 재능이라도 가진 줄 알고 부러워했지만, 어느 친구의 지적대로 그것은 재능의 소산이 아니라 오기의 치졸한 방사에 지나지 않았습니다. 어쨌든 나는 약간 우쭐했고, 술꾼이 되었고, 연애도 했습니다. 인생은 아직도 막막했지만, 우등생으로 살아가지는 못하리라는 생각이 조금씩 들기 시작했고, 그런 느낌이 왠지 반갑고 즐겁고 신났습니다.

불문학과를 졸업하고, 군대에 다녀오고, 국문학과에 학사편입하고, 중퇴하고, 대학원에 진학하고, 다시 중퇴하고, 밥벌이 삼아 출판사 몇 군데를 들락거리고, 용돈 벌이 삼아 번역에도 매달리고…… 어디에도 매이거나 눌러앉지 못한 생활을 아슬아슬하게 견디면서, 그래도 작가의 꿈을 버리지 못한 채 글동네 언저리를

---

* 서울대학교 학보사인 대학신문사에서 주최하는 문학상. 서울대 재학생을 대상으로 매년 신학기에 현상 공모하며, 1958년에 제정되어 오늘에 이르고 있습니다.

맴돌았지만, 등단은 쉽지 않습니다. 신춘문예에 네 번 응모한 끝에 한국일보 문화부의 김훈 기자로부터 당선 통지를 받은 것이 1987년 12월 26일이었습니다. 다음 날 오후, 진눈깨비가 내리던 날이었는데, 한국일보 건물 12층 라운지의 창가 자리에서 김훈을 만나 한 시간 남짓 인터뷰를 하고 집으로 돌아오다가 혼자 술에 취해, 잔설이 어지럽게 남아 있는 골목 어귀의 어둠 속에 주저앉아서 꺼이꺼이 울었던 기억이 납니다.

1988년은 그 어둡고 오랜 군사정권이 막을 내리고 이제는 우리 앞에 좀 더 밝은 세상이 펼쳐지리라는 기대감으로 너나없이 가슴이 설레던 때였지요. 그 새로운 시대의 출발선에 섰을 때 나는 요행히도 소설과 번역이라는 떡을 양손에 하나씩 쥐고 있었습니다. 그해 벽두에 소설가로 데뷔했고, 4월에는 『화산도』(제주 '4·3 사건'을 다룬, 재일동포 작가 김석범의 대하소설)를 번역함으로써 이쪽 동네에도 본격적으로 뛰어든 것입니다. 세상을 다 얻은 듯한 기분이었고, 둘 다 놓칠 수 없는 떡이었습니다. 문학의 길을 꿈꾸며 어렵사리 등단한 나로서는 소설가라는 신분도 더없이 소중했고, 생활의 방편이자 애써 익힌 외국어의 활용이라는 측면에서 번역 또한 소중했으니까요. 그래서 나는 번역은 조강지처 같고 소설은 애인 같다는 흰소리를 하면서 양다리를 걸치고 다녔습니다.

하지만 그렇게 10년쯤 지내고 나자 힘이 부칠 수밖에 없었습니다. 물론 능력의 한계 때문이지요. 이제는 어느 한쪽을 선택해서 집중할 것이냐의 문제가 아니라, 솔직히 말해서 창작의 어려움 때문에 소설을 그만두고 싶다는 생각을 하고 있었습니다. 그런 나에게 용기와 명분을 준 것이 『로마인 이야기』(시오노 나나미)와 『프랑스 중위의 여자』(존 파울즈)였습니다.

이 책들을 번역하면서 나는, 한편으로는 글쓰기의 욕망과 창작의 갈증을 대리만족의 형태로나마 달랠 수 있었고, 다른 한편으로는 이만한 작품을 써낼 자신이나 능력이 없다면 아예 글쓰기를 작파하는 게 낫지 않겠느냐는 결론에 이르렀습니다. 그저 그런 소설을 쓰느라 끙끙대느니, 차라리 좋은 책을 번역하는 게 훨씬 뜻있는 작업이자 수지맞는 사업임을 깨달았던 것이지요. 그래서 과감히 애인과 헤어지고 아내한테 돌아갈 수 있었습니다.

1998년 가을에 중편소설 하나 발표한 것을 끝으로 창작을 접은 뒤 다시 10년 세월이 흘렀습니다. 그에 따라 나 자신을 소개하는 방식도 변화를 겪었는데, 처음 10년은 내 이름 뒤에 (소설가·번역가)라고 덧붙였고, 그 후 10년은 미련 때문에 (번역가·소설가)라고 덧붙이다가, 그 뒤로는 '소설가'를 아예 빼버렸습니다. 그야말로 아내한테 성심을 다 바친 셈인데(그동안 번역서 이외에 낸 책은 '역자 후기 모음집' 두 권뿐이었습니다), 하지만 그 속내를 들여다보면 한때나마 도타웠던 애인에 대한 그리움이 왜 없었겠습니까.

2008년에 제주도 애월 바닷가에 집을 짓고, 이듬해 봄에 귀향했습니다. 그러나 40년 타향살이를 접고 새로 시작한 귀향살이인 만큼, 그 격조했던 세월의 다리를 건너는 게 쉬운 일은 아니었지요. 그래도 한 해 두 해 지내다 보니, '살암시민(살다 보면) 살아진다'는 제주도 속담처럼, 그 서먹하고 새삼스러운 환경과 생활방식에도 무난히 적응할 수 있었습니다.

시골에 살면서 즐겁게 길들인 소일거리가 한둘이 아니지만, 특히 유쾌하고 유용한 것은 산책입니다. 오후 4~5시쯤 식사를 마치면(나는 1일 1식을 20년 전부터 해오고 있습니다) 한 시간 남짓 산책을 하는데, 산책하는 동안 떠오르는 상념들을 붙잡다 보면, 처음엔 두서없이 떠오르던 생각들이 나름대로 가닥을 잡으면서 줄거리를 이루기도 합니다. 화가라면 눈앞에 보이는 풍경이나 마음에 떠오르는 생각을 그림으로 그리고 싶겠지만, 나는 그것을 소설로 쓰고 싶어진 것이지요.

한때 문학에 홀렸던 남정네의 주책없는 바람기가 다시 동한 것일까요? 아니면 '문학, 이 요망한 것!'이 나를 다시 찾아와 한번 놀아보자고 꼬드기는 것일까요? 글쎄, 어느 쪽인지는 모르지만, 그 유혹에 슬쩍 넘어가보는 것도 좋겠지요. 그렇다고 젊은 날의 열정으로 만나기는 힘들 터. 이젠 나도 손자를 본 처지이니, 연애까지는 아니더라도, 산책길에 동반하는 아내처럼 길동무 삼아 노년의 길을 함께 걸어가도 좋지 않을까 싶군요.

문학을 접기로 마음을 먹었을 때, 그런 마음을 더욱 다잡기 위해, 그전에 발표했던 작품들을 책으로 묶어내지 않고 아예 묻어버리기로 했습니다. 책으로 내봐야 그저 그런 책이었을 테니 크게 아쉬움은 없었지만, 그래도 마음 한구석에는 (잘났건 못났건) 작품들에게 미안한 생각이 없지 않았지요. 뒤늦게나마 어엿한 모양새로 펴내게 되어 마음이 가볍습니다.

이 소설집에는 1990년대에 발표한 열댓 편의 중·단편 가운데 아홉 편을 골라서 실었습니다. 데뷔작인 「이상의 날개」를 덧붙인 것은, 간혹 이 작품을 읽어보고 싶다는 이들이 있는데도 책이 절판된 터라, 이 기회에 다시 발표해서 그 관심에 응하고 싶었기 때문입니다.

다시 시작하면서 나는 무척 설레기도 하고 두렵기도 합니다.

2015년 만추, 제주 애월에서
김석희

하루나기

초판 1쇄 인쇄 2015년 12월 5일
초판 1쇄 발행 2015년 12월 15일

지은이 김석희

발행인 정중모
발행처 도서출판 열림원
출판등록 1980년 5월 19일 제406-2000-000204호
주소 경기도 파주시 회동길 121 (문발동)

전화 031-955-0700 팩스 031-955-0661~2
홈페이지 www.yolimwon.com
전자우편 editor@yolimwon.com
페이스북 /yolimwon

기획 편집 박은경 임자영 김정래 심소영 이지연
제작 관리 박지희 김은성 윤준수 조아라

홍보 마케팅 김경훈 박치우 김계향
인쇄 제본 서정바인텍

ⓒ 김석희, 2015
ISBN 978-89-7063-952-9 03810

만든 이들 _ 편집 임자영 백상열 디자인 이명옥 표지 일러스트 손호용 ⓒ Hoyong Son